NICOLE BRAUN
Elsternblau

HERZLOS Aus heiterem Himmel sterben einige alte Bergarbeiter in Wickenrode an Herzversagen. Als Landarzt Edgar Brix eine Fotografie findet, die die Pensionäre in der Reihenfolge ihres Ablebens zeigt, kommen ihm Zweifel an der Todesursache, die er selber diagnostiziert hatte. Erklären die Untersuchungsergebnisse des Grundwassers, die von den Behörden unter Verschluss gehalten werden, die seltsamen Todesfälle oder mordet hier jemand mit System? Mit ihren Nachforschungen treten Landarzt Brix und Pensionär Schneider einigen Behördenvertretern mächtig auf die Füße. Der Wirbel, den sie veranstalten, ruft wieder einmal Kommissar Matthias Frank auf den Plan, der von den Alleingängen endgültig genug hat. Edgar Brix steht mit seinem Verdacht allein da und selbst Albrecht Schneider findet seine Serienmordtheorie abenteuerlich. Bis er einsehen muss, dass auch für ihn die Luft langsam dünn wird, denn der letzte Überlebende auf dem Foto ist er selber.

Nicole Braun wurde 1973 in Kassel geboren und ist beruflich schon in einige Rollen geschlüpft: Tischlerin, Dozentin oder Betriebswirtin. Die Liebe zum Schreiben hat alles überdauert. Die Autorin lebt in der geschichtsträchtigen Region zwischen Meißner und Kaufunger Wald und selbstverständlich spielen auch ihre Krimis vor dieser märchenhaften Kulisse. Dort durchstreift sie mit ihren Hunden den Wald, auf der Suche nach Inspiration für mörderische Geschichten und düstere Tatorte. Wenn sie nicht an einem Krimi arbeitet, gibt sie Workshops für kreatives Schreiben und singt als Frontfrau einer Coverband.

Bisherige Veröffentlichungen im Gmeiner-Verlag:
Heimläuten (2016)

NICOLE BRAUN

Elsternblau

Der zweite Fall für Edgar Brix

Besuchen Sie uns im Internet:
www.gmeiner-verlag.de

© 2017 – Gmeiner-Verlag GmbH
Im Ehnried 5, 88605 Meßkirch
Telefon 07575 / 20 95 - 0
info@gmeiner-verlag.de
Alle Rechte vorbehalten
1. Auflage 2017

Lektorat: Claudia Senghaas, Kirchardt
Herstellung: Mirjam Hecht
Umschlaggestaltung: U.O.R.G. Lutz Eberle, Stuttgart
unter Verwendung eines Fotos von: © Butterfly Hunter / shutterstock.com
Druck: CPI books GmbH, Leck
Printed in Germany
ISBN 978-3-8392-2023-8

Personen und Handlung sind frei erfunden.
Ähnlichkeiten mit lebenden oder toten Personen
sind rein zufällig und nicht beabsichtigt.

WICKENRODE, MÄRZ 1945

»Melde: der Fasshauer kricht schon wieder 'nen Koller!«

Steiger Manfred Kuhfuß salutierte zackig und stand stramm wie eine Eins. Gott sei Dank hielt der Helm auf dem Kopf vom Kollegen Fasshauer den hämmernden Schlägen gegen die Grubenwand stand.

Obersteiger Friedrich Lenz wunderte sich gerade einmal die Dauer eines Wimpernschlages über die seltsame Art der Meldung und verfolgte ungerührt, wie Georg Fasshauer mit dem Kopf gegen die Grubenwand schlug. So etwas brachte Lenz schon seit Längerem nicht mehr aus der Fassung. Unter normalen Umständen nahm er sich hier im Berg nicht viel Zeit für Grübeleien; es mussten Entscheidungen getroffen werden, erst recht, wenn einer durchzudrehen drohte. Doch was war schon normal in diesen Tagen? Er schüttelte resigniert den Kopf. Mehr als einmal hatte er den Herrn Baron darauf hingewiesen, dass es keine gute Idee sei, Georg Fasshauer wieder unter Tage einzusetzen. Doch als Lenz zuletzt einen geeigneteren Einsatzort für den Kriegsversehrten forderte, hatte der Bergwerkseigner seine Bedenken in den Wind geschlagen.

»Da hat sich der Mann um das Vaterland verdient gemacht, und dann soll ich ihn in die Schreibstube abschieben, nur weil er nicht mehr ganz intakt ist?«, hatte der Herr Baron in der ihm eigenen etwas gestelzten Sprache zu seinem Obersteiger gesagt.

Das war nun das Ergebnis. Der Fasshauer konnte unmöglich alleine aus dem Stollengewirr über Tage gehen, und Lenz musste schleunigst eine Entscheidung treffen, um den verwirrten Kerl aus dieser misslichen Lage zu befreien.

In den letzten Monaten verließen mehr zitternde Männer den Schacht als volle Loren. Friedrich Lenz war entnervt. Alles, was sich noch auf den Beinen halten konnte, musste ran in diesen Tagen. Die jungen kräftigen Männer waren an der Front oder tot. Eine Schande, diese Verschwendung.

Lenz starrte auf seinen Grubenplan. Jetzt hockte er hier, mit Greisen, die kaum noch aufrecht gehen konnten, oder Grünschnäbeln, die sich bei der kleinsten Gelegenheit in die Hosen machten, und sollte retten, was zu retten war. Jeden Tag standen absurdere Fördermengen auf seinem Plan, dabei schaffte er mit den frontuntauglichen Männern kaum noch die Hälfte. Allenthalben Gejammer, es reiche vorn und hinten nicht. Die Leute erfroren in ihren Häusern, während die Schornsteine der Fabrik im nahen Hirschhagen das kostbare schwarze Gold sinnlos in die Luft pusteten. Und wofür? Für Sprengstoff und Bomben, die nur noch mehr Leid brachten, nur noch mehr Tote und Witwen und Waisen. Friedrich Lenz war es so leid. Doch es half nichts: Jeden Morgen ein aufmunterndes Nicken des Herrn Baron zu Schichtbeginn musste genug sein, um einen weiteren Tag in diesem finsteren Loch zu überstehen.

Lenz wischte die trüben Gedanken beiseite. In einer Stunde wäre die Schicht der »alten Knochen«, wie die

Konradi in der Schichteinteilung scherzhaft zu sagen pflegte, ohnehin beendet. »Du, der Möller, der Luschek und der Fasshauer, ihr verlasst den Stollen.«

Er erntete einen dankbaren Blick von Manfred Kuhfuß, der schon seit Stunden die Schaufel, mit der er die Kohle in die Lore schippte, kaum noch zu heben vermochte.

Friedrich Lenz fürchtete, seine Großzügigkeit noch zu bedauern. »Tut mir nur den Gefallen und drückt euch bis Schichtende irgendwo hinter dem Lorenlager rum. Hauptsache, der Grubenleiter sieht euch nicht, bevor die Schicht rum ist, sonst kann ich mir wieder was anhören.«

»So wird's getan!« Manfred Kuhfuß salutierte erneut. »Glücke uf, Herr Obersteiger!«

Nur noch Verrückte, dachte Lenz. Dieser Krieg war mit Sicherheit verloren.

Georg Fasshauer schlug noch immer mit dem Helm gegen die Wand, bis Gustav Möller ihn fest unterhenkelte und ihn unsanft in eine Lore schubste.

Lenz sah zu, wie die vier Männer in Richtung Stollenmund verschwanden, dann senkte er den Blick im schummrigen Licht der Karbidlampe über die Pläne der Stollenanlage.

Der letzte Abschnitt, den sie in aller Eile in den Hirschberg getrieben hatten, war allenfalls unzureichend gesichert, das hatte er dem Herrn Baron schon mehrfach mitgeteilt und beim letzten Mal sogar auf einer Aktennotiz bestanden. Doch noch nicht einmal der einflussreiche Bergwerkseigner war in der Lage, sich gegen den Druck der Heeresleitung zu wehren, und beugte sich den unmöglichen Forderungen, die ohne Skrupel täglich weitere Verluste in Kauf nahmen. Erst vor zwei Wochen war ein Kumpel ums Leben gekommen, als ein Stollenende einbrach. Doch was galt schon ein alter Bergarbeiter, während an der Front Abertausende ihr Leben ließen? Lenz starrte verzweifelt auf die Pläne. In diesen Tagen war Braunkohle mehr wert als ein Menschenleben, und sogar die edlen Vorsätze des Barons hatten gelitten. Immerhin steckte an dessen Revers noch immer kein Abzeichen der Partei, und das rechnete Friedrich Lenz ihm hoch an.

Er wischte sich schwarzen Schweiß aus dem Gesicht, rückte den Helm gerade und studierte weiter die Pläne.

Der flackernde Atem von Georg Fasshauer beruhigte sich, als die ersten Sonnenstrahlen am Ende des Stollens auftauchten.

Gustav Möller hatte sich redlich gemüht, ihn aus dem Berg zu schleifen, und so krochen die vier Männer wie die Maulwürfe aus dem Schatten des Stollenmundes. Endlich standen sie blinzelnd im grellen Licht eines klirrenden Märztages. Sie verharrten den Moment, bis das Tanzen der Sonnenflecken vor ihren Augen nachließ.

Obwohl sie alle nichts lieber getan hätten, als raus aus den Arbeitsklamotten, in der Waschkaue den Staub aus dem Gesicht waschen und ab nach Hause, hielten sie sich an die Anweisungen des Herrn Obersteiger. Sie hielten den Lenz zwar für einen studierten Schnösel, aber er hatte sich ihren Respekt verdient, denn er tat jeden Tag aufs Neue sein Möglichstes, um alle Kumpel heil bis Schichtende durchzubringen. Jeder, der nur einen kurzen Blick auf die lahmen und krummen Kerle werfen konnte, die sich da tagtäglich in mehreren Schichten in den Stollen quälten, wusste dass die Braunkohle vom Hirschberg nicht mehr kriegsentscheidend war. Und

Friedrich Lenz sprach diese Tatsache, so oft es ihm möglich war, aus, auch wenn er damit nicht das Geringste änderte. Und deswegen taten sie ihm den Gefallen und verzichteten nun schweren Herzens darauf, ihre müden Knochen auf dem kürzesten Weg nach Hause zu schleppen.

Georg Fasshauer stöhnte unter dem kräftigen Druck von Gustav Möllers Armen. Die Kriegsverletzung an der Schulter schmerzte.

»Kann ma jemand anfassen? Hä wird alszus schwerer.« Der Möller ging ganz schief unter der Last.

»Kommt, wir setzen uns hinnern Schuppen. Da sieht uns kinner. Es hot nit zufällig einer ein Kartenspiel einstecken?«, fragte Manfred Kuhfuß.

Piotr Luschek zog einen zerfledderten Stapel Karten aus seiner Brusttasche: »Aaber natierrlich. Ist immer bei Piotr in die Daasche.«

»Na, was ein Glücke. Da können wir die Stunde gut rumbringen, was?«, mischte sich Gustav Möller ein.

Hinter einem überdachten Lagerplatz fanden die Männer ein geschütztes Plätzchen und ließen sich ächzend nieder. Ein altes Fass war schnell herangerollt. Die verbeulte Unterseite gab einen hervorragenden Spieltisch ab.

Piotr Luschek teilte die Karten aus, während Manfred Kuhfuß sich dazu durchrang, den Inhalt seines Flachmanns mit Georg Fasshauer zu teilen. Er musste bemerkt haben, dass der die Karten vor Zittern kaum festhalten konnte. Vorsichtig flößte er ihm einige Schlucke ein.

»Geht's widder?«

Fasshauer atmete tief durch, dann sagte er: »Ich weiß auch nit, was da über mich kimmet. Aus heiterem Himmel wird alles schwarz, und ich honn das Gebrüll vom demm Flackgeschütz in den Ohren, als stünd ich geradewegs daneben.«

Gustav Möller schaute ihn mitleidig an. »Kannst froh sinn, dass de heile uss Minsk russgekommen bist. Damitte hättste nit ernsthaft rechnen dürfen.«

Alle Männer nickten und ihre Minen verfinsterten sich. Jeder von ihnen kannte einen, der nicht nach Wickenrode heimkehrte, als die britischen Bomber ohne Vorwarnung Kassel in Schutt und Asche legten.

Piotr Luschek unterbrach das betretene Schweigen »Häärz liegt auf. Guustav, du bist draan.«

Gustav Möller warf einen Blick auf sein Blatt und zog die Lippen kraus. Er hielt inne, senkte die Karten und schaute die drei anderen Männer an. »Hobt ihrs au gehört, dass de Amis schon kurz vor Melsungen stehen? Wartet's ab, kinne paar Wochen und die machen hier alles platte.«

»Biste sicher? In der Wochenschau honn se gesprochn, dass die Front gehalten wird und wir de Amis noch alszus zurückeschlagen.«

Drei Augenpaare wanderten zu Manfred Kuhfuß und sahen ihn an, als habe er den Verstand verloren.

Gustav Möller sagte: »Spreche moh, biste jetzte auch demm Wahnsinn anheim gefallen? Das ist doch alles nur dummes Geschwätzer. Mir können dankbar sinn, wenn die Amis um unser kleines Dorfe 'nen großen Bogen machen, weil es hier nichts zum holen gibbet.«

Piotr Luschek nickte. »Goott sei Daank kommen die Amerikaner und niicht die Ruussen.«

Georg Fasshauer zuckte zusammen. Immer wenn er »Russen« hörte, fiel es ihm schwer, nicht in diesen Zustand abzutauchen, der ihm die Erinnerung erträglich machte. Wenn das Dröhnen in seinem Schädel die Qual der Erinnerung übertönte, beruhigte das auf seltsame Weise seine Nerven. Gegenwehr war zwecklos – ein winziger Auslöser, und sein Kopf wurde geradezu magisch von allem angezogen, was hart genug war, um die Gedanken zum Schweigen zu bringen. Eingeschlossen im Stollen genügte der Hauch von Staubgeruch, so wie er ihn im Schützengraben in der Nase gehabt hatte, als um ihn herum die Bomben einschlugen, während das unerträgliche Geschrei der Kameraden erstarb. Neben ihm landeten die abgerissenen Körperteile wie Schneeflocken, als ein Splitter sich in seine Schulter bohrte und nur um Haaresbreite die Lunge verfehlte. Die folgenden Wochen im polnischen Lazarett waren ein Zuckerschlecken verglichen mit der Front, aber noch immer war er umgeben vom Gewimmer der Verletzten. Es wimmelte von Läusen und Wanzen, und der Gestank von faulendem Fleisch hing ihm seitdem in der Nase. Seit seiner Rückkehr hatte er keine Metzgerei mehr betreten, ohne dass ihm speiübel geworden wäre. Er schüttelte sich und warf einen sehnsüchtigen Blick auf den Flachmann vom Kuhfuß, doch der hatte mittlerweile die Runde gemacht und war leer.

»Du bist!«, holte ihn Gustav Möller aus den trüben Gedanken.

Ohne lange zu überlegen, legte Georg Fasshauer wahllos eine Karte auf den Stapel. »Spreche moh, Piotr, du bist doch selber aus dem Osten. Musst du nit zu deinen Landsleuten halten?«

Der Luschek schüttelte den Kopf. »Daas sind nicht meine Landsleute. Daas sind Schlächterr in Uuniform. Besserr die Amerikaner. Die haaben wenigstens Schokolade.«

SCHOKOLADE. Die bloße Erinnerung erzeugte ein Quartett aus knurrenden Mägen. Gustav Möller zog eine Blechbüchse aus seinem Rucksack und warf einen skeptischen Blick hinein. Zwischen zwei dünnen Brotscheiben glänzte eine Schicht guter Butter. Dieser Tage mehr, als er beim Blick in die Brotdose erwarten durfte. Er biss in das trockene Brot und kaute gelangweilt darauf herum.

»Wie lange müssen wir dann noch hier rumhocken? Ich will endlich uss denn Klamotten raus un heim«, beschwerte sich Georg Fasshauer. Sein Kopf bedankte sich für die Schläge gegen die Grubenwand mit einem dröhnenden Schmerz. Ganz gleich, wie sonnig dieser Märztag auch daherkam, hier im Schatten des Lorenlagers zog es wie Hechtsuppe. Die Kälte war ihm bereits unter die feuchte Kleidung gekrochen und er schlug die Arme um den Körper.

»Noch eine Runde Karten, dann können wir uns langsam onne machen.« Gustav Möller erntete allenthalben Zustimmung, und Piotr Luschek mischte erneut die zerfledderten Karten.

Während die Männer noch ihre Blätter auf der Hand sortierten, hob Georg Fasshauer den Kopf und sah sich um. Etwas bereitete ihm Unbehagen. Seine Augen tasteten nun schon zum wiederholten Mal den mannshohen Stahlzaun ab, der das das Bergwerksgelände umgab und auch das Lorenlager vom dichten Wald trennte. Jenseits des Zauns warfen die Bäume dunkle Schatten, sodass sein Blick bereits das dritte Mal über dieselbe Stelle geglitten war, bevor eine winzige Bewegung ihn verharren ließ.

Er musste sehr genau hinsehen, dann erst erkannte er, was ihn so irritiert hatte: Zwei Augenpaare fixierten die Männer von der anderen Seite des Zaunes und beobachteten sie regungslos. Er stieß seinen Ellenbogen in die Seite von Gustav Möller, ohne den Blick von der Stelle am Zaun abzuwenden, von wo aus die vier Männer beim Kartenspiel beobachtet wurden.

Gustav Möller nahm die Spannung wahr, die von Georg Fasshauers Körper Besitz ergriffen hatte, und folgte ohne weitere Aufforderung seinem Blick. Piotr Luschek und Manfred Kuhfuß bemerkten, dass die beiden zum Zaun sahen, und drehten nun ebenfalls ihre Köpfe.

Scheinbar endlose Sekunden vergingen so. Die Männer starrten auf die beiden zerlumpten Gestalten, deren Finger sich dürr wie Reisig um das Zaungitter klammerten. Auf den rasierten Schädeln sprossen dunkle Haare, und aus den abgemagerten Gesichtern schauten riesige Augen aus tiefen Höhlen. Unwirklich wie Gespenster standen die zwei am Zaun, als die ältere der beiden ein Wort hauchte, das sich mit einer Nebelschwade in der kalten Märzluft verlor. Obwohl die Worte nicht bis zu Georg Fasshauer vordrangen, verriet der helle Klang ihrer Stimme, dass es sich um eine Frau handelte, auch wenn sonst nichts an ihrem ausgemergelten Körper in der Sträflingskleidung darauf schließen ließ. Noch einmal hauchte sie, nun etwas lauter, ein unverständliches Wort und ruckelte vorsichtig an dem Zaungitter, während sie sich hektisch umblickte.

Gustav Möller tauchte als Erster aus der Starre auf: »Wos spricht's?«, wisperte er zu Piotr Luschek.

»Ist kein Rruusisch und kein Boolnisch. Ich verrstehe niicht.«

Die Männer sahen sich der Reihe nach an. Längst hatten sie alle die Karten abgelegt und sich zu den Frauen am Zaun umgedreht.

»Was solln wir denn jetzte machen?«, wisperte Manfred Kuhfuß so leise in die Runde, als habe er Angst, dass die Frauen, die bestimmt 30 Meter entfernt standen, ihn hören könnten.

Wieder wechselten die Blicke von einem Mann zum anderen, als die Frau am Zaun, nun jedoch deutlich hörbar, in die Richtung der Männer rief: »Heelfen, biitte«.

Georg Fasshauer erhob sich und ging einen Schritt auf die beiden zu, während die übrigen Männer stocksteif sitzen blieben und die Frauen anglotzten. Bereits nach wenigen Metern verharrte er und lauschte. Auch die ältere der beiden Frauen sah sich hektisch um.

Aus der Ferne gellten Geschrei und Hundegebell.

Georg Fasshauer ging noch einen weiteren Schritt auf die Frauen zu, doch da hatte die Ältere die Jüngere bereits am Kragen gepackt und davon gezogen. Das Mädchen stolperte völlig entkräftet hinterher. Als er bemerkte, dass beide Frauen barfuß waren, hatte sie das Dunkel des Waldes fast schon verschluckt. Er drehte sich zu den anderen Männern um und kratzte sich am Kopf. »Was machen wir denn jetzte?«

Manfred Kuhfuß guckte verständnislos. »Wos willste denn da machen?«

»Na hinnerher! Vielleicht gibbets ja noch was zu tun, bevor die über den Haufen geschossen werden.«

»Willste selber erschossen werden? Du host wohl'n Dachschaden!« Der Kuhfuß war aufgesprungen. Er schaute so unerbittlich drein, als verhinderte er zur Not auch mit Gewalt, dass der Fasshauer eine Dummheit beging.

Doch das erwies sich als unnötig: Im nächsten Augenblick hallten Gewehrsalven durch die Bäume. Die Männer zuckten zusammen.

Georg Fasshauer war kein Haarbreit davon entfernt, wieder in den Zustand abzutauchen, aus dem er gerade erst aufgetaucht war. Das war unerträglich. Er hatte das Bild förmlich vor Augen, wie die beiden Frauen von Gewehrkugeln getroffen durch die Luft flogen, weil ihre dürren Körper der Wucht der Geschosse nichts entgegenzusetzen hatten. Er presste die Hände auf die Ohren und schüttelte wie wild den Kopf: »Nein, nein …«

Dieses Mal war es Piotr Luschek, der aufstand und ihn drückte wie einen kleinen Jungen. »Ist guut. Aalles ist guut.«

»Aber wir können doch nicht hier sitzen und nichts tun.« Georg Fasshauer hatte den Luschek abgeschüttelt und starrte die Männer auffordernd an.

»Was willste denn tun? Setz dich hin und sei stille. Oder willste etwa vor der Wachmannschaft strammstehen?«, sagte Manfred Kuhfuß.

Georg Fasshauer schüttelte den Kopf. Auf eine Unterhaltung mit der SS konnte er gut verzichten. Womöglich hätte man sie noch der Fluchthilfe verdächtigt. »Die waren doch aus Hirschhagen, oder?«

»Ja sicher. Wo sollen die denn sonst her sinn? Und jetzt halt die Klappe und tu wenigstens so, als ob du Karten spielst«, sagte Gustav Möller wütend und zog Georg Fasshauer und den Luschek an den Ärmeln zurück zu ihrem Sitzplatz am Lorenlager.

Er behielt Recht. Wenige Augenblicke später schob sich ein Trupp aus fünf Männern in SS-Uniform durch den Wald auf den Zaun zu. Zwei von ihnen führten Schäferhunde, die kaum zu bändigen waren. Die Tiere winselten voller Jagdfieber und sprangen an das Zaungitter.

»Heil Hitler!«, salutierte einer der Uniformierten. »Sind hier gerade zwei Frauen vorbeigekommen?«

Georg Fasshauer schöpfte Hoffnung. Wenn er noch danach fragte, hatten die Schüsse die Frauen vielleicht verfehlt. Er stand erneut auf und ging ein paar Schritte auf den Zaun zu, die Anspannung der Kumpel hinter seinem Rücken lag wie eine Last auf seinen Schultern. Sag jetzt bloß nichts Falsches, dachte er bei sich und hätte geschworen, dass die anderen genau dasselbe dachten. Er hob lahm den Arm zum Gruß und nuschelte: »Hl Htler«. Gott, wie er sich dafür hasste, wenn er das tat, aber was blieb ihm übrig? »Wir honn niemanden gesehen. Was ist dann lose?«, fragte er so unbeteiligt wie möglich.

»Beim letzten Zählen vor dem Abtransport fehlten Häftlinge.«

»Abtransport?« Georg Fasshauer konnte sich die Frage nicht verkneifen.

»Wir räumen Hirschhagen, und die gehen nach Buchenwald.« Der junge SS-Mann spuckte neben sich auf den Waldboden.

Georg Fasshauer war schockiert: Der Schnösel hätte sein Sohn sein können und redete von den Häftlingen wie von Vieh. Nach Buchenwald, dachte er. Vielleicht wäre es für die Frauen besser, gleich hier, an Ort und Stelle, erschossen zu werden, das wäre doch weniger grausam als …, er brach den Gedanken ab. »Was heißt: Sie räumen?«

»In drei Tagen muss die komplette Fabrik evakuiert sein«, entgegnete der Uniformierte zackig.

Bevor Georg Fasshauer noch eine Frage anschließen

konnte, kamen drei weitere Männer in Uniform aus dem Dickicht gelaufen. »Hier entlang!«, brüllte einer. »Sie sind da lang!«

Ohne Gruß verschwanden die Männer mit den Hunden so schnell im Wald, wie sie aufgetaucht waren. Noch einige 100 Meter weit konnten die Kumpel das Getrampel der Stiefel und das Gebell der Hunde hören, dann wurde es still.

In die Stille hinein schallten erneut Gewehrsalven.

Georg Fasshauer drehte sich traurig um. »Das war's wohl«, sagte er, während er mit hängenden Schultern zu den anderen zurückging.

Die hatten die Unterhaltung nur bruchstückhaft mitverfolgen können und schauten ihn neugierig an.

»Die räumen Hirschhagen«, wiederholte er. Er mochte selber noch nicht glauben, dass der riesige Komplex in drei Tagen mit Mann und Maus verlassen sein sollte.

Manfred Kuhfuß schien es nicht anders zu gehen: »Wie jetzt? Die räumen die ganze Fabrik? Und die Lager?«

»Und die Lager. Die beiden Frauen honn beim Zählappell vor dem Abtransport nach Buchenwald gefehlt.«

»Nach Buchenwald?«, wisperte Gustav Möller.

Georg Fasshauer nickte. Es bedurfte keiner weiteren Worte.

»Aber es is doch nit möglich, dasse die ganzen Gefangenen mit Zügen abtransportieren. Nit in drei Tagen. Das ist schlichtweg nit möglich.« Manfred Kuhfuß schaute noch immer völlig ungläubig drein, als erwarte er, dass ihm jeden Augenblick jemand mitteilte, man habe ihm einen Bären aufgebunden.

»Ich honn au keinen Schimmer, wie se das anstellen wolln«, dachte Gustav Möller laut.

Georg Fasshauer hatte seinen Platz in der Runde wieder eingenommen und sagte tonlos: »Ich weiß, wie se das hinnekriegen.«

Alle sahen ihn stumm an.

»Die jagen die zu Fuß in die Arme der Angreifer. Wer's schafft, hat Glücke gehabt, der Rest verrecket unnerwejens. So honn sie es bei der Räumung von Majdanek au gemacht.«

»Waarst du etwa dabey?«, fragte Piotr Luschek.

»Ne.« Georg Fasshauer schien nach Worten zu suchen. »Uf dem Heimmarsch durch Polen stapelten sich die Leichen rechts und links des Weges. Host ja die zerlumpten Gestalten gesehen, die kommen doch nit weit, erst recht jetze bei der Kälte. Erschedemoh die Lager leer honn und die Beweise vernichten. Ich sprech's dir, es dauert keine 24 Stunden, da findest du in keinem Haus mehr auch nur den Fitzel einer braunen Uniform.«

Gustav Möller packte seine Brotbüchse weg. »Ich glaub, mer honn jetzte lange genug gewartet und solltn zusehen, dass mer heimkommen. Ich könnt mir vorstellen, dass sich die Neuigkeiten schon rumgesprochen honn.«

Die vier stimmten den Vorschlag durch einen kurzen Blickwechsel ab, und Piotr Luschek sammelte die Karten ein. In angemessen bedrückter Stimmung machten sie sich auf den Weg Richtung Waschkaue.

Ihr Weg kreuzte den der Kumpel von der Spätschicht.

Einer von ihnen, Albrecht Schneider, blieb stehen. »Ihr seid aber früh dran heute. War was los?«

Die Männer sahen sich nacheinander an. Gustav Möller gab den anderen Dreien mit einem Handwedeln zu verstehen, dass sie schon vorausgehen sollten, dann antwortete er: »Nö, alles wie immer. Mir sind früher ruff, weils dem Fasshauer nit besonnersd gut ging.«

Georg Fasshauer deutete zur Erklärung mit dem Zeigefinger auf seinen Helm, dann wurde er vom Kuhfuß weiter gezogen.

Möller sagte noch etwas zum Albrecht Schneider, aber Georg Fasshauer war bereits außer Hörweite. Kurz vor der Waschkaue drehte er sich noch einmal um und sah, wie der Möller dem Albrecht Schneider etwas ins Ohr flüsterte, was diesen sichtlich verwirrte. Doch ganz egal, was es war, er hatte genug für diesen Tag. Ihn zog es nur noch nach Hause zu seiner Emmie und einer Riesenportion Steckrübensuppe.

Albrecht Schneider blieb verwirrt zurück. Was war denn in den Möller gefahren? Im Verteilen guter Ratschläge war der doch sonst nicht so freigiebig.

»Die Amerikaner stehn vor Melsungen, und die räumen schon Hirschhagen. In allerspätestens drei Tagen sin die hier. Frag den Söder, der wirds dir uss erster Hand sprechen«, hatte er Albrecht ins Ohr geflüstert und sich verschwörerisch umgeschaut.

Albrecht Schneider blieb nichts übrig, als erstaunt zu tun, dabei wusste er ganz genau, wovon der alte Möller sprach: »Wieso? Was soll der Söder wissen?«

»Mach es, wie de meinst, aber denk dran: Wenn der Kriech vorbi is, is des Nazischwein immer noch dinn Nachbar.« Mit diesen Worten ließ er Albrecht Schneider stehen und eilte den vorausgegangenen Männern bis zur Waschkaue hinterher. Der sah ihm nach und überlegte, ob die Umstände einen akuten Anfall von Unwohlsein rechtfertigen konnten, doch dann fiel ihm ein, dass es trotz dieser Nachrichten nichts gab, was er hätte tun können. Es gab in der Tat Leute im Dorf, die sich weitaus mehr Sorgen über die bevorstehende Ankunft der Amerikaner machen sollten als er. Der Söder zum Beispiel. Zwar hatte man schon so viel gehört von Plünderungen und abgebrannten Höfen. Aber fliehen? Womöglich Fiona und Katharina in Sicherheit bringen. Vor seinem geistigen Auge sah er ausgehungerte Soldaten durch das Dorf ziehen, und es grauste ihn beim Gedanken an seine halbwüchsigen Töchter. Albrecht Schneider fiel kein Ort ein, der sicherer sein konnte als das bisher vom Krieg verschonte Wickenrode. Ihm blieb nicht viel Zeit, länger über die Unterhaltung mit Gustav Möller nachzudenken. Ein auffordernder Pfiff der wartenden Kumpel riss ihn aus den Gedanken: die Schicht ging immer geschlossen unter Tage oder gar nicht.

Er packte seinen Helm und die Thermoskanne und machte sich auf die Socken, überaus neugierig, was der Herr Obersteiger Lenz wohl zu den Neuigkeiten zu sagen hatte.

1964

KASSEL, ANFANG OKTOBER

»Wenn Sie in Hirschhagen ein Problem haben, kümmern Sie sich doch gefälligst …« Mitten im Satz hielt Oberregierungsrat Wendelin Koch inne. Er guckte Fiona Schneider erschrocken an und schob fahrig einige Zettel unter einen Papierstapel.

Fiona Schneider hätte bemerken müssen, dass das, was sie zufällig durch den Türspalt gehört hatte, nicht für ihre Ohren bestimmt war, denn Wendelin Koch ließ den Satz unbeendet, während sie zögernd im Türrahmen stehen blieb. Nachdem er sich nicht rührte, stöckelte sie zielstrebig auf ihren Pfennigabsätzen, mit wippendem Haar und einem Stapel Akten unter dem Arm, in das Büro. Sie passierte einen Herrn im grauen Anzug, den sie in der Behörde noch nie gesehen hatte.

Eine peinliche Pause entstand. Sie wartete darauf, dem Unbekannten vorgestellt zu werden, aber aus irgendeinem Grund hatte Wendelin Koch es plötzlich sehr eilig, seinen Besucher zu verabschieden. Er überging diese höfliche Formalität und schob den Mann mit festem Griff am Ellenbogen geradewegs zur Tür.

Dem blieb gerade einmal die Zeit für ein knappes Nicken in Richtung Fiona, bevor die Tür hinter seinem Rücken ins Schloss fiel.

Dann erst widmete Wendelin Koch ihr seine Aufmerksamkeit: »Was kann ich denn für Sie tun, Fräulein Schneider?«

»Ich habe hier die angeforderten Akten aus dem Archiv. Stellen Sie sich vor, die waren allesamt falsch abgelegt. Wenn wir nicht zufällig einmal die Aktenzeichen auf Zahlendreher verglichen hätten, wären wir noch tagelang am Suchen gewesen und …«, kaum hatte Fiona Anlauf genommen, sich ordentlich in Rage zu reden, als sie auch schon wieder unterbrochen wurde.

»Jaja, legen Sie sie dort hin.« Geistesabwesend deutete Wendelin Koch auf eine beliebige Stelle auf dem Schreibtisch. »Das klären wir später mit dem Archivar.«

Fiona überlegte, ob sie diese Angelegenheit auf sich beruhen lassen konnte. Mit Mühe schluckte sie ihren Unmut hinunter und entschied sich dafür, das Gespräch zu vertagen. Sie arbeitete jetzt seit knapp zwei Jahren im Regierungspräsidium für Oberregierungsrat Koch und wusste genau, wann ein Zeitpunkt günstig war, um sein Gehör zu finden; im Augenblick war es offensichtlich nicht der Fall. Sie platzierte die Akten sorgsam auf dem Schreibtisch, an dem Wendelin Koch bereits wieder Platz genommen hatte.

Vertieft starrte er auf einige Schreiben auf seinem Arbeitsplatz. Sie trat neben dem Schreibtisch unsicher von einem Fuß auf den anderen und strich sich verlegen das Kleid glatt.

Erst nach einer Weile blickte Koch von seinen Akten auf. »Ist noch etwas?«, fragte er barsch.

Seine grundlose Übellaunigkeit brachte Fiona aus dem Tritt. »Die, ähm, die Unterschrift.« Sie deutete zaghaft auf den Entnahmeschein des Archivs, der zuoberst auf dem Aktenstapel lag. »Sie müssen noch den Empfang quittieren.«

Fahrig kritzelte Koch seine Unterschrift auf den Zettel und schob ihn unwirsch in ihre Richtung.

»Gut, wenn dann nichts mehr ist, würde ich wieder …« Sie deutete mit dem Zeigefinger zum Ausgang.

Koch würdigte sie nicht einmal eines Blickes.

Sie ließ sie den Satz unvollendet und versuchte, so leise es ihre Pfennigabsätze zuließen, auf dem Eichenparkett Richtung Tür zu gehen.

Noch bevor sie die Klinke hinuntergedrückt hatte, stockte sie und drehte sich um. Sie wusste selber nicht genau, welcher Teufel sie in dem Augenblick ritt, aber bevor sie sich auf die Zunge beißen konnte, war es auch schon aus ihrem Mund geplumpst: »Was ist denn in Hirschhagen?«

Während die Worte auf dem Weg in das Ohr von Oberregierungsrat Koch waren, hallte in Fionas Kopf bereits die strenge Stimme ihres Vaters wider: »Fi! Erst denken, dann reden!« Doch ihr Vater war ja nicht da, und insgeheim wusste Fiona, dass es sich auch Albrecht Schneider nicht hätte nehmen lassen, selber noch einmal nachzufragen. Nicht, wenn ihm erst das Stichwort »Hirschhagen« durch den Türspalt zu Ohren gekommen, und er anschließend Zeuge dieser seltsamen Situation mit dem fremden Herrn im grauen Flanell geworden wäre.

Die Zeit, die die Worte brauchten, um durch den Raum bis zu Wendelin Koch vorzudringen, war längst verstrichen, doch der machte keine Anstalten, darauf zu reagieren, und Fiona begann zu zweifeln, ob er sie verstanden hatte. »Ich habe vorhin gehört, dass Sie über Hirschhagen gesprochen haben.«

Koch hob so langsam den Kopf, als wäre er mit Kaugummi an die Akte geklebt, die vor ihm lag. »Sie haben doch sicherlich den Schreibtisch voller Arbeit, Fräulein Schneider. Oder muss ich ein Gespräch mit Ihrer Büroleiterin über Ihre Auslastung führen?«

Diese Drohung hätte er sich bei jeder Schreibkraft erlauben dürfen, aber nicht bei Fiona Schneider. Sie verließ mit angeknackstem Stolz mucksmäuschenstill das Büro. Undenkbar, diese Angelegenheit einfach auf sich beruhen zu lassen.

Sie passierte den Schreibtisch ihrer Vorgesetzten Annegret Fromm, die in einen Vorgang vertieft war, dann drehte sie sich kurzerhand auf dem Absatz um. Sie wartete, bis sich der ordentlich frisierte Dutt von Frau Fromm hob. »Entschuldigen Sie, dass ich Sie unterbreche, aber hat sich Herr Koch über meine Arbeitsleistung beschwert?«

Annegret Fromm blinzelte kurzsichtig durch die dicken Brillengläser ihrer Hornbrille. »Wie kommen Sie denn darauf? Herr Koch schreibt immer beste Beurteilungen über Sie. Ist etwas vorgefallen?«

»Nein, ich dachte nur. Vielleicht hat er heute auch einfach schlechte Laune, aber er hat sich noch nicht einmal für den Zahlendreher im Archiv interessiert.«

Die Augenbrauen von Annegret Fromm schoben sich über den schmetterlingsförmigen Rand der Brille. »Das ist in der Tat ungewöhnlich. Vielleicht nimmt ihn eine andere Angelegenheit gerade sehr in Anspruch.«

Fiona ignorierte die etwas zu gezirkelte Ausdrucksweise ihrer Vorgesetzten, die so hervorragend zu deren knitterfreiem grauem Kleid passte, und hakte nach: »Der Herr, der bei ihm war ... kennen Sie den?« Ein schräger

Blick verriet Fiona, dass Frau Fromm ihre Neugierde für unangebracht hielt, doch Fiona hielt dem Blick stand.

»Nein, der Herr hat sich nicht bei mir angemeldet. Herr Koch hat ihn persönlich in Empfang genommen und in sein Büro geleitet«, antwortete Frau Fromm spitz.

Offenbar eine eigenmächtige Handlung des Herrn Oberregierungsrates, die seine Schreibbüroleitung schwerlich billigen konnte, dachte Fiona. Nun ja, er wird seine Gründe haben, den Mann an seiner allwissenden Büroleitung vorbei zu lotsen, überlegte sie und bedankte sich artig bei Frau Fromm, deren Dutt keinen Millimeter wackelte, als sie den Kopf wieder über die Akte senkte.

Diese kurze Unterhaltung hatte nicht im Mindesten dazu beigetragen, Fionas Neugier zu stillen. Im Gegenteil. Bereits auf dem Weg zu ihrem Schreibtisch grübelte sie darüber nach, wie sie es anstellen könnte, einen Blick auf die Unterlagen zu werfen, die Oberregierungsrat Koch so mächtig schlechte Laune verursachten.

WICKENRODE, MITTWOCH, DER 14. OKTOBER

Edgar Brix saß frühmorgens vor einem geöffneten Paket und einer dampfenden Tasse Kaffee in seiner kleinen Küche und kämpfte mit der Wehmut. Obenauf lag ein Brief mit Gutmunds Handschrift. Die wenigen Zeilen, die ihm sein Bruder geschrieben hatte, hatte er in kürzester Zeit überflogen. Typisch Gutmund: kurz und bündig. Bloß kein Wort zu viel verlieren. Trotzdem genügte die gute Absicht, die hinter dem Paket mit dem Absender »Frankfurt am Main« steckte, um Edgar Brix rührselig zu stimmen.

Gutmund hatte ernst gemacht und die Professur in Frankfurt angenommen und den gut bezahlten Job als Klinikleiter in New Haven aufgegeben, um wieder ganz und gar in der geliebten Forschung aufgehen zu können. Ob es am untadeligen Conrad Brix lag, dass seine Söhne als jüdische Ärzte lieber in Deutschland praktizierten, anstatt in den USA zu bleiben? An der Unmöglichkeit, in seiner Nähe ein Leben ohne Selbstzweifel und Vorwürfe zu führen? Keine Frage: Die USA boten genügend Platz, um sich gepflegt aus dem Weg gehen zu können, aber zumindest Edgar war deutlich wohler, seitdem er zwischen sich und seinem Vater die Weite eines Ozeans wusste.

Er legte den kurzen Brief, in dem Gutmund ihn herzlich auf Besuch zu sich und seiner Frau Ruth nach Frankfurt einlud, beiseite und begann, den Karton auszupacken.

Gutmund hatte gut gewählt. Oder war es das Werk von Ruth? Nein, der Gutmund, den Edgar kannte – der schweigsame Mann mit dem trockenen Humor und der ausgeprägten zwischenmenschlichen Kommunikationsschwäche – wusste trotz seiner Eigenbrötlerei genau, womit er seinem kleinen Bruder auf dem Dorf eine Freude machen konnte. Edgar freute sich jetzt schon auf den gemütlichen Abend mit den Schallplatten von Roy Orbison und den Supremes und der Auswahl an Hersheys- und Baby Ruth-Riegeln. Ein Trikot und eine Kappe der Connecticut Tigers und diverse Jeanshosen gehörten auch zum Inhalt des Kartons.

Er hatte so eine Idee, wem er damit eine große Freude machen konnte. Immerhin schuldete Edgar dem jungen Lukas Söder noch ein Dankeschön dafür, dass der Garten der alten Brix'schen Familienpraxis nach den langen Jahren des Leerstandes wieder eines Arzthauses angemessen daherkam.

Zu guter Letzt holte er noch einen Stapel an Fachzeitschriften aus dem Karton, in denen er Veröffentlichungen von Gutmund vermutete. Er kannte kaum einen Psychiater, der so fleißig Forschungsergebnisse veröffentlichte wie sein großer Bruder. Und der durfte auch stolz sein, immerhin hatte er Meilensteine gesetzt.

Edgar Brix seufzte. Als Meilensteine in seiner Karriere konnte er die letzten Wochen nicht gerade bezeichnen, obwohl die Praxis ganz gut lief. Der Herbst war über Wickenrode hereingebrochen, und die Schornsteine der kleinen Fachwerkhäuschen stießen dunklen Rauch aus. Erkältungszeit. Allmorgendlich war die Praxis gut mit Schniefnasen und hustenden Dorfbewohnern gefüllt, und jetzt, wo die Erntezeit sich dem Ende neigte, nahmen sich die Bauern auch wieder Zeit dafür, ihre über das Jahr verschleppten Wehwehchen kurieren zu lassen.

Noch am Ende des Sommers hatte Edgar befürchtet, dass sich seine Einmischung in die alten Geschichten negativ auf die Patientenzahlen auswirken würden. Das Gegenteil war der Fall. Er war so etwas wie eine kleine Berühmtheit geworden, und neuerdings kamen immer häufiger Patienten aus Helsa oder Großalmerode. Immerhin war er der Arzt aus Amerika, der sich mit der Polizei angelegt und Albrecht Schneider das Leben gerettet hatte.

Ob man es nun wissen wollte oder nicht: Jeder bekam von Albrecht ausführlich die Geschichte von Edgars Heldentat erzählt. Gleichzeitig waren sie sich darüber einig, künftig auf solche Abenteuer verzichten zu wollen, denn die Knochenbrüche heilten in Albrechts Alter verdammt langsam. Erst seit wenigen Wochen konnte er sich wieder einigermaßen selber um das Haus und seine Tiere kümmern. Auch in diesem Fall hatte Lukas sich als Retter in der Not erwiesen. Er hatte wirklich alles Menschenmögliche getan, um seinen Fehler auszubügeln, der Albrecht Schneider in diese lebensgefährliche Situation gebracht hatte. Dabei brauchte man Albrecht nicht besonders gut zu kennen, um zu wissen, dass seine nordhessische Sturheit einen guten Teil dazu beigetragen hatte und er nur seinem sprichwörtlichen Dickschädel verdankte, dass die Sache für ihn glimpflich ausgegangen war.

Tatsächlich hatten die Ereignisse des Sommers keinen schlechten Eindruck hinterlassen, und Edgar Brix hatte gut in seiner kleinen Praxis zu tun. Und in dem Maß, in dem sich die Patientenkartei füllte, vergaß er, was ihn ursprünglich hierher, an das Ende der Welt, verschlagen hatte. Er begann jeden Tag, so gut es eben ging, mit dem Versuch, sich mit den Geistern der Vergangenheit zu arrangieren. Und zunächst sah es so aus, als ob es ihm gelingen könnte. Doch seit dem Sommer spukte ein überaus lebendiger Geist der Gegenwart in seinem Kopf herum.

Noch war es eine Art von höflicher Distanz, die zwischen ihm und Fiona Schneider herrschte. Sie tat noch immer so, als könne sie ihm nie verzeihen, in welche Gefahr er ihren Vater gebracht hatte, und Edgar ließ sie in dem Glauben, dass er ihre Blicke nicht bemerkte, während ihre braunen Augen eine Stelle mitten in seinem Herz berührten, die immer noch gewaltig schmerzte.

Edgar Brix schüttelte sich. Es war deutlich zu früh am Morgen für solche Überlegungen.

Er nippte an seinem Kaffee und sah auf die Gegenstände auf dem Küchentisch. Während er die Fachzeitschriften zur Seite legte, lächelte er. An einem ruhigen Abend würde er sie in Ruhe lesen und die eine oder andere Flasche Bier trinken. Dann würde er ordentlich angeheitert Gutmund anrufen und mindestens eine Stunde fachsimpeln. Darin waren sich die Brüder einig – es ging doch nichts über Fachgespräche, die mit zunehmendem Alkoholpegel an Ernsthaftigkeit verloren und denen bereits so sagenumwobene Diagnosen, wie etwa der »Apoplektische Zoster nach Hinterwandinfarkt« entsprungen waren. Edgar Brix musste grinsen. Vielleicht konnte er sich tatsächlich dazu aufraffen, Gutmund in Frankfurt zu besuchen. Bei dem Gedanken an den staubtrockenen Rotwein, den ihm sein Bruder servieren würde, zog sich sein Mund zusammen. Er spülte mit einem Schluck Kaffee nach und nahm sich vor, einige Flaschen Bier als Gastgeschenk mitzubringen, ganz so, wie es in den Staaten üblich gewesen wäre.

Edgar schaute auf die Uhr. Längst neun Uhr durch. Unter normalen Umständen wären die ersten Patienten längst verarztet. Doch wie jeden Mittwoch, war kaum mit unangemeldeten Patienten zu rechnen. Er hatte sich für den heutigen Morgen drei kleine Operationen einbestellt, und wenn ihn nicht alles täuschte, fiel davon mindestens eine wegen einer spontanen Erinnerungslücke aus.

Insgeheim rechnete er damit, dass Heiner Brand nicht auftauchte. Edgar hatte sein Humpeln zufällig bemerkt, als er Elsbeth Brand und ihrem Neugeborenen einen Hausbesuch abstattete. Entgegen jedem ärztlichen Rat hatte Heiner Brand den frisch entfernten Fußnagel wieder in die bakterienverseuchten Arbeitsschuhe gesteckt. Unter dem Druck seiner besorgten Gattin stimmte er zähneknirschend einer Nachuntersuchung zu. Doch Edgar machte jede Wette, dass ihm etwas Wichtiges dazwischenkam.

Er hatte sich getäuscht.

Vor dem Behandlungsraum saß Heiner Brand bereits mit reumütig gesenktem Kopf. Seine Frau Elsbeth hatte es sich nicht nehmen lassen, ihren Mann persönlich bis in das Wartezimmer zu begleiten und dort so lange zu warten, bis sie ihn in den Händen des Arztes wusste. Der Säugling in ihrem Arm gluckste zufrieden.

Edgar Brix beugte sich über das eingewickelte Bündel. »Schön, dass es ihm wieder besser geht. Ist das Fieber gesunken?«

»Alles in Butter, Herr Doktor. Nu seh'n Se ma zu, dass Se den Drüggeberjer hier widder auf Vordermann kriechn. Mir brauch'n dringend Brennholz für'n Winter.«

»Das bekommen wir schon hin, Frau Brand. Aber Sie müssen unbedingt dafür sorgen, dass Ihr Mann sich so lange schont, bis die Wunden verschlossen sind. Wenn der Zeh erneut bakteriell infiziert wird, besteht die Gefahr, dass er abgenommen werden muss.«

Heiner Brand wurde weiß um die Nase, und Edgar fürchtete, dass er auf dem letzten Meter doch noch kniff. Ohne langes Gerede nahm er ihn mit in das Behandlungszimmer und platzierte ihn auf der Liege.

Ein strenger Geruch entströmte der Socke, die Heiner Brand sich mit verzerrtem Gesicht vom Fuß zog. Der Zeh sah übel aus. So eine Unvernunft! Aber Edgar gewöhnte sich langsam daran, hier auf dem Dorf allzu oft dazu verdammt zu sein zu retten, was noch zu retten war. Diese nordhessischen Sturköpfe ließen sich erst dann zu einem Gang zum Arzt überreden, wenn die Arbeit getan und der Schmerz unerträglich wurde. Erst vor ein paar Tagen hatte er dem als »Schoppn-Schorsche« bekannten Georg Fuhrmann die Folgen einer in Heimarbeit mit Angelschnur durchgeführten Näharbeit an einer Platzwunde versorgen müssen. Der Gedanke entlockte Edgar erneut ein Grinsen. Er hatte mehr als genug Gesprächsstoff für ein langes Telefonat mit seinem Bruder Gutmund!

»Das piekt jetzt mal kurz«, warnte er seinen Patienten vor, als die Nadel schon längst in dem völlig vereiterten Zeh verschwunden war.

Ein Zischen entfuhr den zusammengepressten Lippen von Heiner Brand. Der hatte entgegen Edgars Anweisungen neugierig den Kopf gehoben, um zu verfolgen, was sich da an seinem Fuß tat. »Hörn Se ma, das hamm Se aber nit so ernst gemeint, mit der Ampudation das, oder?«

»Ich habe Ihnen schon beim letzten Mal gesagt, dass Sie eine solche Wunde ausheilen lassen müssen und der Fuß nichts in einem Schuh verloren hat. Verstehen Sie doch: Das ist der geeignete Ort für Bakterien. Und eine offene Wunde ist wie ein Scheunentor. Ich muss jetzt erneut Gewebe entfernen und …«, Edgar Brix beguckte sich den grüngelben Zeh von allen Seiten, »das wird nicht unerheblich viel sein. Sollten wir das wiederholen müssen, kann ich nicht garantieren, ob nicht zumindest ein Teil des Knochens entfernt werden muss. Und dafür müssen Sie dann in die Klinik.«

»Nit unerheblich viel?« Sichtliches Unbehagen bewegte Heiner Brand. Er ließ den Oberkörper seufzend auf die Liege sinken und hielt sich den Unterarm theatralisch vor die Augen. »Dann machen Se ma hinne.«

Edgar Brix schloss mit sich eine Wette ab, wie lange es dieses Mal dauerte, bis sein Patient jede ärztliche Anweisung in den Wind geschlagen haben würde. Dann begann er konzentriert das vereiterte Gewebe zu entfernen, nachdem er sich vergewissert hatte, dass der Zeh ordentlich betäubt war.

Er hatte gerade seine Arbeit beendet und das notwendige Verbandsmaterial zusammengesucht, da klopfte es zaghaft an der Tür.

Elsbeth Brand schob den Kopf durch einen möglichst kleinen Spalt, zuckte zurück, als ihr Blick auf das Gemetzel auf der Behandlungsliege fiel, und rief in den Türspalt: »Herr Doktor, das Telefon klingelt alszus. Das is bestimmt was Dringendes.«

Jetzt vernahm auch Edgar das Rappeln des Apparates im Flur. Er hatte sich derart konzentriert dem Fuß von Heiner Brand gewidmet, dass ihm das durchdringende Geräusch tatsächlich entgangen war. Mit dem Ellenbogen öffnete er die Tür. »Können Sie bitte rangehen? Ich bin gleich fertig und rufe dann zurück.«

»Wenn Se meinen?« Elsbeth Brand folgte mit skeptischer Miene dem Klingelton in das unbekannte Innere des Doktorenhauses.

Edgar Brix zog sich in den Behandlungsraum zurück, um sein Werk zu beenden. Doch kaum hatte er die erste Lage Verbandsmaterial um den Zeh gewickelt, als es erneut an der Tür klopfte. Er ahnte nichts Gutes, als das kreidebleiche Gesicht von Elsbeth Brand im Türspalt auftauchte. Und tatsächlich nahm dieser Morgen mit den Worten »Der Luschek is tot«, jene unheilvolle Wendung, die er in den letzten Wochen für seinen Geschmack eindeutig zu oft hatte erleben müssen.

*

Der Drahtesel stand abfahrbereit an den Gartenzaun gelehnt. Mit Hilfe von Lukas Söder war ein Gepäckträger entstanden, auf dem Edgar Brix mit einem schnellen Handgriff die Arzttasche festschnallen konnte, und schon ging es los. Er ließ sich die Ringenkuhle bergab rollen und überquerte die Hauptstraße. Um diese Uhrzeit war noch nicht mit viel Verkehr zu rechnen, sodass er, ohne lange nach rechts und links zu gucken, losradelte, um kurz darauf den Drahtesel vor der Alten Mühle an einen Pfosten zu lehnen.

In den letzten Monaten hatte der Blutdruck von Piotr Luschek schwindelerregende Höhen erreicht. Und Edgar war nicht müde geworden, den alten Kerl darauf hinzuweisen, dass er seine Medikamente einnehmen müsse.

Piotr Luschek war ein verschrobener Greis, an dem diese Art guter Ratschläge abprallte. Mit seinem unvergleichlichen Dialekt pflegte er zu entgegnen: »Wissen Sie, Dooktooorrrchen, wehn die Zeit gekohmen iiist, iiist sie gekohmen. Daas entscheidet derr Herrgott alleyn.«

Gegen das Herrgottsargument kam Edgar Brix in der Regel schlecht an, also beließ er es bei einem Lächeln, maß den viel zu hohen Blutdruck und nahm sich erneut vor, ein ernstes Gespräch mit Irina Platzek, der allseits hilfsbereiten Gemeindeschwester zu führen. Vielleicht ließ sich etwas an den Begleitumständen verbessern. Dass ein an die 90 Jahre alter Mann in einer Kammer auf dem Dachboden der Mühle hauste, war seinem Gesundheitszustand kaum zuträglich. Dort gab es noch nicht einmal eine Waschgelegenheit, geschweige denn einen Holzofen.

Zu spät, dachte Edgar, nun war das Gespräch nicht mehr notwendig.

Er öffnete das unverschlossene Tor und betrat eine Scheune. Blinde Oberlichter tauchten den Raum in einen staubigen Nebel, in dem Spinnenweben in der Zugluft zitterten. Es pfiff durch alle Ecken, und Edgar fröstelte in seinem dünnen Pullover.

Er war noch nicht bereit, den Sommer ziehen zu lassen, doch den Mantel rauszukramen, ließ sich nun nicht länger hinauszögern. Dies würde sein erster Winter in Wickenrode seit seiner Rückkehr werden. Geradezu erschreckend klar tauchten Erinnerungen aus seiner Kindheit auf.

Er war in jenem Winter sechs Jahre alt gewesen. Die Schneeberge türmten sich mannshoch rechts und links der Wege, und die Fahrspur war selbst für Pferdefuhrwerke zu schmal geworden. An einem Abend war das Schneegestöber derart undurchdringlich, dass sein Vater mit grimmiger Miene beim Abendessen saß. Er schob den Teller unangetastet weg und knetete nervös die Hände, bis die Knöchel weiß hervortraten. Im Gasthof auf dem Pfaffenberg lag die Wirtin in den Wehen, und es gab schlichtweg keine Möglichkeit, der Frau zu Hilfe zu eilen. Der kleine Edgar hätte eigenhändig die Straße zum Hirschberg hinauf freigeräumt, wenn er dadurch hätte verhindern können, dass er und sein Bruder Gutmund die schlechte Laune des Vaters ertragen mussten, die sich unweigerlich einstellte, nachdem er erfuhr, dass der Säugling bei der Geburt verstorben war. Aber Edgar war noch viel zu klein, um den Schneemassen auch nur das Geringste entgegenzusetzen. Und so ertrugen sie die Ausbrüche des Vaters in den folgenden Tagen, wenn es einer von ihnen nur wagte, den Blick zu erheben und rutschten am nächsten Tag unruhig auf dem schmerzenden Hinterteil auf der Schulbank herum und bekamen für diese Unaufmerksamkeit obendrein noch einige Schläge mit dem Rohrstock auf die Finger.

Edgar Brix seufzte. Das war in der Tat Schnee von gestern.

Er hatte den Schuppen durchquert und erreichte, versteckt hinter einem alten Kutschwagen, eine steile Holzstiege. Er schob seine Tasche vor sich her und erklomm die schmalen Stufen, die ihn auf den Dachboden führten. Tänzelnd überwand er einige scheinbar wahllos unter dem undichten Dach platzierte Töpfe und gelangte in einen kleinen Raum, den man ohne schlechtes Gewissen als Rumpelkammer bezeichnen konnte. Edgar stand mitten im Reich von Piotr Luschek.

Mit viel gutem Willen fühlte man sich an ein Gemälde von Spitzweg erinnert, doch in Wahrheit ließen die Umstände, in denen der alte Luschek hier hauste, selbst den geringsten Hauch von Romantik vermissen. Durch eine Dachluke fiel gerade genug Licht, dass Edgar Brix die Umrisse des Körpers erkennen konnte, der zusammengesunken in einem Sessel in der Ecke hing. Ein Buch war mitsamt einer Wolldecke von Piotr Luscheks Knien gerutscht und lag aufgeblättert auf dem Boden. Drei heruntergebrannte Kerzenstummel auf Untertellern hatten vermutlich vor Stunden das letzte Licht gespendet, und die Lesebrille baumelte dem alten Luschek quer vor dem Gesicht. Edgar nahm ihm vorsichtig die Brille von der Nase und legte sie zur Seite. Dann hob er in aller Ruhe das Buch auf. *Anna Karenina*. Er lächelte. Piotr Luschek und Anna Karenina? Schade, dass es Dinge gab, die man erst zu spät über einen Menschen erfuhr, dachte er.

Edgar Brix erledigte die notwendigen Handgriffe ohne Hast. Er verzichtete darauf, die üblichen Tests auf verbliebene Reflexe durchzuführen. Dieser Mann war so tot, wie man eben nur tot sein konnte, und er wollte dem alten Kerl die Ruhe gönnen, die er sich nach seinem beinahe unendlich langen Leben verdient hatte.

Er holte die Papiere aus der Tasche, um sie, nach einem kritischen Blick auf den verdreckten Tisch in der Ecke, unverrichteter Dinge wieder wegzupacken. Er legte dem alten Mann die Wolldecke über die Beine, fasste ihn noch einmal bei der Hand und prägte sich mit einem langen Blick in das runzelige Gesicht ein letztes Mal Piotr Luscheks greisenhafte Züge ein. Dann ging er die Stiege hinab und machte sich auf den Weg zur Mühlenbesitzerin.

Gudrun Pfeifer erwartete ihn bereits in den Rahmen ihrer Haustür gelehnt. Die Frau füllte den Durchgang fast vollständig aus. Edgar fiel ihr Auftritt in seiner Praxis vor wenigen Wochen ein. Nicht mal eine Aufforderung hatte sie abgewartet und den blutenden Arbeiter mit den Worten: »Der is zur Middagspause widder uff Schicht!«, eigenhändig auf die Behandlungsliege in Edgars Sprechzimmer gewuchtet. Den Hinweis, dass zwei abgetrennte Finger das unmöglich zuließen, wartete sie gar nicht erst ab und dampfte so schnell ab, wie sie gekommen war. Was aus dem armen Teufel geworden war, den Edgar unverzüglich in die Handchirurgie des Stadtkrankenhauses hatte bringen lassen, war ihm unbekannt, doch er fürchtete, dass mehrere Wochen Arbeitsausfall in der Welt von Gudrun Pfeifer keinen Platz hatten. Dennoch wohnte in diesem gewaltigen Frauenkörper offenbar ein Herz, das groß genug war, um dem alten Piotr kostenlos Unterschlupf zu gewähren, seit der von seiner kläglichen Rente nicht einmal mehr ein Mauseloch hätte bezahlen können.

Edgar konnte den Reflex nicht unterdrücken, sich so breitzumachen, wie es ihm möglich war. Das Gefühl blieb: Im Angesicht dieser Amazone in Kittelschürze wirkte wohl jeder Kerl wie ein mickriges Männlein. Der Blick, den sie ihm von oben zuwarf, machte alles noch schlimmer, und so gab er den Versuch auf und rang sich dazu durch, mit einer Portion Freundlichkeit Einlass in die gute Stube von Gudrun Pfeifer zu erlangen, um endlich den Totenschein ausfüllen zu können. »Könnte ich wohl einen Augenblick bei Ihnen Platz nehmen, um die Formalitäten zu erledigen? Außerdem müssten wir den Bestatter rufen.«

»Längst erledigt!«, tönte es aus der luftigen Höhe.

Nachdem Edgar kurz einen Gedanken daran verschwendet hatte, ob die Frau die 1,90 überschritt, setzte er sein Vorhaben fort: »Das ist sehr umsichtig. Haben die gesagt, wann mit ihrer Ankunft zu rechnen ist?«

»Die sargen jetzte einen in Laudenbach in. Kann noch 'ne gute Stunde dauern.«

»Darf ich kurz hineinkommen, um den Totenschein auszustellen?« Er hatte das Gefühl von dem Unterdruck in das Haus gesogen zu werden, der entstand, als die Frau die Tür mit einem Schritt zur Seite freigab. Ihre enormen Unterschenkel steckten in ausgelatschten braunen Schnürschuhen und groben grünen Socken. Edgar konnte es sich nicht verkneifen, sie anzustarren. Wie zwei Baumstämme ragten sie unter der Kittelschürze heraus, die durch die bis zum Bersten gespannten Knöpfe einen Blick auf einen hautfarbenen BH vom Typ »Amazonenpanzer« erlaubte. Edgar dachte an die russischen Kugelstoßerinnen, die er kürzlich bei den Olympischen Spielen im Fernsehen gesehen hatte.

Er folgte in ihrem Windschatten bis in die Küche. Dort wies sie ihm einen Platz auf einem klapprigen Stuhl zu, den Edgar ohne Zögern einnahm, seine Unterlagen aus der Tasche kramte und sich unter dem strengen Blick von Gudrun Pfeifer daran machte, die Papiere auszufüllen.

»Woran isser denn gestorben?« Ihre Stimme schwang nicht gerade über vor Herzlichkeit, dennoch hatte Edgar das Gefühl, das sie sich ehrlich für das Schicksal des alten Mannes interessierte.

»So wie sich die Auffindesituation darstellt«, Edgar bemerkte die hochgezogenen Augenbrauen und räusperte sich, »also, so friedlich, wie Herr Luschek gestorben ist, kann ich nur auf Altersschwäche schließen. Ich habe ihn ja regelmäßig untersucht, und von zu hohem Blutdruck abgesehen, war sein Zustand altersgerecht.«

»Nu ja, in dem Alter stirbt sich's schon mal, nit?«

»Wissen Sie, wie alt Herr Luschek war?«

»Das wusste der wahrscheinlich selber nit genau. Hä hot immer von was um 80 gesprochen. Aber wenn Se mich fragen, war hä bestimmt schon 90.«

Edgar nickte.

»So'n Pech au. Nächste Woche wär hä in die Genese umgezogen.«

»Ach ja?« Edgar sah erstaunt auf. »Davon wusste ich ja gar nichts.«

»Ja, 's Irina Platzek hot sich für emme starkgemacht. Der ahle Kerl hatte doch kaum noch 'n Pfennig. Da hot sie beim Bürjermeister von Helsa eine Ussnahme fürn Luschek erwirket. Und noch vor Einbruch des Winters hätt hä umziehen sollen. Das hot se emme gesprochn.«

»Davon hat sie mir gar nichts gesagt. Normalerweise bekomme ich Nachricht, wenn einer meiner Patienten in das Seniorenheim umzieht.« Edgar nahm sich vor, bei Gelegenheit mit dem Leiter des Seniorenheims Helsa zu sprechen. Eine Verlegung war für die alten Leutchen häufig mit derart viel Aufregung verbunden, dass er im Vorfeld gerne eingebunden wurde. Und üblicherweise klappte das auch gut. Vielleicht war dieses Mal einfach alles zu schnell gegangen. »Das ist wirklich sehr schade. Da hätte er es noch einmal richtig gemütlich gehabt.« Als Edgar die unglückliche Wortwahl bemerkte, biss er sich unwillkürlich auf die Zunge, doch die Mühlenbesitzerin winkte ab.

»Lassen Se's gut sinn. Is mir schon gewahr, dass das kinne Luxusherberge unner minnem Dach war. Aber hä wollt's so honn. Ich honn ihm alszus angeboten, dass hä in de ahle Trockenkammer hätt umziehen können, aber hä wollte nit.«

Das war es, was Edgar von Piotr Luschek erwartet hätte. Umso mehr verwunderte ihn der geplante Umzug in das Altenstift des Nachbarortes. Doch vielleicht hatte Irina Platzek es tatsächlich geschafft, den alten Luschek eines Besseren zu bekehren.

»Was passiert dann jetzte mit sinnem Kram?«

Edgar sah sie fragend an.

»Na das Gemähre uff dem Dachboden? Viel isses ja nit, aber ich kann doch des Zeugs nit einfach weghauen, oder?«

Edgar überlegte einen Augenblick. Auch wenn es nicht viel war, was Piotr Luschek hinterlassen hatte, es einfach wegzuwerfen, kam ihm nicht richtig vor. »Würde es Ihnen etwas ausmachen, die Sachen erst noch so zu belassen? Ich könnte mir vorstellen, noch einmal einen Blick darauf zu werfen.«

»Ja, könnten Se sich's vorstellen, oder wolln Se's au machen? Ich honn kinne Zitt, hier mit Sentimentalitäten rumzumachen, verstehn Se das?« Die Anrichte, auf die sich der massige Frauenkörper aufstützte, kippelte im Takt ihres tippenden Fußes.

»Das verstehe ich gut. Die Praxis ist heute Nachmittag geschlossen, ich würde dann noch einmal vorbeischauen.«

»Machen Se das. Dann kann ich morgen das restliche Zeugs weg haun.«

Edgar fragte sich, ob er sich irgendwann an die unverblümte Wortwahl im Dorf würde gewöhnen können. Aber vermutlich ging es den Bewohnern mit seinem festsitzenden amerikanischen Dialekt ähnlich, obwohl die Bemerkungen nachließen. Lediglich ein alter blinder Patient hatte ihn gefragt, ob er auch »so'n Schwatter« sei, was sein Enkel dankenswerterweise in »ein Neecher« übersetzte. Edgar konnte die Frage verneinen, woraufhin der alte Mann einer Behandlung zustimmte. Dass er zwar weißer Hautfarbe, aber jüdischer Abstammung war, verschwieg Edgar sicherheitshalber. Der alte Knispel hätte es sich womöglich doch noch anders überlegt.

Edgar packte seine Unterlagen, entfernte den Durchschlag für den Bestatter und ließ ihn auf der Wachstuchtischdecke liegen. »Geben Sie den bitte dem Herrn Hartmann? Um die Ausfertigung für die Gemeinde kümmere ich mich.«

Er erntete einen entnervten Blick, während ein orkanartiges Seufzen dem Resonanzraum von Gudrun Pfeifer entwich. Zweifellos hielt sie ihre Gutmütigkeit für überstrapaziert. Edgar drückte ihr noch artig die Pranke und verabschiedete sich schnell.

Ihren Händedruck spürte er noch, als er das Fahrrad an seinen Gartenzaun gelehnt und die durcheinandergeratene Einteilung des heutigen Tages wieder in Ordnung gebracht hatte. Nachdem er die beiden ausgefallenen Operationen mit zwei kurzen Telefonaten auf den nächsten Mittwoch verschoben hatte, saß er vor einer kalten Tasse Kaffee am Küchentisch. Er legte die Hände vor das Gesicht und schloss die müden Augen. Erst der Möller. Von einem Tag auf den anderen durch Herzversagen gestorben, dabei hatte er am Tag zuvor noch ganz lebendig bei Edgar in der Praxis gestanden. Dann der Kuhfuß. In der ganzen Aufregung des Spätsommers nahm beinahe keiner Notiz davon, dass der sich seit Tagen nicht mehr hatte blicken lassen. Der Zeitungsjunge hat den üblen Geruch gemeldet, da saß der Kuhfuß bereits seit drei Tagen am Küchentisch mit dem Gesicht in einer Wurstsemmel. Und jetzt auch noch der Luschek. Und das alles in wenigen Wochen.

Edgar würde all seinen Optimismus aufbieten müssen, um nicht an eine Pechsträhne zu glauben. Er nippte an dem kalten Kaffee und schüttelte sich. Aber naja, selbst die schlimmste Pechsträhne muss ja auch irgendwann ein Ende haben, dachte er.

*

Ein kurzes Telefonat, und schon waren sie sich einig: Sie wollten dem Luschek gemeinsam die letzte Ehre erweisen und einen Blick auf seinen spärlichen Nachlass werfen.

Albrecht Schneider wartete bereits an der Ecke, an der die steile Kopfsteinpflastergasse zu seinem Haus in die Ringenkuhle mündete, die sich wie ein ausgewaschenes Flussbett vom Hirschberg hinunter durch den Ort wand. Wenige 100 Meter oberhalb der Ecke, an der er nun auf einer Sandsteinmauer hockte und auf Edgar wartete, lag das Arzthaus. Albrecht schaute erwartungsvoll die Straße hinauf und wackelte mit dem Hinterteil, um eine bequemere Stellung zu finden.

Während er den schlaksigen Arzt auf seinem Weg die Straße hinunter beobachtete, schlug er die Arme um den Körper. Die Sonne stand tief am Himmel, und ihre Strahlen wärmten bestenfalls oberflächlich. Albrechts Schäferhündin Blume lag artig neben ihm und spitzte erwartungsvoll die Ohren, als sich Edgar Brix näherte.

»Du holst dir noch Hämorrhoiden.« Edgar deutete auf Albrechts Hinterteil und die kalte Sandsteinmauer.

»Kannst du das bitte mal sein lassen? Wenn ich den Rat eines Arztes brauche, werde ich einen besuchen. Und überhaupt …«, er rollte die Augen, die unter seiner grünen Kappe im Schatten lagen, »in meinen alten Hintern verirrt sich keine Hämorrhoide mehr – das würde sich ja gar nicht mehr lohnen.«

Edgar schlug Albrecht zur Begrüßung auf die Schulter. »Lass gut sein. Berufskrankheit.«

»Deswegen solltest du dich mal behandeln lassen«, scherzte Albrecht und knuffte Edgar in die Seite. Heute ließ sich die gute Laune selbst durch die schlechte Nachricht vom Tod des alten Luschek nicht unterkriegen. Am Tag zuvor war sein Arm das erste Mal, seit er aus dem Gips raus war, wieder schmerzfrei und die Gelegenheit günstig gewesen, um einen Hasen zu schlachten. Der nackte Kerl hing jetzt kopfüber im Geräteschuppen. Albrecht lief das Wasser bereits im Mund zusammen bei dem Gedanken an den Duft, der sich im Haus verteilen würde, wenn der Hase, erst zu Gulasch zerteilt, einige Stunden in Rotwein mit Zwiebeln im Rohr verbracht hatte.

Das war heute das erste Mal, seitdem seine Edith gestorben war, dass Albrecht beschlossen hatte, etwas für sich zu kochen, was nicht nur aus Kartoffeln, Eiern und Speck bestand, und erstaunlicherweise freute er sich darauf wie ein kleines Kind. Das Abenteuer des Sommers hatte seine Lebensgeister beflügelt und ihm die Schäferhündin Blume als Gefährtin beschert, und insgeheim war er dem jungen Arzt dafür abgrundtief dankbar. In ruhigen Minuten grübelte er darüber nach, ob es daran lag, dass mit dem alten Fritz Veit etwas beerdigt worden war, was ihm seit über 20 Jahren auf die Seele gedrückt hatte, oder ob es etwas damit zu tun hatte, dass er dem Tod von der Schippe gesprungen war. Egal. Es ging ihm gut, und das allein zählte. Liebevoll kraulte er die Schäferhündin hinter den Ohren, dann erhob er sich mühselig von der Mauer. Er klopfte den Staub des Sandsteins von seiner abgewetzten Cordhose und begleitete Edgar Brix in Richtung Dorfmitte.

Die große Linde warf bereits die ersten Blätter ab, und die Fenster der Fachwerkhäuschen waren nun schon um diese Tageszeit warm erleuchtet. Der Schuppen an der Alten Mühle jedoch stand dunkel und schweigend da. Albrecht band die Hündin vor dem Eingang an.

Edgar ging voran in den Schuppen und beleuchtete den Weg mit einer Taschenlampe. Das Dämmerlicht reichte hier unten gerade noch aus, um sich zu orientieren, aber bereits der Aufgang über die schmale Stiege glich einem Himmelfahrtskommando.

Der Lichtkegel der Lampe tastete über die Holzdielen des Dachbodens. Edgar stolperte, und Albrecht zuckte zusammen, als das Scheppern eines umgestoßenen Eimers die Stille durchbrach. »Das ist ja der reinste Hindernislauf. Eins ist mal sicher, ein Einbrecher hätte sich nicht unbemerkt nähern können.« Er tänzelte über den nächsten Eimer, der unter einer fehlenden Dachschindel auf dem Boden platziert war.

»Hierher hätte sich kein Einbrecher verirrt. Hier gab es mit Sicherheit nichts zu holen«, sagte Edgar.

»Mal sehen, vielleicht hat der alte Luschek etwas unter dem Kopfkissen versteckt.« Der Schein der Taschenlampe leuchtete Albrecht forschend ins Gesicht, dahinter guckte Edgar ihn verständnislos an.

In Piotr Luscheks Behausung senkte Edgar die Taschenlampe. Das Licht aus der Dachluke war zwar spärlich, aber die Augen gewöhnten sich zunehmend an das Dämmerlicht. Der alte Sessel war leer, und eine Wolldecke lag achtlos hingeworfen auf dem Boden.

Albrecht ging zielstrebig auf einen Stapel aus Holzkisten zu, der dem alten Luschek als Regal gedient hatten. »So eine hab ich auch«, er deutete auf eine alte Karbidgrubenlampe und fuhr mit dem Daumen über den unteren Rand, um die Gravur zu ertasten, die er darin vermutete. »Dacht ich mir's doch, das Pensionsgeschenk mit Inschrift: *Glück auf, Steiger, Glück auf! Für treue Dienste unter Tage.*« Albrecht stieß verächtlich die Luft aus. »Und das soll dann der Lohn für die Plackerei als Bergmann sein. Eine Pension, von der sich der Luschek eine warme Bude hätte leisten können, hätte ihm mehr genutzt.« Während er die Grubenlampe aus dem Regal fingerte, geriet ein Glasfläschchen ins Wanken, das er gerade noch mit der linken Hand vor dem Absturz aus der Luft fing.

Edgar leuchtete mit der Taschenlampe gegen den trüben Inhalt und zog eine Schnute, dann wandte er sich einem Gegenstand zu, der ihn offensichtlich mehr interessierte. Er hatte einen Karton aus einer Ecke gezogen und zielte mit dem Lichtstrahl hinein. »Du kommst doch mit deiner Pension ganz gut über die Runden. Warum war denn der Luschek so knapp bei Kasse?«, fragte Edgar beiläufig, während er sich ohne aufzublicken dem Inhalt des Kartons widmete.

Dass der junge Arzt die schlimmen Jahre des Krieges wohlbehütet auf der anderen Seite des Ozeans verbracht hatte, ließ sich nicht leugnen. Albrecht neidete es ihm nicht. Mit väterlicher Geduld antwortete er: »Im Gegensatz zum Luschek habe ich einen kleinen Hof übernommen und konnte meine Familie nebenher selbst versorgen. Und obendrein kam der Luschek ja erst zu Beginn des Krieges in die Grube, und da war er schon fast 60. Da kam nicht viel Pension zusammen.«

Ein Brummen als Antwort war alles, was Albrecht erwarten konnte, denn der Karton fesselte immer noch Edgars Aufmerksamkeit. Der Schein der Taschenlampe wanderte über den Inhalt, dann zog Edgar eine zerknitterte Fotografie hervor. »Den nehmen wir mit.« Er legte den Deckel auf den Karton und drehte sich zu Albrecht um: »Hast du noch etwas gesehen, was von Bedeutung wäre?«

»Ich nehme ihm nur die Lampe mit. Für seinen letzten Grubengang.«

Edgar warf einen abschließenden Blick auf Piotr Luscheks armseliges Reich. »Wir sollten uns auf den Weg machen.« Er schien noch einen Augenblick zu überlegen, dann griff er schnell die Brille und ein dickes zerfleddertes Buch. »Anna Karenina«, sagte er. »Ich glaube, es hätte dem alten Kerl etwas bedeutet, sie bei sich zu haben.«

Albrecht ging mit der Grubenlampe unter dem Arm voraus in Richtung Stiege und seufzte. Zwei Handgriffe, und ein ganzes Menschenleben ist eingesammelt, dachte er. Hier gab es nichts mehr, was sie für den alten Piotr tun konnten.

*

Edgar saß im Schein der altmodischen Deckenlampe an Albrechts Küchentisch, und das Knacken der Hasenknochen bereitete ihm Zahnschmerzen. Hätte er geahnt, was Albrecht vorhatte, wäre er später nachgekommen, doch die Neugier auf den Inhalt des Kartons hatte ihn getrieben.

Albrecht zerlegte den Hasen mit flinken Fingern in Gulasch und Karkasse. Blume ließ ihn keine Sekunde aus den Augen und bekam den sanft wedelnden Schwanz vor lauter Vorfreude nicht unter Kontrolle.

»An dir ist ja ein Chirurg verloren gegangen«, anerkannte Edgar mit verkniffenem Gesicht neidvoll. Pathologie und Orthopädie und das Geräusch einer Knochensäge hätten um ein Haar sein Medizinstudium beendet. Unmengen von Blut und jeder noch so abartige Gestank machten ihm nicht halb so viel aus wie das Geräusch berstender Knochen. Es hätte nicht viel gefehlt und er hätte alles hingeschmissen, bis ihm sein Bruder Gutmund eindringlich den Ernst der Lage erklärte: Conrad Brix wäre zugrunde gegangen bei dem Gedanken daran, einen Drückeberger großgezogen zu haben. Er hätte seinem Vater nie wieder unter die Augen treten brauchen. Edgar Brix seufzte tief. Warum nur ließ er sich damals davon einschüchtern, nur um keine zehn

Jahre später ohnehin die Flucht zu ergreifen? Wenn das alles einen Sinn ergab, dachte Edgar, war er jedenfalls noch Meilen entfernt, ihn zu verstehen.

Er hob den Deckel von dem Karton, um sich abzulenken. Der fischige Geruch von altem Papier stieg ihm in die Nase, während er einen langen Blick auf die letzten Habseligkeiten von Piotr Luschek warf. Vorsichtig griff er in den Karton und holte ein Schriftstück nach dem nächsten heraus.

Zuoberst lag die Fotografie der schönen Frau, die Edgar bereits beim ersten Anblick in Piotr Luscheks Behausung gefesselt hatte. Sie trug ein neckisches Hütchen und ein adrettes Charleston-Kleid mit hellen Schuhen, die ein Riemchen über ihrem schmalen Spann hielt. Damenhaft saß sie, die Beine artig übereinandergeschlagen, auf einem Hocker und schaute konzentriert in die Kamera. Aber da lag noch etwas in ihren Augen, das so gar nicht zu der artig drapierten Körperhaltung passte. Ihr Blick sprach von Abenteuerlust und ungezügelter Lebensfreude, und Edgar konnte den alten Luschek so gut verstehen: Dieses Foto hätte er auch aufbewahrt. Er drehte das Bild um. Leider stand dort nur eine Jahreszahl: 1924. Schade, dass die kesse Dame nicht mehr von sich preisgab.

Er legte das Foto zur Seite und widmete sich dem Schriftstück, das nun zuoberst in dem Karton lag. Ein Schreiben der Bergwerksverwaltung: Man habe sich entschlossen, Piotr Luschek, obwohl Belege und Personalausweis fehlten, als Hilfsarbeiter im Berg einzusetzen. Er habe sich vor Arbeitsantritt im Verwaltungsgebäude auf dem Hirschberg einzufinden. Adressiert war das Schreiben an den »Gasthof zum König von Preußen«, und unterzeichnet war es mit einer raumgreifenden schwungvollen Unterschrift.

Edgar stand auf und hielt Albrecht das Schreiben vor die Nase. »Wessen Unterschrift ist denn das?«

»Das ist die Unterschrift des Herrn Baron persönlich. Also, dem Bergwerkseigner.«

»Aha.« Edgar legte das Schreiben auf den Stapel. Einige zerfledderte Zettel mit handschriftlichen Notizen, die er ohnehin nicht entziffern konnte, tat er sofort zur Seite, bevor sein Blick auf ein kleines dünnes Büchlein in blauem Ledereinband fiel. Auf der Innenseite prangte ein großes Amtssiegel über einigen Einträgen in – so vermutete Edgar – polnischer Sprache. Auf die linke Seite war ein Foto geheftet. Mit ziemlicher Sicherheit der knapp 20-jährige Piotr Luschek, allerdings mit einem winzigen Unterschied: Der Name des Mannes auf dem Foto lautete Peter Weizmann. Wieder stand Edgar auf und hielt Albrecht den Ausweis vor die Nase, der diesen im Schatten seiner Kappe musterte.

»Oha. Sieh mal einer an. Deswegen waren seine Ausweispapiere verschwunden, als er hier ankam.«

Sich als polnischer Jude mit falscher Identität unter die Deutschen zu mischen, war mehr als mutig. Innerlich zog Edgar den Hut vor dem alten Mann. Immerhin hatten sie nun ein Geburtsdatum: Piotr Luschek musste 91 Jahre alt werden, bevor er seiner großen Liebe nachfolgen konnte. Das zumindest war die Geschichte, die Edgar dem Luschek und der Frau auf dem Foto angedichtet hatte.

»Wir sollten den Ausweis an das Rote Kreuz übergeben. Vielleicht hat er ja noch irgendwo Verwandtschaft.« Albrecht hatte sein Werk an dem Hasen vollendet und wusch sich die Hände.

»Das ist eine gute Idee. Mit Hilfe der richtigen Identität könnte möglicherweise jemand zu ermitteln sein. Mit Sicherheit gibt es noch Unterlagen in der jüdischen Gemeinschaft von …«, mit zusammengekniffenen Augen versuchte Edgar, den Namen der Stadt zu entziffern, in der der Ausweis ausgestellt worden war, »sieht aus wie Krakow.«

Ein prasselndes Geräusch erfüllte den Raum, als Albrecht das Fleisch in den heißen Topf gab. In Windeseile breitete sich ein köstlicher Bratenduft in der Küche aus, und Edgar lief das Wasser im Mund zusammen.

Albrecht warf noch Zwiebeln, Karotten und Sellerie dazu und rührte bedächtig um. Dann entfernte er aus einer Flasche Rotwein mit dem Zähnen den Korken, roch prüfend daran, gönnte sich einen Schluck und kippte dann den Inhalt in einem Schwung zu dem Hasen in den Topf.

»Ich wusste gar nicht, dass du kochen kannst.« Edgar schmunzelte. »Wieso essen wir denn seit Monaten nur die Sachen, die Fiona kocht?«

»Sei froh, dass du überhaupt hin und wieder was Vernünftiges zu essen bekommen hast. Du hättest dich doch von Konserven und Butterbrot ernährt.«

Edgar schürzte die Lippen. Das war leider wahr. Seine Vorräte waren stets übersichtlich, und abends alleine beim Abendbrot zu sitzen, schlug ihm auf den Appetit. So viele Male in den letzten Wochen hatte er mit Albrecht gemeinsam die hoffnungslosen Versuche Fionas scheitern sehen, etwas Genießbares auf den Tisch zu bringen. Und selbst wenn er die Suppe im wahrsten Sinne des Wortes hinterher auslöffeln musste: Das Gefühl, Teil einer Familie zu sein, hatte er so sehr genossen, dass sogar das zäheste Schnitzel wie eine Wohltat daherkam. Doch nun war diese Zeit vorüber. Der Gips an Albrechts Arm war ab, und der alte Kerl konnte, von den üblichen Besuchen Fionas an den Samstagen einmal abgesehen, wieder gut für sich selber sorgen.

»Mach dir nichts draus, du hast nicht viel verpasst. Ich kann nur Fleisch in Rotwein schmoren, dann hörte es auch schon auf mit den Kochkünsten.« Ein Stück sehniges Fleisch flog direkt in Blumes Maul, die strategisch günstig in unmittelbarer Nähe Stellung bezogen hatte. Albrecht füllte die restlichen Hasengebeine in eine Schüssel und stellte sie der Hündin in den Flur.

Edgar schauderte es erneut, als ihre Zähne krachend die Hasenknochen zermalmten. Auf jeden Fall roch es köstlich, und sein Magen knurrte.

»Nimm doch ruhig schon mal Brot und Wurst aus der Kammer. Ich bin auch gleich soweit.« Albrecht warf noch ein Holzscheit in die Klappe des Herds. Eine wohlige Wärme waberte unmittelbar durch die muckelige Küche.

Edgar verließ ungern die Schätze in dem Karton, doch die Aussicht auf Albrechts fantastische Wurst im Glas und eingelegte saure Gurken erleichterte ihm die Entscheidung.

Nachdem der Tisch gedeckt und der Deckel auf dem Topf blubbernd den köchelnden Inhalt bedeckte, setzte sich auch Albrecht zu Edgar auf die Eckbank. Er stellte zwei Flaschen Bier auf den Tisch und schnitt breite Scheiben von dem Brotlaib ab, den er zuvor auf dem Herd angewärmt hatte. Die Kruste krachte, und dem Laib entströmte ein sagenhafter Duft.

Edgar strich eine dicke Schicht Butter auf die warme Brotscheibe und warf eine ordentliche Prise Salz auf die geschmolzene Butter. Er schloss die Augen. *Warmes Butterbrot mit Salz.* Wenn er etwas während der Zeit in den Staaten vermisst hatte, dann war es das. Er nahm einen kräftigen Hieb aus der Bierflasche. Ach ja, dachte er, und natürlich vernünftiges Bier.

Eine Weile genossen die beiden Männer das Mahl, ohne zu reden. Dann griff Albrecht über den Tisch und musterte den abgegriffenen Ausweis von Piotr Luschek erneut. »Ist das nun Dummheit oder Sentimentalität, das aufzuheben, wenn man weiß, dass einen das Ding ins KZ bringen kann?«

Edgar antwortete nicht. Wie sollte er Albrecht erklären, wie es sich anfühlte, seiner Heimat beraubt zu sein, wegen einer Eigenschaft, für die man nicht das Geringste konnte. Auf eine Art konnte Edgar verstehen, warum Peter Weizmann alias Piotr Luschek sich nicht vom letzten Beweis seiner Identität trennen mochte. Sich selber so vollständig zu verleugnen, glich einer Lüge, für die es keinen Grund gab. Er sah Albrecht resigniert an.

»Naja, er wird seine Gründe gehabt haben.« Albrecht reckte den Hals in die Richtung des Kartons. »Was ist denn noch drin?«

Edgar schob den Teller zur Seite und zog den Karton wieder heran. Ein Dokument aus grauer Pappe zog seine Aufmerksamkeit auf sich. Die Außenseite prägte ein Adler auf einem Hakenkreuz. Edgar spürte die Haare in seinem Nacken kitzeln. Er nahm das Dokument in die Hand, als könne es ihn beißen, und faltete es vorsichtig auf. »Reichskennkarte«, sagte er nachdenklich. »*So* wurde aus dem polnischen Juden ein russischer Bergarbeiter.«

Er übergab den Ausweis an Albrecht, der ihn mit weit ausgestrecktem Arm und zusammengekniffenen Augen musterte.

»Na, sollte da mal jemand einen Augenarzt aufsuchen?«

Albrecht Schneider ignorierte die Bemerkung und widmete sich konzentriert dem grauen Papier. »Das ist ausgestellt worden, nachdem Piotr bereits im Hirschberg arbeitete. Und sieh einer an, da ist er plötzlich zehn Jahre jünger. Da hat doch bestimmt der Herr Baron etwas gedreht. Es würde mich nicht wundern, wenn er gewusst hat, dass er einem Juden zu einer neuen Identität verholfen hat.«

»Ich dachte immer, der steckte mit den Nazis unter einer Decke.«

»Wie kommst du denn darauf? Ne, ne, das war ein hochanständiger Mann. Der wusste genau, wem er wann eine Flasche Wodka oder eine Dose Kaviar zustecken musste, damit dumme Fragen gar nicht erst aufkamen. Und bis zum letzten Tag hat er es irgendwie geschafft, unbehelligt seine Geschäfte zu machen, ohne in die Partei einzutreten.«

»Aha.« Edgar war sich nicht sicher, ob er es ehrenhaft fand, dass jemand ein Vermögen mit der Lieferung von Braunkohle an eine Waffenfabrik verdient hatte, deren Erzeugnisse wiederum Hunderttausende Tote produziert hatte. *Kriegsgewinnler* nannte man solche Leute doch. Tja, im Angesicht des Krieges wurde Moral kurzerhand neu definiert. Er verfolgte, wie Albrecht das Papier wieder in dem Karton verschwinden ließ. Ohne das Hakenkreuz vor Augen, fühlte er sich bedeutend wohler. Ein kleiner Stapel zerknitterter Fotografien lag zuunterst im Karton. Edgar sah sich ein Bild nach dem anderen in Ruhe an. Sie waren offensichtlich alle auf dem Bergwerksgelände entstanden. Schwarzgesichtige Steiger vor dem Ausgang des Stollens, ein weiteres mit einigen Bergleuten und einer Dame mit Hütchen und Kostüm. Edgar hielt Albrecht das Foto hin.

»Ach, das war die Konradi von der Schichteinteilung. Unbestechlich, das Weibsbild.« Ein Schmunzeln zog über Albrechts Gesicht. »Jeder Versuch, sich in eine günstigere Schicht zu mogeln, prallte an dieser Matrone ab. Selbst Konfekt war rausgeschmissenes Geld.«

»Du hast nicht allen Ernstes versucht, dir eine bessere Schicht mit Konfekt zu ergaunern?« Edgar musste grinsen.

Albrecht zuckte die Achseln. »Klar. Haben doch alle gemacht. Nur bei der Konradi haben wir alle auf Granit gebissen.«

Edgar schüttelte mit gespieltem Entsetzen den Kopf, aber einen weiteren Kommentar sparte er sich. Ein anderes Foto hatte seine Aufmerksamkeit auf sich gezogen. Er betrachtete es eine Weile schweigend. Dann stand er von der Bank auf und ging in eine Ecke der Küche, in der einige Bilder scheinbar zufällig ihren Platz an der Wand gefunden hatten. Er hielt das Foto aus dem Karton neben eine gerahmte Fotografie. »Guck mal, das ist die gleiche Aufnahme.«

Albrecht hatte bereits begonnen, das Geschirr vom Tisch zu räumen, und drehte sich zu Edgar um. Er betrachtete beide Fotos nacheinander. »Tatsächlich. Weißt du, was das für ein Tag war?«

Edgar setzte sich in Erwartung einer längeren Ausführung wieder an den Tisch.

»Das war der Tag, an dem wir aus heiterem Himmel aus dem Stollen geholt wurden. Der Luschek, der Fasshauer, der Kuhfuß, der Möller und ich. Und weißt du, warum so plötzlich?«

Edgar verzog nachdenklich den Mund. Er musste passen.

»Kriegsende! Der Krieg war vorbei. Du kannst dir nicht vorstellen, was hier los war.« Albrechts Blick versank in den Tiefen seiner Vergangenheit. Tatsächlich schien dieses eine gute Erlebnis doppelt und dreifach zu zählen, im Angesicht aller schmerzlichen Kriegserinnerungen, denn Albrecht guckte ganz verklärt.

Edgar wartete, bis der alte Kerl aus den Gedanken auftauchte. Dann fragte er: »Wer hat das Foto gemacht?«

Albrecht überlegte. »Gott, ist das lange her. Das muss einer von den GIs gewesen sein, die sich oben in dem Ausbildungsheim einquartiert hatten. Die waren ja schon seit April 1945 hier im Ort. Der Luschek hat denen als Übersetzer dabei geholfen, die restlichen Zwangsarbeiter aus Hirschhagen zu vernehmen.« Albrecht schüttelte den Kopf. »Ich verstehe bis heute nicht, warum die nicht alles dem Erdboden gleichgemacht haben.«

»Wieso sollten die denn das Bergwerk zerstören?«

»Doch nicht das Bergwerk. Die Sprengstofffabrik! Sag mal, du hast ja gar keine Ahnung, oder?«

Edgar kam sich vor wie ein dummer Schuljunge. Dieser Teil der örtlichen Geschichte war vollends an ihm vorübergegangen. Zu der Zeit, als Albrecht vor dem amerikanischen Soldaten posierte, trat Edgar gerade in die Highschool von New Haven ein. Dieses eine Mal hatte sich ihre Mutter durchgesetzt. Sich den Plänen des Vaters für seine Söhne in den Weg gestellt, die vorsahen, die beiden Jungen auf einem renommierten Internat, weit weg von zu Hause, in die vorbestimmte Fahrspur der Familie Brix zu setzen. Unmissverständlich kündigte Helene Brix an, dass ihre Koffer im selben Augenblick gepackt auf der Schwelle stehen würden, in dem einer ihrer Söhne ohne einen triftigen Grund vor dem 21. Lebensjahr das Haus verlassen würde. Und so kam es, dass Edgar zu Kriegsende die Highschool im beschaulichen New Haven in der Nähe seines Elternhauses besuchte und, wenn überhaupt, nur eine vage Ahnung davon hatte, welche Gräueltaten sich in der Zwischenzeit in seiner alten Heimat abspielten. Edgar hatte zu dieser Zeit mehr als genug mit sich selbst zu tun. Er steckte mitten in der Pubertät und war den antisemitischen Angriffen seiner Mitschüler hilflos ausgesetzt. Kaum ein Tag verging, an dem er nicht mit seiner Identität haderte und sich fragte, weshalb es irgendjemand erstrebenswert finden konnte, einem Volk anzugehören, das nirgendwo auf diesem Planeten willkommen war.

Traurig fiel Edgar auf, dass er für all das nicht ernsthaft Verständnis von Albrecht erwarten konnte. Er schluckte jede Rechtfertigung für sein Unwissen herunter und widmete sich wieder der Fotografie.

»Und wie ging es dann weiter?«

»Die Amerikaner haben erst mal alles unter ihre Verwaltung gestellt. Das Bergwerk, die Sprengstofffabrik in Hirschhagen. Alles eben. Der Baron hat endlose Verhöre über sich ergehen lassen müssen, aber letztlich konnten sie ihm nichts nachweisen. In Hirschhagen gab es ein paar strategische Sprengungen, bis die Amis feststellen mussten, dass gegen den Beton der Produktionsbunker kein Kraut gewachsen war. Dann haben sie die Gebäude so stehen lassen.«

Edgar warf einen Blick auf die Uhr. Es war schon spät, und morgen früh musste er ausgeruht Patienten behandeln. Er packte die Fotografien wieder in den Karton und legte sorgsam den Deckel darauf. »Kannst du dich um den Termin für die Beerdigung kümmern? Dann können wir ihm die Sachen mitgeben für den letzten Weg.«

»Ich dachte zwar, das macht in solchen Fällen die Frau Platzek, aber von mir aus.« Albrecht winkte gleichgültig ab.

Edgar erhob sich müde von der Eckbank und machte einen großen Schritt über die grunzende Blume, die noch nicht einmal die Ohren spitzte. Er versprach Albrecht, am nächsten Tag auf eine Portion Hasengulasch vorbeizuschauen, und verabschiedete sich.

Sein Heimweg dauerte nur wenige Minuten. Zeit genug um derart durchzufrieren, dass er kaum den Schlüssel aus der Hosentasche fingern konnte. Er nahm sich ernsthaft vor, die Winterjacke auszumotten und Schal und Handschuhe für unvorhergesehene Einsätze in der Diele bereitzulegen.

FREITAG, DER 16. OKTOBER

Die Tage flogen geradezu dahin, und der Winter nahte mit Riesenschritten.

Edgar hatte sich nicht rechtzeitig darum gekümmert, die Brikettvorräte aufzustocken. Als ihn der erste Patient mitleidig fragte, ob es der Herr Doktor in seiner guten Stube genauso zugig hatte, sah er ein, dass er den Winter nicht länger ignorieren konnte.

Wieder einmal war es Lukas Söder, der ohne langes Bitten mit einem Anhänger voll Briketts vor Edgars Haus stand und diese, ohne eine Aufforderung abzuwarten, auch noch ordentlich in dem kleinen Anbau hinter dem Haus verstaute. Das war die Gelegenheit, sich mit den Jeans aus Gutmunds Paket bei ihm zu revanchieren. Den Ausdruck im Gesicht des Jungbauern hätte Edgar zu gerne festgehalten.

Während Lukas Söder die dunkelblaue Baumwollhose vor sich in die Luft hielt und die funkelnden Nieten bestaunte, strahlte er von einem Ohr zum anderen. »Musst nur Bescheid sprechen, dann besorg ich Briketts. Wenn's so'n Winter gibbet wie vor zwei Jahren, kommste mit dem bisschen nit rum. Und je nach Wetterlahre kann ich dann auch kinne bringen.«

Edgar hatte schon wieder verdrängt, dass der strenge Winter, der ihm noch so unangenehm als Kindheitserinnerung präsent war, in Wickenrode wohl eher die Regel als die Ausnahme darstellte. Er bedankte sich bei Lukas Söder und bestellte eine weitere Fuhre für Anfang Dezember. Sicher ist sicher, dachte er, denn noch warf die Praxis nicht so viel ab, dass er wegen Eiszapfen an der Decke schließen konnte.

Er hatte die Leiter durch die Luke hinauf zum Dachboden erklommen, und dort in einer Truhe den alten Wintermantel gefunden. Der grobe Stoff dünstete Mottenkugelgeruch aus. Eine Reinigung täte dem Mantel mit Sicherheit gut, und bei der Gelegenheit konnte er sich gleich noch nach Schuhwerk für den Winter umsehen.

Ob Lukas es wohl unverschämt fände, wenn er ihn darum bat, ihn ein weiteres Mal nach Kassel zu kutschieren? Bestimmt würde der keine Sekunde zögern, wenn es eine Gelegenheit gab, seinen Augenstern auszufahren, der die meiste Zeit sein staubgeschütztes Dasein in der Söderschen Scheune fristete: roter Lack und Chrom, der einem die Tränen in die Augen trieb. Der 64'er Opel Kadett war Lukas' ganzer Stolz. Gut, die Finanzierung des Fahrzeugs blieb fragwürdig, aber Lukas hatte Wort gehalten und im Laufe des Sommers jedes Teil aus der zweifelhaften Sammlung seines alten Herrn zurückgekauft. Es handelte sich um *lieb gewonnene Stücke*, die Lukas' Vater Friedberg aus den dunklen Zeiten aufgehoben hatte, als er mit vor Stolz geschwellter Brust in einer braunen Uniform durch Wickenrode lief. Edgar vertraute Lukas, und die Sache kam nicht mehr zur Sprache. Auch der alte Söder ließ zu keinem Zeitpunkt irgendeinen Vorbehalt gegen den jüdischen Arzt durchblicken, obwohl mit Edgars Ankunft im Ort mehr als eine unrühmliche Geschichte aus seiner Vergangenheit wieder ans Licht gekommen war. Nach den gemeinsamen Erlebnissen des Sommers hatten sie irgendwie ihren Frieden miteinander gemacht.

Dank Lukas Söder begann die Sprechstunde an diesem Freitagmorgen in einem angenehm temperierten Sprechzimmer. Die Patienten legten im Wartezimmer sogar die Jacken ab. Zu Edgars Überraschung hatte sich auch Heiner Brand zum Verbandswechsel eingefunden. Entweder tat Edgars Drohung ihre Wirkung, oder Elsbeth Brand hatte ein Machtwort gesprochen.

Ansonsten das übliche Bild: Ein fiebriger Infekt jagte den nächsten. An solchen Tagen beschlich ihn das Gefühl, dass der Viehdoktor im Nachbarort ohne Probleme seine Patienten hätte gleich mitbehandeln können. Hier in Wickenrode brauchte niemand die mühselig angeeigneten Kenntnisse einer amerikanischen Eliteuniversität. Aber Edgar war weit davon entfernt zu klagen. Mit jedem Tag, der verstrich, fühlte sich das kleine Haus ein Stückchen mehr nach Heimat an, und das Gefühl war es wert, bis ans Ende der zivilisierten Welt geflohen zu sein.

Nachdem die Patienten der Vormittagssprechstunde verarztet waren, griff Edgar zum Telefonhörer und wählte die Nummer des Altenheims in Helsa. Eine kurz angebundene Dame in der Vermittlung stellte ihn zu Ludger Käse, dem Heimleiter, durch.

»Guten Tag, Herr Käse. Brix hier. Ich wollte Sie nur noch davon in Kenntnis setzen, dass der Umzug von Herrn Luschek zu Ihnen in das Heim nicht mehr stattfinden wird.« Er hörte, wie der Mann am anderen Ende der Leitung Luft holte, um etwas zu entgegnen, doch Edgar fuhr umgehend fort: »Vermutlich hat Frau Platzek Sie bereits über den Tod von Herrn Luschek informiert. Dummerweise bin ich nicht in den anstehenden Umzug eingebunden worden.«

Eine Pause entstand. Edgar konnte förmlich hören, wie die Stirn von Herrn Käse Falten schlug. »Herr Luschek? Sind Sie sicher, dass Sie sich nicht irren? Der Name sagt mir gar nichts.«

Edgar stutzte. Vielleicht hatte Frau Pfeifer etwas missverstanden. »Frau Platzek hat eine Ausnahmeregelung auf Kostenübernahme bei der Gemeinde erwirkt, und Herr Luschek sollte kurzfristig zu Ihnen umziehen.«

»Hm. Das ist etwas ungewöhnlich, aber es kann natürlich sein, dass Frau Platzek noch nicht dazu gekommen ist, mir das mitzuteilen.«

»Der Umzug sollte schon in den nächsten Tagen stattfinden.«

»Da muss ein Missverständnis vorliegen. Sobald wir von einem Zuzug aus Wickenrode erfahren, informieren wir Sie doch mit mindestens einer Woche Vorlauf.«

Edgar musste zugeben, dass das den Tatsachen entsprach. »Vermutlich hat die Vermieterin von Herrn Luschek da etwas falsch verstanden. Eventuell war der Umzug gar nicht so kurzfristig geplant, wie sie es mir erzählt hat.« Er verabschiedete sich von Herrn Käse und legte verwirrt den Hörer auf die Gabel. Dann ging er in sein Wohnzimmer, das genauso kuschelig warm war wie die Praxis. Noch zwei Stunden bis zur Nachmittagssprechstunde. Edgar rieb sich das Kinn. Ein kurzes Nickerchen auf dem Sofa würde bestimmt nicht schaden, dachte er. Er schlüpfte aus den Schuhen und rollte sich in die Decke ein wie eine Katze. Keine Minute später dröhnte das kleine Haus vor Schnarchen.

SAMSTAG, DER 17. OKTOBER

Eine ganze Stunde, bevor der Wecker gestellt war, war Edgar bereits wach gewesen. Und nachdem er vergeblich versucht hatte, wieder einzuschlafen, reifte der Entschluss, demnächst keine Mittagsschläfchen auf dem Sofa mehr zu machen, um seine Nachtruhe nicht zu gefährden.

Jetzt fühlte sich Edgar Brix irgendwie fehl am Platz. Er saß mit gebügeltem Hemd und der schwarzen Hose mit Bügelfalte inmitten seiner unordentlichen Küche und schlürfte Kaffee. Die schwarze Anzugjacke hing noch an einem Bügel an der Türklinke, darüber der vorgebundene Schlips. Er hatte sich etwas voreilig in das saubere weiße Hemd gezwängt, und der Abwasch musste nun eben bis nach der Beerdigung warten.

Er nahm die Tasse und machte sich auf den Weg in sein Behandlungszimmer. Die zwei Stunden, bis die Glocken zum letzten Geleit für Piotr Luschek läuten würden, konnte er sinnvoller verbringen, als grübelnd zwischen dem Geschirr des gestrigen Abends zu sitzen, das nach kaltem Hasengulasch roch. Albrecht hatte ihm freundlicherweise zwei Portionen des selbst gemachten Gulaschs vorbeigebracht, und Edgar musste sich eingestehen, dass er seine Abneigung gegen Wildgerichte gründlich zu überdenken hatte. Das Gulasch war in der Tat nach dem dritten Aufwärmen butterzart und schmeckte einfach himmlisch.

Edgar war kurz vor dem Behandlungszimmer, als ihn das Klingeln des Telefons stoppte. Samstagmorgen um diese Uhrzeit? Ihm schwante nichts Gutes, als er den Hörer abnahm und sich meldete. »Brix.« Seine Mine versteinerte, als er die unvermeidlichen Worte vernahm. »Ich verstehe, ich bin auf dem Weg.« Er warf den muffigen Wintermantel über das weiße Hemd, schnappte sich die Tasche und eilte aus dem Haus.

Der Anstieg hinauf zum Hirschberg war auf dem Drahtesel schon in leichter Kleidung eine Herausforderung, aber der Mantel entlockte Edgar nach einigen Biegungen ein lautes Fluchen. Er hielt an, klemmte den Mantel unter die Tasche auf den Gepäckträger und versuchte, auf der steilen Straße wieder Fahrt aufzunehmen. Obwohl er im Stehen so fest er konnte, in die Pedale trat, blieb das Gefühl, keinen Meter voranzukommen. Er war kurz davor, abzusteigen und zu schieben, doch da hatte er sein Ziel schon vor Augen.

Wie Perlen an einer Kette hing die Bergmannssiedlung an zwei steilen Straßenzügen. Winzige Häuschen mit rotem Ziegeldach, eines wie das andere.

Eine seltsame Stille lag über der Straße. Edgar öffnete das klapprige Holztor und ging in Richtung Haustür, durch einen liebevoll bepflanzten Garten, vorbei an einer Armee von Gartenzwergen. Oberhalb der Haustür prangten sich kreuzende Hämmer in grober Schmiedearbeit. Noch bevor er den Treppenabsatz erreichte, wurde die Tür geöffnet. Mit einer Langsamkeit, die die Resignation eines hoffnungslosen Falls zum Ausdruck brachte, erschien das Gesicht einer Frau in der Öffnung.

Sie kam Edgar bekannt vor, doch ihr Name war ihm entfallen.

Sie ersparte ihm eine peinliche Situation. »Ich bin Elvira Schuster, die Nachbarin«, begrüßte sie den Arzt leise und ließ ihn in den schmalen Flur ein. Einige Lockenwickler hingen lose von ihrem grauen Haarschopf hinunter, und unter der Kittelschürze steckten ihre Beine noch in rosa Schlafanzugfrottee. Die üble Nachricht hatte sie beim Frühstücken erreicht, wie sie dem Arzt auf dem Weg in das Schlafzimmer ganz aufgeregt mitteilte. »Der Herr Fasshauer is wie vom Donner gerührt«, flüsterte sie, während sie in Filzpatschen vor ihm herschlappte.

Das Schlafzimmer war stockduster. Schwere Vorhänge hinderten die ohnehin spärlichen Sonnenstrahlen dieses Oktobermorgens daran, den eiskalten Raum in wärmendes Licht zu tauchen. Der Geruch von verschwitzter Bettwäsche und Mundgeruch hing in der Luft. Georg Fasshauer hing in einer seltsam verdrehten Haltung auf dem Bett. Mit dem Oberkörper verdeckte er das, was Edgar für Emmie Fasshauer hielt. Er berührte ihn vorsichtig an der Schulter: »Herr Fasshauer? Ich bin es, Doktor Brix, ich bin jetzt hier.«

Es dauerte eine gefühlte Ewigkeit, bevor Georg Fasshauer sich rührte. Entgegen dem, was Edgar erwartet hatte, sah ihn der alte Mann ganz ruhig an. Sein Gesicht war weder verweint noch zeigte es eine der typischen Regungen, die im Angesicht des Todes eines geliebten Menschen zu erwarten gewesen wären. Georg Fasshauer wendete den Blick wieder seiner Emmie zu. Ganz liebevoll fasste er sie am Arm und flüsterte: »Ich honn es warm gehalten. Es frieret doch so schnell, 's Emmie.«

Jetzt verstand Edgar Brix das ausdruckslose Gesicht: Der Mann stand unter Schock. Er nahm den alten Kerl bei den Schultern und hob ihn vorsichtig hoch. Erst als er ihm zuflüsterte: »Ich kümmere mich jetzt um Ihre Emmie«, spürte er, wie der Widerstand nachließ, und Georg Fasshauer sich vom Körper seiner Frau löste. »Vielleicht bringen Sie ihn in die Küche und kochen einen Tee«, sagte Edgar, während er den schlaffen kleinen Mann an Frau Schuster übergab, die ihn sogleich mütterlich an ihren riesigen Busen drückte und mit ihm in der Küche verschwand.

Emmie Fasshauer lag so friedlich da, als sei sie gerade erst zu Bett gegangen. Edgar fühlte ihre Haut. Wie er es sich gedacht hatte. Eiskalt. Die Raumtemperatur hatte den Leichnam schneller heruntergekühlt, als es üblich gewesen wäre. Unmöglich zu bestimmen, um welche Uhrzeit Emmie Fasshauers Körper das Leben ausgehaucht hatte. Es war auch nicht wichtig. Länger als acht Stunden konnte es auf keinen Fall her sein, die Totenstarre war noch nicht vollständig gewichen.

Edgar holte seine Papiere aus der Tasche. Über dem Feld »Todesursache« stockte er. Im Gegensatz zu ihrem Mann war Emmie Fasshauer keine regelmäßige Patientin. Einen Schnupfen hier, eine Schuppenflechte da – für ihr Alter war die Frau kerngesund, und wenn Edgar eine Wette hätte abschließen müssen, hätte er ihr mindestens zehn Jahre länger gegeben als ihrem Mann, der mit seinem Bluthochdruck rekordverdächtige Werte erreichte. Edgar holte tief Luft, als er zögernd ein Kreuz in das Kästchen für »natürliche Todesursache« setzte. Doch was den Grund für ihren Tod anging, war er noch unsicher. Herzversagen? Schlaganfall? Bei einer 75-jährigen Frau, die im Schlaf verstorben war, konnte man das ebenso mit einem Würfel ermitteln. Eines war sicher: Sie war ganz friedlich eingeschlafen, während ihr Mann unmittelbar daneben den Schlaf des Gerechten schlief.

Aus der Küche drangen seltsame Laute. Edgar legte die Papiere auf die Bettdecke und war kaum einen Schritt vom Bett entfernt, als die Nachbarin mit hochrotem Gesicht im Türrahmen auftauchte: »Herr Doktor, kommen Se schnell. Der Herr Fasshauer dreht durch!«

Und tatsächlich. Ein Blutfleck klebte bereits an der Stelle der Küchenwand, an der Georg Fasshauer seinen Kopf mit aller Wucht zum wiederholten Male dagegen schlug. Im Bruchteil einer Sekunde entschied sich Edgar gegen den Einsatz von Beruhigungsmitteln. Er schnappte den klapprigen alten Mann und umschlang ihn, so fest er konnte, mit beiden Armen. Er sparte sich jedes beruhigende Wort. Diese oder ähnliche Arten von Kriegstraumata besänftigte man am besten durch kräftigen Druck auf den Körper. Es war das erste Mal, dass er Zeuge eines Anfalles von Georg Fasshauer wurde, doch die ramponierte Stirn hatte er natürlich bereits bei früheren Behandlungen bemerkt. Den Gedanken, den alten Mann deswegen in der Psychiatrie behandeln zu lassen, hatte Edgar so schnell verworfen, wie er aufgetaucht war. Das war keine Option, die etwas besänftigt hätte, was so lange schon sein Unwesen in dem Mann trieb. Im Gegenteil: Die Schmach, einen Aufenthalt in der Psychiatrie erklären zu müssen, hätte das Ganze womöglich nur verschlimmert. Und da wäre die gute Emmie noch an seiner Seite gestanden. Edgar machte sich Sorgen, wie es mit Georg Fasshauer jetzt weitergehen sollte. Er drückte, so fest er konnte, mit verschränkten Armen den Körper des

Mannes, bis er spürte, wie sich die Anspannung verflüchtigte. Im selben Augenblick sackte der Mann zusammen. Gemeinsam sanken sie auf die Knie, wo Georg Fasshauer in ein jämmerliches Schluchzen ausbrach.

»Ochgottochgottochgottochgottochgott.« Elvira Schuster hielt die flache Hand vor den Mund. Durch das ständige Kopfschütteln hatten sich zwei Lockenwickler aus ihrem Haar gelöst und kullerten über den Küchenfußboden.

»Seien Sie doch so gut und helfen mir, Herrn Fasshauer wieder auf den Stuhl zu setzen.«

Sie reagierte erst nach einer Weile, denn der kullernde Lockenwickler hatte ihre Aufmerksamkeit abgelenkt. »Aber selbstverständlich!« Sie schlappte näher und fasste Georg Fasshauer unter einem Arm. Edgar legte sich den anderen Arm über die Schulter, und gemeinsam hievten sie den schlappen Mann auf einen Küchenstuhl. Der heulte wie ein untröstliches Kind, und Frau Schuster deutete Edgars suchenden Blick, indem sie ihm ein Geschirrhandtuch reichte, um den Tränenstrom unter Georg Fasshauers Kinn aufzufangen.

Edgar untersuchte die Wunde an der Stirn. Die würde er nähen müssen. Aber nicht jetzt. Er versicherte sich, dass Frau Schuster den weinenden Mann auf dem Stuhl halten konnte, und holte die Tasche aus dem Schlafzimmer, in dem Emmie Fasshauer von dem Drama in ihrer Küche nichts mehr mitbekam.

Edgar versorgte die Wunde notdürftig, dann ging er in den Flur bis zur Ankleide. Dort fand er, wie erhofft, neben dem schwarzen Telefon auf dem Tischchen ein Notizbüchlein auf einer Häkeldecke. Die Nummern auf der ersten Seite waren mit ordentlicher, altersweitsichtig gut erkennbarer Schrift notiert. Ein Eintrag war dick geschwärzt, darunter stand die Nummer von Irina Platzek.

Edgar griff zum Telefon und wählte. Als sich nach mehreren Freizeichen niemand meldete, fiel ihm ein, dass Frau Platzek vermutlich an der Beerdigung von Piotr Luschek teilnehmen würde und mit Sicherheit bereits auf dem Weg zum Friedhof war. Gerade wollte er den Hörer wieder auf die Gabel legen, als er eine atemlose Stimme am anderen Ende »Platzek?« rufen hörte.

»Gut, dass ich Sie noch erreiche.« Edgar schilderte ihr in knappen Worten den Stand der Dinge.

»Ich mach mich gleich auf den Weg. Das ist jetzt wichtiger als die Beerdigung. Denken Sie, dass Herr Fasshauer in die Klinik muss?«

Edgar überlegte. Vielleicht könnte ihm ja jemand aus der Familie beistehen. »Haben die Fasshauers Kinder?«

Irina Platzek seufzte tief. »Ach, Herr Brix, das ist so eine traurige Geschichte. Der Sohn hat sich vor einigen Jahren erhängt. Depression.«

Edgar dachte an den geschwärzten Eintrag im Notizbüchlein. Ob Herr Fasshauer die labile Psyche an seinen Sohn vererbt hatte? Er schüttelte den Gedanken ab, so etwas war bestenfalls Wirtshausgewäsch. Keiner konnte ermessen, was der Mann erlebt haben mochte, dass ihn der Krieg so hartnäckig verfolgte. Und soweit Edgar wusste, waren Depression und Kriegstrauma weder vererbbar noch färbten sie auf die nachfolgende Generation ab. Aus reinem Interesse nahm er sich vor, diese Frage in das Telefonat mit Gutmund einfließen zu lassen, denn das war immerhin sein Fachgebiet. »Ich möchte Ihnen diese Entscheidung überlassen, Sie kennen ihn besser als ich. Wenn Sie eine Einweisung in die Klinik für notwendig halten, kann ich das jederzeit veranlassen.«

»Ist gut, dann komme ich erst mal vorbei. Ist Frau Fasshauer noch da?«

Siedend heiß fiel Edgar ein, dass er nicht mal den Bestatter informiert hatte. »Ja, sie liegt noch so, wie ihr Mann sie gefunden hat.« Am anderen Ende trat eine kleine Pause ein, und ohne dass er es sehen konnte, hätte Edgar geschworen, dass Frau Platzek sich bekreuzigte.

»Dann mache ich mich los, damit ich mich noch von ihr verabschieden kann.«

Edgar legte den Hörer auf. Dass er die Nummer vom Bestattungsinstitut Hartmann aus Großalmerode mittlerweile auswendig wusste, gefiel ihm genauso wenig wie die Tatsache, dass die erst vor Wochen frisch angelegte Reihe auf dem Wickenröder Friedhof fast schon wieder voll war. »Hachtmann«, meldete sich der Bestatter, und nachdem er Edgars Stimme erkannt hatte, polterte er ohne weitere Nachfrage los: »Is was mit dem von heute Morjen nit in Ordnung? Ich honn der Frau Pfeifer gesprochen, dass se für den Hunnerter extra kinne Nobelbestattung erwachten kann.«

Edgar stutzte. »Nein, um den geht es nicht. Wir haben eine Abholung in der Bergmannssiedlung.«

»Mensch, Doktor, Sie honn aber 'ne Pechsträhne.«

Edgar rollte die Augen. Genau das hatte er jetzt nicht hören wollen. »Wann können Sie hier sein? Ich würde gerne auf die Beerdigung gehen.«

»Ich mach mich gleich uff de Socken. Höchstens 'ne Viertelstunde.«

Der Hörer ruhte schon wieder auf der Gabel, doch Edgar blieb noch einen Augenblick im Flur stehen, um durchzuatmen. Aus der Küche drang noch immer das Schluchzen von Georg Fasshauer, während Frau Schuster beständig auf ihn einflüsterte. Edgar ließ sich auf dem Weg in die Küche mehr Zeit, als notwendig gewesen wäre. Etwas bremste seinen Schritt, und es lag nicht an der Kälte in dem ungeheizten Haus. Linker Hand lag Frau Fasshauer steif auf ihrem Bett, rechter Hand erwartete ihn das Elend in Form von Georg Fasshauer mit einer blutenden Wunde auf der Stirn. Edgar spürte einen Impuls, dem er auf keinen Fall nachgeben durfte. Am liebsten hätte er auf der Stelle kehrt gemacht und auf schnellstem Wege das Haus verlassen. Er maß die Länge des Flurs mit kurzen Schritten und tat so, als interessiere er sich für die Bilder an der Wand. Eine dicke schwarze Schärpe war um das Foto eines jungen Mannes in ordentlichem Anzug und mit modernem Haarschnitt gebunden. Warum war ihm das noch nie aufgefallen? Vielleicht, weil er so häufig in Fluren mit Bildern von lieben Verstorbenen auf und ab ging. Vielleicht aber auch, weil er mehr mit sich selber beschäftigt war als mit dem Wohl seiner Patienten? Edgar kannte diese Stimme, die ihm da so eindringlich ins Gewissen redete. 6000 Meilen entfernt hatte Conrad Brix noch genauso viel Macht über ihn, als stünde er mit dem bittern Gesichtsausdruck, der jede Form von Verachtung zum Ausdruck brachte, ohne dass eine Wimper zuckte, jetzt hier genau neben ihm. Edgars Augen wanderten Hilfe suchend an der Wand entlang und blieben an dem Foto hängen, das er mittlerweile so gut kannte. Es war das gleiche Bild, das Piotr Luschek in seinem Karton aufbewahrt und Albrecht an seine Küchenwand gehängt hatte. Die Erinnerung an diesen Tag musste etwas wirklich Besonderes sein, und Edgar fiel ein wenig neidisch ein, dass er sich noch nicht mal daran erinnern konnte, was er gerade getan hatte, als die Nachricht vom Ende des Krieges zeitgleich durch alle Rundfunkgeräte kam und selbst der professionellste Sprecher die Fassung verlor. Er schüttelte den Kopf. Nein, die Erinnerung tauchte nicht auf. Er war dankbar, als ihn ein Klopfen an der Tür aus der gedankenträgen Stimmung riss, die von ihm Besitz ergriffen hatte.

Irina Platzek hatte die drei Kilometer von Helsa nach Wickenrode in Streckenbestzeit hingelegt. Unter der Motorhaube des Gemeindewagens knackte es noch. Sie musste auf dem Sprung gewesen sein, um Piotr Luscheks Beerdigung beizuwohnen, als sie der Anruf erreichte. Ihr dicker Körper war ganz in Schwarz gekleidet, das Haar streng zu einem Knoten im Nacken frisiert, und auf dem Kopf thronte ein Hütchen, das auf dem groben Schädel fehl am Platz wirkte.

»Sie kennen sich ja aus.« Mit einer Geste ließ Edgar die Frau eintreten. Wie ein dichter Nebel zog sie mit einer Zielstrebigkeit an ihm vorbei, die ausdrückte, wie selbstverständlich sie in diesem Haus ein und aus ging. Edgars Anspannung wich in dem Augenblick, als der starke Duft von Lavendel, der anstelle von Irina Platzek nun den Eingangsbereich füllte, seine Nase erreichte. Er folgte dem Geruch bis in die Küche, wo sich die Gemeindeschwester bereits den Platz an der Seite von Georg Fasshauer erobert hatte, ohne ein Wort mit Frau Schuster zu wechseln.

Die knetete ihre Hände und blickte unsicher drein. »Na, wenn ich nit mehr von Nöten bin …«

Edgar nahm die Frau bei der Schulter und führte sie in Richtung Flur. »Vielen Dank, Frau Schuster. Ich bin mir sicher, Herr Fasshauer wird Ihnen persönlich danken, sobald er wieder auf der Höhe ist.«

Frau Schuster winkte ab. »Ach, dafür doch nit. Aber's Platzek könnt ruhig ein bisschen freundlicher sinn.«

Edgar ignorierte diesen Nachsatz. Er drückte ihr zum Abschied die Hand und sah ihren wippenden Lockenwicklern bis zum Eingang des Nachbargartens hinterher.

»Herr Brix!« Der Ton, in dem Irina Platzek ihn in die Küche orderte, ließ keinen Zweifel daran, dass sie es nicht oft erlebte, dass ihre Forderungen ignoriert wurden. Also parierte Edgar. Doch kaum hatte er die Schwelle zur Küche erreicht, musste er auch schon wieder kehrt machen. Unüberhörbar war der Diesel des Bestatters vor dem Haus eingetroffen.

Als Edgar die Tür öffnete, hatten bereits in mehreren Vorgärten Neugierige Posten bezogen. Mit verschränkten Armen glotzte ein Mann mit Halbglatze hinter einem Jägerzaun über die Straße. Edgar konnte sich gerade noch zurückhalten, dem Mann seine Definition von Anstand zu unterbreiten, als ihn der metallische Klang des Sarges, der mit einem Ruck aus dem Wagen gezerrt wurde, stoppte: Seine Meinung war am heutigen Tag allenfalls eine Randnotiz wert.

Mit vereinten Kräften hinderten Edgar und Irina Platzek den verzweifelten Georg Fasshauer daran, sich auf den Sarg zu stürzen, der von Walter Hartmann und einem gähnenden Mitarbeiter aus dem Haus geschaukelt wurde. Als Edgar den Mann sicher in den Armen von Frau Platzek verstaut hatte, rannte er dem Bestatter hinterher und wies ihn kurz durch die heruntergekurbelte Scheibe des schwarzen Mercedes an: »Geben Sie Herrn Fasshauer bis Montag, bis Sie ihn wegen der

Beerdigung kontaktieren. Ich kann mir vorstellen, dass es besser ist, wenn Frau Platzek dabei ist. Vielleicht rufen Sie sie vorher an.«

Der Bestatter ließ den Kopf hängen. Edgar ahnte, was ihm die Sorgenfalten ins Gesicht trieb: Irina Platzek würde mit Sicherheit jeden Hinweis auf besondere Ausstattung kategorisch ablehnen. Schnickschnack im Angesicht des Todes und Irina Platzeks Vorstellung von würdevoller Bestattung schienen schwerlich vereinbar zu sein.

Zurück im Haus packte Edgar seine Tasche. Irina Platzek entließ ihn mit einem Nicken, sodass er sich getrost auf den Weg zur Beerdigung von Piotr Luschek machen konnte – die Gemeindeschwester hatte die Lage im Griff.

»Sie reden mit dem Pfarrer?«, rief sie ihm aus der Küche hinterher, als Edgar schon die Klinke der Haustür in den Händen hatte. Er war sich nicht ganz sicher, was genau er in ihrem Namen mit dem Pfarrer bereden sollte, aber da es ihn aus dem Haus trieb, rief er kurz in den Flur: »Natürlich, Frau Platzek!«

Die letzten Töne des Glockengeläutes hallten noch von den Hängen um den Ort wider, als Edgar seinen Drahtesel vom Fasshauer'schen Gartenzaun pflückte. Dieser Samstag war zugleich sonnig und eiskalt, und er nahm den zerknüllten Mantel vom Gepäckträger und zog ihn über das weiße Hemd. Piotr Luschek hätte sicherlich Verständnis gehabt, wenn er unter diesen Umständen auf den Schlips verzichtete.

Er schwang sich auf das Fahrrad. Der eisige Wind pfiff ihm um die Nase, während er das Rad den Berg hinunter Richtung Friedhof rollen ließ.

*

Die überschaubare Trauergemeinde stand bereits am offenen Grab, als Edgar sich mit triefender Nase dazugesellte. Albrecht Schneider gab dem Nachzügler einen Ellenbogenhieb in die Seite, und die Müllerin Gudrun Pfeifer guckte verständnislos. Sie sah aus wie ein Rabe in ihrem tiefschwarzen Mantel. Ein Hut wie ein Wagenrad machte ihre Erscheinung kaum dezenter.

Der junge Pfarrer quittierte Edgars Verspätung mit einem Stirnrunzeln und fuhr ohne Unterbrechung in der Lesung fort. Er schien immer in Zeitnot zu sein, denn alle Beerdigungen der letzten Zeit waren von beeindruckender Kürze geprägt. Edgar verübelte es ihm nicht, immerhin war er ja auch nur der Lückenbüßer. Er hatte gehört, dass sich die Suche nach einem Nachfolger für den alten Pfarrer Karl-Friedrich Hochapfel schwierig gestaltete. Vielleicht lag es an dem, was ihm zugestoßen war, dass kein Würdenträger die Gemeinde Wickenrode übernehmen wollte. Hochapfel war zwar mittlerweile aus der Psychiatrie entlassen worden, aber was genau sich in jener verhängnisvollen Nacht zwischen ihm und Fritz Veit abgespielt hatte, würde für alle Zeiten ein Geheimnis bleiben. Am nächsten Morgen lag Fritz Veit mit einer Kugel im Kopf in der Kühlung der Pathologie, und der alte Pfarrer Hochapfel stammelte auf dem Weg in die Psychiatrie wirres Zeug, ein Zustand, der sich seitdem nicht wesentlich gebessert hatte.

Also brachte der Pfarrer aus Großalmerode die zuletzt Verstorbenen unter die Erde. Und so wie er Edgar ansah, hegte er mittlerweile Zweifel an seiner Tauglichkeit als Arzt.

Vielleicht hatte der Pfarrer auch einfach keine Lust, sich länger als nötig mit einer Beerdigung aufzuhalten, zu der nicht einmal eine Handvoll Trauernde gekommen war. Nur fünf Minuten später war das »Vaterunser« gesprochen und der Sarg gesegnet. Der Pfarrer klappte das Gebetbuch zusammen, nickte den Anwesenden kurz zu und verschwand mit wehender Soutane in Richtung Parkplatz. Gudrun Pfeifer ließ eine Nelke in das Grab fallen, bekreuzigte sich vor Piotr Luscheks Sarg zum Abschied und zog genauso wortlos wie der Pfarrer, wenngleich weniger unauffällig, durch das Friedhofstor ab.

Zwei Totengräber trommelten ungeduldig mit den Fingern auf ihre Schaufelstiele und sahen Albrecht und Edgar erwartungsvoll an. Albrecht hatte die Fotografie der jungen Frau in das Buch gelegt und die Grubenlampe darauf festgebunden. Er ließ das Paket an einem langen Seil in das Grab hinab, wo es mit einem dumpfen Geräusch auf dem schmucklosen Fichtensarg aufschlug, um gemeinsam mit Piotr Luschek in der ewigen Finsternis zu verschwinden.

Die beiden Männer blieben noch einen Augenblick still über dem Erdloch stehen und hingen ihren Gedanken nach.

Wie schade, dachte Edgar, dass es dem armen Kerl verwehrt geblieben war, ein paar gemütliche Tage im beschaulichen Altersheim verbringen zu können. Doch die Dinge hatten sich anders entwickelt. Edgar und Albrecht hatten sich darauf geeinigt, Piotrs Geheimnis zunächst für sich zu behalten. »Luschek« stand auf dem kleinen Schildchen, das das Grab kennzeichnete. So lange Zeit war Peter Weizmann als Piotr Luschek durchs Leben gegangen – warum das jetzt noch ändern? Sollte sich Verwandtschaft melden, konnte man den Fehler jederzeit noch ausbügeln. Hier im Ort kannte niemand einen Peter Weizmann.

Albrecht griff vorsichtig an Edgars Schulter. Es war Zeit zu gehen.

Mit hängendem Kopf trottete Edgar bis zum Friedhofstor neben Albrecht her.

»Gibt es einen Grund, warum du dich verspätet hast?« Albrecht schien zu spüren, dass Edgar bedrückt war, und die Frage fiel etwas weniger vorwurfsvoll aus, als es dem Umstand entsprechend angemessen gewesen wäre.

Es kostete Edgar Überwindung, die Zähne auseinanderzubekommen. »Emmie Fasshauer ist heute Nacht gestorben, und Herr Fasshauer ist völlig außer sich.«

»Ach herrje. Ausgerechnet der alte Fasshauer. Der ist doch eh so labil. Wie hat er es verkraftet?«

»Nicht sehr gut. Frau Platzek kümmert sich um ihn, aber ich denke, ich werde gleich noch mal vorbeifahren. Vielleicht braucht er etwas zur Beruhigung.«

Albrecht schlug ihm aufmunternd auf die Schulter. »Tu das mal. Möchtest du anschließend mit mir und Fiona zu Mittag essen? Sie bringt mal wieder was mit.«

Nichts, was Fiona mitbringen konnte, konnte mit Albrechts Hasengulasch mithalten. Trotzdem hätte Edgar Fiona gerne wiedergesehen. Ihre Fröhlichkeit und ihr Duft nach Apfelshampoo hätten diesem Tag noch etwas Positives abgewinnen können. Doch er fürchtete, kein besonders unterhaltsamer Gesprächspartner zu sein. Eine Müdigkeit zog an seinen Augenlidern, deren Ursache nicht der mangelnde Schlaf war und die er besser alleine verdaute. »Ist lieb, aber heute nicht. Grüß Fiona von mir.«

»Hm. Wir lassen dir was von dem Essen übrig.« Albrecht schmunzelte.

Da ihm gerade jede Schlagfertigkeit abging, beließ Edgar es bei einem freundschaftlichen Klaps auf die Schulter, dann packte er das Fahrrad und fuhr den Weg zurück, den er vor nicht einmal 20 Minuten gekommen war.

Albrechts Stirn runzelte sich sorgenvoll, als er Edgar hinterher sah. Das alles nimmt ihn mehr mit, als es für einen Arzt gut ist, dachte er, und ich kann nichts tun, um ihm die Lage zu erleichtern. Naja, ich kann dafür sorgen, dass ich nicht auch auf dem Friedhof lande. Er verdrängte den seltsamen Gedanken und machte sich schleunigst auf den Weg nach Hause, wo Blume mit ihrem Jaulen die ganze Nachbarschaft unterhielt.

※

»Sie waren doch nicht etwa *so* auf der Beerdigung?«, Irina Platzek schüttelte konsterniert den Kopf.

Edgar fiel ein, dass er vergessen hatte, das Versprechen einzulösen, den Pfarrer von ihr zu grüßen. Er entschied, das für sich zu behalten, und ignorierte, soweit es ihm möglich war, den kritischen Blick auf die Blutflecken auf seinem weißen Hemd. Dass die Wunde von Georg Fasshauer nicht nur an der Wand Spuren hinterlassen hatte, fiel ihm ja selber jetzt erst auf. Aber im Moment gab es Wichtigeres, worüber er sich den Kopf zerbrechen musste. »Wie geht es ihm?«

»Ich habe ihm etwas gegen die Kopfschmerzen gegeben, wir haben ein Gebet gesprochen, und jetzt schläft er.« Sie folgte dem verwunderten Blick von Edgar in Richtung des Fasshauerschen Schlafzimmers. »Nein, nein. Er liegt auf dem Sofa in der Wohnstube. Es wäre wohl keine gute Idee gewesen, ihn in das Bett zu legen, wo er gerade erst neben seiner toten Frau aufgewacht ist, nicht wahr?«

Edgar nickte. Irina Platzek stand wie eine Wand im Flur der Fasshauers, und er wurde das Gefühl nicht los, dass er störte. Klammheimlich gab Edgar gegenüber seinem schlechten Gewissen zu, dass sie ihm damit sogar einen Gefallen tat. Nachdem er ihr mitgeteilt hatte, dass er den ganzen Tag zu erreichen sei, falls es notwendig werden sollte, verabschiedete er sich artig von ihr und der Lavendelwolke, die sie umgab.

Als er so kurz nach seiner Ankunft schon wieder vor der Haustür stand, bereute er fast, die mühsame Fahrt den Berg hinauf überhaupt gemacht zu haben. Edgar fröstelte. Das verschwitzte Hemd klebte ihm wie eine zweite Haut am Körper. Er warf den Mantel über und rollte mit wehenden Rockschößen die Ringenkuhle hinunter.

Im Flur seines Hauses erwartete ihn der erkaltete Geruch von verbranntem Staub. Der Ofen war ausgegangen, und er legte sofort Briketts auf. Erst nach einer guten Weile zog eine wohlige Wärme durch die Räume, und Edgar legte den Mantel ab. Er setzte Wasser auf und verwarf den Impuls, vernünftigerweise Tee zu kochen. Stattdessen gönnte er sich einen zusätzlichen Löffel Kaffeepulver und sah dem braunen See zu, wie er in einem kleinen Wirbel in den Kaffeefilter sank. Er warf das blutbesudelte Hemd im Bad in die Ecke und tauschte es gegen einen roten Rollkragenpullover. Die Farbe widersprach zwar seiner gegenwärtigen Stimmungslage, aber das war ihm egal. Er fröstelte noch immer, und während er mit den klammen Fingern die Kaffeetasse umfasste, zog er den Kopf wie eine Schildkröte in den kratzigen Kragen des Pullovers ein. Es war, als sei er von einem Fluch verfolgt. In seiner Vorstellung vom Dorfarztleben kamen Eiterbeulen und eingewachsene Zehennägel vor. Aber vier Totenscheine in Folge? Von Mord und Geiselnahme gar nicht zu reden. Egal wie er es auch drehte und wendete – sollte er gehofft haben, dem Schicksal ausgerechnet hier entfliehen zu können, erteilte ihm das Leben gerade eine ordentliche Lektion. Vielleicht hilft es ja doch, den Kopf gegen eine Wand zu schlagen, dachte er, bevor er diesen zynischen Gedanken verschämt beiseiteschob. Einen Schluck Kaffee und …, er linste auf die Schnapsflasche auf der Anrichte. Nein, er würde einen Teufel tun. Er verachtete alle Kollegen, die heimlich Schnaps in den Kaffee kippten, nur um einen Tag zu überstehen. Er hatte geschworen, nur in Gesellschaft starken Alkohol zu trinken, und sollte er sich je dabei ertappen, wie dieser Vorsatz zum Teufel ging, würde er direkt am nächsten Tag eine Krankenstation in Alaska eröffnen – sozusagen zur Strafe. Er musste schmunzeln. Na wenigstens hatte er seinen Humor noch nicht verloren.

Es gab viel Papierkram in der Praxis zu erledigen, doch dafür fehlte ihm der Nerv. Stattdessen tat er, was er zwar noch mehr hasste, als Papiere zu sortieren, wobei er aber in Ruhe den Gedanken nachhängen konnte: Er putzte das Behandlungszimmer und das Patientenklo. Die hochgezogenen Augenbrauen des Vaters verfolgten ihn, während er mit dem halben Arm im Klo steckte. »Jaja, ich weiß«, sagte er laut zu sich selbst, »das ist keine angemessene Arbeit für einen Arzt. Aber weißt du, was du mich mal kannst, you bastard.« Aus reinem Trotz hatte er alle Angebote von Putzhilfen bisher abgelehnt. Nein, Edgar Brix war geradezu beseelt von dem Ehrgeiz, nichts, aber auch gar nichts genauso wie sein untadeliger Vater zu tun. Als er mit dem Fußboden der Praxis fertig war, war der rote Rollkragenpullover getränkt mit Schweiß. Edgar besah sich sein Tagwerk und stellte zufrieden fest, dass er das Ergebnis mehr zu schätzen wusste als eine ordentlich sortierte Patientenkartei.

Er hatte gerade das Putzzeug in der Kammer verstaut, als er bemerkte, dass der Ofen schon vor einiger Zeit wieder ausgegangen war. Bevor er dazu kam, ihn anzufeuern, klopfte es an der Haustür. *Diese Wickenröder!* Edgar schüttelte den Kopf. Ein lautes Poltern an der Tür schien man hier in jedem Fall dem Gebrauch der Klingel vorzuziehen.

Draußen stand Albrecht, der auf dem Arm einen Topf balancierte. Er war kaum halb im Türrahmen, als er Edgar entgeistert anstarrte und fragte: »Wie siehst du denn aus?« Edgar sah fragend zurück und warf einen kurzen Blick in den Spiegel in der Diele. Jetzt war ihm klar, was Albrecht meinte. Das krause Haar klebte verschwitzt auf dem Kopf, und darunter sah ihm ein käsebleiches, kaltschweißiges Gesicht entgegen. Das erklärte, warum er den wärmenden Ofen noch nicht vermisst hatte. Er fasste sich an die Stirn. Keine Frage, der Herr Doktor hatte sich selber eine Erkältung eingefangen. »Du hast recht. Ich glaube, ich habe Fieber.«

»Das ist ja bitterkalt hier drin. Hast du das etwa nicht gemerkt?«

Edgar schüttelte den Kopf.

»Oha! Dann hast du wirklich Fieber.« Albrecht ging, ohne eine Aufforderung abzuwarten, an Edgar vorbei. Hinter ihm scharwenzelte Blume ins Haus und suchte sich sogleich einen gemütlichen Platz im Wohnzimmer. Albrecht stellte den Topf in der Küche ab. »So! Du gehst dich abbrausen, ziehst dir was Bequemes an, und ich mach schnell den Ofen an und wärm dir das Essen. Ist diesmal gar nicht sooo schlecht.«

Edgar zog den Mundwinkel hoch. Die Bandbreite zwischen ungenießbar und gerade noch verzehrbar war bei Fionas Kochkünsten leider recht schmal.

»Abmarsch!« Albrecht wedelte Edgar mit der Hand aus der Küche.

Edgar fühlte sich wie ein kleiner Junge, aber er gehorchte. Er hatte geahnt, dass es Albrechts väterliche Seite gab, doch so unmittelbar hatte er sie noch nicht zu spüren bekommen. Wie anders hätte sein Leben wohl ausgesehen mit einem Vater wie Albrecht? Die trüben Gedanken klebten an diesem Tag wie Pech, und Edgar beeilte sich, sie abzuwaschen. Das Wasser im Speicher war allenfalls lau, doch es lief angenehm erfrischend an seinem fiebrigen Körper hinab. Er rubbelte sich trocken und schob den Pullover und die schwarze Anzughose mit dem Fuß zu dem Hemd auf einen Haufen. Jetzt brauchte nicht mehr nur der Mantel eine Reinigung.

Aus der Küche drangen das Klappern von Geschirr und der Duft von gebratenen Zwiebeln, der, ganz anders als gewöhnlich, bei Edgar nicht den geringsten Appetit auslöste. Er hatte keine Lust auf eine Unterhaltung und ging in die Wohnstube, wo er Blume im Vorübergehen die Ohren kraulte, bevor er den Fernseher einschaltete, das Programm mit der Sportschau suchte und sich eingewickelt in eine Decke auf dem Sofa ausstreckte.

Albrecht kam herein, stellte ein großes Glas mit Leitungswasser auf den Couchtisch und fühlte, als sei es das Selbstverständlichste auf der Welt, mit dem Handrücken die Temperatur von Edgars Stirn. Für den Bruchteil einer Sekunde kämpfte Edgar mit dem Reflex, vor der sich nähernden Hand zurückzuweichen, dann schloss er die Augen und spürte, wie ihm warm ums Herz wurde. Es gab fürwahr nicht viele Menschen, denen er eine solche Geste gestattet hätte, aber Albrecht war schon etwas Besonderes.

Vielleicht ist das der Grund, warum ich hier bin und nicht in Alaska, dachte Edgar, bevor er sanft einschlummerte.

»Das Foto, Edgar, das Foto!« Emmie Fasshauer lag auf dem Bett und glotzte ihn aus totenstarren Augen an, während sie, den Arm mit ausgestrecktem Zeigefinger, in Richtung Tür wies. »Das Foto, Edgar, das Foto!«

Edgar war verdutzt. Er hatte ihr doch gar nicht das »Du« angeboten. Sollte er die Frau über diesen Irrtum aufklären? »Sie sind tot«, stellte er stattdessen fest. Überall an den Wänden waren Blutflecken. Edgar beugte sich über Emmie Fasshauer: »Es tut mir leid, Sie sind tot. Ich muss Ihnen jetzt die Augen schließen.«

Fast hatte er das Gesicht der Frau berührt, als sie sich plötzlich aufrichtete, ihn mit den Händen am Kragen packte und ihm ganz nah in das Gesicht hauchte: »Das Foto, Edgar!«

»Was ist denn mit dem verdammten Foto?« Albrecht saß auf der Kante des Sofas und schüttelte Edgar an der Schulter. »Du hast geträumt.«

Edgar brauchte einen Moment, um aus der Tiefe des Traums aufzutauchen. »Ich habe geträumt«, seufzte er erleichtert.

»Du hast Fieber. Kein Wunder, dass du dir wirres Zeug zusammen träumst.« Albrecht fühlte ihm erneut die Stirn. »Du solltest etwas nehmen, um das Fieber zu senken. Soll ich dir was aus der Praxis holen?«

»Wart ab bis morgen. Vielleicht ist es dann schon besser.« Er setzte sich ein wenig auf. »Ich habe von Emmie Fasshauer geträumt. Sie hat ständig etwas von einem Foto gesagt. Dabei war sie längst tot.«

»Gruselig.« Albrecht schüttelte es. »Du hast die Sportschau verschlafen und die Nachrichten. Willst du das Essen warm gemacht haben?«

»Ich will eigentlich nur schlafen.«

»Ist wahrscheinlich auch besser so. Soll ich dich ins Schlafzimmer bringen?«

»Ich bin weder todkrank noch ein kleines Kind. Ich komm schon klar. Lass mich einfach hier liegen.«

Albrecht füllte das Glas erneut mit Leitungswasser, legte ein Brikett nach und zog Edgar die Decke über die Schultern. »Ich komme morgen nach dem Frühstück noch mal vorbei. Komm, Blume!« Der Hund hüpfte von dem Sessel und stand bereits erwartungsvoll an der Tür, als Albrecht seine Kappe vom Couchtisch nahm, sie auf die Halbglatze warf, wo sie wie selbstverständlich auf ihren Platz rutschte, und sich zum Abschied an die Stirn tippte.

SONNTAG, DER 18. OKTOBER

Wenn Albrecht den jungen Arzt nicht besser gekannt hätte, hätte er geschworen, dass der Teufel in ihn gefahren sei. So aber saß er, mindestens genauso verdutzt wie Blume, mit der Teetasse in der Hand an seinem Küchentisch und sah zu, wie Edgar Brix wie ein Derwisch durch den Raum fegte. Blume knurrte leise, blieb aber ansonsten lieber in ihrer Ecke liegen. Wie magisch angezogen steuerte Edgar auf die Wand zu, an der die Fotografien hingen, und nahm das gerahmte Foto der Bergmänner am Tag des Kriegsendes vom Haken. Er hielt Albrecht das Bild vor die Nase: »Das Foto, Albrecht! Das Foto!«

Albrecht Schneider rührte sich keinen Millimeter. »Sag mal, hast du noch den Schlafanzug unter dem Mantel an?«

Edgar schüttelte den Kopf. »Das ist doch jetzt unwichtig. Sieh doch!« Erneut wedelte er mit dem Foto vor Albrechts Nase.

Vielleicht war der Arzt doch übergeschnappt? Seine Füße steckten barfuß in den schwarzen Schuhen, und unter dem Mantelsaum lugte das ausgeleierte Bündchen der hellblauen Schlafanzughose hervor. Albrecht erhob sich vorsichtig und näherte seine Hand der Stirn von Edgar.

Der zuckte zurück. »Ich bin völlig klar. Los! Zieh dir was an und komm mit!« Er zupfte Albrecht an einem

Hosenträger und stand schon wieder in der Haustür, zum Aufbruch bereit.

Albrecht zögerte. Sollte er dem verrückten Kerl wirklich nachgeben? Ach was, er hatte ja ohnehin nichts Besseres zu tun, und Blume brauchte noch ihren Morgengang. »Jetzt mach aber mal langsam«, versuchte er, den Tatendrang von Edgar Brix zu bremsen, während er sich mühsam in die Schuhe zwängte und rasch eine Jacke überwarf.

Die drei gaben eine wunderliche Sonntagmorgenprozession ab. Vorweg stürmte der Arzt mit zerzaustem Haar und wehendem Mantel und hielt die Fotografie vor sich wie eine Reliquie. Dahinter Albrecht, der mit einem Arm in der Jacke versuchte mitzuhalten. Schließlich folgte Blume in gebührendem Abstand und besah sich das Schauspiel lieber aus der Entfernung.

Albrecht blieb an Edgars dampfender Atemspur dran, so gut es die alten Knochen eben zuließen. Am Friedhofstor ging ihm auf, wohin ihr Weg sie führte. Während er Blume am Tor warten ließ, schritt er in angemessener Langsamkeit durch die Gräberreihen, bis er neben Edgar an der Reihe mit den frischen Gräbern ankam.

Edgar hielt ihm in einigem Abstand erneut das Bild vor die Nase. »*Na?*«, fragte er erwartungsvoll.

»Was: *Na?*«

»Na, *hier!*« Edgar zeigte der Reihe nach auf die Männer auf dem Foto, dann wanderte sein Zeigefinger über die frischen Gräber. »Hier, sieh: Das ist die gleiche Reihenfolge!« Er schüttelte die Fotografie vor Albrechts Nase, als könnte das die Erkenntnis beschleunigen.

»Ja … und?« Albrecht verstand kein Wort. Außerdem machte er sich Sorgen, ob er den schweißüberströmten Arzt wieder heil nach Hause bekäme.

»Versteh doch! Die waren alle im Besitz dieses Fotos, und nun sind sie alle tot: und zwar in *dieser* Reihenfolge!« Edgars Stimme überschlug sich.

Albrecht ließ den Blick über den Friedhof schweifen. Am Sonntagmorgen in die friedliche Stille zu brüllen, war keine gute Idee, wenn man als Arzt ernst genommen werden wollte. Er deutete mit gesenkten Handflächen an, dass es besser sei, die Stimme zu mäßigen: »Was hältst du davon, wenn ich dich nach Hause bringe und wir das in Ruhe in der warmen Stube besprechen?«

»Du glaubst mir nicht, oder? Du denkst, ich bin verrückt?« Edgars Stimme war immer noch weit von einer dem Friedhof angemessenen Lautstärke entfernt.

»Darum geht es nicht. Du hast Fieber und stehst hier barfuß in der Kälte, und wenn du mich fragst, gehörst du ins Bett.«

»Aber du musst doch zugeben, dass ich recht habe!«

Albrecht bemerkte eine alte Frau, die sich skeptisch an Blume vorbei den Weg auf den Friedhof bahnte. Es wurde wirklich Zeit, Edgar von hier weg zu bringen. »Ja, du hast recht. Ich sehe auch Gräber in der gleichen Reihenfolge wie die Männer auf dem Foto. Und jetzt komm!« Er packte Edgar am Ärmel und zog ihn von den Gräbern weg. Albrechts Befürchtung bestätigte sich: Edgars Widerstand brach zu schnell, als dass er körperlich auch nur halbwegs auf der Höhe sein konnte. Er nahm ihm das Bild aus der Hand, henkelte ihn unter und zog ihn schnurstracks Richtung Friedhofstor, wo Blume geduldig gewartet hatte.

Mit jedem Schritt, den sie gingen, hing Edgar schwerer in Albrechts Arm und kurz vor dem Ziel fürchtete er, mitsamt dem Arzt auf offener Straße zusammenzubrechen. Er biss die Zähne zusammen und schleppte ihn bis vor die Haustür, als seine Kräfte versagten. Edgar sackte in den Türrahmen und blieb dort angelehnt hängen wie ein nasser Sack. Albrecht fummelte den Schlüssel aus Edgars Manteltasche und öffnete die Haustür, mit der der Arzt der Länge nach im Hausflur landete. Blume schleckte ihm über das Gesicht. »Geh weg! Du bist im Weg.« Albrecht fasste Edgar unter die Achseln und zerrte ihn langsam Richtung Wohnzimmer. »Du könntest ruhig ein bisschen mithelfen!«, fluchte er. Sein angeschlagener Arm bedankte sich mit einem stechenden Schmerz für diese Anstrengung. Er hievte Edgar auf das Sofa, zog ihm den Mantel und die Schuhe aus und deckte ihn sorgfältig zu. Ein Griff an Edgars Stirn machte den Einsatz eines Fieberthermometers überflüssig: Der Kopf glühte.

»Wo sind die ... ach egal, ich finde es schon«, dann verschwand Albrecht Richtung Badezimmer. Dort zerrte er alle Schränke auf, bis ihm schließlich ein ordentlich zusammengelegter Stapel Handtücher entgegen fiel. Er tränkte einige davon im Waschbecken in kaltem Wasser und ging mit den triefenden Tüchern zurück in das Wohnzimmer. Dort zurrte er erst die nassen Handtücher um Edgars Unterschenkel, um dann noch eine trockene Lage darüber zu wickeln. Mit Stolz betrachtete er sein Werk. Zwei Mädchen großgezogen zu haben, hatte eben doch Vorteile. Er setzte sich neben seinen Patienten auf das Sofa und flößte ihm etwas von dem Wasser ein, das immer noch auf dem Couchtisch stand. »Du bist doch hier der Arzt. Ich brauche dir wohl nicht erzählen, dass du viel trinken musst, oder?«

Ein kaum wahrnehmbares Nicken verriet ihm, dass

Edgar verstanden hatte. »Ich muss den Bestatter anrufen«, murmelte er gepresst unter der Decke hervor.

»Du musst gar nichts! Außer still sein und die Augen zumachen!«

»Ja, Papa«, flüsterte Edgar.

Albrecht war sich unsicher, ob das ein Scherz war oder Edgar im Fieberwahn sprach. Er musste gerade bis drei zählen, dann hoben gleichmäßige Atemzüge das verpackte Bündel auf dem Sofa. Edgar war eingeschlafen.

Albrecht ging in die Küche und setzte Wasser für Tee auf. Im Schrank fand er eine Büchse mit trockenen Bröseln. Er steckte die Nase hinein: Kamille. Nicht gerade seine erste Wahl, aber für den Lazarus im Wohnzimmer genau das Richtige. Der Kerl trank ohnehin viel zu viel Kaffee, dachte Albrecht ein wenig neidisch. Er selber war nicht ganz freiwillig auf Muckefuck umgestiegen, aber nach einigen durchwachten Nächten hatte er eingesehen, dass er in einem Alter war, in dem man auf Bohnenkaffee verzichten musste.

Er hasste das Älterwerden. Jeden Morgen brauchte es länger, bis das Sandpapier aus den Gelenken gerieben war, vom Pinkeln mal ganz abgesehen. Er zog die grüne Kappe ab, legte sie auf den Küchentisch und kratzte sich die hohe Stirn.

»Du verstehst mich wenigstens, nicht wahr?« Blume hing mit gespitzten Lauschern an seinen Lippen. Er zwirbelte eines ihrer Ohren zwischen Zeigefinger und Daumen, was die Hündin mit einem gurgelnden Geräusch quittierte. »Ach ja, hilft ja nichts.« Seufzend stemmte er sich vom Tisch hoch und begab sich auf die Suche nach einer Teekanne. Mangels einer besseren Alternative nahm er einen kleinen Topf, schüttete ordentlich von der getrockneten Kamille hinein und goss sie mit heißem Wasser aus dem Kessel auf.

Während der Tee zog, holte er das Foto aus dem Flur, wo es bei ihrem etwas holprigen Einzug auf dem Boden gelandet war und betrachtete es ausgiebig. Leider musste er zugeben, dass Edgars Theorie, zumindest was die Reihenfolge anging, den Tatsachen entsprach. Einzig der Umstand, dass Emmie Fasshauer und nicht ihr Mann Georg nun kalt beim Bestatter in Großalmerode auf dem Tisch lag, war ein Beleg dafür, dass diese Räuberpistole wahrscheinlich eher Edgars Fieberwahn als seiner detektivischen Beobachtungsgabe zu verdanken war. Trotzdem lief ihm ein Schauer den Rücken hinunter, denn etwas war kaum abzustreiten: Von den fünf Männern auf dem Foto lebten im Augenblick nur noch zwei. Der eine war der verrückte Fasshauer und der andere er selber.

Albrecht legte das Foto mit dem Gesicht nach unten auf den Tisch. Dann goss er den Tee durch ein Sieb in zwei Tassen. Wie weit konnte man vom Tod denn noch entfernt sein, wenn man sich morgens klaglos mit Kamillentee begnügte, dachte er mit einem Schmunzeln auf den Lippen.

MONTAG, DER 19. OKTOBER

Edgar hatte geschlagene 24 Stunden am Stück durchgeschlafen. Er fühlte sich an diesem Montagmorgen genau so bemitleidenswert, wie Albrecht ihn anschaute. Er hatte Durst, und ihm wurde übel von dem Geruch des Kamillentees, der neben ihm auf dem Couchtisch dampfte. Außerdem tat ihm der Rücken weh, und er fragte sich, warum, um alles in der Welt, Albrecht ihn nicht in sein Bett gebracht hatte, bis ihm einfiel, dass er selber diesen Vorschlag noch vor Kurzem rundheraus abgelehnt hatte.

»Ich hab das Schild rausgehängt, dass die Praxis heute geschlossen bleibt«, sagte Albrecht und hielt Edgar die Tasse an den Mund. Er sah, gelinde ausgedrückt, auch ziemlich ramponiert aus.

Edgar hätte zwar alles für eine schöne Tasse Kaffee gegeben, aber er gab den artigen Patienten und nippte an dem heißen Tee. Allmählich kehrten die Lebensgeister zurück.

»Hast du Hunger?«, fragte Albrecht.

»Nö. Ich muss mal.« Edgar pellte sich umständlich aus der Decke und hielt die Hand an den Brummschädel, nachdem er sich langsam aufgesetzt hatte.

»Soll ich dich begleiten?«

»Untersteh dich!« Mit einer abwehrenden Geste

unterstrich Edgar seine Empörung. Im dritten Anlauf stand er wackelig auf den Beinen und wankte Richtung Bad.

Blume verfolgte seinen Seemannsgang skeptisch von ihrem Platz auf dem Sessel aus.

Er fühlte sich scheußlich, und eine Brause würde diesen Umstand sicher lindern. Er stieg in der Wanne und genoss, wie der Wasserstrahl den Schweiß und den Geruch von Krankheit abwusch. Dieses Mal war das Wasser warm – Albrecht hatte tatsächlich auch noch den Ofen eingeheizt.

In einem frischen Schlafanzug saß er kurz darauf mit angezogenen Knien und bis zu den Ohren in die Decke gemummelt wieder auf dem Sofa.

Albrecht forschte in Edgars Gesicht. »Das Fieber ist zumindest gesunken.«

»Aha. Und das kannst du mit bloßem Auge messen.« Edgar rollte die Augen.

»Pass mal auf, mein Lieber, ich hab zwei Töchter großgezogen, und das fast ohne einen Arzt. Ich kann sehr wohl zwischen Fieber und Normaltemperatur unterscheiden.«

Edgar winkte entschuldigend ab. Das Letzte, was er jetzt wollte, war, Albrecht zu verärgern. Trotzdem musste er es ansprechen. »Ich muss den Bestatter anrufen.«

Albrecht schlug sich auf die Oberschenkel. »Warum hab ich darauf keine Wette abgeschlossen? Wenn du dir etwas in den Kopf gesetzt hast, gibt es nichts, was dich davon abbringen kann, oder?«

»Nun, das wird ja auch hin und wieder über dich behauptet.«

»Und was bitte willst du dem Bestatter erzählen? Deine verschrobene Theorie von den Toten auf dem Foto etwa? Der wird dich fragen, ob du noch ganz richtig in der Birne bist.«

»Das geht den zunächst mal gar nichts an. Ich will nur die Freigabe für den Leichnam von Emmie Fasshauer zurückziehen und sie in die Pathologie nach Kassel überstellen lassen.«

»Du willst *was*?« Albrecht entglitten die Gesichtszüge.

»Ich will erreichen, dass Emmie Fasshauer obduziert wird.«

Albrecht war aufgesprungen und fasste sich an die Stirn. »Was genau soll denn dafür die Begründung sein? Herrje, der Fasshauer ist eh schon ein Wrack. Wenn der erfährt, dass du seine Emmie zerlegen lässt, dreht der vollends durch.«

Mit gespitzten Ohren erwartete Blume ebenfalls eine Antwort von Edgar.

Der zuckte die eingewickelten Schultern. »Ich denke, wenn das am Ende sein Leben rettet, ist es eine vertretbare Maßnahme.«

Albrecht ließ sich wieder auf den Sessel sinken und starrte Edgar fassungslos an. »Was bitteschön hat denn nun das eine mit dem anderen zu tun?«

»Na, das liegt doch auf der Hand: Eigentlich hätte es Georg Fasshauer treffen sollen. Nach dem Foto wäre er an der Reihe gewesen. Aus irgendeinem Grund ist aber etwas schief gelaufen, und nun liegt seine Frau beim Bestatter.« Edgar verstand nicht, warum Albrecht so tat, als sei er verrückt geworden.

»Du willst mir hier nicht ernsthaft eine Serienmordtheorie verkaufen?«

Edgar sah Albrecht eindringlich an und knabberte an seiner Unterlippe. Es war nur eine Frage der Zeit, bis Albrecht die Tatsachen auch akzeptieren würde.

Den hielt es kaum noch auf dem Sessel. »Ich fürchte, du bist verrückt geworden. Oder ich habe mich getäuscht, und dein Fieber ist gar nicht gesunken. Sag mal, was glaubst du denn, was unser Freund bei der Kripo dazu sagen wird, wenn ausgerechnet du eine Obduktion anordnest?«

Edgar fühlte sich zu krank, um sich den Kopf darüber zu zerbrechen, wie Kommissar Matthias Frank darauf reagieren würde, wenn er ihm nach den Ereignissen des Sommers schon wieder eine Leiche präsentierte, und ehrlich gesagt: Es war ihm auch egal. Er war Arzt und war der Wahrheit verpflichtet. Und als ob das allein nicht schon schwer genug wog, musste ihm jetzt ausgerechnet Albrecht in den Rücken fallen. Sein Schädel brummte. »Ich habe keine Wahl.«

»Ach!« Albrecht winkte ab. »Das ist mir ja die allerliebste Ausrede. *Keine Wahl*! Dass ich nicht lache. Und was ist, wenn du dich irrst?«

»Falls …«, Edgar legte eine Pause ein und nippte an der Tasse mit dem scheußlichen Kamillentee, »falls ich mich irre, kann ich wenigstens sicher sein, dass du nicht der Letzte in der Reihe sein wirst.«

»Von daher weht also der Wind.« Albrecht guckte trotzig wie ein Kleinkind. »Du willst die arme Frau aufschneiden lassen, um sicherzugehen, dass *mir* nichts passiert? Du weißt aber schon, dass ich gut auf mich selber aufpassen kann, ja?« Vermutlich wäre Albrecht nicht wie von der Tarantel gestochen aufgesprungen, wenn Edgar seine linke Augenbraue besser unter Kontrolle gehab hätte. »Na schönen Dank auch. Du willst mir also ernsthaft zu verstehen geben, dass du aus reiner Sorge um mich jetzt so einen Unsinn verzapfen wirst?«

Edgar fiel keine diplomatische Antwort ein, die die Situation gerettet hätte, und so bemühte er sich gar nicht erst. »Aus genau diesem Grund. Und weil ich beim geringsten Verdachtsmoment als Arzt sichergehen muss, dass die Totenscheine, die ich ausgestellt habe, korrekt sind.«

Albrecht rollte die Augen. »Komm, Blume, wir gehen nach Hause. Offensichtlich geht es dem Herrn Doktor wieder gut genug, dass er das dumme Zeug, was er da redet, für die Wahrheit hält.« Er tippte sich an die Stirn und sprach zu seiner Hündin: »Der glaubt nämlich, dass sich irgendjemand ernsthaft die Mühe machen würde, ein paar alte Leutchen, die ohnehin mehr tot als lebendig sind, um die Ecke zu bringen.« Jetzt sah er zu Edgar. »Wenn du wieder klar im Kopf bist, kannst du dich ja mal melden. Essen steht in der Küche. Schmeckt scheußlich, aber vielleicht merkst du das ja auch nicht mehr.« Er zog die Kappe auf, ließ die Hosenträger schnalzen und war so schnell auf dem Weg zur Haustür, dass Blume total verdattert mit angezogenen Ohren hinter ihm her schlich, so als erwarte sie, das drohende Donnerwetter, dass sich gerade in ihrem Herrchen zusammenbraute, selber abzubekommen. In angemessenen Abstand folgte sie Albrecht aus dem Wohnzimmer. Wenige Sekunden später fiel die Haustür krachend ins Schloss.

Edgar saß immer noch mit angewinkelten Beinen auf dem Sofa. Albrechts Reaktion war nicht unbegründet. Erst zerrte er ihn am Sonntagmorgen auf den Friedhof, dann musste sich der alte Mann den ganzen Tag und wahrscheinlich auch die Nacht in Sorge um den Freund um die Ohren schlagen, um am Ende zu erfahren, dass der ihm nicht zutraute, auf sich selber aufpassen zu können. Edgar seufzte. So betrachtet, war Albrechts Reaktion nicht nur verständlich, sondern wahrlich milde ausgefallen. Edgar ging es hundeelend, und das lag nur bedingt an den pochenden Kopfschmerzen. Sein schlapper Magen vertrug den Kamillentee nicht: in allerletzter Sekunde schaffte er den Weg bis ins Bad.

Mit einem scheußlichen Geschmack im Mund hing er über dem Küchentisch und überlegte, ob er tatsächlich den Mumm besaß, den Schritt zu gehen, der nun folgerichtig anstand. Wen scherte es denn, wenn er dieses Mal die Finger davon ließ? Ein tiefes Grummeln in seiner Magengrube gab ihm die Antwort. Der Blick in den Spiegel war ohnehin schon unerträglich genug. Sollte er sich damit auch den ewigen Groll von Albrecht zuziehen: Er würde nicht noch einmal das Leben eines Freundes aufs Spiel setzen, solange es in seiner Hand lag, etwas zu unternehmen. Gekrümmt stand er über dem Telefon in der Diele und wählte mit flatternden Fingern die Nummer des Bestatters.

»Hachtmann!«

Edgar zögerte einen Augenblick. »Hallo, Herr Hartmann, Brix hier.«

»Ach je. Sie schon widder. Was'n nu noch?«

»Herr Hartmann, ich muss die Freigabe für den Leichnam von Frau Fasshauer zurückziehen. Ich werde einen neuen Totenschein ausstellen und an die Staatsanwaltschaft übermitteln, damit eine Obduktion angeordnet wird. Sie können den Leichnam noch heute in die Pathologie nach Kassel überstellen. Ich mache die Papiere fertig.«

»Was'n, was'n? Is die Guteste etwa ermordet worn?«

Edgar widerte die Sensationslust in der Stimme des Bestatters an. »Langsam, Herr Hartmann. Ich werde lediglich die Papiere auf ›ungeklärte Todesursache‹ korrigieren. Das ist erst mal alles. Dass die Staatsanwaltschaft eingeschaltet wird, ist dann nur der normale Gang der Dinge.«

»Jaja, ich weiß schon. Aber lohnt dann das bei so einer ahlen Frau? Versteh'n Se mich nit falsch, aber wer sollte denn an so 'ne Schachtel noch Hand anlegen?«

Edgar überhörte die Doppeldeutigkeit. Wenn es nach ihm gegangen wäre, wäre das Telefonat längst beendet. »Die Papiere können ab zwölf Uhr bei mir abgeholt werden, ich erwarte, dass Frau Fasshauer heute Nachmittag in der Pathologie ist. Haben wir uns verstanden?«

»Is klar, aber Se bringen dem Witwer bei, dass sinne Frau nun zu Hackepeter verarbeitet wird!«

Dann wurde die Leitung unterbrochen, und Edgar blieb noch nicht einmal die Zeit, sich ordnungsgemäß zu verabschieden. Falls er den Bogen überspannt hatte, war der Bestatter selber schuld. Derart ungehobelte Kommentare durfte sich ein Mann seines Berufsstandes unmöglich leisten, rechtfertigte Edgar in Gedanken die vielleicht etwas überzogene Reaktion.

Er wankte in die Praxis, stellte neue Papiere aus und kippte mit einer Handvoll Wasser aus dem Hahn ein Aspirin in den Rachen. Dieses Mal entschied er sich für das Bett. Als er den schmerzenden Körper in die Decke mummelte, verschwendete er nur einen kurzen Gedanken daran, dass der Bestatter in zwei Stunden da sein würde, dann wirkte das Aspirin, und ihm entglitten die Grübeleien. Keine Minute später pustete er gleichmäßige Atemzüge in das Kissen.

REGIERUNGSPRÄSIDIUM KASSEL, MONTAGABEND

Fiona Schneider stand wie angewurzelt im Eingang zum Arbeitszimmer von Oberregierungsrat Koch. Die Tür war unverschlossen. Wenn das Schicksal sie ernsthaft daran hindern wollte, sich in Dinge einzumischen, die sie nichts angingen, dann durfte es ihr eben nicht solche Steilvorlagen liefern. Und so wähnte sie sich völlig im Recht, als sie die Tür so lautlos wie möglich mit dem Rücken zudrückte, kurz lauschte, um anschließend auf leisen Sohlen zum Schreibtisch ihres Vorgesetzten zu schleichen.

Herr Koch hatte das Präsidium früh verlassen, und Frau Fromm hatte sich mit der Migräne entschuldigt, die sie immer aus heiterem Himmel befiel. Diese beiden Ereignisse tauchten seit einigen Wochen in scheinbar zufälliger, aber eben dennoch regelmäßiger Übereinstimmung auf. Egal, dachte Fiona, was auch immer das zu bedeuten hatte. Sie hatte keine Zeit, sich darüber den Kopf zu zerbrechen, denn es gab etwas zu erledigen. Sie schlich sich klammheimlich mit zweifelhaften Absichten in das Arbeitszimmer ihres Vorgesetzten.

Die Papiere, nach denen sie suchte, lagen nicht mehr unter dem Aktenstapel, der abgearbeitet vom Schreibtisch gewandert war. Aber Fiona wusste genau, wo sie zu suchen hatte. Sie hatte hin und wieder beobachten können, dass Wendelin Koch etwas aus der untersten Schreibtischschublade holte, wenn die Rede von vertraulichen Dokumenten war.

Geschickt schob sie ihre Nagelfeile vor und zurück, bis ein leises Klicken signalisierte, dass das Schloss seinen Widerstand aufgab. Man weiß nie, wozu etwas gut ist, dachte sie. Eine Kindheit auf dem Dorf bescherte einem eben Fähigkeiten, die man auf keiner höheren Schule lernen konnte.

Fiona überkam ein Anflug von freudiger Erregung, als sie den grauen Aktendeckel feierlich aus der Schublade nahm. Sie kniete auf dem Fußboden im Schatten des massiven Schreibtischs und blätterte die dünne Unterlage auf.

Auf vier maschinengeschriebenen Seiten drängten sich Zahlenkolonnen dicht aneinander. Daneben Begriffe, die Fiona nichts sagten: Nitrokörper, aromatische Amine, Milligramm pro Liter, Mikrogramm pro Liter – sie konnte mit keiner der aufgelisteten Bezeichnungen auch nur das Mindeste anfangen. Lediglich die Überschrift: »Auswertung der Wasserproben, Brunnen Hirschhagen, Helsa und Waldhof«, war Hinweis genug, dass ihr Gespür sie nicht getäuscht hatte. Hier stank etwas zum Himmel, und damit es nicht in die falschen Nasen geriet, war es in die unterste Schublade von Oberregierungsrat Koch verbannt worden.

Fiona saß, die Unterlage auf den Knien, auf dem Boden und dachte nach. Zu verführerisch war der Gedanke, sie einfach mitzunehmen. Aber was war, wenn sie sich irrte? Dann hatte sie sich völlig ohne Not des Diebstahls einer Anhäufung unwichtiger Zahlen schuldig gemacht. Nein, sie wollte sichergehen, dass es dieses Risiko wert war.

Um den Anschein zu erwecken, dass sie dem Oberregierungsrat etwas zur Unterschrift auf den Tisch legen wollte, hatte sie sich auf ihrem Weg in das Büro einen Ordner unter den Arm geklemmt. Nun notierte sie in Windeseile einige Begriffe mit den dazu gehörigen Werten auf einer leeren Seite der mitgebrachten Akte. Sie hoffte, dass sie die richtigen Zahlen kopiert hatte, schob die Papiere in den grauen Aktendeckel und legte sie zurück in die Schublade. Als das Schloss mit einem leisen Klicken einrastete, lächelte Fiona zufrieden.

Sie verließ unbemerkt das Büro. An ihrem Schreibtisch angekommen, verstaute sie die Nagelfeile im Stiftköcher und steckte die gefaltete Seite mit den Notizen in die Handtasche.

Eine Mischung aus Aufregung und Übermut beseelte sie, als sie dem Pförtner zum Abschied winkte. Zu gerne wäre sie auf dem Heimweg in den Menschenmassen untergetaucht, die in den letzten Wochen Kassels Straßen bevölkert hatten. Doch die Besucherströme der »Documenta« waren verebbt genauso wie das lustige Treiben des »Hessentages«.

Fiona schritt die beinahe menschenleere Königsstraße entlang. Die Tristesse grauer Herbsttage zog nun durch die Einkaufsmeile. Wie einen Schatz trug sie ihr Geheimnis in der Handtasche. Es fühlt sich gut an, das Richtige zu tun, dachte sie.

DIENSTAG, DER 20. OKTOBER

Edgar hielt den Hörer im Abstand eines guten halben Meters vom rechten Ohr entfernt und hörte trotzdem jedes Wort seines Anrufers glockenklar. Kommissar Matthias Frank war – gelinde gesagt – STINKSAUER! Ob Edgar denn beim letzten Mal etwas nicht richtig verstanden habe? Ob es denn wirklich so schwer zu verstehen sei, dass es die Aufgabe der Kriminalbehörde sei, die notwendigen Schritte einzuleiten? Erst recht nach dem Desaster, das er mit seinen Alleingängen beinahe angerichtet hätte. Kommissar Frank redete ohne Punkt und Komma, und Edgar hörte aus dem aufgeregten Monolog in etwa folgende Geschichte heraus: Mitten auf der Treppe des Polizeipräsidiums und vor allem so, dass es die gesamte Belegschaft hören konnte, musste Matthias Frank sich bereits vor dem ersten Kaffee von Staatsanwalt Hektor von Bernwitz fragen lassen, ob er seine Freunde in Hintertupfingen noch immer nicht im Griff habe. Aus heiterem Himmel wedelte der Herr Staatsanwalt dann auch noch mit der Anforderung einer Leichenschau vor Franks Nase und fügte mit süffisantem Grinsen hinzu: »Stellen Sie sich vor, Herr Frank, der Leichnam liegt bereits in der Pathologie. Und das ganz ohne Ihr Zutun. Ich denke, Sie sind erneut einen Schritt zu langsam gewesen.«

Erst eine geschlagene halbe Stunde später, hatte Frank sich genug gesammelt, um die Telefonnummer des verrückten Arztes aus Wickenrode zu wählen.

Soweit die Vorgeschichte.

Edgar gab nach dem x-ten Versuch, in den Redeschwall einzuhaken, auf und ließ den Kommissar sich erst mal den gesamten Unmut von der Seele brüllen, bevor er schließlich den Hörer wieder an das Ohr nahm und vorsichtig sagte: »Aber Herr Frank, es ist ein ganz normaler Vorgang, dass Totenscheine mit ungeklärter Todesursache zur Prüfung bei der Staatsanwaltschaft auflaufen.«

Frank holte tief Luft, doch Edgar kam ihm zuvor: »Es handelt sich ja allenfalls um ein Vorermittlungsverfahren. Vielleicht irre ich mich, und die Sache liegt schneller bei den Akten, als wir es uns vorstellen können.«

»Und wenn nicht? Und was bedeutet denn jetzt schon wieder: *Wenn ich mich irre*? Sie glauben doch nicht ernsthaft, dass ich mich erneut von Ihnen an der Nase herumführen lasse? Ich schwöre Ihnen, sobald Sie mir dieses Mal auch nur das Geringste verheimlichen, sitzen Sie schneller in Beugehaft, als Sie gucken können!« Frank pumpte wie ein Maikäfer.

»Vielleicht warten wir erst mal die Ergebnisse ab, Herr Frank, dann unterhalten wir uns weiter.« Edgar vermied mit Mühe: *Wenn Sie sich beruhigt haben,* hinzuzufügen, immerhin war es durchaus möglich, dass er für die Hilfe des Kommissars zu einem späteren Zeitpunkt noch sehr dankbar sein würde. Zwar blieb ihm schleierhaft, worüber Frank derart in Rage geriet, aber jeder hatte ja hin und wieder mal einen schlechten Tag. Edgar seinerseits wähnte sich im Recht. Es handelte sich in der Tat um einen ganz normalen Vorgang. Lediglich die Tatsache, dass er eine Zweitfertigung der Todesbescheinigung ausgestellt hatte, war ungewöhnlich, aber noch lange kein Grund, derart aus der Haut zu fahren.

Eine Weile, nachdem das Telefonat beendet war, saß Edgar, den Kopf in den Händen vergraben, am Küchentisch. Was für ein Start in den Tag. Der hatte nämlich bereits vor dem Gespräch mit dem aufgebrachten Kommissar damit begonnen, dass Irina Platzek vor seiner Tür stand und Sturm schellte. Und das, was Edgar dann zu hören bekam, war alles andere als freundlich. Was für ein Arzt denn ohne Rücksicht auf die Befindlichkeiten eines ohnehin schwer lädierten Witwers einfach den Leichnam seiner verstorbenen Frau in die Pathologie bringen ließe? Und vor allem, ohne *sie* vorher darüber zu informieren? Selbst der zaghaft als Entschuldigung angebrachte Hinweis auf Edgars angeschlagene Gesundheit trug nicht dazu bei, Irina Platzek zu besänftigen. Kurzum, bereits vor dem ersten Kaffee schuldete dieser Tag Edgar ein wenig Nachsicht. Aber kaum hatte er die Tür hinter Irina Platzek geschlossen, klingelte schon wieder das Telefon, und Kommissar Frank verpasste ihm einen Nachschlag. Zu allem Überfluss schmeckte der Kaffee wie Pappe.

Die Praxis hätte an diesem Dienstagmorgen längst geöffnet sein müssen, doch Edgar haderte mit sich. Es ging ihm zwar deutlich besser, aber das sinkende Fieber hatte einer tropfenden Nase und einem trockenen Husten Platz gemacht, die es ihm unmöglich machten, das Taschentuch länger als fünf Minuten zur Seite zu legen. Er konnte gerade noch die bis zum Rand gefüllte Kaffeetasse abstellen, bevor ein neuerlicher Niesanfall aus dem Inhalt der Tasse eine wogende See machte. In diesem

Zustand die Praxis zu öffnen, wäre schlicht unverantwortlich, sie geschlossen zu lassen, hätte Edgar jedoch Freizeit beschert, mit der er im Moment nicht viel anfangen konnte. Er hoffte, dass ihn die Ablenkung durch Patienten am Grübeln hinderte, und schleppte sich, mit einem Stapel frisch gebügelter Stofftaschentücher bewaffnet, in Richtung Behandlungsraum.

Der kalte Wind pfiff ihm um die Nase, als er die Hintertür öffnete, um das Schild zu entfernen, das die Patienten darauf hinwies, dass die Praxis wegen Krankheit vorübergehend geschlossen sei. Albrecht, der so freundlich gewesen war, es aufzuhängen, hatte seit seinem dramatischen Abgang nichts mehr von sich hören lassen, und es war höchste Zeit für ein klärendes Gespräch. Mal sehen, dachte Edgar, vielleicht heute Abend. Er war sich keiner Schuld bewusst und hielt eine Entschuldigung nach wie vor für überflüssig. Er war felsenfest davon überzeugt, dass er vollkommen zu Recht die Obduktion angeordnet hatte. Doch würde Albrecht das verstehen können? Egal. Edgar blieb stur: Dieses Mal würde er nicht zu Kreuze kriechen. Und da er Albrechts Dickschädel nur zu genau kannte, hatte er wenig Hoffnung, dass ein Gespräch einen allzu harmonischen Verlauf nehmen konnte. Nun ja, so, wie der Tag begonnen hatte, gewöhnte er sich allmählich daran, angebrüllt zu werden.

Edgar saß keine halbe Stunde in seinem Behandlungszimmer, als es zaghaft an der Tür klopfte und das Gesicht von Heiner Brand in der Tür erschien. »Gut, dass Se widder da sind«, er stockte kurz, »wobei ... So wie Se ussehn, geht's Ihnen schlechter als mir. Sind Se sicher, dass Se schon wieder uffe Höhe sind?«

Edgar winkte ihn heran. »Machen Sie sich um mich mal keine Sorgen. Was kann ich für Sie tun?«

Noch bevor Heiner Brand die Socke mit schmerzverzerrtem Gesicht vom Fuß zog, wusste Edgar, dass er Recht behalten hatte. Der Zeh blühte in allen Farben des Regenbogens – eitrige bakterielle Entzündung. Edgar war der verstopften Nase für einen Moment dankbar. So eine Unvernunft. Nun, dieses Mal käme der Brand um eine Einweisung nach Witzenhausen nicht herum. Insgeheim hätte er bei der Unterhaltung zwischen Herrn Brand und seiner Frau Elsbeth gerne Mäuschen gespielt, wenn der ihr erklärte, was er sich da eingebrockt hatte. Warum um alles in der Welt sollte Edgar der Einzige sein, der sich anbrüllen lassen musste?

Vier Stunden und drei verschnupfte Patienten später lag er mit geschlossenen Augen auf dem Sofa. Den Brummschädel hatten zwei weitere Aspirin besänftigt und eine Salzspülung die verstopfte Nase befreit. Schon fielen seine Reflexe dem einsetzenden Dämmerschlaf zum Opfer, und ein Röcheln kroch ihm aus dem aufgeklappten Mund.

*

Die Nachmittagssprechstunde schaffte er mit Mühe und Not. Die geplanten Operationstermine für den Mittwoch hatte er vorsichtshalber abgesagt. Scharfe Skalpelle und ein niesender Arzt vertrugen sich im Allgemeinen nicht besonders gut.

Am liebsten hätte Edgar seinen schweren Kopf in die Kissen versenkt. Stattdessen warf er sich den immer noch muffig riechenden Mantel, den er wieder aus der

Dreckwäsche gefischt hatte, über und trat den Gang nach Canossa an: Er ging Albrecht besuchen.

Vor dem Haus parkte Fionas winziger Fiat. Edgar bremste ab und war drauf und dran, auf dem Absatz kehrt zu machen, doch Fiona tauchte in der Haustür auf. »So ein Zufall. Ich wollte noch etwas aus dem Auto holen. Das passt ja gut, dass du gerade kommst. Vielleicht kannst du mir weiterhelfen.«

Edgar beobachtete, wie ihr Oberkörper in dem Wagen verschwand. Er ertappte sich dabei, wie er auf ihr Hinterteil starrte, das in dem rosa Kleid wie ein pralles Bonbon in der Fahrzeugtür steckte. Fionas Beine schimmerten vom Perlonglanz einer Strumpfhose, und im Schein der Straßenlaterne sah er, dass sie eine Gänsehaut hatte.

»Brr, ist das kalt! Komm schnell rein, Edgar. Die Tür steht auf, und die Stube ist grad so schön warm.«

Obwohl ihre Einladung sehr herzlich ausfiel, zögerte Edgar auf dem Treppenabsatz. Wenn man immer nur vorher wüsste, ob ein Ärger nun verraucht oder noch am Schwelen war, dachte er. Eine Erinnerung tauchte aus dem Nebel auf: Es war der Abend, an dem er auf der Schwelle seiner Schwiegereltern stand, um ihnen mitzuteilen, dass er das Land verlassen würde. Regungslos verfolgten Lucy und Samuel Bernstein seine Rede, dann sagte Samuel nur einen Satz, ohne dabei die Miene zu verziehen: »Es gibt keinen Ort auf dieser Welt, an den du gehen solltest, außer zur Hölle.«

Edgar schluckte die Erinnerung hinunter. Gut, Wickenrode war kaum die Hölle. Aber so weit entfernt davon war es nun auch wieder nicht. Er folgte Fiona ins Haus. Ihr wippender Rock verteilte ihr Parfüm wie ein Fächer. Sogar durch die verstopfte Nase drang ein Hauch von Maiglöckchenduft. Das wiederum, dachte Edgar, das kommt dem Himmel ziemlich nahe. Und einmal mehr musste er einsehen, dass ein verdammt schmaler Grat Himmel und Hölle voneinander trennte.

Albrecht sah ihn nur kurz an, als er in die Küche trat. »'n Abend«, sagte er, dann senkte er den Blick wieder auf einen Zettel, der seine ganze Aufmerksamkeit zu fordern schien.

Edgar trat von einem Fuß auf den anderen. »Darf ich mich setzen?«

»Wenn's sein muss«, entgegnete Albrecht, ohne die Zähne mehr als nötig auseinanderzubringen.

»Was ist denn hier los?« Fiona guckte entgeistert. »Schlechte Stimmung?«

»Frag den doch, was los ist. Herr Doktor Neunmalklug weiß ja ohnehin alles besser.«

Fiona sah Edgar überrascht an.

Albrecht überreichte den Zettel wortlos an Edgar, der kurz einen Blick darauf warf und fragte: »Was ist das?«

»Das solltest du lieber das feine Früchtchen hier fragen.«

Aha, dachte Edgar, Albrecht war also nicht nur wegen ihm so schlechter Laune. Er drehte den Zettel, auf den mit fahriger Handschrift einige Chemikalien, und – so vermutete Edgar – deren Konzentrationen notiert waren. »Das sind verschiedene Nitrokörper. Stoffe aus der Gruppe der aromatischen Amine. Was soll das sein?«

Fiona sah ihn kampflustig an. »Das habe ich aus einer Unterlage abgeschrieben, die mein Vorgesetzter in der Schublade hat verschwinden lassen. Wenn ich nicht zufällig dazu gekommen wäre, wie er ›Hirschhagen‹ in einer Unterhaltung mit dem Herrn erwähnte, der ihm die Unterlage übergeben hat, hätte ich mich ja auch nicht weiter dafür interessiert. Aber er hat so geheimnisvoll getan, da musste ich doch nachsehen.« Ihre Körpersprache konnte unschwer verbergen, dass sie der Überzeugung war, eine Heldentat vollbracht zu haben.

»Was bitte heißt, du *musstest* nachsehen?«, fragte Edgar.

Fiona wartete einen Augenblick, dann blickte sie an die Decke und murmelte: »Ich hab seine Schreibtischschublade aufgebrochen.«

Edgar sah Albrecht an, der theatralisch die Hände zum Himmel hob.

Fionas heldenhafte Zuversicht schien zu schwinden. »Was denn? Ich hab wieder alles so hergerichtet, wie es war. Der merkt das niemals!«

Edgar hob die Augenbrauen. Wortlos versöhnte er sich mit Albrecht durch ein gemeinsames Kopfschütteln.

»Und weswegen hattet ihr beide nun Krach?«, fragte Fiona.

»Lenk nicht vom Thema ab.« Albrecht hatte den strengen Vaterton aufgelegt. »Du hast Dienstgeheimnisse entwendet. Im besten Fall kostet dich das nur deine Arbeitsstelle.«

»Aber Papa, das merkt doch keiner.«

Edgar kannte dieses flehentlich Mädchenhafte, mit dem man im Allgemeinen die Wut von Vätern besänftigen konnte. Obendrein zog Fiona eine Schnute.

Albrecht durchschaute ihre Masche. Er hatte offensichtlich viel zu viel Übung darin, sich von zwei Mädchen nicht am laufenden Band herumkriegen zu lassen.

»Meine liebe Fi, egal was das für Konsequenzen für dich haben wird, das badest du schön alleine aus. Komm bloß nicht angerannt, falls das schief geht.«

Fiona schmollte. »Du hättest das doch ganz genauso gemacht, wenn du vermuten würdest, dass da was vertuscht werden soll.«

Edgar vermutete, dass sie damit nicht falsch lag, aber hier und jetzt war es Albrechts Aufgabe als Vater, das vehement abzustreiten. »Ich hätte jemanden um Hilfe gebeten, der sich die Unterlagen legal besorgen kann. Was willst du denn mit dem geklauten Papier anfangen, hä? Du kannst es ja doch keinem zeigen.«

»Aber Papa, die Unterlage war in der untersten Schublade eingeschlossen. Die wäre bei der nächsten Gelegenheit ganz verschwunden, glaub mir. Das hat bestimmt seine Gründe, dass das am üblichen Gang durch die Behörde vorbeigelotst wurde.«

Albrecht seufzte. »Ja, und aus diesen Gründen hast du deine Nase nicht in solche Sachen zu stecken. Habe ich dich nicht zur Ehrlichkeit erzogen?«

»Genau, Papa. Genau das hast du. Und das ist der Grund, warum die Unterlage nicht einfach sang- und klanglos verschwinden darf.«

Edgar hatte die Unterhaltung gespannt verfolgt und musste zugeben, dass Gleichstand nach Punkten herrschte. Er startete einen Vermittlungsversuch: »Vielleicht ist das, was Fiona da ausgegraben hat, nur halb so interessant, wie wir glauben und es …«

Edgar hatte die leichte Entflammbarkeit von Albrechts Wut unterschätzt: »Ach ja? Genauso wie du ja auch so einfach davon zu überzeugen bist, dass deine sagenhafte Entdeckung bloß ein Hirngespinst ist.«

Noch bevor Fiona »Was für eine Entdeckung?« sagen konnte, erntete sie von rechts und links Blicke, die ihr zu verstehen geben sollten, dass sie das gar nichts anging. Leider vergaßen die Streithammel, dass Fiona sich wenig dafür interessierte, was sie etwas anging und was nicht.

»Was für eine Entdeckung?«, fragte sie.

Mit einer ausladenden Geste erteilte Albrecht Edgar das Wort und untersuchte möglichst unbeteiligt den alten Dielenfußboden.

Edgar räusperte sich. »Naja, also, das ist so: Siehst du das Foto da hinten an der Wand?«

Fiona nickte. Natürlich kannte sie das Foto. Sie wartete auf eine Fortsetzung.

Edgar überlegte, ob es tatsächlich eine gute Idee war, Fiona von seinem Argwohn zu erzählen. Immerhin ging es in der Tat allenfalls um einen unbewiesenen Anfangsverdacht.

Albrecht machte eine auffordernde Handbewegung.

»Ach, es ist nur so, dass drei von den fünf Männern auf dem Foto in den letzten Wochen gestorben sind.« Edgar beeilte sich, den Satz zu beenden, und hoffte, dass das Thema damit erledigt sei, doch wie so oft hatte er die Rechnung ohne Albrecht gemacht.

»Und?«, stichelte dieser. »Und was für eine Theorie hat sich der Herr Doktor da zurechtgelegt?«

»Ach komm, lass gut sein. Wir müssen Fiona doch nicht unnötig Sorgen bereiten.«

Albrecht schaute zu Fiona und dann zu Edgar. »So? Müssen wir das nicht? Und wer denkt an mich? Mein Fräulein Tochter riskiert wegen eines Wischs mit ein paar Zahlen drauf Kopf und Kragen, und der Herr Doktor macht mich zum Opfer eines Mordkomplotts, aber

Hauptsache, die Herrschaften geraten nicht unnötig in Sorge.« Ein Schlag mit der flachen Hand auf die Tischplatte setzte den lautstarken Punkt.

»Wieso denn Opfer eines Mordkomplotts?« Fiona sah Edgar an. Eine Sorgenfalte lugte durch ihren braunen Pony hervor.

Na prima, dachte Edgar, genau das hatte er vermeiden wollen. Er nahm sich vor, bei Gelegenheit noch mal ein ernstes Wörtchen mit Albrecht zu reden, doch jetzt war es ja schon einmal raus. »Die Männer sind alle exakt in der Reihenfolge gestorben, in der sie auf dem Foto stehen. Und wenn man davon ausgeht, dass es statt Emmie Fasshauer eigentlich ihren Mann treffen sollte, wären wir längst bei Nummer vier in der Reihe.«

Fiona sah erst ihn entgeistert an, dann ihren Vater, der immer noch den Fußboden untersuchte, dann fing sie an zu lachen.

Sie amüsierte sich offensichtlich köstlich, und Edgar war verwirrt. Selbst Albrecht unterbrach die Fußbodeninspektion. Die beiden Männer wechselten einen Blick, als wäre Fiona verrückt geworden.

Sie prustete: »Mein lieber Scholli, das nenn ich mal eine Theorie! Und deswegen habt ihr euch gestritten? Kann es sein, dass ihr irgendwie Langeweile habt hier auf'm Dorf?« Sie warf den Kopf in den Nacken und lachte aus voller Kehle.

Albrecht starrte seine Tochter an. »Schön, dass wir dich so amüsieren. Ich hoffe, du hast noch etwas zu lachen, wenn dich der Koch zur Rede stellt.«

Sie gluckste. »Na, da haben sich ja zwei gesucht und gefunden. Wer hat sich denn mit den Behörden angelegt? Das wart doch, lasst mich nachdenken ... stimmt: Das wart doch ihr beiden!«

Edgar fühlte sich ertappt. Das Telefonat mit Matthias Frank hatte er noch immer nicht verdaut. »Den Hohn kannst du dir sparen. Du hast ja selber erlebt, wie die Polizisten, die den Pfarrer beschützen sollten, völlig betriebsblind vergessen hatten, dass man sich auch durch die Kirche Zutritt ins Pfarrhaus verschaffen kann.«

»Eben!« Fiona tippte mit dem Zeigefinger auf den Küchentisch. »Und genau aus diesem Grund habe ich die Daten notiert, bevor das Papier verschwindet. Ich trau den Brüdern alles zu.«

Edgar atmete tief aus. Das hatte so keinen Sinn. Die Abneigung der Familie Schneider gegen gute Argumente war nur noch durch ihre Sturheit zu übertreffen. Er nahm den Zettel vom Tisch und überflog erneut den Inhalt. »Ich will morgen sowieso nach Kassel in die Pathologie. Vielleicht kann Doktor Bohmke ja mal einen Blick auf die Werte werfen und mir sagen, ob sie etwas zu bedeuten haben.«

Albrecht zuckte zusammen. »Doktor Bohmke?«

»Ein alter Freund meines Vaters. Und der Einzige, dem ich im Moment vertrauen kann.«

»Und wenn er wissen will, woher du die Zahlen hast?«, fragte Albrecht.

»Ich lass mir etwas einfallen. Er wird keinen Verdacht schöpfen. Seine Neugierde beschränkt sich auf Geheimnisse, die mit toten Menschen zu tun haben.«

»Mir gefällt das alles nicht.« Albrecht kraulte sich das Kinn. »Aber bevor Fiona selber loszieht ... Es wird wohl kaum anders gehen. Kann man denn die Werte vielleicht anonym in einem Institut prüfen lassen?«

»Da haben noch viel mehr Menschen Zugang zu den Daten. Glaub mir, das ist zunächst die unauffälligste Variante.« Edgar schnäuzte sich geräuschvoll die Nase.

»Na gut, dann mach es so.« Albrecht schlug mit den flachen Händen auf die Tischplatte und stand auf. Er holte zwei Flaschen Bier und stellte eine vor Edgar auf den Tisch. »Du musst doch viel trinken, hier!« Er reichte ihm den Öffner.

»Und ich?« Fiona guckte beleidigt.

»Du, mein Fräulein, fährst jetzt nach Hause und überlegst dir ganz in Ruhe, ob du möglicherweise etwas falsch gemacht hast.«

»Soll das etwa ein Rauswurf sein?«

»Wenn du es so nennen willst? Edgar und ich haben noch Einiges zu bereden.« Albrecht gab sich allergrößte Mühe, kompromisslos zu klingen.

»Pfff.« Fiona packte Mantel und Handtasche und dampfte schnaubend ab. Die Haustür fiel krachend ins Schloss, und der Fiat wendete mit quietschenden Reifen in der Einfahrt.

»Dramatische Abgänge scheinen ja bei euch in der Familie zu liegen, was?« Edgar schmunzelte.

»Ach hör doch auf. Ich weiß auch nicht, was immer in das Mädchen fährt. Die Katharina, die ist ganz anders. Die ist vernünftig und hat einen netten Mann geheiratet und ist glücklich mit ihren Kindern. Aber Fiona? Das Kind macht mich noch wahnsinnig.«

Edgar sah das Unglück in Albrechts Augen. Und aus irgendeinem unerfindlichen Grund hörte er sich selber sagen: »Meine Kinder wären jetzt vier und sechs.« Die Worte lagen wie Steine in seinem Mund. »Josh würde schon in die Schule gehen und Sadie in den Kindergarten.« Sein Kopf war plötzlich so schwer wie eine Bowlingkugel, und das Kinn sank ihm auf die Brust. Dann spürte er Albrechts Hand an seiner Schulter.

Schweigen machte sich im Raum breit, während sie dasaßen wie Vater und Sohn. Edgar schnäuzte sich erneut die Nase und trocknete mit dem Taschentuch die Augen, und Albrecht schämte sich dafür, die Sorge eines Freundes um sein Leben als Hirngespinst abgetan zu haben. Er konnte nicht mal im Entferntesten ermessen, was Edgar widerfahren war. Um wie viel leichter wog der kleine Kummer mit Fiona. Es tat ihm leid, aber er schwieg. Jetzt wollte er nicht von sich reden. Nicht jetzt. Er spürte ein Beben in Edgars Körper aufsteigen und schaute auf den Boden. Das Schicksal hielt für manche schon zu Lebzeiten ein gnadenloses Gericht bereit, dagegen machte sich der Jüngste Tag wie ein Spaziergang aus.

MITTWOCH, DER 21. OKTOBER

Doktor Erwin Bohmke hing beinahe bis zur Nase im Brustkorb der Leiche. Die Arme bis zu den Ellenbogen in grünen Handschuhen fuhrwerkte er in dem Körper herum, dass es eine wahre Freude war. »Mist, verdammichter«, fluchte er. Eine gelbe Substanz war ihm auf das Brillenglas gespritzt und klebte dort in dicken Tropfen. »Frau Doktor, übernehmen Sie hier mal bitte, ich seh nüscht mehr.« Er winkte eine hagere Frau heran, die gerade mit dem Sortieren der Sezierbestecke beschäftigt war.

Edgar hielt sich dezent im Hintergrund. Allein der Anblick der herumliegenden Knochensägen verursachte ihm Magenschmerzen. Äußerst dankbar, dass die Erkältung noch immer seinen Geruchssinn blockierte, beobachtete er, wie der kahlköpfige alte Mann den glänzenden, mit Blutspritzern übersäten Kittel an einen Haken hing und zu einem Waschtrog aus Edelstahl schlappte.

Doktor Erwin Bohmke wusch die kleine runde Nickelbrille unter dem Wasserstrahl sauber, dann setzte er sie auf, zwinkerte zufrieden, knackte mit den Fingern und rief aus: »Brix! Warum sprichste dann nix!«

»Ich wollte dich nicht unterbrechen, du warst so ... naja, vertieft.«

»Ach, ich sprechs dir, manches Mal musste dir alles zusammensuchen da drin. Bei dem do frägste dich, ob die Anatomiebücher auch wirklich ...« Er winkte ab, als sei das Dilemma auf dem Stahltisch eine weitere Ausführung nicht wert. »Mensch, Junge, bist du groß geworden. Als dein Vadder mir geschrieben hot, daste widder in die ahle Praxis einziehst, honn ich echt gedacht, hä will mich veräppeln. Nu stehste hier.« Erwin Bohmke stemmte beide Arme in die Hüften und lachte.

Edgar schmunzelte. So kannte er den alten Bohmke seit seiner Kindheit. Damals hatte er verlässlich eine Tafel Schokolade in der Manteltasche, wenn er zu Besuch kam. »Aber die müsst ihr brüderlich teilen«, pflegte er zu flüstern, sobald er geheimnisvoll den Schatz aus dem Mantel zog und mit verschwörerischem Blick an Gutmund und Edgar übergab. Der alte Brix hielt nämlich gar nichts davon, die Jungs unnötig zu verhätscheln, das wusste Erwin Bohmke genau. Immerhin hatten sich die beiden Männer schon eine Studentenbude in Göttingen geteilt, und unterschiedlicher hätten zwei junge Medizinstudenten kaum sein können: der eine ein armer nordhessischer Bauernsohn, der andere ein jüdischer Sohn aus gutem Hause. Doch Conrad Brix hegte keinen Dünkel – im Gegenteil. Er wurde nicht müde, gegenüber seinen Söhnen zu betonen, wie viel Respekt Erwin Bohmke dafür gebührte, dass er sich gegen alle Widrigkeiten durch das Studium gebissen hatte und sich bereits auf halbem Weg in eine steile Pathologenkarriere befand. Doch dann drehten sich die Umstände. Mit einem Mal stand die ganze Welt Kopf, und die Familie Brix verschwand sang- und klanglos von heute auf morgen ohne ein Sterbenswörtchen. Das hätte das Ende der Geschichte sein können. Aber schon kurz nach Kriegsende flog der erste Luftbrief von Conrad Brix über den großen Teich, und der Kontakt der beiden Männer blieb, wenn auch auf Distanz, aber immerhin in gewohnter Loyalität bestehen. Das Leben ging eben doch weiter. Irgendwie und irgendwo.

Erwin Bohmke machte eine einladende Geste und führte Edgar in das angrenzende Büro. »Kaffee?«

»Da sag ich nicht nein.«

Doktor Bohmke schraubte eine Thermoskanne auf und goss zwei Becher halb voll. »Den bring ich von daheim mitte. Hier schmecket das Wasser nach Formalin, wennste mich frachen tust.«

Edgar nippte zaghaft an der Tasse. Der Kaffee war einwandfrei. Er nahm einen kräftigen Schluck.

»So Junge, jetzt spreche moh: Was führt dich hierher? Ein Anstandsbesuch isses ja bestimmt nitte.«

Edgar wusste, dass er dem Pathologen keinen Honig ums Maul schmieren musste. Dass er nicht hier war, um Nettigkeiten auszutauschen, bedurfte keiner besonderen Erwähnung. »Ich glaube, du hast eine meiner Patientinnen in der Kühlung.«

»Ach, das ist dinne? Jo, hättste das vorher gesprochen, hättste jo dabi sinn können.«

Edgar winkte ab. Das war das Letzte, womit man ihm einen Gefallen tun konnte. »Vielen Dank, aber ich überlasse das lieber den Leuten vom Fach.«

»Einen schönen Dialekt hoste dir middegebroht, mein Lieber. Der Conrad spricht ganz normal, ich honn erst vor zwei Wochen mit emme telefoniert.«

Das hatte Edgar befürchtet. Nun ja, eine Telefonleitung war Gott sei Dank keine Nabelschnur.

»Wos hoste denn vermutet, dass se hier gelandet is?«

Wie viel konnte Edgar preisgeben? Dieses Gespräch an sich war schon kritisch, und er musste auf jeden Fall vermeiden, in den Verdacht zu geraten, das Ergebnis der Untersuchung in irgendeiner Art beeinflusst zu haben. Wenn Matthias Frank spitzbekäme, dass er in der Pathologie gewesen war, konnte er ohne Umwege eine Zelle im Wehlheider Knast beziehen. Gab es überhaupt eine Möglichkeit, nicht alles falsch zu machen? »Sie hatte keine Vorerkrankung, die ihren plötzlichen Tod verursacht haben könnte, und ich wollte sichergehen, dass ich nichts übersehen habe.«

»Na, wennste nur wissen wolltest, ob du vielleicht was übersehen host, hätten wir das auch uff dem kurzen Dienstwech regeln können, verstehst dann das? Ohne die Staatsanwaltschaft.« Erwin Bohmke rückte sich die Brille zurecht.

»Das nächste Mal«, sagte Edgar und hoffte, dass es kein nächstes Mal gäbe, obwohl ihm eine Stimme flüsterte, dass das in Anbetracht der Umstände grenzenlos naiv war. Aber erst mal das Ergebnis abwarten.

»Na gut. Aaalso …«, Bohmke klaubte zielsicher eine Kladde aus fächerförmig angeordneten gleichartigen Unterlagen vom Schreibtisch, schlug sie auf, schob die Brille auf die Stirn und nahm die Kladde so nah vor die Augen, bis seine Nase das Papier berührte, »da war nüscht Besonneres.«

Ob der kurzsichtige Erwin Bohmke im Innern einer Leiche mehr sehen konnte, außer der Dunkelheit, die dort herrschte? Edgar wartete gespannt auf die weiteren Ausführungen, doch erstaunlicherweise kam nichts.

Erwin Bohmke klappte die Kladde zu und sah ihn an. »Hat die Gutste gerne mal einen über den Durst getrunken?«

»Wieso?«

»Nu, wegen der Leber. Die war ganz schön hinüber. Aber gestorben isse daran nit. Mir honn nüscht gefunden, was darauf hinweisen könnte, dass jemand nachgeholfen hot.« Er tastete nach seiner Brille und rückte sie wieder auf die Nase.

Edgar knetete nachdenklich die Unterlippe. »Frau Fasshauer hat nicht getrunken, dafür würde ich meine Hand ins Feuer legen. Jedenfalls nicht mehr als jeder andere auch.«

»Nu, bei manchen kommts trotzdem dazu. Kann au ganz annere Gründe honn. Wie gesacht, gestorben isse an der kaputten Leber nit.«

Nach einem Augenblick des Zögerns zog Edgar den Zettel aus seiner Hosentasche. »Hat es vielleicht etwas hiermit zu tun?« Er reichte den Zettel über den Schreibtisch.

Erneut wanderten die Brille auf die Stirn und der Zettel mit minimalem Abstand vor das Gesicht des zerknitterten Pathologen. Er murmelte vor sich hin: »Nitro-Dings-trallala und Tri-Schlachmichtot. Hm. Ja, das passt. Auch die Konzentrationen.« Er nahm den Zettel herunter. »Woher host'n das?«

Edgar tat so, als habe er die Frage nicht gehört. »Was passt?«

»Wenn dos de Werte vom Brunnen Hirschhagen sin, sin die Chemikalien Überbleibsel uss der ahlen Sprengstofffabrik. Die Konzentration is schon hoch, aber nit tödlich. Wennste mich fragen tust, wäre das ein Grund für 'nen Leberschaden. Hot se denn in Hirschhagen zum tun gehabt?«

Edgar verstand nur Bahnhof. »Was heißt: Überbleibsel der Sprengstofffabrik?«

»Was se nit über de Losse entsorgen konnten, honn die damals einfach ins Erdreich laufen lassen. Dos is über diverse Sammelbecken nach und nach versickert. Und da landets dann früher oder später au im Grundwasser.«

»Das Grundwasser in Hirschhagen ist vergiftet?« Edgar konnte gar nicht fassen, wie gleichmütig Erwin Bohmke diese Ungeheuerlichkeit kundtat.

»Nu ja, vergiftet würd ich nit sagen. Die Werte sin hoch, aber das is kein Vergleich, wennste an früher denkst. Die Mädels aus der Fabrik hatten gelbe Haut und gelbe Haare, wenn se hier ankamen. Und die Leberwerte brauchteste nit messen, dos konnte man mit dem bloßen Auge erkennen. Selbst Jahre später honn ich immer wieder mal solche Fälle auf dem Tisch gehabt. De Spätfolgen, verstehst dann das?«

Edgar verstand, dennoch fragte er sich, warum ihn diese Nachrichten so schockierten. Es war ja ein offenes Geheimnis, dass so viele Orte noch mit den Giftrückständen des Krieges zu kämpfen hatten. Vermutlich hatte er einfach nicht daran gedacht, diese nur wenige Kilometer hinter seinem eigenen Haus zu suchen. Seine Neugier besiegte die Sorge: »Ihr habt Zwangsarbeiter aus der Fabrik hier im Krankenhaus behandelt?«

»Die Zwangsarbeiter? Nein, mein lieber Junge, die hot kinner behandelt. Die gingen weg, wenn se krank wurden. Aber es gab ja auch genuch Kasseläner, die zum Arbeitseinsatz in de Fabrik geschickt wurden, die landeten dann bi uns.« Bohmke sah ihn an, als zweifle er am Verstand des jungen Arztes.

Edgar kannte diesen Blick von den Unterhaltungen mit Albrecht. Dennoch sah er nicht ein, warum er die Fragen, die ihm nun mal unter den Nägeln brannten, für sich behalten sollte. Er war eben nicht dabei gewesen, und das war ja keine Schande. Immerhin stellte er Fragen. Mehr und mehr beschlich ihn nämlich das Gefühl, das es mit dem Willen, sich mit der Wahrheit zu konfrontieren, bei vielen anderen nicht weit her war. Oder was war der Grund dafür, dass Unterlagen mit so brisanten Werten in der Schreibtischschublade eines Oberregierungsrates verschwanden?

Als ob Erwin Bohmke seine Gedanken gelesen hatte, fügte er hinzu: »Aber spreche doch mal: Wie kimmest du dann uff all das?«

Auch wenn der Pathologe nicht unbedingt diesen Eindruck vermittelte, war Edgar gewiss, dass der eine Lüge selbst durch die formalinverseuchte Nase zehn Meilen gegen den Wind riechen würde. »Die Daten stammen aus dem Regierungspräsidium und sollten dort unter den Tisch gekehrt werden.«

Die Augenbrauen von Erwin Bohmke wanderten über den Rand seiner Nickelbrille. »Mein lieber Junge, ich hoffe, du hast dich da nit in was reinziehen lossen. Ich tät dir raten, lass es uff sich beruhen.« Er erhob sich umständlich aus dem Schreibtischstuhl und stützte die Hände auf die Tischplatte. Nach einem langen Blick auf die Kladde des Falles Fasshauer klappte er den Deckel zu und gab den Zettel zurück. »Die jedenfalls, geb ich erschdemoh widder frei.« Mit diesen Worten schob er die Kladde an den Rand seines Schreibtisches und fixierte Edgar kurzsichtig. »Mach nit mehr Wind als nötig. Uffm Dorfe kannste dich nit verstecken.«

Wenn du wüsstest, dachte Edgar bitter. Ganz beiläufig ließ er den Zettel in seiner Hosentasche verschwinden, kippte den letzten Schluck Kaffee aus der Tasse herunter, dann verabschiedete er sich von dem alten Mann mit dem Versprechen, bei Gelegenheit mal anzurufen.

Erleichtert verließ Edgar die Pathologie, als Erwin Bohmke gerade nach der Knochensäge griff.

FREITAG, DER 23. OKTOBER

Erwin Bohmke hatte Wort gehalten. Noch am selben Nachmittag war der Leichnam von Emmie Fasshauer wieder auf dem Weg nach Wickenrode gewesen, und die Glocken läuteten wie geplant am Freitagnachmittag zu ihrer Beisetzung.

Dieses Mal unterschied sich die Trauergemeinde wesentlich von dem armseligen Grüppchen, das Piotr Luschek die letzte Ehre erwiesen hatte. Als die schwarzgekleidete Menge leise murmelnd den Friedhof verließ, blieb ein Haufen aus Kränzen und Gestecken zurück. Daneben warf sich das zusammenfallende ungeschmückte Grab des polnischen Juden Luschek alias Weizmann auf wie ein Maulwurfshügel.

Edgar sah der Menschentraube hinterher, die wie eine Schar Krähen aus dem Friedhofsgelände stoben. Zuvor hatte er dankend die Einladung von Frau Schuster auf ein Stück Kuchen mit dem Hinweis abgelehnt, dass er die Praxis öffnen müsse, dann machte er sich mit Albrecht, der wartend an der Friedhofsmauer lehnte, auf den Weg durch die Gassen.

»Siehste, da war die ganze Aufregung umsonst.«

Edgar schüttelte trotzig den Kopf. »Wenn du mich fragst, ist es längst noch nicht vorbei.«

Albrecht blieb abrupt stehen. »Ja was? Ich dachte, es

wäre gut jetzt. Willst du denn immer noch nicht von deiner kruden Theorie ablassen?«

Edgar setzte seinen Weg fort, ohne zu antworten.

Albrecht eilte ihm hinterher und baute sich vor ihm auf, so dass er anhalten musste. Die Trauergemeinde war noch in Hörweite, und Albrecht flüsterte, während sein Zeigefinger auf Edgars Brust tippte: »Ich sag es dir nur einmal: Egal was du vorhast, ich lass mich dieses Mal nicht auf solche Abenteuer ein. Du kannst dich ja hoffentlich daran erinnern, wie das um ein Haar ausgegangen wäre?«

Edgar schob den Zeigefinger zur Seite und drehte sich schweigend ab. Er erinnerte sich, klar und deutlich. Aber im Augenblick wollte er ausgerechnet mit Albrecht darüber nicht reden. Er deutete entschuldigend auf seine triefende Nase und ließ den alten Mann am Abzweig zu dessen Heimweg stehen. Die letzten 100 Meter nach Hause ging er allein und mit einem ordentlich schlechten Gewissen.

In der Praxis angekommen, setzte Edgar sich an den Schreibtisch. Mit Patienten war heute kaum noch zu rechnen. Die eine Hälfte der Dorfbewohner stopfte in Erinnerung an Emmie Fasshauer Kuchen in sich rein, und die andere Hälfte war mit den Gedanken bereits im wohlverdienten Wochenende.

Er nahm die Unterlage zur Hand, die unscheinbar in einen grauen Aktendeckel gehüllt vor ihm lag wie ein mieser Verräter.

Wie sollte er Albrecht jemals erklären, wie es dazu gekommen war, dass diese brisanten Papiere nun nicht mehr in der untersten Schreibtischschublade des Oberregierungsrates lagen, sondern hier in seiner Praxis?

Eigentlich wäre es ja gar nicht Edgars Aufgabe gewesen, eine Rechtfertigung für Fionas dreisten Diebstahl zu erfinden, doch das würde Albrecht keinen Pfifferling interessieren. Engelszungen wären notwendig, um ihn davon zu überzeugen, dass diese Riesendummheit auf Fionas Mist gewachsen war und er nichts dafür konnte. Nichts, außer, dass er ihr von dem Gespräch mit Bohmke berichtet hatte.

Letztendlich zählten nur die Fakten: Das Diebesgut lag hier auf Edgars Schreibtisch.

Nachdem weitere Stunden ereignislos verstrichen waren und ihn das Starren auf das Ergebnis von Fionas ungeheuerlicher Tat keinen Schritt weiterbrachte, beschloss er zu tun, was er immer tat, wenn Grübeln nicht half. Er warf sich den Mantel über und machte einen Spaziergang.

Kaum drei Monate war es her, als er denselben Weg zuletzt gegangen war. Hinauf zur Siegenbachquelle. Beim letzten Mal endete sein Ausflug mit einer Begegnung, auf die Edgar gerne verzichtet hätte. Mitten in die Mündung der Flinte von Fritz Veit hatte er geschaut, und zu diesem Zeitpunkt hätte er dem alten Tattergreis sicherlich einiges zugetraut, aber auf keinen Fall das, was im Laufe des Sommers geschehen war.

Doch das war Gott sei Dank Geschichte, und Edgar setzte den Weg in Richtung Wald in der Hoffnung fort, dass die Geister der Vergangenheit ihr Unwesen woanders trieben und dieser Ort ihn so unberührt und still empfing, wie er es gewohnt war. Die Klarheit der Quelle könnte helfen, die wirren Gedanken zu sortieren.

In Edgars Kopf spukte ein überaus lebendiger und gegenwärtiger Geist und brachte alles durcheinander. Und wie er einen Fuß vor den anderen setzte, den Nebelschwaden der Atemzüge folgend, bohrten sich Fionas braune Augen in sein Herz.

Sie hatte auf die Neuigkeiten aus dem Gespräch in der Pathologie gebrannt und Edgar noch am Mittwochnachmittag angerufen. Wenn er auch nur eine vage Idee davon gehabt hätte, wozu Fiona tatsächlich fähig war, hätte er vermutlich das eine oder andere Detail der Unterhaltung mit Erwin Bohmke unter den Tisch fallen lassen. Aber Edgars Vorstellungskraft hatte nicht ausgereicht für die Folgen, die nun eingetreten waren. Kurz, nachdem das Telefonat beendet war, schlich Fiona in die leere Behörde. Unter dem Vorwand, etwas Wichtiges vergessen zu haben, passierte sie den Pförtner und verschaffte sich Zutritt zum Büro und zum Schreibtisch von Wendelin Koch. Noch am selben Abend parkte sie im Schutz der Dunkelheit um die Ecke zu Edgars Praxis in einer Seitenstraße, um ihm schlussendlich im Wohnzimmer jedes Detail ihres Husarenstücks zu schildern.

Die Unterlage lag auf dem Couchtisch, während Edgar sprachlos Fionas Schilderungen verfolgte.

Unschuldig wie ein Engelchen hatte sie ihn angesehen, nachdem sie ihre Beichte beendet hatte. Er wäre im Traum nicht auf die Idee gekommen, dass sie, ohne lange zu überlegen, losstürmen würde, um die vermeintlichen Beweise zu entwenden, die sie so nebenbei auf den Couchtisch legte, als handelte es sich um die Apotheken-Umschau.

»Was hätte ich denn tun sollen? Da ist eine Riesenschweinerei im Gange, und ich soll so tun, als wüsste ich von nichts?«

»Nein, aber eine vertrauliche Unterlage zu stehlen, ist mit Sicherheit der falsche Weg. Wem sollen wir davon erzählen, ohne dass du am Ende unter Verdacht stehst? Wie hast du dir denn das vorgestellt? Und überhaupt: Wer hat als Letzte die Behörde betreten, wenn am nächsten Tag auffällt, dass die Akte fehlt? Glaubst du nicht, dass es keine fünf Minuten dauert, und die wissen, dass du alleine in der Behörde warst?« Edgar rang um Fassung.

»Dem Koch fällt frühestens in einigen Wochen auf, dass etwas fehlt. Und wem soll er denn davon erzählen? Er hat ja selber die Unterlage verschwinden lassen.«

»Ach Fiona, manchmal ...« Er gab auf. Was er zu sagen hatte, hatte sie schon tausendmal von Albrecht zu hören bekommen. »Der Koch muss ja damit rechnen, dass die Ergebnisse irgendwo auftauchen. Und Angriff ist nun mal die beste Verteidigung. Der ist vielleicht zu allem fähig und tritt die Flucht nach vorne an. Womöglich veröffentlicht der das Verschwinden der Papiere. Du glaubst doch nicht im Ernst, dass in Anbetracht eines solchen Skandals jemand danach fragt, wie lange die Unterlage schon bei ihm in der Schublade lag.«

Fiona schüttelte den Kopf. »Mach dir keine Sorgen. Es hatte ja wohl einen guten Grund, warum er die hat verschwinden lassen. Er hätte doch bloß die Papiere in die Wasserbehörde weiterleiten müssen, und alles wäre vorbei gewesen. Aber nein, er hat sie bei sich behalten. Warum? Er kann ja schließlich nichts dafür, dass in Hirschhagen Gift im Boden ist. Aber irgendjemand kann etwas dafür, und genau den schützt er.« Sie hatte verschwörerisch die Stimme gesenkt.

Edgar seufzte. »Ja, Fiona, das ist möglich. Und wenn es so ist, dann hat dieser Jemand ein großes Interesse daran, dass die Sache unter dem Teppich bleibt, unter den sie gekehrt werden sollte. Und du bist denen auf die Füße getreten. Ich hoffe für dich, dass die Geschichte brisant genug ist, damit alle Beteiligten lieber schweigen. Ansonsten kannst du dich warm anziehen.«

»Hier hat jemand gewaltigen Dreck am Stecken, und wenn ich hinterher dafür Ärger bekomme, dass ich dazu beigetragen habe, dass derjenige auffliegt, dann ist das nicht das Land, in dem ich leben will.«

Edgar war sprachlos angesichts ihrer Naivität. Wie viele Menschen hatten Schuld auf sich geladen und lebten unbehelligt ihr Leben in diesem Land? Und gerade im Schutz der Behörden wimmelte es noch von denjenigen, deren Unterschriften vor zwei Jahrzehnten Unschuldigen den Kopf gekostet hatten. Was dachte Fiona eigentlich, mit wem sie sich da anlegte? Eine Krähe hackte der anderen nun mal kein Auge aus, das war eine Wahrheit, die nicht nur in Deutschland, sondern überall auf der Welt galt. Edgar atmete tief aus und schlug sich mit den Händen auf die Oberschenkel. »Ich bin nach wie vor der Meinung, es hätte einen offiziellen Weg gegeben, der uns nicht alle in Teufels Küche bringt. Aber du hast es ja so gewollt. Ich muss jetzt erst mal darüber nachdenken, wie ich damit umgehe. Und du solltest fahren, sonst gibt es Gerede, wenn dein Wagen um die Ecke von meinem Haus parkt – um diese Zeit.«

An der Haustür fiel Fiona ihm um den Hals. Er spürte ihren Atem warm am Ohr, und ihre Brüste drückten sich an seinen Oberkörper. Edgars Herz pochte wie wild.

»Du warst doch der Einzige, dem ich vertrauen konnte. Bitte, lass das nicht umsonst gewesen sein.« Wie zufällig berührten ihre Lippen seine Wange, als sie die Umarmung lockerte.

Dann stand sie vor ihm und sah ihn so an. So, dass sie ihm auch gleich ein Messer in die Brust hätte stoßen können, und es wäre kaum schmerzhafter gewesen. Sie drehte sich so schnell weg, dass er beinahe ins Taumeln geriet und verschwand in der Dunkelheit.

Das war also der Moment, der an Edgar den Weg hinauf zur Siegenbachquelle klebte wie Kaugummi. Selbst als er den Schritt beschleunigte, verfolgten ihn diese braunen Augen. Hätte er tatsächlich die Koffer gepackt und das Flugzeug nach Deutschland bestiegen, wenn er all das geahnt hätte? Hätte er? Er war sich nicht sicher. Sicher war nur das: Er war im Besitz einer Unterlage, die nahelegte, dass ein gewaltiger Skandal vertuscht werden sollte. Und sicher war: Die Tochter seines besten Freundes hatte dafür gesorgt, dass dieser ihm den Pelz über die Ohren zöge, sobald er davon erfuhr, wie er an die Akten gekommen war. Und als ob das alles nicht genug war, wartete bereits ein Zimmer im Knast auf ihn, wenn er die Daten veröffentlichte. Matthias Frank würde keine Sekunde zögern, der ließ sich nicht ein weiteres Mal vorführen.

Hatte er irgendein Fettnäpfchen ausgelassen? *Fettnäpfchen*? Die Untertreibung des Jahrhunderts! Edgar schnaufte den Berg hinauf, und langsam stellte sich die körperliche Müdigkeit ein, die ihn daran hinderte, wie ein Berserker den Hang zu erstürmen. Das half beim Denken.

Das letzte Mal war er den Weg bei strahlendem Sonnenschein gegangen, heute lag kalter Nebel über dem Tal. Keine Stunde, dann würde sich die Dämmerung über die Hügel auf das kleine Dorf senken. Er brauchte kaum 20 Minuten, bis er den steinigen Weg erklommen und die letzten unwegsamen Meter bis zur Quelle geschafft hatte.

Er versank bis zu den Knöcheln im aufgeweichten Untergrund und hüpfte von Stein zu Stein, bis er am Ziel war.

Er hockte auf einem Findling und schaute ins Tal. Das Laubkleid der Bäume war licht geworden, und wo der Wind durch die Wipfel fuhr, flogen Blätter wie Schneeflocken davon. Ein graues Tuch aus Dunkelheit senkte sich über das Dorf, und die Straßenlaternen und beleuchteten Häuser hielten mit warmem Schein dagegen. Außer dem Rauschen in den Baumkronen und dem Plätschern der Quelle war kein Laut aus dem Dorf zu hören. Selbst das vielstimmige Blöken der Schafe, die den Sommer mit ihrem Gesang begleitet hatten, war verstummt. Das Heu war eingebracht, die letzten Kartoffeln aus der Krume gekratzt, und das Dorf bereitete sich auf den Winter vor. Die Metzger wetzten schon die Messer, damit die gemästeten Säue ihren Platz in der Würstekammer in Form von Ahler Wurst und Gepökeltem einnehmen konnten und auch ein langer Winter erträglich werden würde. Es war die Zeit, in der das Leben einen Gang zurückschaltete, doch Edgars Leben schien aus den Fugen geraten zu sein. »Was habe ich denn für eine Wahl?«, redete er mit sich selbst. »Ich habe einen Eid geschworen und den werde ich nicht brechen, auch wenn Albrecht mir den Hals umdreht.« Es war völlig unvorstellbar, dass er, bevor er weitere Schritte einleiten konnte, den Inhalt der Unterlage nicht zumindest einer sachkundigen Prüfung unterziehen musste. Während ihm die kühle Luft um die Nase wehte, beruhigte sich sein aufgewühlter Geist. Ja, so war es richtig. Erst Fakten schaffen und dann Schritte einleiten. Dafür war er doch Wissenschaftler geworden: um kopflosen Handlungen mit nüchterner Realität zu begegnen.

Jetzt, wo er das mit sich geklärt hatte, ging es ihm besser. Ein einsamer Spaziergang war schon immer das beste Mittel gegen verstopfte Gehirnwindungen.

Bevor die Dunkelheit den Wald vollends im Griff hatte, trat er den Rückweg an. Die Vorstellung, wie Fiona sich in schönster Agentenmanier, mit einer Nagelfeile bewaffnet, Zutritt zum Büro ihres Dienstherrn verschafft hatte, entlockte ihm ein Schmunzeln. Bei aller Unvernunft: Das Mädchen hatte Schneid! Edgar kam nicht umhin, so etwas wie Bewunderung für Fiona zu empfinden, auch wenn ihn eine laute Stimme im Inneren warnte. Aber solange Fionas braune Augen noch in seinem Herzen wüteten, war er auf diesem Ohr taub. Er beschleunigte seinen Schritt und ließ sich von der Schwerkraft den Berg hinuntertreiben. Als er die letzten 100 Meter des Heimwegs in völliger Dunkelheit zurücklegte, stand der Entschluss fest: Er würde die Unterlage Gutmund anvertrauen. Was ein Glück, das der wieder im Land war, denn im Augenblick war er der Einzige, dem Edgar halbwegs vertraute. Er beschloss, ein Treffen mit Albrecht bis zum Vorliegen der Ergebnisse zu vermeiden. Den Freund im Ungewissen zu lassen, war schon unerträglich, ihn aber obendrein noch anzulügen, wäre unverzeihlich.

Mit diesem Vorsatz ging Edgar in seine Praxis, packte den grauen Aktendeckel in die Schublade und hoffte, dass es keiner dummen Ausreden bedurfte, um einer Begegnung mit Albrecht aus dem Weg zu gehen.

MONTAG, DER 26. OKTOBER

Fiona blieben unangenehme Situationen nicht erspart. Sie stolperte von einer in die nächste, und jeden Augenblick konnte ein Donnerwetter über sie hereinbrechen.

Edgar hatte anscheinend Wort gehalten, denn ihr Vater verlor beim üblichen Mittagessen am Samstag kein Sterbenswörtchen darüber, dass seine Tochter zur Diebin geworden war. Sie gab sich allergrößte Mühe, ganz normal zu tun, während sie mit dem versalzenen Ergebnis eines weiteren Kochversuchs kämpfte und ihrem Vater wäre ohnehin nichts Ungewöhnliches aufgefallen, da er damit beschäftigt war, jeden Bissen mit einem vollen Glas Bier herunterzuspülen und verkniffen zu lächeln.

Fiona hatte kein gutes Gefühl dabei, ihren alten Vater derart im Ungewissen zu lassen, doch sie redete sich ein, dass es besser so sei. Sie betete insgeheim, dass sein Ärger zuerst Edgar träfe, und sie etwas glimpflicher davon kam. Dabei wusste sie, dass es naiv war zu glauben, irgendetwas könne die Wut von Albrecht Schneider in Anbetracht ihrer ungeheuerlichen Tat mildern.

Tatsächlich galt beim samstäglichen Mittagessen ihre größte Sorge einer weiteren Prüfung, die ihr noch bevorstand: der Gang in die Behörde am Montagmorgen. Sie hatte sich wegen einer Unpässlichkeit am Donnerstag krankgemeldet, der Freitag war wie immer frei. Aber das hatte ihr lediglich einen Aufschub verschafft.

Fiona hatte sich im wahrsten Sinne des Wortes warm angezogen. Sie hatte den dicksten Wintermantel übergezogen, so als könne dieser sie vor dem beschützen, was in dem grauen Betonbau auf sie wartete. Wie am Montagmorgen üblich stauten sich die Autos vor den Ampeln, die Fußgängerzone jedoch war leer gefegt. Fiona nahm den Weg von ihrer Wohnung am Weinberg durch die menschenleere Königsstraße, und mit jedem Schritt, den sie sich dem Steinweg näherte, schlug ihr Herz höher.

Als sie den Pförtner im Erdgeschoss passierte, pochte ihre Halsschlagader so wild, dass sie den Mantelkragen enger nahm aus Angst, der Pförtner könne das Pulsieren sehen. Einen Moment haderte sie, dann widerstand sie dem Impuls, auf dem Absatz umzudrehen und die Flucht zu ergreifen. Der Pförtner grüßte freundlich, indem er sich an die Mütze tippte, und senkte den Kopf. Fiona atmete auf. Jetzt bloß nicht überreagieren, redete sie sich ein, während sie die Stufen bis in den dritten Stock erklomm.

Auf Zehenspitzen schlich sie an Annegret Fromm vorbei, die mit flinken Fingern wie besessen auf ihre Schreibmaschine einhämmerte. Fiona war schon fast am Schreibtisch angekommen, als sie die spitze Stimme hinterrücks ereilte: »Fräulein Schneider! Herr Koch erwartet Sie umgehend in seinem Büro.«

Fionas Herz setzte einen Augenblick aus, dann begann es zu rasen, sodass sie fürchtete, ohnmächtig zu werden. Sie ging einige Schritte zurück und fragte die Dame mit den dicken Brillengläsern: »Hat er erwähnt, was er von mir will?«

Der festgezurrte Dutt widerstand wie immer jeder Bewegung. »Nein, darüber hat er mich nicht in Kenntnis gesetzt.« Ihre gespitzten Lippen verrieten, dass sie diese Tatsache in höchstem Maße missbilligte.

Fiona versuchte, möglichst unbeteiligt zu tun. »Gut, ich lege schnell ab und gehe dann zu ihm.«

Annegret Fromm nickte, senkte den Kopf und begann erneut, die Schreibmaschine zu traktieren.

Niemals zuvor hatte Fiona derart viel Zeit vertrödelt. Umständlich hängte sie den Mantel auf, zupfte sich das Kleid zurecht und machte sich mit Stenoblock und Bleistift bewaffnet auf den Weg in das Büro von Wendelin Koch.

Vor der Tür blieb sie stehen und atmete tief durch, bevor sie die Fingerknöchel gegen die massive Tür stieß. Sie zählte bis drei. Kein Laut drang aus dem Büro. Vorsichtig drückte sie die Tür einen Spalt auf und lugte in den Raum. Wendelin Koch lehnte lässig in seinem Bürostuhl und hielt den Telefonhörer ans Ohr. Fiona wollte gerade die Tür wieder zuziehen, als er ihr mit einem Winken zu verstehen gab, dass sie hereinkommen solle. Wie ein Mäuschen trippelte sie in das Büro und schob die Tür so leise wie möglich mit dem Rücken zu.

»Ja, das kann natürlich nicht folgenlos bleiben. Ich werde mich darum kümmern, dass wir das aufklären.« Koch war nicht im Mindesten um Diskretion bemüht.

Fiona stand in der Tür und knabberte am linken Daumennagel, während der Bleistift in ihrer rechten Hand zerbrach. Sie kniete sich hin und hob fahrig mit einem entschuldigenden Blick die Bruchstücke auf. Koch drehte den Bürostuhl von ihr weg, sodass sie das glänzende Leder der schwarzen Rückenlehne speckig anstrahlte.

»Wie wir es besprochen haben. Ich melde mich, sobald ich weiter gekommen bin. Bis bald.« Er drehte sich wieder nach vorne und legte den Hörer auf. »Fräulein Schneider! Schön, dass Sie so schnell zur Stelle sind. Nehmen Sie Platz.«

Fiona kniff die Augen zusammen. Skeptisch schlich sie auf den Besucherstuhl zu. Sie schlug artig die Beine übereinander und platzierte den Stenoblock auf ihrem Knie.

»Sie sind ja schon soweit. Gut, dann kann es ja losgehen.« Koch räusperte sich. Er ließ Fiona keinen Augenblick aus den Augen, während er ein bangloses Anschreiben an die Finanzbehörde diktierte. Es ging um irgendwelche Ungereimtheiten in den letzten Abrechnungen. Nichts Ungewöhnliches, dennoch kroch ihr der Schweiß aus allen Poren, und die Hand, die den Bleistift in eleganten Schwüngen über die Linien des Stenoblocks führen sollte, zitterte wie Espenlaub.

»Ist Ihnen nicht gut?« Koch lehnte sich nach vorne.

»Nein, nein, alles in Ordnung. Vielleicht bekomme ich eine Erkältung«, log Fiona.

Wendelin Koch setzte das Diktat fort. »Wir bitten um schnelle Bearbeitung und Rückmeldung an das Dezernat. Hochachtungsvoll, bla bla bla.«

Es kostete Fiona einiges an Überwindung, um nicht sofort aufzuspringen und fluchtartig das Büro zu verlassen. Tapfer blieb sie sitzen und fixierte Herrn Koch mit dem Mut der Verzweiflung.

»Ja? Ist noch etwas, Fräulein Schneider?«

»Ich war mir unsicher, ob Sie das Diktat beendet hatten.«

»Doch, doch, ich bin fertig. Wollten *Sie* mir noch etwas sagen?« Er lehnte sich großspurig in den Ledersessel zurück und faltete die Hände über der schwarzen Anzugweste.

Fiona kam sich vor wie in einem Verhör. *Er weiß es!* Es lief ihr gleichzeitig heiß und kalt den Rücken herunter. Zweifelnd, was genau die Gewissheit nährte, dass Wendelin Koch das Fehlen der Unterlagen bemerkt hatte, riet ihr die Intuition, auf der Hut zu sein. »Nein, es ist nichts. Wenn das Diktat beendet ist, würde ich an meinen Arbeitsplatz gehen und es umgehend tippen.« Sie hatte sich von dem Stuhl erhoben und wies in Richtung Tür.

Koch behielt die lässige Haltung bei. »Tun Sie das Fräulein Schneider, tun Sie das!« Er zog eine goldene Taschenuhr aus der Westentasche und untersuchte das Zifferblatt. Offenbar war die Unterhaltung beendet.

Tatsächlich, dachte Fiona, der Dreckskerl lächelt. Sie ging die fünf Schritte bis zur Tür, und der Weg kam ihr unendlich lang vor. Sie bildete sich ein, dass sein Blick an ihrem Rücken haftete, während sie starr den Ausgang fixierte. Noch als sie die Türklinke bereits heruntergedrückt hatte, rechnete sie damit, dass er sie zurückrief, doch sie verließ ohne Zwischenfälle das Büro.

Auf butterweichen Beinen stand sie, an die geschlossene Tür gelehnt, im Flur. Sie atmete tief durch und schloss kurz die Augen. Mach dich nicht verrückt, Fiona, es ist ja nichts passiert.

An ihrem Schreibtisch angekommen, stellte sie fest, dass ihr ein Fingernagel abgebrochen war, während sie sich am Stenoblock festgekrallt hatte. Sie legte den Block beiseite und zog sich die Schreibmaschine vor das Gesicht, als könnte sie das vor dem Unheil schützen, welches aus Richtung von Wendelin Kochs Büro über sie hereinzubrechen drohte.

»Was hat er denn von Ihnen gewollt?«

Fiona zuckte zusammen – Annegret Fromm! Sie hatte vergessen, dass Unheil manchmal auch von hinten kam. Sie fasste sich an den Hals. Lange hielten ihre Nerven das nicht mehr aus. »Ein eiliges Diktat, das ist alles. Ich tippe das schnell, damit es noch vor dem Mittag in die Post kann.«

Annegret Fromm hob das Kinn und linste durch ihre dicken Brillengläser auf Fiona herab. »Soso, eiliges Diktat.« Sie drehte sich auf dem Absatz herum und eilte mit forschen Schritten zu ihrem Arbeitsplatz, wo sie – abgesehen von ihrem Dutt – hinter der Schreibmaschine verschwand.

Lautes Klackern erfüllte den Raum, als auch Fiona in die Tasten haute. Die Geräuschkulisse verschaffte ihr ein wenig Luft zum Nachdenken. Mechanisch huschten die Finger über die Buchstaben. Wenn sie nur herausfinden konnte, mit wem Koch telefoniert hatte, als sie das Büro betrat. Sie wurde den Verdacht nicht los, dass es kein Zufall war, dass er sie Zeuge dieser Unterhaltung werden ließ. Was hatte er gesagt: »*Ich werde mich persönlich darum kümmern?*« Fionas Fantasie schlug Purzelbäume.

Als sie sich schon beinahe damit abgefunden hatte, dass dieser Tag eine einzige Hölle war, rauschte Wendelin Koch an der Tür des Büros vorbei, das sich Fiona mit Annegret Fromm und zwei weiteren Damen teilte, linste kurz in den Eingang und ließ knapp verlauten: »Ich bin den Rest des Tages außer Haus. Den Termin mit Direktor Obermöller habe ich auf morgen früh verlegt.«

Annegret Fromm starrte fassungslos die schwarze Aktentasche an, die unter seinem Arm geklemmt war. »*Sie* haben den Termin abgesagt?« Es schien ihr nicht recht zu sein, dass der Herr Oberregierungsrat begann, ein Eigenleben zu entwickeln. Sie lüpfte das Hinterteil vom Schreibtischstuhl wie eine sprungbereite Katze und musste trotzdem hilflos mit ansehen, wie Wendelin Koch mit einem kurzen Gruß die Etage verließ. Konsterniert mit dem Kopf wackelnd verschwand Annegret Fromm in der Teeküche.

Zum ersten Mal an diesem Morgen atmete Fiona auf. Tag eins wäre geschafft. Sie stellte fest, dass sie nicht wirklich neugierig auf eine Fortsetzung dieser Geschichte brannte und ihr kam der Gedanke, dass es vielleicht doch hin und wieder von Vorteil war, die Bedenken ihres alten Vaters ein wenig ernster zu nehmen, als sie es für gewöhnlich tat. Obendrein hatte sie erfolgreich verdrängt, wie der reagieren würde, wenn er erfuhr, was sie nun schon wieder angestellt hatte. Aber was half all das Hadern, jetzt, wo sie nun mal bis zum Hals in der Tinte saß. Fiona stützte die Ellenbogen auf den Tisch und legte das Kinn auf die Hände. Irgendjemand würde ihr vermutlich den Kopf abgerissen haben, noch bevor diese Woche um war. Sie kaute auf der Unterlippe herum. Wer hatte gesagt, dass es ungefährlich war, das Richtige zu tun?

*

Edgar saß den ganzen Abend schon in seiner Küche und spitzte die Ohren in Richtung Flur. Als das Telefon endlich klingelte, riss er den Hörer hoch und sagte, ohne abzuwarten: »Ist die Akte bei dir angekommen?«

»Wieso bei mir?«, hörte er die verwirrte Stimme von Fiona.

»Entschuldige bitte, ich dachte, du seiest Gutmund. Ich warte jeden Augenblick auf seinen Anruf. Ich habe die Akte heute Morgen per Eilkurier nach Frankfurt geschickt.«

»Du hast die Akte nach Frankfurt geschickt? Du wolltest sie doch deinem Pathologenfreund hier in Kassel geben!«

»Ich hab es mir anders überlegt. Nicht wegen Doktor Bohmke, sondern eher, weil man ja nie weiß, wer die Sachen noch zu Gesicht bekommt. Und in Frankfurt kann mit dem Stichwort *Hirschhagen* niemand etwas anfangen.«

»Das klingt einleuchtend.«

Edgar hörte sie am anderen Ende Luft holen, und wartete darauf, dass sie weitersprach.

Es vergingen Sekunden, ehe sie sagte: »Ich glaube, der Koch weiß es.«

Dieses Mal war es Edgar, der tief einatmete.

Bevor ihm die passenden Worte einfielen, fuhr Fiona fort: »Der war heute sehr seltsam zu mir. Er hat mich in das Büro gerufen für ein angeblich wichtiges Diktat, dabei war Frau Fromm ja bereits im Büro. Und dann hat er so komische Sachen gesagt. Hat mich gefragt, ob ich ihm etwas zu sagen hätte und so.«

»Aber direkt darauf angesprochen hat er dich nicht?«

»Nein, kein Sterbenswörtchen.«

Edgar atmete auf. Das war zwar alles andere als beruhigend, aber wenn Wendelin Koch das Spiel mitspielte, verschaffte es ihnen wenigstens Zeit. Vielleicht irrte sich Fiona ja auch. »Bist du sicher, dass die Andeutungen wirklich etwas mit den geklauten Akten zu tun hatten?«

»100-prozentig natürlich nicht. Aber er war so komisch. Ganz anders als sonst.«

Edgar dachte nach. Nichts, was er hätte sagen können, änderte etwas an Fionas Situation. Warum auch? Schließlich hatte sie sich den Schlamassel ja selber eingebrockt.

»Ist schon gut«, sagte sie, als hätte sie seine Gedanken erraten, »da muss ich jetzt durch. Egal was passiert, ich muss es ohnehin auf mich zukommen lassen.«

Edgar hätte ihr gerne noch etwas Nettes gesagt, aber es fiel ihm nichts ein, was distanziert genug gewesen wäre. Er hätte ihr auch genauso gut direkt ins Gesicht sagen können, dass ihre Umarmung ihm ständig im Kopf herumspukte und allein der Gedanke daran sein Herz zum Hüpfen brachte. Also sagte er lieber erst mal gar nichts. Während er noch grübelte, verabschiedete sich Fiona. Ehe er etwas entgegnen konnte, wurde die Leitung durch ein Klicken unterbrochen.

Kaum hatte er den Hörer aufgelegt, klingelte es erneut. Dieses Mal war es tatsächlich Gutmund, der, wie es seine Art war, ohne Umschweife auf den Punkt kam. Obwohl die beiden Brüder sich nun schon eine kleine Ewigkeit nicht mehr gesprochen hatten, hätte es Edgar überrascht, wenn Gutmund sich lange mit der höflichen Erkundigung nach seinem Wohlbefinden aufgehalten hätte. So etwas tat er nun einmal nicht. Edgar war am Apparat, das bedeutete: Er war am Leben – das war Auskunft genug.

»Was hast du mir denn da geschickt?«

Seltsam, Gutmunds Stimme zu hören, keine 200 Kilometer weit weg. Mit einem Mal tauchten Bilder der Vergangenheit in Edgars Kopf auf. Bilder aus Kindertagen, als die Welt nur halb so kompliziert war. Er zwang sich bei der Sache zu bleiben. Ob eine Halbwahrheit die anstehende Predigt des älteren Bruders in einen milden Tadel verwandeln konnte? Wohl kaum. Gutmund hatte ein untrügliches Gespür dafür entwickelt, wann Edgar ihn anschwindelte, also die Wahrheit: »Das sind die Ergebnisse einer – wie ich vermute – inoffiziellen Untersuchung des Brunnenwassers der Gegend hier, und ich brauche eine Expertise darüber, wie kritisch die Werte sind. Und das, wenn möglich, ohne dass die Informationen Kreise ziehen.« So, nun war es raus, und es war leichter gegangen als befürchtet. Und wie Edgar sich so reden hörte, klang die Sache plötzlich auch irgendwie ganz vernünftig.

Dennoch herrschte Schweigen am anderen Ende der Leitung. »Und wo hast du das her?«

Edgar hatte nicht damit gerechnet, dass das gerade erst gewonnene Selbstbewusstsein so schnell zum Teufel ging. Er druckste ein wenig herum: »Eine … ein Freund hat die Unterlagen aus dem Regierungspräsidium …, nun, ich will mal sagen: in Sicherheit gebracht.«

Wieder Schweigen.

Edgar hörte das Pochen seines Herzschlags als rhytmisches Rauschen in der Muschel des Telefonhörers. »Ich dachte, du hättest vielleicht die Möglichkeit, die Sache prüfen zu lassen, ohne dass eine Verbindung hergestellt werden kann.«

Erstaunlich, aber Gutmund brauchte keine zehn Sekunden, um ihn zu durchschauen. »Darf ich davon ausgehen, dass du in Teufels Küche kommst, wenn jemand erfährt, dass du darin verwickelt bist, dass die Papiere …«, er legte eine Pause ein, »*in Sicherheit gebracht* wurden?«

»Davon darfst du ausgehen.«

»Darf ich ferner davon ausgehen, dass dein *Freund* Kopf und Kragen riskiert hat, um der Papiere habhaft zu werden?«

Edgar hatte aufgehört, sich über Gutmunds gestelzte Ausdrucksweise zu wundern. »Davon darfst du ausgehen.«

»Ich melde mich, sobald ich Ergebnisse für dich habe.«

Damit war das Gespräch beendet. Edgar schüttelte sich, um sicherzustellen, dass er wach war. Keine Predigt, kein Vortrag über das Ethos, dem er als Arzt verpflichtet war. Nichts. Vielleicht klang das alles in den Ohren eines anderen doch nicht so verrückt, wie er befürchtet hatte. Vielleicht könnte die Geschichte doch ein gutes Ende nehmen? Daran, dass die Wahrscheinlichkeit winzig war und er einem Irrtum unterlag, mochte Edgar in diesem Augenblick keinen Gedanken verschwenden. Er öffnete sich ein Bier und wartete darauf, dass der Alkohol den letzten Zweifel besänftigte.

*

Ungefähr zur gleichen Zeit überlegte Wendelin Koch krampfhaft, welche Lüge er dieses Mal zu Hause auftischen konnte, um seine verspätete Heimkehr zu erklären.

Annegret Fromm hatte gerade die Tür des Hotelzimmers im Kasseler Bahnhofsviertel von außen geschlossen, und wie üblich wartete er ab, damit niemand sie beim gemeinsamen Verlassen des Hotels ertappen konnte. Man wusste ja nie. Kassel war eben doch ein Dorf mit Straßenbahn.

Es überraschte ihn schon lange nicht mehr, dass Annegret Fromm nach erfolgtem Liebesspiel das Kostüm vom

Haken nahm, sich den Dutt richtete und aussah, als sei nichts passiert. Aus dem Ei gepellt wie immer. Selbst wenn man ihn beim Verlassen des Hotels beobachten sollte, niemand käme auch nur im Entferntesten auf die Idee, dass seine Anwesenheit dort etwas mit der Matrone zu tun hatte, die mit steifem Rücken und verkniffenem Mündchen durch die Lobby des »Hotel Reiss« stakste. Es konnte schließlich auch keiner ahnen, dass man gewaltig danebenlag, wenn man Annegret Fromm auf derartige Äußerlichkeiten reduzierte. Das Liebesspiel mit ihr glich dem Ringen mit einem ungezähmten Tier, und Wendelin Koch, der von zu Hause schnelle Nummern im Dunklen gewohnt war, fühlte sich – so seltsam das klingen mochte – in der Anwesenheit von Annegret Fromm wieder wie 20. Und dieses Gefühl ließ er sich einiges kosten. Gut, das Hotelzimmer und der billige Sekt würden ihn wohl kaum ruinieren, aber in der Vergangenheit war es des Öfteren zu unschönen Szenen gekommen. Nicht jede seiner Affären war auch nur annähernd so diskret gewesen wie Annegret Fromm. Man konnte nie wissen, wie diese Weibsbilder sich aufführten, wenn er ihrer eines Tages überdrüssig wurde. Und dieser Tag kam früher oder später.

Leider hatte die junge Dame aus der Abrechnungsstelle des Regierungspräsidiums nicht so verständnisvoll reagiert, wie er es angesichts der großzügigen Abfindung erwartet hätte, die er ihr anbot. Offensichtlich waren Seidenstrümpfe und die Aussicht auf eine bessere Stellung zu wenig gewesen, um sie auf Dauer zum Schweigen zu bringen.

Ein kurzes Telefonat mit dem Regierungspräsidenten, und die dumme Geschichte war Schnee von gestern – das glaubte Wendelin Koch jedenfalls so lang, bis ihm klar wurde, dass er einen furchtbaren Fehler begangen hatte. Die junge Dame fand sich zwar schneller in einer entlegenen Außenstelle wieder, als sie »Piep« sagen konnte, dummerweise hatte er sie dem falschen Dienstherrn auf den Schoß gesetzt.

Eines Tages hatte er diesen Kerl am Apparat, der über jedes Detail seiner Affäre genauestens Bescheid wusste. Wendelin Koch wusste sofort, was ihm blühte, als der Mann ihm folgenden Handel vorschlug: Wenn er dafür Sorge trüge, dass die Ergebnisse der Wasserproben auf dem Weg in die zuständige Behörde versickern würden, bliebe im Gegenzug seine Ehefrau davon verschont, brühwarm und in allen Einzelheiten zu erfahren, was der Herr Oberregierungsrat so trieb, bevor er des Abends an den heimischen Herd zurückkehrte.

Und so wanderten die Untersuchungsergebnisse in die Schublade, in der er Geheimnisse dieser Art aufbewahrte. Bis es vielleicht eine bessere Verwendung für sie gab. Denn die Lebenserfahrung verriet Koch, dass sich derartige Heimlichkeiten hin und wieder gegen ihre Erzeuger wendeten.

Nun jedoch steckte er selber in der Klemme, denn die Unterlagen waren verschwunden, und er hätte Stein und Bein darauf geschworen, dass diese kleine Schickse aus seinem Schreibzimmer etwas damit zu tun hatte. Nun, wenn es so war, würde er sich auf keinen Fall etwas anmerken lassen. Augen offen halten und abwarten, so lautete die Devise. Was blieb ihm auch anderes übrig?

Wendelin Koch war noch nicht wieder Herr seiner Sinne. Annegret Fromm hatte ihm innerhalb einer guten Viertelstunde einen Höhepunkt in einer Stellung verschafft, wegen der seine Frau die Scheidung eingereicht hätte. Und so sah er, beschwingt von einem Überschuss an Hormonen, die Welt in Rosarot und war der festen Überzeugung, dass sich, wie so oft in der Vergangenheit, das Blatt auch dieses Mal für ihn zum Guten wenden würde.

Der Abend wäre beinahe nach seinem Geschmack verlaufen, wenn nicht zwei Kleinigkeiten die Perfektion eines schönen Seitensprungs zu zerstören drohten:

Die blöde Fragerei von Annegret Fromm, gerade in dem schwachen Moment, als sich sein Geschlechtsteil von einer scharfen Waffe in eine schleimige Schnecke verwandelte und die nicht ganz zu Ende gedachte Überlegung, mit welcher Ausrede er das verspätete Erscheinen am heimischen Abendbrottisch rechtfertigen konnte.

Das Erste würde sich zwangsläufig von alleine regeln, sobald er Annegret Fromm erklärte, dass es schön gewesen sei, aber man ganz in ihrem Sinne künftig getrennte Wege gehen müsse. Und für Letzteres blieben ihm noch eine halbe Stunde Autofahrt und ein schier unerschöpfliches Arsenal an vorbereiteten Ausreden.

Wendelin Koch hätte seinen gesamten Besitz darauf verwettet, dass selbst ein Orkan kein Härchen aus Annegret Fromms Dutt lösen konnte. Trotzdem bürstete er sich vorsichtshalber ordentlich die Weste und die Anzugjacke ab, richtete sein Haar und verließ das Liebesnest im zweiten Stock des Hotels, nachdem er sich vergewissert hatte, dass der Flur vor dem Zimmer leer war.

Während Koch noch im Hormonrausch auf dem Hotelzimmerbett lag und vermutlich den letzten Schluck Sekt direkt aus der Flasche trank – der Mann hatte nun mal gar keine Manieren – stieg Annegret Fromm bereits in ihren Käfer ein, den sie um die Ecke auf dem Vorplatz des Hauptbahnhofs geparkt hatte. Sie schloss die Wagentür und blickte sich in den leeren Parkreihen um. Um diese Zeit war kaum damit zu rechnen, dass sie jemandem begegnete, den sie kannte. Und selbst wenn: Niemand käme auf den Gedanken, dass ausgerechnet Annegret Fromm mit ihrem Vorgesetzten die Kissen in einem Hotel zerwühlt hatte.

Ihr selber war der Gedanke noch vor wenigen Wochen fremd gewesen, aber Herr Koch bot einiges auf, um seine Büroleiterin herumzukriegen. Sollte er ernsthaft geglaubt haben, dass ihre Ausflüchte und Versuche, ihn hinzuhalten, auch nur einen Augenblick etwas anderes als taktisches Geplänkel waren, dann hatte er ihren Ehrgeiz unterschätzt. Er glaubte doch nicht eine Sekunde, dass sie sich mit ihrer Stelle zufriedengab. Jedes Jahr setzte man ihr noch jüngere Dinger vor die Nase, unerfahren und ausgestattet mit einer Unverfrorenheit, die kaum zu ertragen war. Nein, Annegret Fromm war nun mit 40 in einem Alter, in dem sie es nicht mehr akzeptieren wollte, sich mit diesen Mädchen ein Büro teilen zu müssen, deren Röcke immer kürzer wurden genauso wie ihr Maß für Anstand. Es war an der Zeit, etwas daran zu ändern, und wenn es bedeutete, einige Abende dem verschwitzten Oberregierungsrat zu opfern, war das am Ende das kleinere Übel.

Ein Posten beim Regierungspräsidenten schwebte ihr vor. Etwas, wo man ihre Erfahrung auch zu würdigen wusste. Etwas mit *Stil* eben. Leider ging die Sache nicht so schnell voran, wie Annegret Fromm sich das wünschte. Immer häufiger hörte sie Ausflüchte, und neuerdings schien das Interesse von Wendelin Koch auf diese Kleine vom Dorf umzuschwenken. Und sich von einer unerfahrenen Schnepfe ausbooten zu lassen, würde sie nun einmal mit allen Mitteln zu verhindern wissen.

Es galt, den richtigen Zeitpunkt für eine Unterhaltung über dieses Thema abzuwarten. Und dieser Zeitpunkt war der schwache Moment direkt nach erfolgtem Liebesspiel: Kaum war Wendelin Koch mit einem lauten Stöhnen gekommen und lag nun völlig entkräftet auf ihr drauf wie ein toter Walfisch, sagte Annegret Fromm: »Ich finde es ja gar nicht gut, dass du mich neuerdings immer öfter übergehst.« Sie fixierte den unscharfen nackten Kerl über sich, denn ihre Brille lag auf dem kleinen Nachtisch neben der halb leeren Sektflasche.

Koch rollte seinen klitschnassen behäbigen Körper schnaufend von ihr herunter. »Was willst *du* denn jetzt von mir?«

Annegret Fromm zog eine Schnute. Dass sich das Interesse von Wendelin Koch auf das reduzierte, was während der einen Stunde in diesem Bett passierte, war ihr schon klar. Aber deswegen konnte er sie doch zumindest mit dem nötigen Respekt behandeln. Seit einiger Zeit entwickelte der Herr ein Eigenleben, das sie vor den jungen Dingern schlecht dastehen ließ. »Es ist falsch, dass du ohne mein Wissen Termine absagst. Das muss aufhören. *Das* will ich von dir.«

Koch setzte sich auf. »Jetzt mach aber mal einen Punkt! Wenn ich jemanden brauche, der mir Vorschriften macht, dann kann ich auch zu Hause bleiben. Ich dachte, wir waren uns darüber einig, dass wir hier nicht über das Büro reden.«

Sie zuckte unwirsch die Schulter. Gut, wenn er das so haben wollte, musste es hier nicht besprochen werden. Aber er würde schon sehen, was er davon hatte. Es hatten schon ganz andere versucht, sich mit Annegret Fromm anzulegen, und allen war es schlecht bekommen. Es schien nun geboten, entsprechende Maßnahmen einzuleiten. Zumal es nur eine Frage der Zeit war, bis der Herr Oberregierungsrat sie als Geliebte in den Ruhestand versetzen würde. Da machte sie sich nichts vor. Sie kannte die Halbwertzeit seiner Amouren nur zu genau. Nicht, dass sie das sonderlich gestört hätte. Der Mann war ein Widerling mit unmöglichen Manieren, und obendrein stank er aus dem Mund. Aber der Vorsatz, mindestens eine Etage nach oben zu wandern, stand wie eine Betonmauer, und was sich Annegret Fromm einmal vorgenommen hatte, machte ihr kein mickriger Oberregierungsrat zunichte.

DIENSTAG, DER 27. OKTOBER

Edgar schleppte sich einen weiteren Tag durch die Sprechstunde. Seine Augen tränten, und die Nase lief wie ein Wasserhahn. Er kam gar nicht so schnell nach, wie er Taschentücher verbrauchte. Gott sei Dank kam am Mittwoch mit der Lieferung aus der Wäscherei Nachschub. Die skeptischen Mienen seiner Patienten sprachen Bände, wenn ihr Blick auf die strahlend rote Nase des Herrn Doktor fiel.

Er konnte die Neugier kaum zügeln und es kostete ihn ungeheure Überwindungskraft, mehrmals kurz vor dem Telefon abzudrehen. Er durfte darauf vertrauen: Gutmund hatte gewissenhaft alles in die Wege geleitet. Sobald es etwas Neues gab, würde er sich melden, und Ungeduld änderte daran gar nichts.

Seit vier Tagen hatte Edgar erfolgreich jeden Kontakt zu Albrecht gemieden, und er fragte sich, was ihm mehr auf der Seele drückte: Die Tatsache, dass er seinem Bruder eine gestohlene Unterlage mit fragwürdigem Inhalt zugeschickt hatte, oder dass er den einzigen Menschen, den er mit Recht im Augenblick als Freund bezeichnen durfte, angelogen hatte. Nun ja, zumindest davon in Unkenntnis gelassen hatte, dass dessen Tochter mit dem Diebstahl ein Unrecht begangen hatte, das selbst der brisanteste Inhalt nur schwerlich ungeschehen machen konnte.

Leider hatte Edgar gerade erst die Erfahrung gemacht, dass die beste Absicht nicht vor unangenehmen Folgen schützte. Beide Versuche, sich nach dem Befinden von Georg Fasshauer zu erkundigen, musste er ohne Ergebnis abbrechen. Beim ersten Mal war es Fasshauer selber, der ihm die Tür vor der Nase zuschlug. Beim zweiten Anlauf kam ihm Irina Platzek zuvor. Zunächst hatte sie ihn noch honigsüß angelächelt, während sie ihm mit dem massigen Körper den Weg versperrte. Auch die Frage nach dem Befinden ihres Schützlings beantwortete sie freundlich, wenngleich kurz und bündig. Dann aber tat Edgar etwas Unüberlegtes. Er konnte seine Neugier nicht im Zaum halten und fragte: »Sagen Sie mal, Sie haben doch alle zuletzt Verstorbenen betreut?«

Irina Platzek verschränkte die Arme und wartete ab, worauf die Rede des Arztes hinauslief.

»Und Sie hatten doch täglich Kontakt. Ist es da nicht ein unglaublicher Zufall, dass Sie keinen Todesfall haben kommen sehen?«

Irina Platzek brüllte Edgar mit puterrotem Gesicht an: »Das Sie sich nicht schämen! Der arme Mann hier muss nun mit dem Gedanken leben, dass seine liebe Frau ausgeweidet in der Erde ruht. Und warum? Weil Sie schon wieder Detektiv spielen wollten. Dass *Sie* sich nicht schämen!« Dann wurde Edgar erneut die Haustür des Fasshauerschen Hauses vor der Nase zugeschlagen.

Ihn plagten keine ernsthaften Sorgen um den Gesundheitszustand von Georg Fasshauer – Irina Platzek bemutterte ihn wie ein Küken. Es war trotzdem seltsam, dass einer ihrer Schützlinge nach dem Nächsten das Zeitliche segnete und sie nicht ein einziges Mal auch nur den Hauch einer Vorahnung geäußert hatte. Umso sicherer war Edgar jetzt, dass sie alles daran setzen würde, damit ihr ja keiner mehr unter den Fingern wegstarb. Nein, ernsthaft Sorgen machen brauchte er sich um Georg Fasshauer kaum.

Ihn verfolgte der Gedanke an das Foto. Ja, zugegeben, Emmie Fasshauer war nachweislich ohne das Zutun eines Dritten verstorben. Aber Zufälle dieser Art waren einfach zu unwahrscheinlich. Genauso unwahrscheinlich wie der Zufall, dass an einem sonnigen Sonntagmorgen in New Haven einem Milchtransporter die Zufahrt zum Highway durch eine Baustelle versperrt wurde und der Fahrer genötigt wurde, einen Umweg zu nehmen, obwohl er ohnehin in Zeitnot war. Und genauso unwahrscheinlich wie der Zufall, dass ausgerechnet Edgar mit seinem Auto mitten auf der Kreuzung stand, in die der Milchlasterfahrer in seiner Eile ungebremst hineinrauschte, weil er von der Sonne geblendet wurde und das schwarze Auto übersah. Sadie und Josh waren auf der Stelle tot. Edgar lag mit leichten Verletzungen im Krankenhaus. Gerade noch beugte sich seine Frau mit mitleidigem Gesichtsausdruck über ihn, als ihr eine Schwester mitteilte, dass ihre Kinder tot seien. Ihre Miene versteinerte, und ihr stummer Blick brannte wie Feuer in seinem Herzen.

In den kommenden Monaten hatten sie alles versucht. Doch am Ende entglitt ihr in einer der heftigen Diskussionen, in die sie sich immer häufiger verstrickten, der Satz: »Warum hast ausgerechnet du überlebt?« Sie hatte vollkommen recht. Er hätte sterben sollen. Wie oft lag er des Nachts wach und bettelte in die Stille: »Ich gehe, wenn du nur die Kinder zurückbringst.« Doch er war am Leben und er blieb es. Und nichts würde jemals wieder so sein wie vorher.

Diese Erinnerungen im Nacken weigerte Edgar sich, daran zu glauben, dass alles nur ein dummer Zufall war. Seine beiden Kinder waren ebenso wenig zufällig gestorben, wie die Gräber auf dem Friedhof die Namen der Menschen auf dem Foto trugen. Und es konnte auch kein Zufall sein, dass er diesen Umstand als Einziger erkannte.

Mit einem mulmigen Gefühl im Bauch erklomm er die Treppenstufen vor Albrechts Haustür. Ein kurzes Zögern, dann klopfte er an der Tür.

Nach einer Weile näherten sich Schritte. Albrecht öffnete kauend die Tür. Als er Edgar erkannte, winkte er ihn mit einer fahrigen Geste zum Eintreten, drehte auf dem Absatz um und verschwand in der Küche. Edgar folgte ihm, nachdem er die Haustür zugezogen hatte.

Der Küchentisch war gedeckt und Albrecht pikste mit einer Gabel in einem Gurkenglas rum. »Willste auch was essen? Komm, ich stell dir rasch einen Teller dazu.«

Edgar lehnte ab. Er hatte keinen Appetit, aber die Flasche Bier, die Albrecht ihm anbot, nahm er gerne an. Er setzte sich und beobachtete, wie der fluchend versuchte, die letzte Gurke aus dem Glas zu fischen, die auf dem Grund des Glases ihr Heil in der Flucht suchte.

»Ha, jetzt hab ich dich!« Die Gurke landete auf dem Teller, und ohne Vorwarnung hob Albrecht das Glas an den Mund und nahm einen großen Schluck Gurkenwasser.

Edgar hielt sich die Hand vor den Mund. »Das ist ja widerlich!«

Albrecht sah ihn verdutzt an. »Im Gegenteil: Das ist ganz vorzüglich!« Er hielt Edgar das Glas entgegen, der dankend ablehnte. Albrecht murmelte in Richtung Blume, die strategisch günstig unter dem Tisch platziert war: »Der hat keine Ahnung, was gut ist. Na ja, der kommt ja auch aus einem Land, wo sie Zuckerwatte grillen.« Er verzog angewidert den Mund.

»Das sind Marshmallows.«

Albrecht winkte ab. »Egal. Was führt dich hierher? Ich wollte schon selber mal angerufen haben. Hatte Sorge, dass dich das Fieber wieder umgehauen hat.« Er deutete auf Edgars leuchtend rote Nase. »Ganz gesund bist du ja offensichtlich noch nicht.«

Edgar überlegte, ob er Lust hatte, in das höfliche Geplänkel einzusteigen, doch dann besann er sich und platzte heraus: »Kannst du vielleicht ein Auge auf den Herrn Fasshauer werfen?«

Albrechts Hand landete mit einem lauten Klatschen flach auf dem Küchentisch, dass die Bierflaschen hüpften. »Ach, von daher weht der Wind. Ne, mein Lieber, das machst du mal schön selber.«

Edgar schürzte die Lippen. »Geht nicht. Die lassen mich noch nicht mal ins Haus.«

»*Die?*«

»Offenbar hat Frau Platzek mich zur ›Wurzel allen Übels‹ erklärt und beschützt Herrn Fasshauer, als ob *ich* es auf *ihn* abgesehen hätte.«

Albrecht grinste. »Nun, ja, die Suppe hast *du* dir eingebrockt, dann wirst *du* sie auch auslöffeln.«

»Ich bitte dich doch nur darum, ein Auge auf ihn zu werfen. Ist das wirklich zu viel verlangt?«

»Nein, zu viel verlangt ist das nicht. Aber ich wüsste beim besten Willen nicht, warum ich das tun sollte.«

»Weil ich dich darum bitte, deshalb.« Kaum hatten diese Worte Edgars Mund verlassen, musste er daran denken, dass Albrecht ihn achtkantig aus dem Haus werfen würde, wenn er eine Ahnung davon hätte, was er ihm verheimlichte. Und nun saß er hier und forderte einen Freundschaftsdienst, statt vor Scham im Erdboden zu versinken. Er senkte den Blick.

»Na gut. Ich kann ihn ja morgen mal besuchen. Immerhin haben wir einige Jahre Seite an Seite in der Grube geschuftet«, sagte Albrecht unerwartet.

Das ging ja leichter als befürchtet, dachte Edgar und schämte sich dieses Gedankens. Das musste ein Ende haben. Er hatte keine Vorstellung davon, wie er es Albrecht erklären sollte, doch der heutige Abend war ganz sicher nicht der richtige Zeitpunkt, um seinem Gewissen Erleichterung zu verschaffen. Und überhaupt, warum sollte er eigentlich den ersten Schritt machen? Immerhin war es ja Fiona gewesen, die die Unterlagen gestohlen hatte. Edgars schlechtes Gewissen fiel auf diesen Besänftigungsversuch nicht herein. Albrecht im Ungewissen zu lassen, war feige, dennoch galt es, zuerst die Ergebnisse abzuwarten, bevor er sich von dem alten Dickschädel den Kopf abreißen ließ.

Er dankte Albrecht beinahe zu überschwänglich für die Bereitschaft, ihm diesen Gefallen zu tun, und verschwand so schnell es ging.

Auf dem Küchentisch blieb Edgars halb leere Flasche Bier zurück. Albrecht kraulte nachdenklich die Stoppeln am Kinn. Wenn er den jungen Arzt so gut kannte, wie er dachte, dann war irgendwas im Busch – so viel stand fest.

MITTWOCH, DER 28. OKTOBER

Vor dem Haus von Georg Fasshauer parkte der kleine Wagen mit dem Gemeindeemblem auf der Fahrertür. Irina Platzek kümmerte sich demnach mal wieder um ihren verwirrten Schützling. Albrecht kamen Zweifel, ob seine Anwesenheit hier vonnöten war. Der Fasshauer war gut betreut, und was, um Himmels willen, konnte er denn noch dazu beitragen, dass dem alten Kerl das Leid leichter wog? Nun ja, er hatte es versprochen. Er schellte an der Tür. Kurz darauf vernahm er schwere Schritte. Irina Platzek sah ihn fragend an.

»Ich dachte, der Georg könnte vielleicht Gesellschaft brauchen.«

Irina Platzek antwortete nicht. Sie würdigte Albrecht eines Blickes, als sei das auf keinen Fall Grund genug, am helllichten Tag unangekündigt vor der Tür zu stehen.

»Der Georg und ich, wir waren früher Kumpel im Berg.«

Sie sah ihn nur weiter an, als habe er das Zauberwort noch nicht gesprochen.

Albrecht zögerte. »Ist er denn zu Hause? Ich würde mich gerne ein wenig mit ihm unterhalten. Bitte.«

Irina Platzek gab wortlos die Tür frei. Albrecht drückte sich an der Frau und einer atemraubenden Lavendelwolke vorbei in den Flur und blieb fragend stehen. Sie zeigte auf eine Tür. Er schämte sich, immerhin war dies der erste Besuch seit einer Ewigkeit. Er kannte noch nicht mal den Weg in die Wohnstube. Im Flur ging er an einigen Fotos vorbei und erkannte im Augenwinkel das Bild, das bei Edgar offensichtlich die abstruse Idee von der Mordverschwörung verursacht hatte. Es stimmte allerdings: Er selber und der alte Fasshauer waren in der Tat die Einzigen, die sich die Gänseblümchen noch von oben beguckten. Albrecht schüttelte es.

Der Fasshauer saß wie ein Paket verschnürt auf dem Sofa. Eine Decke war so fest um seinen Körper gewickelt, dass er kaum den kleinen Finger rühren konnte. Das dünne Haar stand wirr in alle Richtungen, und er starrte regungslos auf das gegenüberliegende Fenster. Das Radio plapperte vor sich hin, doch Georg Fasshauer schien so weit von allem Irdischen entfernt, dass es wirkte, als solle das Geräusch lediglich die Stille im Haus füllen.

»Georg?« Albrecht näherte sich vorsichtig. Nichts lag ihm ferner, als den Fasshauer zu erschrecken.

Der drehte so langsam den verschnürten Rumpf, als kämen die Worte erst mit einiger Verzögerung bei ihm an. Dann legte er den Kopf schief. »Der Schneider Albrecht«, sagte er mit gebrochener Stimme und glänzenden Augen.

Albrecht fiel ein Stein vom Herzen. War möglicherweise doch keine so blöde Idee von dem verrückten Arzt gewesen, mal nach dem frischgebackenen Witwer zu sehen, dachte er. Er hatte sich nicht aufdrängen wollen, aber nun sah er ein, dass er im selben Boot saß. Und das sogar in mehrfacher Hinsicht. Vielleicht war er genau der Gesprächspartner, den Georg Fasshauer jetzt benötigte. Ein Gespräch von Mann zu Mann, von Witwer zu Witwer. Ohne eine Aufforderung abzuwarten, setzte Albrecht sich auf einen Sessel, der dem Sofa gegenüberstand.

Irina Platzek tauchte im Türrahmen auf. Ihr skeptischer Blick fiel auf den Greis in der Wolldecke, der seine Stimme wiedergefunden hatte. Albrecht fahndete in ihren Gesichtszügen, ob es nun Verwunderung oder Ärger war, die sich dort spiegelten. Freude war es in keinem Fall.

»Vielen Dank, Frau Platzek, aber Se können sich jetzt widder um de anneren kümmern. Ich komm schon zurechte. Und der Herr Schneider is ja jetzte au da.« Er blinzelte Albrecht verschwörerisch zu. »Wären Sie noch so gut, dem Herrn Schneider einen Tee zu bringen?«

Irina Platzek schnaubte. »Der Herr Schneider ist ja *so ein guter Kumpel*. Der weiß bestimmt selber, wo die Küche ist.« Sie wandte sich zu Albrecht: »Und Sie teilen Ihrem Freund, dem Herrn Doktor, mit, dass er seine Unterstellungen lassen soll. Und Ihnen würde ich dasselbe raten.« Sie schnappte nach einer schwarzen Handtasche, die vor dem gewaltigen Körper wie ein Spielzeug wirkte, und polterte lautstark aus dem Haus.

Die beiden Männer wechselten fragende Blicke. Keine Ahnung, was die Platzek mit einem Mal derart in Rage versetzt hatte, aber Albrecht hatte einen Verdacht. Er nahm sich vor, darüber mit dem *Ursprung allen Übels* zu sprechen und Edgar noch am selben Abend einen Besuch abzustatten.

Georg Fasshauer war drauf und dran, sich aus seiner Umwicklung zu befreien, doch Albrecht kam ihm zuvor. »Lass mal, das krieg ich schon hin.« Er fand die Küche hinter der nächsten Tür. Dort stand eine dampfende Kanne mit Tee und verteilte einen angenehm würzigen Duft. Er zog eine Tasse aus der Anrichte und nahm auch die Kanne mit in die Wohnstube. »Magst du noch?« Er hielt mit dem Schnabel kurz oberhalb der Tasse von Georg Fasshauer inne. Der nickte. Der Teeduft eroberte allmählich das Wohnzimmer. Beinahe kuschelig, dachte Albrecht, dieses diffuse Licht der Stehleuchte. Der Ofen bollerte, und das Radio plapperte fröhlich vor sich hin. Er hatte fast vergessen, warum er hier saß, und dem Fasshauer ging es vermutlich ähnlich. Der hatte einen Arm aus seiner Wolldeckenverpackung befreit und klaubte einen Keks von der Untertasse, dann schob er die Kekse mit einer auffordernden Geste zu Albrecht rüber. Die beiden Männer saßen sich ein wenig klamm gegenüber, schlürften heißen Tee und knabberten das Gebäck, das vor lauter guter Butter seidig glänzte.

»Davon kannste dir welche mittenehm. Ich bin froh, dass der Kuan alle geworn ist. Ich dacht schon, ich könnt den Winter über nur noch Süßkram essen.«

Albrecht nickte wissend. Die Landfrauen ließen sich nicht lumpen, wenn eine der Ihren das Zeitliche segnete. Er erinnerte sich gut an die Stapel von Kuchenblechen, damals, als Edith beerdigt wurde. Und es war gut so. Auf diese Weise hatten sie alle einen Grund, vorbeizuschauen, um ihr Blech einzusammeln. Er konnte sich beim besten Willen nicht daran erinnern, jemals so viele Weiber im Haus gehabt zu haben. Damals hatte er kein Auge dafür gehabt, und heute gab es tatsächlich hin und wieder Tage, da hätte er nichts gegen Damenbesuch einzuwenden, aber jetzt kam keine mehr. In Gedanken entschuldigte er sich bei Edith. Doch, es wäre schön, mal wieder das Lachen einer Frau im Haus zu hören. Weibliche Anwesenheit machte ein Haus …, Albrecht dachte nach, … es wirkte sofort ungleich ... ach egal: jedenfalls anders! Fionas Besuche waren diesbezüglich auch nur ein schwacher Trost. Wenn Fiona lachte, hatte er immer noch das glockenklare, übermütige Giggeln eines kleinen Mädchens im Ohr, und das würde sich niemals ändern. Er starrte gedankenverloren in die Teetasse. Nein, gegen Damenbesuch wäre in der Tat wenig einzuwenden, jedoch garantierte das Prädikat »Witwer« auf dem Dorf, dass sämtliche *Damen mit Anstand* auch nach Ablauf der Trauerzeit *angemessenen Abstand* hielten. Eine Geschlechtskrankheit konnte einen nicht einsamer machen, dachte Albrecht und unterdrückte gerade noch das Schmunzeln, das ihm in die Wangen kroch.

Georg Fasshauer riss ihn aus den Gedanken: »Joh, Mensch. Hättste denn mal gedacht, dass wir zwei ahle Knispel hier hocken, und unsre Frauchen uns allein gelassen honn?«

»Ne, Georg. Damit konnte wirklich keiner rechnen.«

»Jeden Pfennich honn ich zurückegelecht, damits Emmie versorgt is, wenn ich moh nitte mehr bin. Un nu? Hots nen teuren Eichensarch, 's Emmie.« Eine Träne kullerte die Wange von Georg Fasshauer hinunter.

Albrecht schluckte und griff verlegen nach einem Keks.

»Die sind wirklich gut, nich?« Der Fasshauer hatte sich erstaunlich schnell gefangen. »Nur mit den Dritten lässt's sich so schlecht beißen.«

»Ich hab noch meine Eigenen, aber es gibt Tage, da macht das Kauen keine Freude. Das Zahnfleisch, weißt du?« Albrecht bleckte die Zähne und ließ seine Frontpartie von Georg Fasshauer begutachten.

»Ich honn da wos. Dos hilft. Erinner mich, bevorste gehst noch mal dran. Dann geb ich dir wos midde.«

Albrecht lächelte dankbar. »Kommst du zurecht? Kann ich was für dich tun?«

Fasshauer winkte ab. »Ach wos, 's Platzek ersticket mich jo beinahe in Nächstenliebe. Man könnt meinen, s'hot nüscht anneres zum tun, als mich zu bemuddern.«

»Das ist gut.«

»Wennste mich fragen tust, isses schon fast zu ville. Ich könnt auch gut un gerne mal 'nen Tag alleine klarkommen. Aber's lässt sich nit abbringen von sinnem Diensteifer.«

Irina Platzeks Pflichtbewusstsein war sagenumwoben. Soweit Albrecht wusste, lebte sie unverheiratet im Nachbarort und widmete sich aufopfernd der Pflege der alten Leutchen. Selbst wenn ihm der Gedanke nicht gefiel: Früher oder später würde sie auch seinen Hintern abwischen.

»Verheilt das gut?« Albrecht deutete auf die Narbe, die rot auf Georg Fasshauers Stirn leuchtete.

»Ach weisste, das is ja schon fast Hornhaut geworn nach all den Johren. Es platzt uff, dann heilets widder, dann platzt es uff. Ich honn mich dranne gewöhnt. Manchesmoh merk ich gar nit, wenns des Nachts zum Bluten anfängt. Dann werd ich morjens wach und denk, es hot inner'n Schwinn in minnem Bette geschlachtet.«

Albrecht verzog das Gesicht, aber der Fasshauer winkte ab. »Dos is schon lange nit kein Grund zur Sorge meh.«

Albrecht ahnte, was er damit meinte. Ein jeder hatte sich mit den Narben des Krieges irgendwie arrangiert. Und in der Zwischenzeit gewannen andere Probleme die Oberhand. Erst galt es, die Kinder groß zu ziehen und die Sorge auszuhalten, was wohl aus ihnen werden würde, dann kam das Alter mit den Zipperlein und der mageren Rente. Und dann verließen einen die Frauen des Nachts im Schlaf. Ja, so manche Altlast hatte sich von einer Plage in eine böse Erinnerung an längst – und so Gott wollte – ein für alle Mal vergangene Zeiten verwandelt. Albrecht seufzte, und Georg Fasshauer stimmte ein, als hätte er denselben Gedanken gedacht.

Die beiden Männer saßen einander gegenüber und nippten an ihren Teetassen, als das Radioprogramm wechselte und heitere Swingmusik den Raum erfüllte. Sie tauschten Blicke und schmunzelten. Das Leben war schon manchmal arg verdreht. Georg Fasshauer wickelte sich aus seiner Decke und sprang vom Sofa. Fast hatte Albrecht Angst, dass er ihn auf ein Tänzchen einladen würde, doch er verschwand in der Küche. Albrecht hörte Klappern und Hantieren, dann kehrte Georg Fasshauer mit einer Schüssel auf dem Arm in die Wohnstube zurück.

»Ich honn dir ein paar Reste eingepackt. Ich werd noch schneckefett, wenn ich den Süßkram alleine uffesse.« Er stellte die Schüssel vor Albrecht auf den Couchtisch, daneben platzierte er ein Fläschchen mit einer dunkelgrünen Flüssigkeit. »Dos musste mal probieren. Dos Zeugs wirkt Wunner. Zweimal täglich gurgeln und du kannst widder de härteste Ahle Wurscht beißen.«

Albrecht nahm das Fläschchen hoch, zog den Korken heraus und schnupperte daran. Er rümpfte die Nase.

»Jo, dos schmecket genauso wie's riechen tut. Dos is Salbeiextrakt. Aber du weiß ja: Je furchtbarer es riecht, desto besser wirkets. Nimms midde, ich honn noch genuch davon.«

Ein überdrehter Radiomoderator kündigte an, dass man nun in den Abend swingen werde. Tatsächlich klopfte sich Georg Fasshauer mit der flachen Hand im Takt auf den Oberschenkel, während die beiden Männer gedankenverloren der Musik lauschten.

Drei eindringliche Pieptöne rissen sie aus ihren Gedanken, gefolgt von einer seriösen Stimme, die verkündete: »Es ist 18 Uhr. Guten Abend meine Damen und Herren zu den Nachrichten.«

»Ach je, 18 Uhr? Wie die Zeit vergeht.« Albrecht erhob sich behäbig aus dem Sessel.

»Willst du schon gehen?« Georg Fasshauer sah ihn bettelnd an.

Albrecht haderte kurz. Für den ersten Tag hatte er genügend Zeit abgesessen. Er nahm sich ernsthaft vor, es nicht bei diesem einen Besuch zu belassen, und drückte Georg Fasshauer die Hand, indem er sie zwischen seine beiden Pranken nahm. »Ich komm wieder. Vielleicht schon morgen. Versprochen!«

»Ach, das is in Ordnung. Nur weisste: 's Platzek hat sich abgemeldet, weils wos mit ihrer Schwester unternemmn will, und es ist heute der erste Abend, wo ich allein zu Hause bin. Aber das wird gehen. Ich muss mich ja früher oder später onnehin dran gewöhnen.« Der Fasshauer versuchte ein tapferes Lächeln.

Albrecht schlug ihm sanft auf den Oberarm. »Wenn was ist, du hast ja sicher meine Nummer. Dann ruf an.«

Der Fasshauer nickte. »Vergiss den Kuan und die Salbeibrüh nit.«

Albrecht klemmte sich die Sachen unter den Arm und brach gedrückter Stimmung auf. Aus eigener Erfahrung wusste er, dass die ersten Nächte die härtesten waren. Wie ein weidwundes Tier war er nach dem Tod seiner Edith durch das Haus geschlichen, das seit seiner Geburt der einzige Ort auf der Welt war, den er Heimat nannte. Plötzlich fühlte sich jedes Zimmer an, als habe jemand über Nacht Reißnägel auf dem Boden verstreut und die Wände grau getüncht. Dann wurde es besser. Zumindest konnte er wieder schlafen. Doch das Essen schmeckte fad, und das Bett war so ungewöhnlich kalt, dass er öfters auf das Sofa in der Wohnstube umzog. Geschlagene acht Wochen ging das so, bis Katharina ihn dazu nötigen wollte, für eine Weile nach Stuttgart zu ziehen. Um auf andere Gedanken zu kommen, hatte sie gesagt. Aber Albrecht wollte gar nicht auf andere Gedanken kommen. Er wollte jeden Tag das Grab seiner Edith besuchen und sich in aller Ruhe an das Leben gewöhnen, das ab jetzt das Seine war. Ja, die ersten Nächte waren die härtesten, und da musste der alte Fasshauer nun eben durch.

Er verabschiedete sich herzlich und stopfte das Fläschchen in die Manteltasche. Dann schlurfte er den Weg ins Tal hinunter, vorsichtig die Schüssel mit Kuchen auf dem Arm balancierend.

*

Ungefähr zu der Zeit, als Albrecht Schneider und Georg Fasshauer den Klängen des Radios lauschten, hatte sich Edgars Anspannung ins Unerträgliche gesteigert. Er ließ die unsortierten Patientenakten liegen, wie sie waren, und wartete gespannt. Wie ein Pfeil schoss er nach oben, als der Apparat vom erlösenden Klingeln erzitterte.

»Ja Gutmund? Was gibt es Neues?«

Ein Augenblick der Stille verriet Edgar, dass er seinen Bruder ein wenig überrumpelt hatte. Doch der fing sich erstaunlich schnell: »Mir liegen die ersten Ergebnisse vor.«

»Und? Und?«

»Die Ergebnisse legen nahe ... warte kurz«, am anderen Ende der Leitung hörte Edgar das Rascheln von Papier, »ich zitiere: ... *dass aus einer nicht bekannten Quelle über einen längeren Zeitraum Stoffe der Gruppe der aromatischen Amine in das Grundwasser emittiert wurden und sich nun in den Brunnenproben belastend darstellen. Die Werte stellen keine unmittelbare Gefahr dar, können jedoch negativen Einfluss auf den Gesundheitszustand von vorgeschädigten, alten Menschen oder Kleinkindern ausüben* – Zitat Ende.«

Edgar schluckte. Er überlegte, wie er das Gehörte zu deuten hatte. »Wenn diese Ergebnisse der Wasserbehörde vorlagen, hätte man doch etwas unternehmen müssen, oder?«

»Ich gehe davon aus, ja.«

»Muss man denn die Bevölkerung nicht informieren?«

Gutmund zog die Luft scharf durch die Zähne. »Das ist ein zweischneidiges Schwert. Einerseits hat die Bevölkerung natürlich ein Recht, darüber informiert zu sein. Andererseits fragt sich, ob man eine Panik riskieren sollte, wenn das Problem schwer zu beseitigen und gleichzeitig nur indirekt gesundheitsgefährdend ist.«

Edgar schüttelte den Kopf. Gutmund hätte Pressesprecher für eine Behörde werden sollen. Keiner konnte so elegant um den heißen Brei herumreden. »Indirekt gesundheitsgefährdend? Bullshit!«

»Weißt du denn, woher die Verunreinigungen stammen?«

»Ich denke schon. Wenn es stimmt, was man mir

erzählt hat, müssen die Chemikalien aus der Sprengstofffabrik in Hirschhagen ins Erdreich gespült worden sein. Die Fabrik hat die Produktion nach Kriegsende eingestellt, aber das Gelände wurde meines Wissens nicht auf Rückstände untersucht.«

»Nun, anscheinend ja doch. Nur handelt es sich offensichtlich um eine inoffizielle Untersuchung. Irgendjemand weiß etwas und verwendet es nutzbringend gegen einen Dritten.«

»Nutzbringend?« Gutmunds Wortwahl hinterließ ein ums andere Mal Fragezeichen bei Edgar. »Du meinst, damit soll jemand erpresst werden?«

»Was sonst wäre der Grund dafür, dass man inoffiziell derart brisante Werte untersuchen lässt, um sie dann in der Schublade verschwinden zu lassen?«

Edgar nickte. Es war kaum von der Hand zu weisen, dass es sich zumindest um eine zweifelhafte Form von Gefälligkeit handeln musste. »Was soll ich denn jetzt machen?«

»Nun, es gibt zwei Möglichkeiten: Du kannst die Sache der Polizei übergeben«, Gutmund konnte nicht sehen, wie Edgar am anderen Ende heftig mit dem Kopf schüttelte, »oder du kannst dich an die örtlichen Behörden wenden. Was in Anbetracht der Tatsache, wie du in den Besitz der Unterlage geraten bist, wahrscheinlich die bessere Alternative ist.«

Daran hatte Edgar noch gar keinen Gedanken verschwendet. Die Polizei kam nicht infrage. Sobald die Sache auf dem Schreibtisch von Matthias Frank landete, konnte er sich warm anziehen. Eine Praxis in Alaska war dann mit Sicherheit der einzige Ort auf der Welt, an dem er noch einen Fuß auf den Boden bekäme. Aber selbst wenn er mit Frank nicht auf Kriegsfuß stünde: Die Polizei würde natürlich wissen wollen, woher die Unterlagen stammten und wie er in ihren Besitz gekommen war. »Und wenn ich die Ergebnisse anonym weiterleite?«

»Mein lieber Bruder«, Edgar konnte förmlich sehen, wie die Augenbrauen von Gutmund auf ihrem Weg nach oben die Stirn in Falten legte, »wer auch immer die Unterlagen hat verschwinden lassen, wird sorgsam darauf achten, dass sie nicht wieder auftauchen. Oder glaubst du, euer Diebstahl ist unentdeckt geblieben?«

Er weiß es! Fionas Worte fielen Edgar ein. Gutmund lag goldrichtig. Er durfte davon ausgehen, dass an den entsprechenden Stellen eingeweihte Personen nur darauf warteten, die Papiere erneut aus dem Verkehr zu ziehen. Wenn er nur eine Ahnung hätte, wer ursprünglich diese Untersuchung in Auftrag gegeben hatte. So kam er der Wahrheit nicht einen Schritt näher. Es war Zeit, sich aus der Deckung zu wagen.

Als ob Gutmund jeden Gedanken mitverfolgt hatte, sagte er: »Überleg dir gut, was du als Nächstes tun willst. Übereilte Maßnahmen sind in einer solchen Situation wenig ratsam.«

Der hatte leicht reden. Er musste nur die Papiere samt Untersuchungsergebnissen wieder in einen Umschlag packen, den ausreichend frankiert in den Postkasten stecken, und schon war er die Sache für ihn erledigt. Für Edgar würde der Ärger erst losgehen, sobald der Umschlag in seinem Briefkasten läge.

Er versprach Gutmund, ihn auf dem Laufenden zu halten und keine Dummheiten anzustellen. Edgar wusste, dass der ihn gut genug kannte, um zu ahnen, dass es sich bei diesem Versprechen allenfalls um einen lauwarmen Vorsatz handelte. Doch dass er sein Wort bereits am nächsten Nachmittag schon mehrfach würde gebrochen haben, das traute vermutlich selbst Gutmund Brix dem kleinen Bruder nicht zu.

*

Die Dämmerung sank wie eine böse Vorahnung über das Tal, und das Unheil fuhr in Form einer schwarzen Limousine vor Edgars Haus vor.

Er saß mit Albrecht in der Küche, und sie bedienten sich aus der Schüssel von Georg Fasshauer, als draußen energisch eine Handbremse angezogen wurde.

Bis zu diesem Augenblick hatte Edgar noch gehofft, dass er eine Gnadenfrist bekäme, bevor Albrecht die ganze Wahrheit erfahren würde. Nun aber flüsterte ihm eine Stimme zu, dass das ab jetzt nicht mehr in seiner Hand lag.

»Kundschaft?«, fragte Albrecht, als der schwarze Wagen gut sichtbar auf dem Bürgersteig vor dem Küchenfenster parkte.

Edgar schüttelte den Kopf. »Meine Patienten fahren nicht mit einer Limousine vor.« Er hatte sich ans Fenster gestellt und versuchte, einen Blick auf den Mann zu erhaschen, der aus dem Wagen stieg. Doch über die Büsche im Vorgarten wackelte lediglich ein schwarzer Hut auf das Haus zu. Noch bevor der Besucher klingeln konnte, öffnete Edgar die Tür.

Erschrocken sah ihn der Mann im grauen Zweireiher an. Er würgte eine Aktentasche unter dem Arm wie ein unartiges Tier. »Herr Brix?«

»Ja?«, fragte Edgar so vorsichtig, als könne sich der unangekündigte Besuch doch noch als Irrtum entpuppen.

»Darf ich hereinkommen? Ich möchte mein Anliegen nicht hier draußen erörtern.« Er warf einen Blick über die Schulter.

Wenige Sekunden später stand ihm der Mann in seiner Diele gegenüber. Der nahm den Hut ab und stellte sich vor: »Gero Wolff, Bürgermeister der Gemeinde Helsa.«

Edgar schwieg. Jede Frage brächte ihn lediglich der Gewissheit näher, dass dieser Abend kein gutes Ende nehmen würde.

»Herr Brix, können wir uns setzen? Ich möchte das gerne in Ruhe mit Ihnen besprechen.«

Edgar wies ihm den Weg in die Küche, wo der verdutzte Albrecht sich die Kekskrümel aus den Mundwinkeln wischte. Edgar stellte die beiden vor. »Albrecht Schneider, das ist Herr Wolff, der Bürgermeister von Helsa. Herr Wolff, Albrecht Schneider. Ein Freund.«

Gero Wolff schaute zu Albrecht und reichte ihm die Hand, dann sah er zu Edgar. »Können wir unter vier Augen reden?«

Der Kerl hatte keine Ahnung, wie sehr er Edgar damit aus der Seele sprach, doch Albrecht war schneller: »Wir haben keine Geheimnisse voreinander, nicht wahr?«

Edgar ließ sich resigniert auf den Küchenstuhl fallen und wies dem Bürgermeister einen freien Stuhl an. »Nein«, sagte er kleinlaut, »wir haben keine Geheimnisse.«

»Nun gut, wie Sie wünschen.« Wolff legte den Hut ab. »Herr Brix, ich mache mir immer gerne selber ein Bild, bevor ich einer Beschwerde von Amts wegen nachgehe.«

Edgar verstand nur Bahnhof.

»Mir liegt die Aussage vor, dass Sie sich nicht standesgemäß verhalten würden.«

Jetzt kniff Edgar die Augen zusammen.

»Sie sollen die Gemeindeschwester an der Ausübung ihrer Tätigkeit behindert haben.«

Albrecht schlug die flache Hand auf den Tisch. »Jetzt schlägt's 13. Das ist ja lächerlich!«

Edgar machte eine beschwichtigende Geste. »Verraten Sie mir auch, wie ich das gemacht habe? Und vor allem, was Sie damit zu tun haben?«

Wolff hatte einen todernsten Gesichtsausdruck aufgelegt. »Frau Platzek meinte, Sie hätten durch Ihr Verhalten völlig ohne Not den Zustand eines labilen Patienten verschlimmert, und obendrein hätten Sie sie beschuldigt, ihre Arbeit nicht gewissenhaft auszuführen. Und da Frau Platzek, wie Sie sicher wissen, beide Gemeinden betreut, hat sie sich Hilfe suchend an mich gewendet.«

Albrecht schnaubte und setzte an, etwas zu erwidern, doch Edgar kam ihm zuvor: »Ich habe lediglich einen Totenschein korrekt ausgefüllt. Dass daraufhin eine Obduktion stattfindet, ist nun mal der Gang der Dinge. Und ja, es stimmt: Ich habe Frau Platzek darauf angesprochen, dass ich es seltsam finde, dass innerhalb von wenigen Wochen bereits vier ihrer Patienten verstorben sind, ohne dass sie auch nur die geringste Ahnung zu haben schien.«

»Herr Brix, der Vorwurf, der in dieser Frage mitschwingt, ist kaum zu ertragen. Erst gestern hat mir Herr Käse, der Leiter des Altersheims, eindrücklich zu verstehen gegeben, welch unschätzbaren Wert die Arbeit von Frau Platzek für die Gemeinden Helsa und

Wickenrode darstellt. Und ich kann es nur noch einmal unterstreichen: Frau Platzek ist über jeden Zweifel erhaben.«

Edgar zuckte die Schultern. Das galt offensichtlich nicht für jüdische Dorfärzte.

»Ich bitte Sie, künftig solche Anschuldigungen zu unterlassen und Frau Platzek in ihrer Arbeit zu unterstützen. Diese Frau hat sich im Besonderen um die Orte verdient gemacht. Nicht auszudenken, was passieren würde, wenn sie ihren Wirkungskreis in eine Gemeinde verlegt, in der man ihre Arbeit uneingeschränkt zu schätzen weiß.«

Edgar sah Albrecht auf seiner Unterlippe kauen. Jeden Augenblick bekäme der Bürgermeister eine passende Antwort vor den Latz geknallt.

Doch der Bürgermeister war schneller: »Im Übrigen möchte ich gerne wissen, woher die Untersuchungsergebnisse stammen, die anlässlich der Leichenschau von Frau Fasshauer zur Sprache kamen.«

Edgar stockte der Atem, und Albrechts Augen fielen fast aus den Höhlen.

»Die … Untersuchungsergebnisse?«, stammelte Edgar.

»Ja, Herr Doktor Bohmke deutete so etwas an, vorgestern bei der Sitzung des Karnevalsvereins. Wir sitzen gemeinsam im Vorstand.«

Albrecht entglitten sämtliche Gesichtszüge, während Edgars Gedanken Karussell fuhren. Der Bohmke hatte dicht gehalten, das was so sicher wie das Amen in der Kirche. Edgar schüttelte den Kopf. Er war felsenfest davon überzeugt, dass der Bürgermeister bluffte. »Ich weiß nicht, wovon Sie sprechen«, sagte er langsam und deutlich. Bluffen konnte er nämlich auch.

Der Mann im grauen Anzug hatte offenbar wenig Lust auf dieses Spielchen. Er sprang vom Stuhl auf, schnappte sich den Hut und ließ die Worte wie Beile von oben herab auf Edgar fallen: »Herr Brix, ich dulde keine Sekunde, dass Sie verdiente Gemeindemitarbeiter verunglimpfen, und überdies wird es Folgen für Sie haben, wenn das Ansehen der Gemeinde Schaden nimmt. Die Praxis in Wickenrode hat Jahrzehnte leer gestanden, es wird niemandem auffallen, wenn sie bald wieder leer sein wird. Guten Abend, die Herren.« Er setzte sich den Hut auf und war so schnell an der Haustür, dass Edgar kaum hinterher kam. Fassungslos sah er das knatternde Fahrzeug in der Dunkelheit verschwinden, dann ging er ins Haus zurück.

In der Küche saß Albrecht, als sei er auf der Bank festgewachsen. Der Schweiß stand ihm auf der hohen Stirn, und sein Gesicht war so weiß wie die Wand dahinter. »Hast du mal einen Schnaps?«

Edgar nickte. Gute Idee. Nachdem das erste Glas auf Ex geleert war, schenkte er sofort noch eines voll und rang mit den Worten. »Albrecht, ich hab keine Ahnung, was da vor sich gegangen ist, aber der Bohmke würde niemals darüber reden. Darauf verwette ich alles, was ich besitze!«

»Aha. Und woher weiß der Herr Bürgermeister von den Untersuchungsergebnissen.«

Edgar hatte das Gefühl, dass – egal was er sagte – die Grube bereits ausgehoben war, in die er mit dem nächsten Satz mit Anlauf hineinstolpern würde. Er hatte die Wahl, entweder den alten Bohmke als Sündenbock dastehen zu lassen oder Albrecht die Wahrheit zu sagen. Die Wahrheit? Was war in diesem Fall die Wahrheit? Es wäre natürlich tatsächlich möglich, dass Erwin Bohmke den Bürgermeister ins Vertrauen gezogen hatte. Aber war es wahrscheinlich? Das Band, das den Pathologen mit Conrad Brix verband, war immer noch eng. Sogar über einen Ozean hinweg. Würde Erwin Bohmke etwas tun, was, wenn auch indirekt, seinem alten Freund Schaden zufügte? Je länger er darüber nachgrübelte, desto kristallklarer wurde das Ergebnis: Erwin Bohmke war ein 100-prozentig vertrauenswürdiger Mensch. Was also Albrecht antworten? Da war guter Rat teuer.

Edgar holte tief Luft. Früher oder später musste er es ja ohnehin tun, und zumindest hatte er jetzt die Gewissheit, dass Fionas Einsatz sich gelohnt hatte, denn noch offensichtlicher konnte es kaum sein: Es gab etwas zu vertuschen, und das Interesse daran schien weite Kreise zu ziehen. Wie sonst wäre der abendliche Besuch eines Bürgermeisters bei einem Dorfarzt zu erklären – und dann noch bei dem der winzigen Nachbargemeinde? Mit Sicherheit nicht damit, dass der Arzt einer Gemeindeschwester auf die Füße getreten war. Nein, Edgars Gewissheit zementierte sich zusehends, dass seine Verschwörungstheorie eben doch nicht an den Haaren herbeigezogen war. Er kippte den zweiten Schnaps hinunter, wartete, bis auch Albrecht das Glas geleert hatte, dann füllte er beide Gläser erneut und sagte: »Ich fürchte, es hat sich herumgesprochen, dass die Unterlage aus dem Regierungspräsidium entwendet wurde.«

Albrechts Kopf fiel wenige Zentimeter nach vorne. So verharrte er in Erwartung einer Pointe. Der Zusammenhang mit Edgars Nachforschungen in der Pathologie ging ihm scheinbar nicht auf.

Edgar sah ein, dass er konkreter werden musste: »Ich

denke, allen, die die Unterlage gerne in der untersten Schublade vergessen hätten, geht jetzt der Arsch auf Grundeis. Denn dort ist sie nicht mehr. Sie liegt bei meinem Bruder Gutmund in Frankfurt zur Prüfung.«

Albrechts Brustkorb hob ein tiefer Atemzug.

Edgar senkte den Blick in Erwartung des Donnerwetters, das nun über ihn hereinzubrechen drohte. Doch das Donnerwetter blieb aus.

»Und wie hat dein Bruder die Unterlage aus der Schublade …« Bevor Albrecht den Satz vollenden konnte, fiel der Groschen. Er nahm die Schnapsflasche, zog den Korken heraus, legte den Kopf in den Nacken und ließ mindestens vier ordentliche Züge in seinem Mund verschwinden. Dann setzte er die Flasche ab, hustete trocken und sagte: »Ich bring das Gewitteraas um, wenn ich sie erwische. Und du, mein Lieber«, er stand auf und ging mit erhobenem Zeigefinger auf Edgar zu, »kannst schon mal die Koffer packen. Ich schwöre dir, falls das Konsequenzen für Fiona hat, ist der Bürgermeister dein geringstes Problem!«

Edgar starrte in das hochrote, wutverzerrte Gesicht und schwieg. Es gab wohl nichts, was Albrecht jetzt hätte davon überzeugen können, dass dieser Schlamassel auf Fionas Mist gewachsen war. Und dass das ganze Unheil ja erst mit Fionas Zettel seinen Lauf genommen hatte, wollte Albrecht mit Sicherheit auch nicht hören. Edgar wappnete sich, die nun folgende Standpauke wie ein Mann zu ertragen. Zu seinem Erstaunen folgte Schweigen.

Albrecht war auf den Stuhl gesunken und vergrub den Kopf in den Händen. »Mir ist schlecht«, murmelte er. Schnaps und Kekse waren wohl zu viel für seinen Magen.

»Soll ich dir was holen?« Edgar deutete in Richtung der Behandlungsräume.

»Untersteh dich! Du hast für einen Tag genug Unheil angerichtet«, presste Albrecht zwischen den Händen durch. Er stand schwankend auf und sagte: »Ich glaub, ich muss kotzen!« Der Stuhl fiel polternd um, als er wie von der Tarantel gestochen aufsprang und zur Haustür rannte. Draußen erbrach er sich laut und ausgiebig in die Rosenbüsche, die Lukas Söder gerade erst im Sommer vor dem Tod durch Vertrocknen gerettet hatte.

Edgar stand hilflos im Türrahmen und sah zu, wie sich Albrecht mit dem Handrücken den Mund abwischte. Ohne ihn eines Blickes zu würdigen, ging er bis zum Gartentor, hielt sich kurz daran fest, bis die Beine aufhörten zu wackeln. Dann setzte er grußlos seinen Weg fort und verschwand in der Dunkelheit.

Edgar fühlte mit ihm. Auf einer Skala von eins bis zehn lag das Gefühl, das ihm gerade den Magen umdrehte, bei einer glatten Zwölf.

Er ging zurück in die Küche. Albrechts Kappe lag auf dem Küchentisch, die Schüssel mit den Keksresten stand daneben. Nun, zumindest hatte Edgar einen Grund, ihn zu besuchen. Aber erst, wenn der Ärger verraucht war, dachte er. Dann schüttete er sich den letzten Schluck aus der Schnapsflasche in den Mund und starrte in die Schüssel mit den Krümeln vom Emmie Fasshauers Leichenschmaus.

DONNERSTAG, DER 29. OKTOBER

Albrecht erwachte am nächsten Morgen mit einem Brummschädel, der schwer zu überbieten war. Blume leckte ihm ausgiebig die Hand, die schlaff und mittlerweile tropfnass vom Sofa herabbaumelte. Doch Albrecht fiel das gar nicht auf. Allein der Gedanke daran, den Oberkörper in die Senkrechte zu erheben, versetzte seine Magengrube in höchste Alarmbereitschaft. Er blinzelte vorsichtig aus einem Augenschlitz in Richtung der Uhr, die in der Schrankwand leise vor sich hin tickte. Neun durch! Verdammt, hatte er doch tatsächlich selbst den Hahnenschrei verpennt. *Das Kaltblut!* Schoss es ihm durch den Kopf. Dann fiel ihm ein, dass das Pferd zu den Söders umgezogen war, als sein Arm die langen Wochen im Gips gesteckt hatte. Und da Lukas jede Art von Pferdestärke gerne in seiner Scheune beherbergte, war das Kaltblut dort geblieben, und Albrecht hatte es eigentlich auch nicht vermisst. Er wunderte sich darüber, was ihm der dusselige Kopf für Streiche spielte. Als ob er nicht genug andere Sorgen hätte.

Den Oberkörper an die Rückenlehne des Sofas gepresst, schubberte er daran entlang und richtete sich in Zeitlupe auf. Blume hüpfte vor der Tür auf und ab, und Albrecht vermutete, dass sie den gleichen Druck auf der Blase verspürte wie er.

Wankend ertastete er den Weg in das Bad. Das Pinkeln dauerte eine halbe Ewigkeit, das wurde auch jeden Tag schlimmer. Sein Magen hob und senkte sich, aber es schien keinen Inhalt mehr zu geben, den er loswerden konnte. Vor der Haustür setzte er sich auf die Treppenstufen und sog die kühle Morgenluft ein, während Blume das erstbeste Rasenstückchen aufsuchte.

Sein Nachbar Friedberg Söder stand am Zaun, der die beiden Grundstücke voneinander trennte, und dessen Blick verriet Albrecht, dass er ein mitleiderregendes Bild abgab. »Na, hoste gesumpft?«

Albrecht winkte ab.

»Höre ma, wennste der Töle das Jaulen nit abgewöhnst, dann tu ich das. Könnte allerdings schlecht für's ussgehen.«

Albrecht nickte, ohne das Kinn merklich zu heben. Das Jaulen von Blume hatte er am Fuß der Gasse gehört, als er sich am Vorabend zu seinem Haus hinaufgeschleppt hatte. Der Gunkel hatte sie überall hin mitgenommen, und Alleinsein war sie einfach nicht gewohnt. Albrecht konnte ihre Seelennot gut nachvollziehen. Mit einem liebevollen Blick entschuldigte er sich bei ihr. Er hatte sich geschworen, dass sie es bei ihm gut haben würde, und nun musste er sein Wort halten. Ganz gleich, ob es sich nur um eine zugegebenermaßen alte räudige Schäferhündin handelte. Räudig und alt, dachte Albrecht, das haben wir gemeinsam. Und alleine, das sind wir beide auch.

Friedberg Söder schien zu bemerken, dass Albrecht an diesem Morgen nicht sonderlich gesprächig war. Er drückte sich mit dem Laubrechen noch eine Weile in der Nähe des Zauns herum, bevor er in den Weiten seiner Streuobstwiese verschwand und fluchend einige Hühner verscheuchte, die sich nicht im Geringsten von dem nahenden Rechen beeindrucken ließen.

Albrecht fröstelte, doch zugleich genoss er die kühle Morgenluft, die den Kater linderte. Er sog sie tief in die Lungen ein. Sein Magen fühlte sich noch immer an, als sei er auf Links gedreht worden, gleichzeitig äußerte er mit einem Knurren, dass ein leichtes Frühstück willkommen war. »Komm!«, sagte er zu Blume, »wir machen uns was zu essen.« Die Knie knackten laut, als er aufstand, und er stöhnte. Dann schlurfte er zurück ins Haus.

Der Tag war nun schon mehrere Stunden alt, und mit einer Tasse Muckefuck und einem Teller Haferschleim im Magen war Albrecht gewappnet, um sich den gestrigen Abend noch einmal durch den Kopf gehen zu lassen.

Ein wenig bereute er es, den Arzt so angegangen zu sein. Um bei der Wahrheit zu bleiben, war schließlich Fiona für den ganzen Ärger verantwortlich. Leider kannte er seine Tochter gut genug, um zu wissen, dass Edgar sie noch nicht mal ermutigt haben musste, damit sie etwas derart Unüberlegtes tat. Leider. Es wäre doch zu schön, sich einreden zu können, dass sie dem Charme des jungen Arztes erlegen war. Aber Albrecht war alt genug, um auf seine eigenen dummen Ausreden nicht mehr hereinzufallen: Kein einziges Wort von Edgar war notwendig gewesen, damit Fiona alles aufs Spiel setzte, was sie sich hart erarbeitet hatte. Dennoch war er stinksauer. Immerhin hatte Edgar ihm die Wahrheit vorenthalten und das war unverzeihlich.

Zumindest …, wisperte eine Stimme in seinem Hinterkopf, … zumindest hat er dich nicht angelogen. Albrecht schüttelte sich, als müsse er vehement widersprechen. Nein, die Fakten derart vor ihm zu verheimlichen, kam ja beinahe einer Lüge gleich. Es gab einen gewaltigen Unterschied, ob Edgar ihm etwas verschwieg, was nur sie beide betraf. Aber es ging um viel mehr.

Fiona hat dich genauso belogen, wisperte die Stimme erneut. »Ja«, sagte er laut zu sich selbst, »und das wird das Fräulein mir auch noch ausführlich erklären müssen.« Er seufzte. Das war schon ein Kreuz mit dem Mädchen.

Eine weitere Portion Haferschleim mit Muckefuck brachten Albrechts Lebensgeister in Schwung. Jetzt noch ein Gang durch die frische Luft, und der Brummschädel, der ihn so hartnäckig an den unschönen Verlauf des gestrigen Abends erinnerte, gäbe Ruhe.

Zu allem Übel stellte er fest, dass seine geliebte Kappe nicht da war. Grummelnd warf er den Mantel über und fand in der Tasche das Fläschchen, das der alte Fasshauer ihm gestern gegeben hatte. Er zog den Stöpsel und schnupperte. Durch die krausgezogene Nase inhalierte er den bitteren Geruch. Das hätte bestimmt geholfen, den üblen Geschmack des letzten Abends wegzuspülen, doch nun war er schon halb auf dem Weg. Er stellte das Fläschchen auf den Beistelltisch in der Diele, packte Blumes Leine, und gemeinsam bestiegen sie den sonnenbeschienenen Südhang des Talkegels.

Albrecht genoss die zarten Sonnenstrahlen, die den Höhenweg erwärmten, von dem aus sich das kleine Dorf in das Tal erstreckte. Er durchquerte das Waldstück hinter dem ehemaligen Ausbildungsheim für Bergleute. Seit einigen Jahren tummelten sich dort zur Sommerfrische die Touristen auf der Terrasse. Morgens machten sie mit ihren Wirtschaftswunderbäuchen keuchend Kniebeugen, nur um sich am Nachmittag wieder Buttercremeschnitten in die Mäuler zu stopfen und die sagenhafte Aussicht zu genießen. Doch sobald der Herbst ungemütlich durch das Dorf fegte, verschwanden die Touristen, und spätestens im Oktober herrschte Ruhe. Erst wenn der Winter weiße Laken über die Hänge warf, kehrten sie zurück: die Familien mit den Kindern, die sich kreischend auf ihren Holzschlitten in das Tal warfen und erst genug hatten, wenn die Finger blau vor Kälte und die Füße gefühllos in den Stiefeln steckten. Dann hallten das Gejohle der Kinder und das Grölen der Alten, die in der »Franzensbaude« einen Jagertee zu viel getrunken hatten, vom Schnee wie durch Watte gedämpft vom Hang herab ins Dorf. Doch zuvor würden die Bäume ihr grünes Kleid ablegen und die Gänse über das Tal ziehen.

Albrecht durchquerte das Wäldchen, der auffrischende Wind fuhr in die Kronen, und eine Woge bunter Blätter brach das spärliche Licht. Ohne dass er dieses Ziel verfolgt hatte, stellte er fest, dass ihn sein Weg in die Nähe von Georg Fasshauer geführt hatte. Von hier oben aus musste er sich nur ein kurzes Stück die Straße wieder nach unten treiben lassen und er käme direkt vor dessen Haus an. Was hatte der gesagt? Die Platzek sei zu Besuch bei ihrer Schwester? »Na komm«, sagte Albrecht zu seiner Hündin, »dann legen wir eben einen Halt beim Fasshauer ein.«

Fünf Minuten später stand er vor dessen Haustür und klingelte.

Nichts, keine Antwort.

»Vielleicht ist er auf dem Friedhof.« Er sah Blume an, als könne sie das bestätigen, und klingelte erneut. Als sich auch dieses Mal im Haus nichts regte, drückte er gegen den Türknauf, doch die Tür war verschlossen.

Drauf und dran, wieder zu gehen, ergriff ihn ein eigenartiger Impuls. Er ging um das Haus herum bis zur Terrasse, von wo aus er einen Blick in das Wohnzimmer werfen konnte. Die Sonne spiegelte ihm sein eigenes Bild von den Scheiben zurück, und er spähte unter der hohlen Hand in das Innere. Die Stehlampe in der Ecke leuchtete genauso wie gestern. Er ließ den Blick angestrengt im Schatten der Hand durch das Zimmer schweifen. Dann blieb er an der karierten Decke hängen, die noch am Abend um Georg Fasshauer gewickelt gewesen war. Sie lag auf dem Sofa und daneben ragten zwei Füße in Filzpatschen unter dem Sofatisch hervor. Albrecht stellte sich auf die Zehenspitzen, um hinter das Tischchen zu lugen, doch er sah lediglich einen Haarschopf. Er klopfte an die Scheibe. Keine Reaktion. Ohne lange zu überlegen, band er Blume an dem Terrassengeländer fest, nahm Anlauf und warf sich mit seiner gesamten Körpermasse gegen den Rahmen der Terrassentür. Das Holz knirschte, dann gab der Riegel nach, und die Tür sprang mit einem Hüpfer auf. Er fluchte. Ein Ziehen im Unterarm erinnerte ihn schmerzhaft daran, dass Knochenbrüche in seinem Alter nie richtig ausheilten. Er hielt sich den Arm, während er ins Wohnzimmer schlich. Das Radio plapperte noch genauso wie am Tag zuvor, doch die Wohnstube war kalt.

Mit einer bösen Vorahnung ging er zum Sofa. Georg Fasshauer war zur Seite gekippt. Offenbar hatte ihn der Tod im Sitzen ereilt. Wie ein gefällter Baum lag er mit weit aufgerissenen Augen verdreht auf der Seite. Albrecht stand einfach nur da und starrte auf den toten Fasshauer, dem Sabber aus dem halb offenen Mund gelaufen war und einen dunklen Fleck auf dem Sofakissen hinterlassen hatte. Im Reflex wollte er die Kappe abnehmen, doch die saß ja gar nicht auf seinem Kopf. Blume fiepte, als ahnte sie, dass sie gerade etwas Spannendes verpasste. Albrecht ignorierte sie. Er fiel in den Sessel, in dem er nur wenige Stunden zuvor dem quicklebendigen Georg Fasshauer gegenübergesessen hatte, hielt sich die Hand vor den Mund und versuchte, die Gedanken zu sortieren.

Es kam ihm wie eine halbe Ewigkeit vor, dass er so dasaß, als der Nachrichtensprecher im Radio verriet, dass gerade mal zehn Minuten seit seinem gewaltsamen Eindringen vergangen waren. Dann verkündete eine fröhliche Stimme, dass man in der folgenden Stunde *einen frischen Start in den Tag mit wunderbaren Melodien aus dem deutschsprachigen Raum* haben werde.

»Ach halt doch die Klappe!«, blaffte Albrecht den Radioapparat an. Er erhob sich aus dem Sessel mit dem Vorsatz, dem nervtötenden Gesang von Connie Francis ein Ende zu bereiten. Unerträglich. Er drehte den schwarzen Knopf, bis Connie Francis gurgelte wie ein Huhn, dem man den Hals herumdrehte und ein Knacken das Gerät verstummen ließ.

Zunächst machte er zwei Schritte in Richtung Terrassentür, dann wandte er sich zögernd um und ging wieder zurück.

Im Flur stand das Telefon. Daneben fand er das Notizbüchlein mit allen Nummern für Notfälle. Er brauchte das Büchlein nicht, die Ziffern, die seine Finger der Wählscheibe entlockten, kannte er in- und auswendig.

»Brix?«, meldete sich Edgar.

Albrecht wollte sprechen, doch es kam nur ein heiseres Krächzen.

»Hallo? Ich kann Sie nicht verstehen. Sie müssen schon deutlicher reden.«

»Ich bin's«, hustete Albrecht mit trockenem Mund in die Muschel.

»Albrecht? Ist alles in Ordnung? Du klingst so seltsam.«

»Herrgott, wie man eben so klingt, wenn man über eine Leiche gestolpert ist.«

Jetzt herrschte Schweigen am anderen Ende der Leitung, und Albrecht sah ein, dass er die traurige Aufgabe hatte, den Verdacht zu bestätigen, der mit der größten Sicherheit gerade in Edgars Kopf herumschwirrte. »Der alte Fasshauer. Liegt auf dem Sofa.«

»Du bleibst, wo du bist, ich bin in fünf Minuten da«, beschwor Edgar ihn durch die Telefonleitung.

Albrecht ließ den Hörer sinken. Er öffnete die Haustür und hockte sich auf die Terrasse neben Blume, die ihrem Unmut über die eingeschränkte Bewegungsfreiheit mit Fiepen und Umherhüpfen Ausdruck verlieh. Er kraulte ihr die Ohren, und sie beruhigte sich. Er atmete tief ein, doch es war, als lägen dicke Schnüre um seinen Brustkorb. Er versuchte, den Gedanken abzuschütteln, der vor ihm auftauchte wie eine unheilvolle Prophezeiung in einer dunklen Rauchwolke. Was, wenn Edgar recht gehabt hatte? Jetzt saß er hier als einziger Überlebender einer Gruppe von Männern, die alle gut und gerne noch ein paar schöne Jahre vor sich gehabt hätten. Er dachte an Georg Fasshauer. In seinem Fall vielleicht ein paar weniger schöne Jahre, aber immerhin noch einige Jahre Leben. Konnte das wirklich Zufall sein? Und was, wenn nicht? Albrechts Gedanken drehten sich im Kreis, und so sehr er sich auch bemühte, es fiel ihm kein einziger Grund dafür ein, warum jemand ein paar alte Knispeln ins Jenseits befördern wollte. Herrje, es gab genügend Tage, an denen er dem Tod näher als dem Leben war. Wozu also die Mühe? Dann musste er diese Überlegung abbrechen. Blume schlug an, als Edgar sich dem Haus näherte.

Er verfolgte von seinem Platz auf der Terrasse aus, wie Edgar ins Wohnzimmer ging. Der nickte ihm kurz zu, dann stellte er die Tasche auf den Boden und beugte sich über den Körper von Georg Fasshauer, richtete sich wieder auf, trat zwei Schritte zurück und kratzte sich im Nacken. »Kannst du mir verraten, was ich jetzt machen soll?«

Edgar war noch immer dem toten Fasshauer zugewandt, dennoch ahnte Albrecht, dass diese Frage nicht der Leiche auf dem Sofa galt. Er stand auf, ging in die Wohnstube und legte Edgar eine Hand auf die Schulter. »Wenn ich das wüsste, mein Lieber.« Der Ärger über den gestrigen Abend war schneller verraucht, als es Albrecht lieb war, doch die Traurigkeit wog schwerer als dieser kümmerliche Rest von Wut.

Zu zweit starrten sie gedankenverloren auf den Körper von Georg Fasshauer. Der starrte zurück, als seien dort hinter seinen blauen Lippen die Antworten auf alle Fragen der Welt versiegelt.

»Schließ ihm doch die Augen.«

Edgar beugte sich hinunter und drückte mit den Fingerspitzen sanft die Augenlider nach unten. Er hielt die Finger noch kurz darüber, dann griff die Totenstarre erneut zu und hielt die Lider in der neuen Position fest.

Albrecht spürte die Endgültigkeit, als lägen seine eigenen Finger auf den Augen vom Fasshauer.

»Bis jetzt sind nur Teile des Körpers totenstarr. Er ist auf keinen Fall viel länger als zwölf Stunden tot«, sagte Edgar.

Also war nicht viel Zeit vergangen zwischen dem Augenblick, als er den Fasshauer das letzte Mal lebend gesehen hatte und seinem Ableben auf dem Sofa. Albrecht schüttelte sich. »Hat jemand nachgeholfen?«

Edgar warf einen genervten Blick über die Schulter. »Tut mir leid, aber ich bin kein Röntgenapparat. Wenn du mich nach dem ersten Anschein fragst: nein!«

»Was heißt denn hier *erster Anschein*?« Albrecht fand das bornierte Arztgefasel unpassend.

Edgar zog ein Formular aus seiner Tasche, auf dem er die Worte »Todesbescheinigung« lesen konnte. Er hielt ihm das Papier vor die Nase. »Sieh: Der Totenschein erfasst nur das, was man vor Ort auf den ersten Blick erkennen kann – den ersten Anschein eben. Ich kann die Auffindesituation bewerten, äußerliche Anzeichen, die auf Gewalt- oder Fremdwirkung schließen lassen, und natürlich den Zustand des Toten zu Lebzeiten. Wenn ich keine Zweifel habe und der Gesundheitszustand des Verstorbenen sein Ableben in der Form, in der er aufgefunden wird, zumindest hinreichend erklärt, dann kann ich ruhigen Gewissens eine natürliche Todesursache bescheinigen.«

»Kannst du das auch so erklären, dass ich es verstehe?«

»Holy … ach, stell dich doch nicht dümmer, als du bist. Ich müsste jetzt eigentlich ein Kreuzchen bei *natürlicher Todesursache* machen und *Herzversagen* oder *Multiorganversagen* als Todesursache angeben. Genauso, wie ich es schon dreimal vorher gemacht habe.«

»Viermal«, korrigierte ihn Albrecht.

»Stimmt, viermal, aber beim letzten Mal habe ich den Schein zurückgezogen.«

»Und dieses Mal?«

»Tja. Was soll ich machen? Um des lieben Friedens willen meine Bedenken über Bord werfen?«

Albrecht schüttelte den Kopf. »Ich halte deine Mordtheorie immer noch für abenteuerlich, aber du musst tun, was du für richtig hältst. Wenn du Zweifel hast, darfst du sie nicht ignorieren.«

Edgar presste die Lippen aufeinander. Das war leichter gesagt als getan. Immerhin würde er es sein, den Matthias Frank anbrüllen würde, und dieses Mal würde der ehrgeizige Kommissar nicht das Telefon zur Hand nehmen. Dieses Mal würde er höchstpersönlich in Edgars Praxis auftauchen und ihm die Hölle heißmachen. So ganz allmählich – und das stellte Edgar mit zunehmendem Unbehagen fest – entglitt ihm sein Leben. Diebstahl, Untreue, eine Drohung vom Bürgermeister und einen überehrgeizigen Kommissar auf den Fersen, der jeden seiner Schritte mit höchstem Misstrauen beäugte. Ach was soll's, dachte er, es kann ja kaum schlimmer kommen. Er legte das Papier auf den Couchtisch und machte unter dem wohlwollenden Blick von Albrecht ein Kreuz in das Feld »ungeklärte Todesursache«.

»Darf ich?«, fragte Albrecht. Er hatte ein Taschentuch aus der ausgebeulten Hosentasche gezogen und deutete auf die mittlerweile zu Gelee verfestigten Fäden von Spucke, die aus Georg Fasshauers Mund wuchsen wie zu dick geratene Nylonfäden.

Edgar überlegte kurz. Ach was – er wischte die Bedenken beiseite – um das Ergebnis einer Obduktion zu verfälschen, brauchte es schon etwas mehr als das. Er gab den Platz an der Seite von Georg Fasshauer frei und überließ Albrecht das Feld.

Vorsichtig rieb der dem Toten das Gesicht sauber, dann drehte er sich um. »Hast du mal eine Mullbinde?«

Edgar griff in seine Tasche und reichte Albrecht ein Verbandspäckchen. Der fädelte den weißen Mull unter dem schlaffen Kinn durch und band oben eine ordentliche Schleife. Der Fasshauer sah aus wie ein Geschenk. Edgar musste lächeln. »Man könnte denken, du hast das schon öfters gemacht.«

Albrecht schüttelte den Kopf. »Nicht allzu häufig, aber leider schon oft genug.«

Edgar schloss seine Tasche, nachdem er die grüne Cordkappe rausgezogen hatte. »Hier!«

Mit einem dankbaren Blick rutschte das Teil auf Albrechts Schädel. Jetzt sah er wieder vollständig aus.

Edgar fürchtete, dass es mehr verlangt war, als die Höhe seines Kredits an Freundschaftsdiensten hergab, doch er konnte sich die Frage nicht verkneifen: »Kannst *du* bitte den Hartmann anrufen?« Allein die Vorstellung, die Häme des Bestatters ertragen zu müssen, und vor allem den Blick, wenn der den Totenschein in Händen hielt, das war mehr, als er im Moment verkraften konnte.

Zu seiner Überraschung nickte Albrecht. Vielleicht hatte er eine Ahnung davon, was über Edgar hereinbräche, wenn das Papier mit dem Kreuz an der Stelle für »ungeklärte Todesursache« auf den Schreibtisch von Matthias Frank flatterte.

*

Wendelin Koch fand den Treffpunkt überaus ungeeignet. Viel zu nah dran an der belebten Innenstadt. Da war es an einem frühen Donnerstagnachmittag nur zu wahrscheinlich, jemandem über den Weg zu laufen, der ihn hätte erkennen können; nicht ohne Grund traf er sich mit seinen Liebschaften im abgelegenen Bahnhofsviertel.

An diesem Tag jedoch betrat er die Lobby des Hotels Hessenland und ließ die freundlich lächelnde Dame hinter dem Empfangstresen unbeachtet stehen. Die gegenüberliegende Bar lockte mit nervenberuhigendem Alkohol. Er beherrschte sich und ging vorbei.

Er nahm die Stufen einer ausladend geschwungenen Treppe hinauf in einen hellen Speiseraum. Das Stahlgeländer einer Galerie erlaubte einen Blick in die Lobby.

Viel zu hellhörig hier, dachte Koch, aber zumindest hatte der Mann, der ihn erwartete, einen Platz in der hintersten Ecke gewählt. Er stand nicht auf, als Wendelin Koch an den Tisch trat, und deutete lediglich mit einer knappen Geste auf den freien Stuhl ihm gegenüber.

Koch legte den Hut ab und hängte den Mantel über einen leeren Stuhl, dann setzte er sich umständlich. Eine unangenehme Pause entstand, während die beiden Männer darauf warteten, dass der Kellner, der hingebungsvoll auf der anderen Seite des Raumes Gläser polierte, sie bemerkte. Endlich sah er hoch, legte das Handtuch weg und scharwenzelte zum einzig besetzten Tisch. »Darf ich den Herren *jetzt* etwas bringen?« Offensichtlich war er schon einmal unverrichteter Dinge abgezogen.

Koch bestellte einen Kaffee und einen Cognac und wartete, bis der Kellner auch die Bestellung des anderen Herrn aufgenommen hatte. Unzufrieden steckte der Kellner den Block ein und verschwand.

»Also, was gibt es zu bereden?«, fragte Koch und musterte sein Gegenüber. Fast unanständig gut gekleidet für einen Dorfbürgermeister, dachte er. Es blieb ihm ein Rätsel, wie sich ein Mann mit so wenig Format wie Gero Wolff Maßanzüge leisten konnte. Er selbst drückte sich die Nase oft genug am Schaufenster von »Heinsius & Sander« platt und musste dann mit einem Seufzen weitergehen.

Wolff zündete sich einen Zigarillo an, und Koch bemerkte die manikürten Fingernägel. Er wurde das Gefühl nicht los, dass er wie ein armes Würstchen dastand.

»Auch eine?« Wolff hielt ihm ein elegantes Lederetui entgegen.

Wie ein armes Würstchen – genau das beabsichtigt dieser Fatzke, dachte Koch wütend und lehnte ab. Er hasste den Geschmack von Rauch im Mund, und er hasste es, wenn Menschen in seiner Gegenwart rauchten. Aber im Augenblick war er wohl eher nicht in der Position, Höflichkeit zu verlangen, und schwieg, bis der andere endlich zu reden anfing.

»Ich wollte mich nach dem Stand der Dinge erkundigen.«

Der Stand der Dinge! Koch rollte die Augen. Warum sagte er nicht einfach, weshalb er wirklich hier saß. Dass ihm die Unterlagen abhandengekommen waren, wusste er spätestens seit ihrem letzten Telefonat. Was also sollte diese bescheuerte Frage. Der Stand der Dinge? Wenn er darauf eine gute Antwort parat hätte, hätte er sich nicht gegen seinen Willen an einem Donnerstagnachmittag zu einem Treffen zitieren lassen. Aber er hatte nun einmal keine Antwort parat, und schon gar keine gute. Die Unterlagen waren verschwunden, und die Einzige, die er in Verdacht hatte, hatte entweder Nerven wie Drahtseile oder war dumm genug zu glauben, dass er das Fehlen noch nicht bemerkt hatte. Doch Fiona Schneider benahm sich wie eh und je, scherzte mit den Kolleginnen und ließ sich keine Sekunde anmerken, dass sie sich von seiner ständigen Fragerei verunsichert fühlte. »Was wollen Sie denn von mir hören?«, fragte Wendelin Koch schließlich in Ermangelung einer befriedigenden Antwort.

»Ich will gar nichts *hören*. Ich will *wissen*, ob Sie mittlerweile rausbekommen konnten, wo die Unterlagen sind?«

Koch hatte seine Vermutung bezüglich Fiona Schneider für sich behalten. Immerhin war es ja durchaus möglich, dass er vollkommen daneben lag. Er war im Haus alles andere als beliebt, das war kein Geheimnis. Erst beim letzten Neujahresempfang hatte ihm Kollege Neuhaus Prügel angedroht, wenn er ihn noch einmal in der Nähe seiner Frau erwischen würde. Gute Güte, was ließ der das Weibsstück auch mit einem Ausschnitt herumlaufen, dass die Brüste fast auf dem Teller mit den Kanapees hingen. Nein, Fiona Schneider war keineswegs die Einzige, der er so etwas zutraute, wenngleich sie ganz oben auf seiner Liste stand. »Sie erinnern sich an die junge Dame, die bei Ihrem Besuch im Präsidium in mein Büro kam?«

Wolff schaute zur Decke. »Vielleicht …«, sagte er vage.

»Die hat, nachdem Sie gegangen waren, noch einmal nachgefragt, was es mit der Sache auf sich hätte. Sie hat wohl das Stichwort *Hirschhagen* während unserer Unterhaltung aufgeschnappt.«

Wolff lehnte den Oberkörper nach vorne und blies Koch blauen Dunst in das Gesicht: »Und das sagen Sie mir erst jetzt?«

Koch bekam eine Pause zum Überlegen, als der Kellner kam und die Bestellung auf den Tisch stellte. »Darf es noch etwas sein?«, fragte er, und nachdem keiner der Gäste es für notwendig hielt, ihm zu antworten, zog er beleidigt ab.

»Die Kleine ist doch nur eine Bürokraft. Sie benimmt sich wie immer. Ich glaube nicht, dass sie es war.«

»Und wer war es dann? Sie machen es sich ganz schön einfach. Ich riskiere Kopf und Kragen. Immerhin habe ich mich verdammt weit aus dem Fenster gelehnt, als ich dem Arzt sagte, ich wüsste, dass er die Unterlagen hat.«

»Ihr Verdacht gegen den Arzt ist demnach nur eine Vermutung?«

»Alles spricht dafür. Wir hatten keinen Fall von unklarer Todesursache mehr seit Jahren. Und kaum taucht dieser junge Arzt aus dem Nichts auf, darf ich mir ausgerechnet bei der Sitzung vom Karnevalsverein anhören, ob denn bei uns in der Gegend alles in Ordnung sei. Der Mann aus der Pathologie sitzt mit mir im Vorstand, verstehen Sie. Er hätte schon lange keine Leute aus der Umgebung von Hirschhagen mit Leberschaden mehr auf dem Tisch gehabt. Was kann der denn anderes damit angedeutet haben, als dass es einen Verdacht für die Todesursache gab? Und woher soll denn der Verdacht stammen, wenn nicht aus Ihrer Schublade?«

Koch nippte an dem Kaffee, der wie eingeschlafene Füße schmeckte. Er nahm den Cognac und kippte ihn in das lauwarme Gebräu. So schön langsam wurde er wütend. Wenn dem Herrn Saubermann hier so viel daran gelegen war, dass die Sache unter den Tisch gekehrt werden sollte, dann hätte er doch die Unterlagen bitteschön selber in seiner Schublade verschwinden lassen können. Aber nein, wenn etwas schief ging, konnte er immer noch – sogar belegt durch einen abgestempelten Parkschein – behaupten, er hätte alles ordnungsgemäß im Regierungspräsidium abgeliefert. Und Wendelin Koch konnte niemandem das Gegenteil beweisen. Nicht nur seine Frau würde alles erfahren, sondern auch sein Dienstherr. Jede Einzelheit kannte der Herr Bürgermeister, und Koch musste nur einmal raten, woher. Wie hätte er denn ahnen sollen, dass Helsa viel zu nah war, um eine Geliebte, die sich nicht freiwillig aussortieren ließ, zum Schweigen zu bringen. Er hatte sie sozusagen genau dem Richtigen in das Schreibzimmer gesetzt. Das kleine Miststück. Hatte sich vermutlich auf dem Schoß des Herrn Bürgermeister ausgeweint. Und als der die Unterlagen auf den Tisch bekam, die er schleunigst loswerden musste, bevor er politisch darüber stolpern konnte, da war jedes Wort, das ihm von der Schlampe eingeflüstert worden war, Gold wert.

Nun saß Koch hier und musste sich das feiste Grinsen dieses Aasgeiers gefallen lassen und obendrein noch unangenehme Fragen beantworten. »Ich habe keine Ahnung, wer die Unterlage entwendet hat, und wenn Sie mich fragen, war es unklug, die vor Dritten zu erwähnen.«

Gero Wolff kniff die Augen zusammen. »Ich habe Sie aber nicht nach Ihrer Meinung gefragt. Wissen Sie, was unklug war? Es war unklug, nicht besser auf Ihre Akten aufzupassen. Und es war unklug, Ihre Liebschaften nicht zum Schweigen zu bringen.«

Koch fühlte sich ohnehin schon wie ein geprügelter Hund, da konnte ihn der Herr Bürgermeister beschimpfen, wie er wollte. »Was soll ich Ihrer Meinung nach jetzt tun?«

»Finden Sie heraus, ob diese Bürohilfe die Unterlagen noch in ihrem Besitz hat, und schaffen Sie sie verdammt noch mal dahin zurück, wo sie hingehören.«

Das Gespräch am Tisch war lauter geworden als beabsichtigt, und Koch bemerkte, wie der Kellner seinen Hals reckte. »Fräulein Schneider ist vielleicht eine tolldreiste junge Frau, aber ich traue ihr so etwas einfach nicht zu.«

Wolff horchte auf. »Haben Sie *Schneider* gesagt?«

»Ja, Schneider.«

»Stammt die Dame aus Wickenrode?«

»Woher soll ich das denn wissen?«

»Dann bringen Sie es in Erfahrung. Und sehen Sie zu, dass Sie die Papiere wiederbeschaffen.« Wolff drückte den Zigarillo in dem Kristallaschenbecher aus, griff nach seinem Mantel und stand auf. Von oben herab sagte er: »Wenn es nach mir ginge, wären weitere Treffen unnötig. Sie verstehen, was ich meine? Das liegt ganz bei Ihnen. Auf Wiedersehen, und danke für die Einladung.« Dann nahm er unter dem skeptischen Blick des Kellners den Weg die Treppe hinunter in Richtung Ausgang.

Aus dem Fenster sah Wendelin Koch den Mann mit hochgeschlagenem Mantelkragen davoneilen. Er fuhr sich mit der Hand durch das Gesicht. Das alles machte ihn so unendlich müde. Wie hatte er sich bloß in eine derart verzwickte Situation manövrieren können? Ratlos kippte er den mittlerweile kalten Kaffee hinunter. Der Cognac brannte in seinem Hals. Wie aus dem Nichts stand plötzlich der Kellner neben dem Tisch. »Der Herr möchte zahlen?«

»Jaja. Machen Sie die Rechnung fertig.«

Der Kellner machte eine leichte Verbeugung und

zückte den Rechnungsblock. »Zwei Kaffee und ein Cognac, das macht dann acht Mark.«

Missmutig legte Koch einen 10-Mark-Schein auf den Tisch und ließ den Kellner auf neun Mark rausgeben. Dann nahm er Hut und Mantel und ging zerknirscht ins Parterre des Hotels. Während er durch die Drehtür ins Freie trat, überlegte er noch, ob er sich in der jungen Frau getäuscht haben konnte. Besaß Fräulein Schneider genug Nerven, um ihm so ein Theater vorzuspielen? Koch hegte keinen Zweifel an seiner Menschenkenntnis, nein, das war undenkbar. Aber wie er es auch drehte und wendete, es fiel ihm sonst niemand ein, der unbemerkt Zugang zu seinem Büro hätte haben können. Als er auf der zugigen Straße stand, fröstelte ihn. Zeit, nach Hause zu gehen, dachte er. Oder, ach vielleicht doch noch mal bei »Heinsius & Sander« in die Auslage schauen, wo er schon mal hier war. Ein wenig Aufmunterung in Form einer überteuerten Krawatte, das war genau das, was er jetzt brauchte.

Während Wendelin Koch um die Ecke bog, senkte in der Hotellobby ein Gast die Zeitung.

Annegret Fromm hatte kurz nach ihm das Hotel betreten und sich in der Nische unter dem Treppenaufgang einen Platz in dem gemütlichen Wartebereich gesucht. Sie lächelte zufrieden. Verborgen hinter einem halben Quadratmeter Zeitungspapier hatte sie im Erdgeschoss durch das offene Treppenhaus jedes Wort verstehen können. Wenn der Koch an einem Donnerstag um diese Uhrzeit bereits mit wehendem Mantel die Behörde verließ, musste etwas im Busch sein, und ihr Gefühl hatte sie wieder einmal nicht getäuscht. Es hatte sich gelohnt, wie eine Agentin in angemessenem Abstand hinter Koch herzuschleichen und ihm, nachdem sie sich zwei Minuten im nächsten Hauseingang herumgedrückt hatte, in das Hotel zu folgen. Es hätte sie nicht gewundert wenn Koch auf dem Weg zu einem nachmittäglichen Schäferstündchen gewesen wäre, doch es kam viel besser: Was ihr durch das offene Treppenhaus zu Ohren gekommen war, würde ihr noch nützlich sein, davon war Annegret Fromm überzeugt.

Sie schlug die Beine übereinander, ließ sich entspannt in das dicke Polster sinken und winkte dem Mann, der hinter der Bar Flaschen sortierte. »Noch einen Eierlikör bitte!« Wenn das kein Grund zum Feiern ist, dachte Annegret Fromm, richtete ihren Dutt und strich sich das Kostüm glatt. Ein wirklich guter Grund zum Feiern.

FREITAG, DER 30. OKTOBER

Matthias Frank merkte nicht, dass er viel zu schnell fuhr. Der kleine graue Sportwagen, den er sich nach der Erhöhung der Besoldungsgruppe geleistet hatte, brauste mit Tempo 70 am Ortsausgangsschild von Kassel vorbei, dann beschleunigte er noch einmal mit lautem Geknatter. In der Regel liebte Frank das Kribbeln in der Magengegend, das der Mercedes Sechszylinder erzeugte, wenn er das Gaspedal bis zum Bodenblech durchtrat, und noch mehr genoss er die Blicke, die ihm voller Neid und Bewunderung hinterherflogen. Im Augenblick war ihm jedoch selbst das herzlich egal.

Die glaubten doch nicht im Ernst, dass er sich die Nächte auf Kassels Straßen um die Ohren geschlagen, sich für keinen noch so unappetitlichen Einsatz zu schade gewesen war, um jetzt ein paar wild gewordenen Cowboys in irgendeinem Nest, dessen Namen er bis vor einem halben Jahr noch nicht mal kannte, einzufangen. Nein, dafür brauchte es bestimmt keinen Kriminalhauptkommissar, das konnte genauso gut jeder Dorfwachtmeister regeln. Doch vor dem süffisanten Blick von Staatsanwalt von Bernwitz schützte ihn auch das zusätzliche »H« in der Dienstbezeichnung kaum, das vor ein paar Wochen dazugekommen war. *KHK Frank*. Das machte was aus ihm. Als der Hausmeister das Namensschild an seiner Bürotür ausgetauscht hatte und das *KOK* der Vergangenheit angehörte, fühlte sich Matthias Frank wie der erste Bezwinger der Eiger Nordwand, wie ein Titan.

In diesem Augenblick aber schwankte seine Gemütslage zwischen »kurz vor Explosion« und »getadelter Schuljunge«.

Der Morgen fing ohnehin schon so bescheiden an. Den toten GI, den sie in der Toilette des Hauptbahnhofs gefunden hatten, musste er an die amerikanische Militärpolizei übergeben, dabei war das mal ein Fall, der eines KHK würdig war. Mit einer Spritze im Arm hatte man den Soldaten in seiner Ausgehuniform auf dem Boden der Toilette, wohl erst Stunden nach dessen Ableben, entdeckt. Die verschlossene Toilettenkabine wäre vermutlich noch viel später aufgefallen, wenn nicht die Kotze des GIs mittlerweile unter der Trennwandtür durchgelaufen wäre. Das war spannend! Frank hatte davon gehört, dass solche Fälle in den USA häufiger vorkamen, doch selber hatte er etwas Derartiges noch nie gesehen. Leider regelten die Amerikaner Vorfälle dieser Art ganz unauffällig und immer unter sich. Sollte es so etwas geben wie Drogenmissbrauch unter US-GIs, drang es jedenfalls nicht in das Bewusstsein der Öffentlichkeit. Dafür sorgten die Männer in den schwarzen Anzügen, die den Toten verluden, kaum dass Matthias Frank sich ein Bild von der Situation gemacht hatte. Keine Ahnung, wo die so schnell herkamen, aber als er alarmiert wurde, mussten die bereits auf dem Weg gewesen sein. Die Toilette wurde von professionellen Kräften gereinigt, und die Bahnhofsbesucher bekamen von all dem kaum etwas mit. Frank war fasziniert vom präzisen Einsatz der Militärpolizei. So stellte er sich den Alltag eines Kommissars vor.

Stattdessen saß er kurz darauf in seinem Büro und musste sich dem Aktenstapel auf seinem Tisch widmen, als zu allem Überfluss Staatsanwalt Hektor von Bernwitz durch die Bürotür trat.

Sein breites Grinsen verhieß nichts Gutes, und er genoss seinen Auftritt sichtlich. Mit katzenhafter Eleganz bewegte sich der Mann in einem gut sitzenden Anzug, dessen teurer Stoff leicht in unterschiedlichen Schattierungen schimmerte, auf den Kommissar zu. In seiner Hand schwenkte er lässig eine dünne Akte. Dann stand er in voller Größe von mindestens zwei Metern vor dem Schreibtisch und schaute mit unverändertem Grinsen auf Frank hinab.

Der widerstand dem Reflex wie ein Kaninchen aufzuspringen, um dieses ungleiche Kräftemessen zu beenden. Er gönnte dem Schlipsträger die Genugtuung nicht, beeindruckt zu sein. Stattdessen tat er so, als wäre etwas unter dem rechten Daumennagel, das seine Aufmerksamkeit mehr beanspruchte, als der bühnenreife Auftritt des Staatsanwalts.

Der warf mit einer an Lässigkeit kaum zu überbietenden Geste die Akte auf den Schreibtisch, die zielgenau direkt zwischen die Ellenbogen von Matthias Frank segelte. »Ich dachte, das wäre ein für alle Mal geklärt?«

Frank spürte, wie sich die Härchen in seinem Nacken aufstellten. Er senkte den Blick, um den Inhalt der Akte zu sichten. Leider musste er keine zwei Zeilen lesen, bevor die Gänsehaut vom Nacken auf den gesamten Körper übergriff. Das war ja wohl kaum zu glauben!

Dieser Spinner! Für wen hielt sich dieser Quacksalber eigentlich?

»Seien Sie versichert, Herr Kommissar: In diesem Fall ordne ich keine Obduktion an. Der Tote bleibt in der Kühlung beim Bestatter, wo er hingehört.« Er machte zwei Schritte nach vorne. »Vielleicht erklären Sie Ihren Freunden vom Land den Unterschied zwischen einem Tötungsdelikt und einer natürlichen Todesursache noch einmal.« Er beugte den Oberkörper über den Schreibtisch, so dass Frank sein After Shave riechen konnte. »Und wenn der Abschlussbericht wegen des getöteten niederländischen Staatsbürgers nicht bald auf meinem Schreibtisch liegt, können Sie auch gleich eine gemütliche Dienststelle neben der Praxis Ihres verrücktgewordenen Arztes beziehen.«

Matthias Frank hielt den Kopf gesenkt. In das triumphale Grinsen des Staatsanwaltes zu blicken, ertrug er nicht.

Wäre es nämlich nach von Bernwitz gegangen, wäre er aufgrund der Ereignisse des Sommers nicht zum Hauptkommissar befördert, sondern zum Streifenpolizisten degradiert worden. Zugegeben, der Mordfall im Wickenrode war ihm ein wenig aus dem Ruder gelaufen. Der Schuldige war zwar ermittelt, aber um die Opfer rankten sich noch immer eine Reihe ungeklärter Fragen. Das ganze konnte eine Verkettung unglücklich verlaufener Aufeinandertreffen gewesen sein, aber genauso gut auch Hintergründe haben, die nach wie vor im Dunkeln lagen. Eines der Opfer konnte von den niederländischen Behörden identifiziert werden, aber seit Wochen kamen keine weiteren Informationen bei ihm an. Und so blieb es ein Rätsel, ob der Mann als Tourist einfach zur falschen Zeit am falschen Ort gewesen war oder ob mehr dahinter steckte.

Frank konnte von Glück sagen, dass dieser Fall nicht

an seiner Karriere gekratzt hatte. Dennoch schien er auf der Abschussliste des Staatsanwaltes ganz oben zu stehen, und insgeheim wusste er auch ganz genau warum. In einer lauen Sommernacht vor zwei Jahren war das gewesen, als Frau von Bernwitz ihrem Gatten auf sehr wenig diskrete Weise Hörner aufgesetzt hatte. Frank konnte sich noch immer Ohrfeigen, für diesen unüberlegten Moment der Schwäche, aber es war Alkohol im Spiel gewesen und er hatte sich hinreißen lassen. Nun, die Sache war erledigt. Zumindest für Matthias Frank. Die prüde Schnepfe konnte der Herr *von und zu* gerne geschenkt haben. Doch angesichts der Folgen blieb diese Episode im Liebesleben des Kommissars ein andauerndes Ärgernis.

»Ich erwarte, dass Sie das klären! Wenn der Verdacht begründet ist, reden wir noch mal, aber vorerst sehe ich keine Veranlassung, weitere Schritte einzuleiten.« Punkt. Damit drehte sich Hektor von Bernwitz auf dem Absatz um und ließ Frank mit geballten Fäusten an seinem Schreibtisch zurück.

Der ärgerte sich darüber, dass ihm keine schlagfertige Antwort eingefallen war. Schon wieder nicht! Nach Rededuellen führte der Staatsanwalt. Wenn ich ihn nur aus seiner weißen Krawatte hauen könnte, dachte Frank, dann sähe der bornierte Affe ganz schön alt aus.

Während Frank mit quietschenden Reifen und überhöhter Geschwindigkeit in die Abfahrt nach Helsa einbog, schwor er sich, dass ihm so etwas, wie an diesem Morgen künftig nie mehr passieren würde.

*

Edgar sah dem Briefträger hinterher, der das Postfahrrad zur nächsten Haustür schob. Mit einem dumpfen Gefühl im Magen hielt er den Umschlag in Händen, in dem er die Auswertung der Untersuchungsergebnisse vermutete.

Jäh unterbrach ein lautes Knattern die friedvolle Ruhe des Dörfchens, das sich nach der ersten Geschäftigkeit des Morgens nun wieder das Mäntelchen der Landidylle umgehängt hatte. Das Knattern hallte unheilvoll durch die dichten Häuserreihen und kam verdächtig rasch näher. Edgar überlegte, ob er sich irgendwie rechtzeitig in Sicherheit bringen konnte, doch da hielt der kleine graue Sportwagen schon so abrupt vor seiner Tür, als habe der Fahrer erst im letzten Augenblick entschieden, dass er sein Ziel nun erreicht hatte.

So wie der Kommissar die Wagentür zuknallte, fürchtete Edgar, dass er durch das geschlossene Gartentor ungebremst in das Haus stürmen würde.

Mit schweren Schritten und ohne ihn eines Blickes zu würdigen, ging Frank an ihm vorbei, dann drehte er sich um und bedeutete mit dem gekrümmten Zeigefinger, dass er ihm gefälligst folgen solle.

Edgar zögerte verdattert, dann fasste er sich ein Herz und zog die Haustür vorsichtig zu. Der Kommissar funkelte ihn an, sodass Edgar unwillkürlich der Verdacht kam, dass vielleicht gleich noch Frau Platzek auftauchen könnte, damit das Tribunal vollständig sei. Dann ging Frank, ohne eine Einladung abzuwarten, an ihm vorbei in die Küche. Es schien seinen Unmut eher anzufachen, dass er den Weg dorthin kannte; wie eine Dampfwalze trampelte er durch den Flur.

Als Edgar in der Küche ankam, saß der Kommissar bereits auf einem Stuhl und trommelte auf den Tisch.

Edgar zog es vor stehen zu bleiben und krallte sich hinter dem Rücken an der Anrichte fest.

Frank knallte eine Akte auf den Küchentisch und legte los: »Für wen halten Sie sich eigentlich? Denken Sie nicht, dass unsereins vielleicht etwas Wichtigeres zu tun haben könnte, als hier draußen Räuber und Gendarm zu spielen? Ich habe zwei tote alte Menschen und sonst nichts. Ich hoffe für Sie, dass der …«, er öffnete die Akte und vergewisserte sich noch einmal, »der Herr Fasshauer wenigstens eines gewaltsamen Todes gestorben ist.«

»Sieht nicht so aus. Ich bin mir lediglich sicher – und so habe ich es ja auch notiert – dass der Tod eher durch Herz- oder anderes Organversagen eingetreten ist. Einzig die Ursache ist unklar.« Edgar sprach leise, um kein weiteres Öl in das Feuer zu kippen.

»Sagen Sie mal, in was für einer Welt leben Sie eigentlich? Wer soll denn bei einem so alten Knispel nachgeholfen haben, hä?«

»Nun, es gibt verschiedene Möglichkeiten.« Edgar schielte auf den Briefumschlag, den er unauffällig auf die Anrichte gelegt hatte. Sollte er ihn erwähnen?

Frank nahm ihm die Überlegung vorübergehend ab. »Ach, jetzt haben wir schon *mehrere* Möglichkeiten. Herr Brix: Es gibt immer mehr als eine Möglichkeit. Aber Sie arbeiten genauso wie ich mit Wahrscheinlichkeiten. Und es ist nun mal höchst unwahrscheinlich, dass sich jemand die Mühe macht, einen alten Mann, zumal wenn es bei ihm nichts zu holen gibt, um die Ecke zu bringen. Oder sehe ich das falsch?«

»Nein, Herr Frank, dass sehen Sie im Prinzip schon richtig.«

»Na da bin ich ja beruhigt, dass Sie mir im *Prinzip* zustimmen«, sagte Frank. »Und nur aus *Prinzip* sitze ich mir hier heute Morgen den Hintern platt, obwohl mein Schreibtisch vor Fällen überquillt, die mit Sicherheit wichtiger sind.«

Edgar konnte dieses Argument nicht entkräften, immerhin wusste er nicht, was auf dem Schreibtisch des Kommissars so herumlag. Er hatte das unbestimmte Gefühl, dass weder seine Mordtheorie noch die Tatsache, dass vielleicht das verunreinigte Grundwasser an den gehäuften Todesfällen Schuld waren, den Kommissar umstimmen konnte. Der bemühte sich – im Gegensatz zum letzten Telefonat – ruhig zu bleiben, trotzdem fühlte Edgar sich, als säße ein Wespennest an seinem Küchentisch. Eine unbedachte Äußerung, und ein wütender Schwarm würde unkontrolliert durch seine Küche toben. Da war guter Rat teuer. »Finden Sie es nicht auch seltsam, dass so kurz hintereinander Herr *und* Frau Fasshauer versterben?«

Frank rollte mit den Augen. »Was bitte ist seltsam daran, dass beide Teile eines alten Ehepaares kurz hintereinander sterben? Wenn die Staatsanwaltschaft jedes Mal bei einem solchen Fall eine Untersuchung anordnen würde, bräuchten sich unsere Pathologen wegen Unterbeschäftigung kaum Sorgen machen.«

Edgar gelangte zu dem Schluss, dass er sich die restlichen Details seiner Mordtheorie für einen günstigeren Zeitpunkt aufsparte. Sein Gast schien offensichtlich an weiteren Ausführungen kein besonderes Interesse zu haben.

Der Kommissar lehnte breitbeinig, die Arme hinter der Rückenlehne verschränkt, im Küchenstuhl, sodass dieser beinahe zu kippen drohte. Die Lederjacke war bis zum Bersten über den breiten Schultern gespannt und rückte die muskulöse Brust in den Mittelpunkt. So ungeniert, wie er seine sportliche Figur zur Schau stellte, fühlte Edgar sich wie ein Hänfling. Schade, dachte er, als ihm klar wurde, dass zwei Männer unterschiedlicher kaum sein konnten. Dabei kämpften sie doch eigentlich für die gleiche Sache. Aber am Ende zählten wohl andere Dinge.

Nachdem Matthias Frank ihm noch einmal unmissverständlich klar gemacht hatte, dass es keine Untersuchung gäbe und Georg Fasshauer in der Kühlung beim Bestatter bliebe, stellte er fest: »Ich hoffe, dass wir so bald nicht wieder voneinander hören.« Dann verließ er das Haus.

Edgar stand in der Tür und bemerkte den liebevollen Blick, den Frank über das glänzende Blech des Mercedes gleiten ließ. Wenn das der Preis für gefälliges Verhalten war, dachte er, blieb er lieber ein Querulant. So schnell, wie der Aktendeckel über den Todesfällen des Sommers zugeklappt worden war, konnte von ausführlichen Ermittlungen mit Sicherheit nicht die Rede sein. Kaum lagen die Toten kalt unter der Erde war Frank befördert worden und fuhr Mercedes. Und noch immer schien die Gerechtigkeit nicht ohne Edgars Schützenhilfe auszukommen. Zu seinem Erstaunen gewöhnte er sich allmählich an diesen Gedanken.

Er ging zurück ins Haus, öffnete den Briefumschlag und breitete die Papiere auf dem Küchentisch aus. Im Wesentlichen las er aus den Ergebnissen das heraus, was Gutmund ihm am Telefon vorgelesen hatte. Dann stolperte er über eine Passage, die sein Bruder vielleicht übersehen hatte: »Eine vorliegende Probe ergibt einen Wert von 133 mg/l an wasserdampfflüchtigen Mononitrotoluolen. Bereits ab einer Konzentration von 10-20 mg/l wirkt diese Chemikalie auf Fische tödlich. Es ist daher nicht davon auszugehen, dass diese Probe aus dem Grundwasser stammt. Es wird dringend empfohlen, die Herkunft einer näheren Prüfung zu unterziehen.«

Es wird dringend empfohlen, die Herkunft einer näheren Prüfung zu unterziehen? Soso. Sollte dieser John-Wayne-Verschnitt aus Kassel wirklich glauben, dass Edgar derart vorschnell das Handtuch warf, unterschätzte er seinen jüdischen Dickschädel gewaltig.

*

Erwin Bohmke war erstaunt, nein, vielmehr erschüttert, als er erfuhr, was ihm Gero Wolff in den Mund gelegt hatte, und Edgar nahm ihm die Bestürzung ab.

Vielleicht war der Pathologe nach dem dritten Bier doch ein wenig zu redselig geworden. Er habe lediglich erwähnt, dass es ungewöhnlich sei, dass so viele Jahre, nachdem die unzähligen Fälle von Leberversagen und Vergiftungserscheinungen aus der Region passé waren, nun doch wieder mal einer auf seinem Tisch landete. Vermutlich lag ihm die Erinnerung auf der Seele, dass er noch lange nach Kriegsende derartige Fälle, in der Lesart der Klinikleitung als: »Patient hat sich nicht an die Sicherheitsbestimmungen gehalten« oder »unsteter Lebenswandel« abzuhandeln hatte. Leider hatte er Wolff damit ein Stichwort geliefert, und der hatte gar nicht mehr aufgehört zu bohren. Trotz des vierten Bieres verstand Erwin Bohmke, dass er sich bereits die Zunge verbrannt hatte, und schwieg eisern.

»Junge, pass uff. Da ist was ganz Dreckiges im Gange. Und du bist schon mittendrin.« sagte Bohmke und schwor noch einmal hoch und heilig, dass er sicher keine Details ausgeplaudert hatte.

Edgar seinerseits versprach, keine unüberlegten Schritte zu tun. Allmählich kam ihm diese glatte Lüge ohne Skrupel über die Lippen. Denn kaum hatte er den Hörer aufgelegt, nahm ein Plan vor seinem inneren Auge Gestalt an, den man, bei Tageslicht betrachtet, einfach nur als höchst kriminell bezeichnen konnte.

*

Lukas Söder war sofort Feuer und Flamme. Edgar hatte den Satz noch nicht beendet, aber als die Worte »äußerst geheim« und »bei Strafe verboten« an Lukas' Ohren drangen, brauchte es keiner weiteren Überzeugungsmaßnahmen.

Er trug die Jeans aus Gutmunds Paket, die Edgar ihm als Dankeschön für die Rettung seines Gartens hatte zukommen lassen, und das Baumwollhemd war genauso, wie er es im Kino bei Marlon Brando gesehen hatte, bis zu den muskulösen Oberarmen hochgekrempelt. Eine qualmende Zigarette hing ihm lässig in dem einen Mundwinkel, während er mit dem anderen den Rauch in die langen Stirnfransen pustete. Die fand sein Vater völlig unmöglich: Dies sei kein Haarschnitt für einen Mann, er würde ja aussehen wie ein Mädchen, polterte der alte Herr, doch Lukas kümmerte das wenig. Seine Trefferquote bei den Damen war sensationell, dabei war sein Jagdgeheimnis über die Ortsgrenze hinweg bekannt und denkbar simpel: Samstagabends im Tanzlokal unter dem Einfluss mehrerer Likörchen schwindlig küssen und dann am Sonntag beim verabredeten Schäferstündchen in der kleinen Hütte draußen im Wald ganz schnell zur Sache kommen. Hin und wieder spielte mal eine nicht mit, aber das tat Lukas' Selbstbewusstsein keinen Abbruch. Immerhin war sieben Tage später wieder Samstag.

Auch an diesem Abend war Lukas zu jeder Schandtat bereit und verkündete, dass er sich ein solches Abenteuer mit Sicherheit nicht entgehen ließe.

Bei Albrecht Schneider lag die Sache etwas anders. Als Edgar ihn mit verschwörerisch gesenkter Stimme in seine Pläne eingeweiht hatte, blieb ihm seit langer Zeit mal wieder die Spucke weg, und das lag nicht an der verqualmten Luft in der kleinen Küche. Edgar wiederholte noch einmal, doch Albrecht winkte ab. Er hatte ihn schon beim ersten Mal verstanden, aber er war unfähig zu antworten. Vermutlich hätte er Edgar achtkantig vor die Tür gesetzt, wenn nicht Lukas ebenfalls mit glühendem Gesicht am Tisch gesessen hätte und, erfüllt von jugendlichem Übereifer, ein Bier nach dem anderen herunterstürzte.

Albrecht stand auf und ging drei Schritte auf und ab, soweit es seine winzige Küche eben zuließ. Er hinterließ sinnierend Schlieren in den Rauchschwaden, die unter der Decke hingen. Als Edgar etwas sagen wollte, unterbrach er ihn mit einer Armbewegung. Nachdem er einige Minuten den Raum durchschritten hatte, setzte er sich an den Tisch und sagte: »Okay, aber wenn das schief geht, übernimmst du die volle Verantwortung.«

Edgar nickte, und Lukas rieb sich die Hände. Dann kehrte eine klamme Stille in die Küche ein, und die Köstlichkeiten, die Albrecht zu Beginn ihrer Zusammenkunft auf den Tisch gestellt hatte, blieben unangerührt. Er brach schließlich das Schweigen: »Wir wollen hier ja wohl nicht bis nach Mitternacht rumsitzen, oder? Ich schlage vor, wir treffen uns um ein Uhr unten an der Kreuzung. Und dass ihr bloß das richtige Werkzeug dabei habt!«

*

Die Nacht verbarg den Vollmond hinter einer dichten Wolkendecke. Edgar hatte sich einen grauen Rollkragenpullover angezogen und eine alte Cordweste übergeworfen, die auf der Innenseite mit Schaffell gefüttert war. Trotzdem fröstelte er, als er die Gasse heraufspähte, aus der ihm zwei dunkle Gestalten entgegenkamen.

Unverkennbar handelte es sich um den hüftsteifen Gang von Albrecht und die O-Beine von Lukas Söder. Nebenher scharwenzelte Blume.

Edgar guckte skeptisch, doch Albrecht winkte sofort ab. »Wenn ich sie zu Hause lasse, hält sie die ganze Nachbarschaft wach, da haben wir nichts gewonnen. So bleibt sie wenigstens ruhig.«

Die drei Männer machten sich schweigend auf den Weg. Albrecht und Lukas hatten Schaufeln über die Schultern gelegt, und Edgar trug seine schwarze Arzttasche, die er für diesen Abend mit einem mulmigen Gefühl so völlig anders ausgestattet hatte, als es sonst der Fall war. Das gröbste Operationsbesteck hatte er aus der Schublade gekramt, und in der Tasche klimperten einige Glasröhrchen.

Minuten später erreichten sie ihr Ziel. Bis hierhin waren sie im Zwielicht ganz gut vorangekommen, nun standen sie im Schatten einer mannshohen Hecke, und Albrecht entzündete die mitgebrachte Grubenlampe. Vorsichtig öffnete Lukas das Tor zum Friedhof. Den Weg zu der Reihe mit den frischen Gräbern hätte Edgar mittlerweile mit verbundenen Augen gefunden, so oft war er ihn in den letzten Wochen gegangen.

Neben dem Grab von Emmie Fasshauer war nun ein weiterer Erdhaufen entstanden, genauso bedeckt mit Kränzen und Gestecken. Leider war das Ersparte für Emmies Eichensarg draufgegangen, sodass sich Georg Fasshauer mit der Billigausgabe aus Kiefer hatte begnügen müssen. Vermutlich wäre ihm das egal gewesen. Das halbe Dorf hatte ihm die letzte Ehre erwiesen, und das allein zählte.

Ohne ein Wort zu verlieren, begann Albrecht damit, die Kränze zur Seite zu räumen. Dann warf er einen kritischen Blick Richtung Himmel: »Hauptsache, es fängt nicht an zu regnen«, flüsterte er.

Edgar pflichtete mit einem Nicken bei, und auch der sonst so gesprächige Lukas blieb erstaunlich still.

Nachdem Albrecht den ersten Spatenhieb in die Erde getan hatte, hielt er inne und lauschte, doch außer ihrem eigenen Atem war nichts zu hören. Überhaupt war es ungewöhnlich ruhig in dieser Nacht. Im nahen Wald rauschten die Baumwipfel, sonst störte kein Laut die nächtliche Ruhe. Albrecht fasste den Spaten und warf die Erde zur Seite. Edgar und Lukas taten es ihm gleich. Bereits nach kurzer Zeit stand fest, wer von den drei unfreiwilligen Totengräbern im Umgang mit einem Spaten dringend Nachholbedarf hatte: In Edgars Handfläche begann eine Blase zu brennen, doch er biss die Zähne zusammen. Die frisch aufgehäufte Erde ließ sich erstaunlich leicht wegschippen, und so kamen sie ganz gut voran. Edgar und Albrecht legten hin und wieder eine kleine Pause ein, doch Lukas schippte, als säße ihm der Teufel im Nacken. Ohne Unterlass flog eine Fuhre Erde nach der anderen im hohen Bogen auf den Haufen, der schnell größer wurde. Bald war die Grube hüfttief ausgehoben, und es konnten nur mehr zwei unter den beengten Verhältnissen weiterschaufeln. Edgar stand am Rand und schippte den Aushub zusammen.

Es mussten so ungefähr zwei Stunden ins Land gegangen sein, als nur noch Haarschöpfe über den Grubenrand lugten. Ein Spatenhieb verursachte einen dumpfen Ton.

»Wir sind dran«, flüsterte Albrecht und überließ nun Lukas das Feld. Der schaufelte mit vorsichtigen, aber gekonnten Handgriffen den Deckel des Sarges frei, bis er selber auf dem rohen Holz stand.

»Un nu?«, fragte er gedrückt.

Edgar bückte sich, so tief er konnte über die Grube und flüsterte: »Zu dritt bekommen wir niemals den Sarg da raus. Ich würde vorschlagen, wir nehmen den Deckel ab, und ich arbeite da unten. Außerdem brauche ich dazu mehr Licht, und hier oben könnte das auffallen.«

Albrecht hatte sich auf die Knie gehockt. »Das stimmt. Zu dritt würden wir einen Heidenlärm veranstalten, bei dem Versuch, den Sarg rauf zu schaffen. Und dann muss er ja auch wieder runter. Hier«, er reichte Lukas das mitgebrachte Nageleisen, »sieh mal zu, ob du die Nägel raus bekommst.«

Als der das Eisen an dem nassen Holz ansetzte und den ersten Nagel lockerte, bohrte sich eine durchdringende Mischung aus Quietschen und Knarren durch die

Nacht. Edgar lief es eiskalt den Rücken herunter. Er richtete sich auf und betrachtete die Szenerie.

Ein groteskeres Schauspiel als dieses hätte er sich in seinen kühnsten Träumen kaum ausmalen können: Eine Vollmondnacht wie in einem Edgar-Wallace-Film, und der Dorfarzt Edgar Brix war drauf und dran, sich der Leichenfledderei schuldig zu machen. Sollte jemals das geringste Detail dieser Nacht ans Tageslicht kommen, wäre selbst Alaska nicht weit genug entfernt, um sich zu verstecken. Und als ob es nicht ausreichte, dass er, nur um seine abstruse Theorien zu beweisen, seine eigene Karriere gefährdete, zog er obendrein noch seinen besten Freund und den jungen Söder mit ins Verderben, der lediglich auf ein Abenteuer aus gewesen war. War es das wirklich wert? Edgar nickte, um sich selber aufzumuntern. Albrecht hätte niemals in diese Ungeheuerlichkeit eingewilligt, wenn ihm die Sache nicht auch langsam unheimlich geworden wäre. Er weigerte sich zwar nach wie vor strikt, die fürwahr etwas absonderliche Mordtheorie von Edgar anzuerkennen, dennoch konnte er kaum leugnen, dass er der einzige Überlebende der seltsamen Versammlung auf diesem vermaledeiten Foto war. Er bestand zwar darauf, dass er ganz gut auf sich selber aufpassen könnte, musste aber leider zugeben, dass das für den Möller, den Kuhfuß, den Luschek alias Weizmann und genauso für den alten Fasshauer gegolten hatte. Und trotzdem lagen die – schön ordentlich, einer neben dem anderen – in der zwei Meter tiefen kalten Erde.

Der Wind frischte auf und trieb die dunkelgrauen Wolken vor sich her. Die Baumwipfel am Waldrand rauschten, und hin und wieder riss eine Wolke auf und ließ den Mond auf die Erde spähen und den Friedhof in ein gespenstisches Licht tauchen. Die Einzige, die das ganze Schauspiel unbeeindruckt in einer Ecke verschlief, war Blume.

Zur Untätigkeit verdammt standen Edgar und Albrecht am Rand der Grube. Es schien eine Ewigkeit zu dauern, bis Lukas den letzten Nagel aus dem Holz gelöst hatte. »Ich honns«, rief er gepresst aus dem Erdloch.

Albrecht warf ihm zwei lange Seile zu, die Lukas ächzend in der Enge unter den Deckel fädelte. Dann sprang er behände wie ein Reh aus der Grube. Die Männer tauschten einen Blick, dann fassten Edgar und Lukas die Stricke und zogen den Deckel so gleichmäßig wie möglich nach oben.

Lukas hängte den Oberkörper in das Loch und begutachtete das, was sie gerade freigelegt hatten. Als ihm der Geruch aus der Tiefe in die Nase stieg, sprang er auf, machte einen Riesenschritt zur Seite und erbrach sich in einen Lebensbaum auf dem Grab gegenüber. »Das stinkt ja bestialisch!«, fluchte er und zog die Nase kraus, als noch ein saurer Rülpser hochkam.

Albrecht tätschelte ihm die Schulter. »Mach dir nichts draus, das kann mal passieren.«

Lukas wischte sich den Mund ab. »Was is jetzte hiermidde?« Er deutete kleinlaut auf die Überreste seines Abendbrotes in dem Bäumchen.

»Lass mich mal machen. Setz du dich nur irgendwohin und komm wieder zu Kräften. Wir brauchen dich ja später noch, um das Grab zuzuschaufeln.« Albrecht machte sich auf die Socken, um eine Gießkanne und etwas Wasser aufzutreiben und die Hinterlassenschaften von Lukas zu beseitigen.

Edgar wartete ab, bis die unangenehmsten Gerüche aus der Grube verflogen waren, dann begann er sein grausiges Werk. Auf dem Kopf trug er den Helm, den man Albrecht anlässlich seiner Pensionierung als Abschiedsgeschenk überreicht hatte. Es handelte sich um einen von diesen neumodischen Grubenhelmen mit einer an der Stirn montierten Leuchte. Albrecht hatte so oft davon erzählt, dass er sonst was dafür gegeben hätte, so einen nicht erst dann zu besitzen, wenn er ihn eigentlich nicht mehr benötigte.

Vorsichtig ließ Edgar sich in die Grube ab und balancierte rechts und links auf dem Rand des Sarges. Dem beißenden Gestank hatte er lediglich ein mit Kölnisch Wasser getränktes Taschentuch entgegenzusetzen, das er wie ein Bankräuber um die Nase gebunden hatte. Schon bevor er sich über die Leiche beugte, wusste Edgar, dass es ein ziemlich hilfloser Versuch war. Er schluckte die aufkeimende Übelkeit hinunter und nahm die Decke von Georg Fasshauers Leichnam. »Ich brauch mehr Licht hier unten«, rief er gepresst nach oben. Kurz darauf hing der Oberkörper von Albrecht über den Grubenrand und ließ die Grubenlampe mit ausgestrecktem Arm in das dunkle Loch baumeln.

»Ooooch«, machte der und versuchte, einerseits den Arm so tief wie möglich zu halten und gleichzeitig den Kopf so weit, wie es ging, Richtung Himmel zu drehen. Albrecht atmete wie ein Karpfen auf dem Trockenen. »Durch den Mund atmen ist ja genauso widerlich. Das ist ja, als ob man den Tod schmecken kann.«

Edgar wusste genau, wovon er sprach, immerhin kam er gerade in den Genuss einer ganz besonderen Kostprobe. Der Körper von Georg Fasshauer war aufgegast wie ein Ballon, und Edgar drehte die Nase von der Leiche weg, als er den ersten Schnitt tat. Zischend entwich ein stinkender Luftstrom, und obwohl er sich geschworen hatte, die Sache wie ein Mann hinter sich zu bringen, musste er sich kurz sammeln. Er wartete, bis sein Magen wieder Ruhe gab. Albrecht stöhnte über ihm, das Leichengas war nun auch bei ihm angekommen.

Edgar hatte die Ärmel bis zu den Oberarmen hochgekrempelt und seine Unterarme steckten in Gummihandschuhen. *Die Wahl zwischen Tod und Teufel.* Warum ging ihm dieser Gedanken gerade jetzt durch den Kopf? *Die Wahl zwischen Tod und Teufel solle ihm erspart bleiben.* Er hatte lange nicht verstanden, warum ihm der Vater so etwas Seltsames ausgerechnet zur Abschlussfeier auf der Universität gewünscht hatte. Bis zum letzten Sommer. Da hatte Edgar begriffen, was Conrad Brix damit gemeint hatte, als es galt, eine Entscheidung zu treffen, die Leben oder Tod von Albrecht zur Folge hätte haben können. Und nun? Edgar war, als ob er in diesem Moment Tod und Teufel zu einem Tänzchen bat. Denn bis eben hatte er noch nie etwas getan, was mit Sicherheit so verkehrt war wie das unerlaubte Ausgraben einer Leiche. Über seinen Rücken zog ein kalter Hauch, als stünde Conrad Brix am Rand des Grabes mit erhobenem Zeigefinger. Mit einem Mal wurde Edgar diese Grübelei lästig. »Du bist nicht hier, um mir zu sagen was richtig und was falsch ist. Jetzt treffe *ich* die Entscheidungen«, flüsterte er trotzig. Dann beugte er sich über den Körper und setzte seinen grausigen Plan in die Tat um.

Der Leichnam hätte besser auf der Seite gelegen. Von dort aus wäre er leichter an die Leber gekommen, aber nun musste er von vorne durch die Gedärme. Er schickte Georg Fasshauer in Gedanken eine Entschuldigung, dann bahnte er sich den Weg durch dessen Eingeweide. Eine furchtbare Schweinerei. Die Wahrscheinlichkeit, unter diesen Voraussetzungen einwandfreie Proben zu erhalten, stand alles andere als gut, aber Edgar setzte seine Hoffnungen in den Ausgang dieses Wahnsinnsunterfangens. Wenn diese Nacht-und-Nebel-Aktion nichts ergab, was seine Theorie unterstützte, dann – das hatte er sich geschworen – gäbe er klein bei. Und keine Sekunde vorher.

Wie besprochen ließ Albrecht nacheinander Glasröhrchen in die Grube hinab, die Edgar mit Bindfäden präpariert hatte, damit er sie ohne unnötige Berührung befüllen konnte. Beinahe wahllos kratzte er Gewebe in die Glasröhren. Leber, Haut, Haare, bis er meinte, von allem etwas zu haben.

Albrecht zog die Röhrchen am Bindfaden nach oben, verschloss sie sorgsam und packte sie zurück in die schwarze Tasche. Seine Arme steckten, wie Edgar es angeordnet hatte, bis zu den Ellenbogen in Handschuhen, und es war deutlich zu sehen, dass die schwitzigen Hände und arthritischen Gelenke seine gesamte Konzentration forderten. Unter der Kappe rann ihm der Schweiß die Wangen herunter.

Endlich hatte Edgar das grausige Werk beendet und hievte sich aus der Grube. Sie waren schon länger zugange, als er geplant hatte, und noch klaffte das Erdloch wie der Eingang zur Hölle. Es würde Stunden dauern, bis es wieder zugeschaufelt war, und gleichzeitig blieb es nur eine Frage der Zeit, bis die ersten Dorfbewohner auf den Beinen sein würden.

An einen Grabstein gelehnt, verfolgte Lukas das Schauspiel, während er sich nervös umschaute. Der sonst so gar nicht auf den Mund gefallene junge Mann war sehr still geworden seit dem unrühmlichen Abgang aus dem Grab. Er knabberte an den Fingernägeln und strich sich ein ums andere Mal die Haarsträhne aus der Stirn, und Edgar ahnte, dass er sich jetzt allzu gerne eine Zigarette angesteckt hätte, um die Unruhe zu vertreiben. Er blendete Lukas mit der Stirnlampe des Grubenhelms.

»Mensch, mach dos Dingen uss. Wenn uns wer sieht!«, fluchte Lukas.

Fahrig nahm Edgar den Helm ab und nestelte an der Lampe. Er bemerkte, dass die beiden anderen seine blutbesudelte Kleidung anstarrten, doch sie schwiegen tapfer.

Lukas hielt sich den Bauch, nachdem sie einen letzten Blick auf den übel zugerichteten Leichnam geworfen und den Deckel wieder in das Loch hinabgelassen hatten. »Soll ich emme widder zunageln?«, fragte er.

Albrecht schüttelte den Kopf. »Ich denke, das können wir uns sparen, denk doch nur an den Lärm. Und außerdem …«, er sah in Richtung Giesenberg, wo in wenigen Stunden die Sonne über die Baumwipfel kriechen würde, »wir müssen uns jetzt wirklich ranhalten.«

Edgar konnte nur beipflichten. Er stellte seinen Koffer zur Seite und verjagte Blume mit einem Zischen, die aufgestanden war, um dem Ursprung dieses interessanten Geruches zu folgen, der aus den Proben strömte. Er schnappte sich den herumliegenden Spaten, den Blume mit einem skeptischen Grollen bedachte.

»Pscht!«, rief Albrecht seine Hündin zur Raison. Dann griff er ebenfalls zum Spaten, und zu dritt legten sie los, das Werk dieser Nacht ungeschehen zu machen.

Als sie beinahe fertig waren, hielt Albrecht inne. Er legte den Zeigefinger vor die Lippen und lauschte. In unmittelbarer Nähe wurde ein Fahrzeug gestartet. Albrecht löschte die Grubenlampe und wies die anderen an, sich zu ducken. Der Kegel von Fahrzeugscheinwerfern wischte über die Gräber. Alle drei hielten die Luft an; das Motorengeräusch kam näher. Das Auto fuhr an der Friedhofskapelle vorbei, blieb mit einem Mal stehen, verharrte eine Weile und legte dann krachend den Rückwärtsgang ein. Den Männern brach der Schweiß aus. Sie hockten wie die Karnickel in der Falle. Lukas stieg der Magensaft die Speiseröhre hoch, und er schüttelte sich nach einem sauren Rülpser, den er mit der Hand vor dem Mund zu unterdrücken versuchte. Jetzt mit dem Schicksal zu hadern, war ein wenig spät, dachte Edgar. Doch in der Tat bekam die Geschichte eine neue Wendung, als das Fahrzeug rückwärts wieder bis an den Hintereingang des Friedhofes fuhr.

Albrecht ließ sich von der Hocke stöhnend auf die Knie fallen. Seine Gelenke knackten wie brechender Reisig und er verharrte, als würde er beten. Der Wagen blieb stehen und wendete in der Friedhofseinfahrt. Dann wurde erneut unter Protest des Getriebes ein Gang eingelegt, und es verschwand dorthin, von wo es ursprünglich gekommen war.

Lukas wollte sich gerade aufrichten, als Edgar ihn am Ärmel runter zog. »Der kommt gleich wieder. Wahrscheinlich was vergessen«, wisperte er. Und tatsächlich: Keine fünf Minuten später kehrte das Fahrzeug zurück, und der Scheinwerferkegel jagte die drei Verschwörer erneut in den Schatten des Lebensbaums, in den Lukas sich erbrochen hatte. Dann fuhr es am Friedhof vorbei, und das Motorengeräusch verflog in der Nacht.

»Mann! Das war knapp!« Lukas stützte die Hände auf die Oberschenkel und atmete aus.

»Kommt! Lasst uns fertig werden«, trieb Albrecht die beiden anderen an.

Nach erstaunlich kurzer Zeit wölbte sich über dem Grab ein mit Kränzen geschmückter Erdhaufen, und drei Gestalten und ein Hund schlichen vom Friedhof. Der Mond war mittlerweile durch die Wolken gebrochen und beschien ihren Heimweg.

Am Abzweig, der ihre Wege trennte, verabschiedeten sie sich wortlos.

Edgar sah Albrecht hinterher, der sich die Gasse hinaufschleppte. Hätte er vor wenigen Tagen eine Wette darauf abschließen müssen, ob Albrecht bei dieser Sache mitmachen würde, hätte er seinen gesamten Besitz dagegen verwettet. So sehr kann man daneben liegen, dachte Edgar und hoffte, dass es sich mit der fragwürdigen Ausbeute in seiner Tasche anders verhielt.

SAMSTAG, DER 31. OKTOBER

Lukas war seit dem Morgengrauen bereits auf dem Weg.

Edgar hatte die Kühltasche mit den Proben auf dem Beifahrersitz verstaut und ihm das Versprechen abgenommen, die so hart erarbeitete Fracht vorsichtig nach Frankfurt zu transportieren.

Wie zu erwarten, hatte Lukas nicht lange nachdenken müssen, als Edgar ihn darum bat, die Proben zu Gutmund zu bringen. Eine Gelegenheit, den Opel Kadett auf der Autobahn auszufahren, ließ er sich nicht entgehen, und so stand er nach kaum zwei Stunden Schlaf am Samstagmorgen vor Edgars Haustür.

Dem war klar, dass Lukas die Bitte nach angemessenem Tempo spätestens fünf Kilometer hinter Kassel wieder vergessen haben würde. Doch es erschien ihm noch gewagter, die Proben von einem Kurierdienst fahren zu lassen. Lukas war zwar nicht im Besitz eines ausgeprägten Verantwortungsbewusstseins, aber er transportierte immerhin die Fracht, die er selber im Schweiße seines Angesichts zutage gefördert hatte. Das musste ausreichen, um sorgsam damit umzugehen, dachte Edgar.

Er versorgte Lukas beschwörend mit den nötigen Informationen, was er Gutmund zu sagen habe – und vor allem: was er ihm *nicht* zu sagen habe – und schickte ihn mit quietschenden Reifen Richtung Süden. Edgar betete, dass Lukas nicht ausplauderte, auf welche Weise die Proben gewonnen worden waren. Doch selbst wenn Gutmund dieses Detail vorenthalten blieb, es würde noch am selben Nachmittag ein ernstes Telefonat geben. Das war gewiss.

Edgar schleppte sich zurück ins Haus. Bis es soweit war, konnte eine Mütze Schlaf auf keinen Fall schaden, aber zuvor gab es noch etwas zu erledigen, was er nun schon seit Tagen vor sich herschob. Er ging in das Behandlungszimmer und nahm am Schreibtisch Platz. Erst vor wenigen Wochen war das Notizbuch mit seinen Aufzeichnungen vom Sommer dort in der Schublade verschwunden. Mit einigem Widerwillen zog er sie auf. Dort lag das Büchlein. Wie ein Kuckuck in einem Meisennest glotzte ihn der schwarze Einband an. Noch immer war Edgar hin- und hergerissen, so als würde das, was er jetzt tat, zukünftige Ereignisse beschwören. Er befand sich bereits inmitten einer Geschichte, die aus den Fugen geraten war und ob das Büchlein nun weiterhin sein Dasein in der dunklen Schublade fristete oder nicht, änderte daran gar nichts.

Er schlug die letzte beschriebene Seite auf. »Albrecht niemals unterschätzen«, hatte er dort geschrieben. Wie wahr, dachte Edgar, wie wahr. Hätte er vor wenigen Monaten vermutet, das Albrecht ihn bei Nacht und Nebel auf den Friedhof begleiten würde? Niemals. Die Worte hatten an Wahrheit gewonnen. »Du solltest etwas vorsichtiger umgehen mit dem, was du dort einträgst«, sagte er zu sich selber. Er schlug eine leere Seite auf und notierte wahllos alle losen Fäden, die er wie ein Puppenspieler im Moment in Händen zu halten glaubte. Das Foto, die Namen der Verstorbenen, die gestohlenen

Untersuchungsergebnisse, das Ergebnis der Obduktion, die Drohung des Bürgermeisters. Wie verstreute Puzzleteilchen fielen die Worte auf die weiße Seite. Edgar schüttelte den Kopf. Ihm war, als fehlte das Teil, das der Schlüssel zum Gesamtbild war, und er hoffte inständig, dass das, was heute Nacht geschehen war, wenigstens einen kleinen Beitrag geleistet hatte.

Er rieb sich die müden Augen. Vielleicht kommt die Erkenntnis nach einem Nickerchen, dachte er und schlurfte in Richtung Schlafzimmer.

Das schwarze Büchlein blieb aufgeschlagen auf dem Schreibtisch liegen. Die frisch aufgeblätterte Seite blätterte an die alte Stelle zurück, und zuoberst standen nun wieder die Worte: »Albrecht niemals unterschätzen!«

*

Das Klingeln des Telefons riss Edgar schlagartig aus den Armen eines tiefen Schlafes. Er brauchte einen Moment, bis er sich orientiert hatte, dann wankte er, mit verquollenen Augen an der Wand entlang tastend, in Richtung des gellenden Geräusches. Über dem Apparat stockte seine Hand in der Bewegung. Wann immer er in letzter Zeit den Hörer abgenommen hatte, folgte wenige Tage später eine Beerdigung, oder er wurde angebrüllt.
»Brix?«
»Ich bin's. Albrecht. Fiona ist auch hier. Kannst du bitte mal rüberkommen und die Untersuchungsergebnisse mitbringen?«
»Wie spät ist es denn?«
»Zwölf durch.«

Das erklärte seinen verknautschten Zustand. Edgar hatte viel länger geschlafen als beabsichtigt. »Bin in einer Viertelstunde da.«

»Eins noch: Kein Wort über unseren nächtlichen Ausflug zu Fiona. Ist das klar?«

»Ist klar!« Edgar legte den Hörer auf und stützte sich an der Wand ab. Obwohl er keinen Tropfen getrunken hatte, fühlte er sich verkatert, und bei dem Gedanken daran, dass Fiona etwas gekocht haben könnte, wurde ihm nicht wirklich wohler zumute. Jetzt war es Albrecht, der ihn bat, die Wahrheit vor Fiona geheim zu halten. Diese beiden, dachte Edgar, wenn der eine gerade kein Geheimnis vor dem anderen hatte, dann brütet er mit Sicherheit schon ein neues aus. Und er durfte wie immer die Klappe halten und so tun, als sei nichts gewesen. Zerknirscht sah er ein, dass der Aufenthalt zwischen den Fronten von Vater und Tochter auf Dauer ein wenig anstrengend wurde.

Nach einer Katzenwäsche, mit geputzten Zähnen und rasiert ging es ihm besser. Zu gerne hätte er noch eine Tasse ordentlichen Kaffee getrunken, doch heute musste er wohl mit Albrechts Muckefuck vorlieb nehmen. Er warf dem Telefon einen sehnsüchtigen Blick zu. Gutmund war längst im Besitz der Proben, aber vermutlich überlegte er noch, was er Edgar alles an den Kopf werfen würde, wenn er ihn ans Telefon bekam. Und da Gutmund niemals unüberlegte Schritte machte, konnte diese Überlegung gut und gerne bis in die Nachmittagsstunden dauern. Zeit genug für einen Besuch bei Albrecht.

Edgar zog die Haustür hinter sich zu und trat auf die Straße. Eine Horde Kinder stand grölend an der nächsten Hausecke. Wie ein Schwarm Bienen sirrten sie um eine Kiste herum, die erst vor wenigen Tagen dort angebracht worden war und seitdem sogar schon vor Schulbeginn belagert wurde. Heute am Samstag war nicht damit zu rechnen, dass der Strom an kleinen Pilgern auch nur für fünf Minuten abriss. Edgar beobachtete, wie etliche Zehnpfennigstücke im Schlund der roten Kiste verschwanden, die im Gegenzug dafür bunte Kaugummikugeln ausspuckte. Wie Schätze fielen die Kugeln in die aufgehaltenen Hände und wurden unmittelbar in den Hosentaschen verstaut. Es war ja nur eine Frage der Zeit, bis ihn all die Errungenschaften der neuen Welt aus den Staaten hierher verfolgt hatten, und irgendwie konnte er diesen Gedanken nicht leiden. Er ließ den Krach hinter sich und ging die Gasse hinauf, bis er in Albrechts Hofeinfahrt Fionas Fiat entdeckte. Er klopfte an die Haustür, wartete nicht erst ab, bis ihm geöffnet wurde, sondern drückte den schweren Beschlag hinunter und betrat die Diele, wo ihn der Duft von gebratener Leber umwehte. Kalbsleber mit Zwiebeln und einem riesigen Haufen Kartoffelpüree. Edgar lief das Wasser im Mund zusammen. Eine Erinnerung aus der Kindheit. Sehnige Leberstücke hatte er eklig gefunden, aber das sahnige Püree, das man in sich hineinstopfen konnte, bis man kaum noch Luft bekam, das war schon damals der Himmel gewesen. Dummerweise brauchte er keine Wahrsagerkugel, um vorhersehen zu können, dass die Leber zäh wie eine Schuhsohle und das Püree versalzen war, wenn Fiona ihre Finger im Spiel gehabt hatte.

Neben dem Telefon auf der Anrichte erregte ein Glasfläschchen seine Aufmerksamkeit. Er klaubte es von der Häkeldecke und nahm es mit in die Küche.

Fiona saß mit hängenden Schultern am Tisch. Sie zog

eine Schnute, die hinlänglich Auskunft über die Heftigkeit von Albrechts Predigt gab. Der hatte ihr lediglich den Gefallen getan, seinem Unmut nicht in Gegenwart von Edgar Luft zu verschaffen. Der ungemütliche Teil war also abgehakt.

Sehr zufrieden stellte Edgar fest, dass Albrecht am Herd stand und eifrig in Pfannen und Töpfen rührte.

Edgar stellte das Fläschchen auf den Tisch. »Was ist das?«

Albrecht linste über den Rücken. Er briet gerade in einer weiteren Pfanne einen ordentlichen Haufen Zwiebeln an. »Das ist eine Wunderwaffe gegen entzündetes Zahnfleisch. Hat mir der Fasshauer mitgegeben. Naja, jetzt braucht er's ja wirklich nicht mehr.« Er wendete zwei große dunkelrote Leberlappen, dass das Fett nur so spritzte.

Edgar zog den Korken von dem Fläschchen und schnupperte daran. Er zuckte zurück. »Eieiei, das ist aber streng. Riecht nach Salbei.«

»Exakt mein Lieber. Salbeitinktur.«

Albrecht so guter Laune und vor allem am Herd vorzufinden, hatte Edgar nicht erwartet. Das bedeutete nicht nur, dass die Aussprache mit Fiona zu Albrechts Zufriedenheit verlaufen war, sondern auch, dass das Essen köstlich sein würde. Edgar überraschte sich selber damit, wie schnell er die letzte Nacht verdrängt hatte und sich auf die gebratene Leber freuen konnte. »Du musst das Zeug in den Kühlschrank stellen, sonst verdirbt es.«

»Jawoll, Herr Doktor!«

Edgar warf Fiona einen fragenden Blick zu, doch die hob nur die Schultern und deutete auf den freien Platz direkt neben ihrem.

Das ließ er sich nicht zweimal sagen, und als er näher heranrutschte, war seine Nase plötzlich mehr an ihrem Maiglöckchenduft als an dem Aroma der Leber interessiert. »Alles in Ordnung?«, fragte er leise.

»Hmm. Alles in Butter.« Fionas Schultern hingen genauso wie ihre Mundwinkel. Albrecht hatte anscheinend ganze Arbeit dabei geleistet, seine Tochter nach allen Regeln der Kunst zur Minna zu machen.

»Ist es das?« Sie deutete auf den braunen Umschlag, den Edgar auf den Tisch gelegt hatte.

»Ja, das ist es.«

Sie überflog sofort interessiert die Zeilen. »Tut mir leid, das ist mir zu hoch.«

»Ich erklär es dir.« Edgar wollte gerade zu einem Monolog ausholen, als Albrecht, die heiße Pfanne mit einem Handtuch über dem Tisch balancierend, eilig einwarf: »Nichts da. Erst wird gegessen. Pack das Zeug weg, dafür ist anschließend genügend Zeit.«

Edgar verfolgte mit Stielaugen, wie ein Riesenhaufen glänzendes Kartoffelpüree mit einem Schwapp auf seinem Teller landete. Dann tat Albrecht noch die gebratene Leber und Apfelspalten mit Zwiebeln am Fuße des Kartoffelberges auf. Edgars Magen sendete unmissverständliche Signale.

»So, dann lasst es euch schmecken!« Albrecht klatschte in die Hände und machte sich über seinen Teller her.

Edgar tat es ihm gleich. Er versenkte die Gabel in dem Brei und sah zu, wie ein brauner Butterfluss in den Gabellöchern versickerte. Er schaute zufrieden in die Runde. Er schnupperte Fionas Duft und berührte mit dem Oberschenkel ihr knisterndes Kleid. Hätte man ihm in diesem Moment einen Wunsch erfüllen können, dann den, dass er ewig währte. Doch kaum konnte er sich darüber freuen, dass Fiona ihr Bein nicht wegzog, war dieser himmlische Augenblick auch schon vorbei.

Fiona räumte die in Rekordzeit geleerten Teller ab, Albrecht rülpste laut und ausgiebig und streckte die Beine lang unter dem Tisch aus und den dicken Bauch nach oben. »Schnaps?«

»Schnaps!«, antwortete Edgar.

Fiona hatte etwas gutzumachen und wartete eine Aufforderung gar nicht erst ab. Sofort standen drei Schnapsgläser und eine Flasche Obstbrand auf dem Tisch.

»So, nun zeig doch mal, was du uns mitgebracht hast«, sagte Albrecht.

Edgar breitete die Zettel aus, sodass Albrecht und Fiona mit verrenkten Hälsen halbwegs gut lesen konnten. Er ersparte es ihnen, die Diagramme zu erklären, die die Abweichungen der einzelnen Chemikalien von den geltenden Grenzwerten verdeutlichten. Stattdessen zitierte er die Stellen, die Gutmund ihm bereits am Telefon vorgelesen hatte.

»Und was bedeutet das?«, fragte Albrecht.

»Das bedeutet, dass von irgendwo aus dem Erdreich Chemikalien ausgespült werden und sich in unterschiedlichen Konzentrationen im Brunnenwasser niederschlagen.«

»Ist das gefährlich?«, fragte Fiona.

Edgar suchte die entsprechende Stelle in dem Bericht. »Hier! Da steht, dass sich die Konzentrationen im Bereich der erlaubten Grenzwerte bewegen, lediglich bei zwei Brunnen lagen sie darüber. Das ist für junge gesunde Menschen erst mal kein Problem. Aber alte Menschen mit Vorschädigungen oder gesundheitlichen Problemen sollten dieses Wasser nicht über einen längeren Zeitraum konsumieren.«

Fiona sah ihren Vater an.

»Was denn, was denn? Ich bin doch nicht *alt*!« empörte sich der gespielt.

Fiona ignorierte ihn. »Kann das Wasser die Todesfälle verursacht haben?«

»Das ist schwer zu sagen, dafür müsste man tatsächlich alle Leichen untersuchen. Im Fall von Frau Fasshauer haben sich Leberschäden gefunden. Das korrespondiert zumindest damit.«

Albrecht räusperte sich. »Und jetzt noch mal auf Deutsch.«

»Es ist möglich, dass das Wasser schuld ist, aber Leberschäden treten eben auch hin und wieder ohne solche Ursachen auf. Es gibt sogar Fälle von Leberzirrhose, in denen die Person nie einen Tropfen getrunken hat. So was kommt vor. Die Ergebnisse von Frau Fasshauer sind also nicht auf die anderen Toten zu übertragen, ohne dass diese auch untersucht werden.«

»Ich verstehe.« Albrecht goss sich und Edgar einen weiteren Schnaps ein, Fiona ging leer aus. »Du hast genug gehabt. Und außerdem musst du noch Auto fahren«, kommentierte er die Schnute, die sie zog.

Nun war es an Edgar, ein paar Fragen zu stellen: »Wie ist es denn möglich, dass so etwas unter den Augen der Bevölkerung vor sich geht und gleichzeitig so geheim gehalten werden kann.«

Albrecht kaute auf der Unterlippe. »Naja, sooo geheim ist es ja gar nicht.«

Edgar sah ihn an, als habe Albrecht zugegeben, dass er das Wasser selber verunreinigt hätte.

Albrecht ignorierte den Blick, so gut er konnte. »Ach, jetzt tu nicht so. Wir wissen doch alle ganz genau, was hier los gewesen ist. Ich hab es dir sicher auch schon mal erzählt. Die Sprengstofffabrik, die Chemikalien und das alles. Aber seit einigen Jahren wächst Gras über die Sache. Und es haben sich neue Firmen auf dem Gelände der Sprengstofffabrik angesiedelt, und so langsam kehrt das normale Leben wieder ein. Die Leute haben das ständige Gerede vom Krieg so satt.«

»Das *normale* Leben? Du willst mir doch nicht ernsthaft erklären, dass irgendetwas *Normales* daran ist, dass Firmen in denselben Gebäuden produzieren, in denen im Krieg Bomben hergestellt wurden?«

»Wenn es nur das wäre«, sagte Albrecht zerknirscht. »Die Klinik in Hessisch-Lichtenau hat mittlerweile Patienten in den Baracken untergebracht, in denen die Zwangsarbeiter hausten, die in der Fabrik geschuftet haben.«

»Wie bitte?«

Albrecht schürzte die Lippen. »Ach Edgar, das ist jetzt zwei Jahrzehnte her.«

»Schlimm genug, dass all die Jahre Unkraut über die Sache gewachsen ist und es keinen interessiert hat.«

»Wenn du dich traust, sprich mit dem Söder. Der hat im Krieg für die Wachmannschaft der Fabrik gearbeitet. Aber viel wirst du aus ihm nicht rausbekommen. Die haben seinerzeit alle unterschrieben, dass sie die Betriebsgeheimnisse wahren werden, und warum auch immer: Als der Krieg vorbei war, haben sich alle an ihr Versprechen gehalten.«

»Du meinst wohl, sie waren froh, eine Ausrede parat zu haben, nicht wahr?« Edgars Gesicht glühte.

Er war es so leid. Mal wieder waren alle nur Opfer der Umstände. Und wer sprach über die echten Opfer? Er wischte den Gedanken beiseite, weil er ihm unangenehm in die Magengrube boxte. Hier und heute hatte es auch Tote gegeben. Denen konnte er zwar auch nicht mehr helfen, aber immerhin konnte er alles daran setzen, weitere zu verhindern. Und wenn das ein schwieriges Gespräch mit Albrechts Nachbar Friedberg Söder bedeutete, dann nahm er sogar das in Kauf. »Denkst du, Lukas wird ein gutes Wort für mich bei seinem Vater einlegen?«

»Versuch es. Der Lukas ist ein guter Kerl, das weißt du selber. Und der Friedberg ist vom gleichen Holz. Wenn du wirklich etwas über die Herkunft der Chemikalien im Wasser erfahren willst, wirst du kaum drum herum kommen, dir den Ursprung mal genauer zu betrachten.«

»Ich komme mit«, ereiferte sich Fiona.

»Findest du nicht, dass du deine Nase schon genügend in Sachen gesteckt hast, die dich nichts angehen?«, fragte Albrecht gereizt.

»Ich habe dort als Kind in den Ruinen gespielt. Also geht es mich auch etwas an, nicht wahr?«

Albrecht gab auf und winkte müde ab.

»Würdest du uns denn begleiten?« Edgar war die Frage peinlich, doch er musste gestehen, dass er zu feige war, um mit Friedberg Söder alleine Vergangenheitsbewältigung im Wald zu betreiben. Wer konnte ahnen, ob der alte Söder tatsächlich einen vollständigen Sinneswandel hinter sich hatte.

»Wenn es unbedingt sein muss.« Albrecht sah müde aus, und Edgar fand es unhöflich, ihm diesen Zustand länger als nötig zuzumuten. Er packte die Unterlagen zusammen, verabschiedete sich höflich und ließ Tochter und Vater allein.

MONTAG, DER 2. NOVEMBER

Flink wie eine Spinne huschte Annegret Fromm den langen Flur entlang. Nur wenige Augenblicke, nachdem sie beobachtet hatte, dass Fiona Schneider sich zur Toilette abmeldete, verließ sie ihren Schreibtisch und machte sich auf den Weg. Sie betrat die Damentoilette und ging in die Hocke, soweit es ihr Pepitakostüm zuließ, um unter die Toilettentüren zu spähen. Gut! Außer Fiona Schneider keine hier, dachte sie, dann presste sie den Rücken gegen die Eingangstür zur Damentoilette und sicherte diese wie ein Soldat eine Stellung.

Fiona staunte nicht schlecht, als sie aus der Toilette trat und Annegret Fromm in derart ungewöhnlicher Haltung vorfand. Sie nahm sich vor, das eine oder andere Vorurteil, das sie sich über ihre Büroleiterin gebildet hatte, zu überdenken.

»Pst«, machte Annegret Fromm verschwörerisch.

Fiona schaute sich reflexartig um. Außer ihnen beiden war keine Menschenseele hier. Was sollte die Geheimnistuerei?

Annegret Fromm brauchte nicht lange, um ihr diese Frage zu beantworten. »Haben Sie etwas aus dem Dienstzimmer von Herrn Koch entwendet?«

Fiona war unsicher, wie sie sich den Augenblick ihrer

Enttarnung vorgestellt hatte. Auf jeden Fall irgendwie spektakulärer. Sie glotzte Annegret Fromm stumm an.

»Bitte«, sagte diese und faltete die Hände wie zum Gebet vor der Brust, »Sie können mir trauen. Ich bin auf Ihrer Seite.«

Fiona legte den Kopf schief. Das reichte noch nicht aus, um die Tarnung fallen zu lassen. Sie beobachtete, wie es hinter der Stirn von Annegret Fromm ratterte.

»Ob Sie es mir nun sagen oder nicht, Herr Koch hat Sie im Verdacht, und er wird Sie früher oder später darauf ansprechen.«

Aha, also doch, dachte Fiona, mal sehen, was noch alles kommt. Sie ging einen Schritt auf Annegret Fromm zu.

»Er wird erpresst. Wegen dem, was Sie … ich meine … haben Sie?« Sie reckte den dürren Hals nach vorne.

»Habe ich was?« Obwohl Fiona fürchtete, dass ihre Vorgesetzte nach vorne schnellen und zuschnappen könnte wie eine Schildkröte, brachte sie erneut den Mut auf, sich dumm zu stellen.

»Haben Sie etwas aus dem Zimmer von Herrn Koch gestohlen?« Der Kopf wackelte hin und her, doch der Dutt hielt wie betoniert.

Sie dachte nach. Was, wenn der Koch die Fromm geschickt hatte? Ein vertrauliches Gespräch unter Frauen, um sich Gewissheit zu verschaffen? Aber warum verriet sie dann, dass der Koch erpresst wurde? Das ergab keinen Sinn. Fiona entschied, das zu tun, was sie immer tat, wenn sie mit einer Situation überfordert war – sie wählte die unüberlegte Flucht nach vorne. »Ja«, hörte sie sich sagen, »ich habe eine Unterlage aus der Schublade von Herrn Koch gestohlen.« Fiona erwartete, dass ein

Unwetter über sie hereinbrechen würde, doch es folgte lediglich ein tiefer Atemzug von Frau Fromm.

»Haben Sie sie noch?«

Fiona schüttelte den Kopf.

»Gut. Was auch immer da drin steht, es muss wohl etwas sein, was jemand anderem einige Sorgen verursacht. Leider habe ich nicht die geringste Ahnung, wem.«

»Erinnern Sie sich an den Herrn, den Herr Koch selber unten am Empfang abgeholt hat?«

Annegret Fromm ging ein Licht auf. »Der, über den es keinen Eintrag im Besucherbuch gibt?«

Fiona war überrascht. Hatte sie ihre kurzsichtige Vorgesetzte derart unterschätzt? Die Idee, den Pförtner einfach nach einem Eintrag zu fragen, war ihr selber gar nicht gekommen. »Sie erinnern sich also auch an den Herrn?«

»Aber selbstverständlich! Ein solch ungeheuerlicher Vorgang muss doch geprüft werden.« Krause Falten zogen sich um ihr spitzes Mündchen.

»Ich habe einen Teil der Unterhaltung zwischen den beiden gehört. Es ging um Hirschhagen. Das liegt unmittelbar in der Nähe meines Heimatortes Wickenrode. Die Leute reden nicht gerne darüber, deswegen hat es mich stutzig gemacht, dass es ausgerechnet in dieser Unterhaltung erwähnt wurde. Doch Herr Koch hat mich eiskalt vor die Tür gesetzt und die Unterlage, die ihm der andere Mann übergeben hat, unter einem Stapel verschwinden lassen.«

»Und Sie haben sie gestohlen?«

Fiona fragte sich, was in dieser Frage überwog: Anerkennung oder der Zweifel an ihrem Geisteszustand. Sie entschied sich für die Anerkennung und nickte heftig.

»Dann sind Sie entweder sehr dumm oder ausgesprochen mutig, Fräulein Schneider.«

Vermutlich von beidem ein wenig, dachte Fiona.

»Nun, wie dem auch sei: Dieser ominöse Herr erpresst Herrn Koch, und die Luft wird immer dünner, seit Ihr Diebstahl bemerkt wurde. Ich fürchte, Sie sind in Gefahr.«

Es war seltsam, das so deutlich aus dem Mund ihrer Vorgesetzten zu hören. Ähnliche Äußerungen hatte sie bisher als die übertriebene Sorge ihres alten Vaters abgetan. Oder als die … ja, was war eigentlich der Grund dafür, dass Edgar Brix sich so sehr um sie bemühte? Edgar Brix. Fiona spürte ein Kribbeln in der Magengegend. Wie er sie neulich Abend angeschaut hatte, das war kein sorgenvoller Blick gewesen. Seine Augen hatten sich förmlich an ihr festgesaugt, und Fiona konnte nicht behaupten, dass das unangenehm gewesen war. Ganz im Gegenteil. Sie ließ diesen Gedanken ziehen und konzentrierte sich wieder auf Annegret Fromm. »Ein befreundeter Arzt hat bereits eine Untersuchung eingeleitet. Ich bin also bei Weitem nicht mehr das einzige Problem von Herrn Koch.«

Annegret Fromm guckte wissend. »Bei Weitem nicht«, wiederholte sie. »Ich habe da so eine Ahnung, woher der Wind weht. Erinnern Sie sich an Renate Platzek? Die, die so plötzlich versetzt wurde?«

Fionas riss die Augen auf. »Platzek?«, fragte sie.

»Ja, die Kleine aus dem Abrechnungsbüro. Urplötzlich war sie verschwunden. Wenn Sie mich fragen, hatte der Koch mit der ein Verhältnis. Und genau damit wird er jetzt erpresst.«

»Wissen Sie, wohin sie versetzt wurde?«

Annegret Fromm schüttelte den Kopf. »Aber das lässt sich herausfinden«, setzte sie nach.

Ein verschwörerisches Nicken wechselte zwischen den Frauen hin und her. Dann verließ Fiona als Erste die Toilette und eilte an ihren Arbeitsplatz.

Wenige Minuten später nahm Annegret Fromm hinter ihrer Schreibmaschine Platz. Sie würdigte Fiona keines Blickes.

Fionas Gedanken kreiselten in Endlosschleife. Wenn sie etwas über ihre Vorgesetzte zu sagen gehabt hätte – und sie musste sich eingestehen, dass sie bis zum heutigen Tag nicht im Traum auf die Idee gekommen wäre – dann wäre es eine Aneinanderreihung bedeutungsloser Adjektive geworden. Nun stand sie vor der Herausforderung, ihr betoniertes Bild zu korrigieren, und das war gar nicht so leicht. Unzählige Male wanderten die Augen zwischen dem Schriftzug »Olympia« auf dem oberen Rand ihrer Schreibmaschine und dem wackelnden Dutt am anderen Ende des Großraumbüros hin und her. Im Gegenteil, das war sogar schwerer als vermutet.

*

»Acht Uhr, Treffen bei Lohmanns! Frag Lukas, wo das ist, der fährt euch bestimmt.«

So kurz und knapp war die Anweisung, die Edgar am Nachmittag per Telefon von Fiona erhielt.

Nun saßen er und Albrecht im Fond von Lukas' Auto, während die Landschaft in erhöhtem Tempo an ihnen vorbeiflog.

Die Luft im Wagen konnte man wie üblich schneiden, da half selbst die heruntergekurbelte Scheibe nicht. Der

Fahrtwind verfing sich in Edgars Lockenkopf, und Albrecht pflückte seine Kappe nun schon zum dritten Mal von der Hutablage. »Mensch Lukas, mach doch die Luke zu, das zieht hier hinten wie Hechtsuppe.«

Der drehte wie befohlen das Fenster hoch und steckte sich eine neue Zigarette an. Albrecht rollte die Augen und blickte Hilfe suchend an den Wagenhimmel.

Edgar hatte bereits kurz hinter der Gemeindegrenze von Helsa den Vorsatz fahren lassen, mit Lukas eine weitere Besorgungsfahrt Richtung Kassel auf sich zu nehmen. Der muffige Mantel roch nach der Fahrt in dieser Räucherkiste ohnehin mehr nach Zigarettenqualm als nach Mottenkugeln, und einen Schuhladen gäbe es bestimmt auch in einem der Nachbarorte. Und einen Bus, den gab es ja Gott sei Dank auch.

In eine Rauchwolke gehüllt stieg Albrecht am Königstor aus dem Fahrzeug und schnappte nach frischer Luft wie ein Fisch.

Zielstrebig ging Lukas voran Richtung »Lohmanns«. Sie durchquerten einen Biergarten. Die Stühle waren bereits in das Winterquartier umgezogen, und Laub war unter die Tische geweht.

In der Kneipe sah Albrecht sich skeptisch um. Ein seltsames Volk stand hier dicht gedrängt. Junge Menschen in Fionas Alter mit unordentlichen Frisuren und unmöglicher Kleidung. Sie lümmelten mit leerem Blick umher, die Finger in die Hosentaschen gehakt und die Hüften trotzig nach vorne geschoben. Einige Herren in den 40ern diskutierten heftig, indem sie ihre Zigaretten mit großen Gesten über dem Tisch schwenkten und lautstark die Lage der Welt erörterten, während sie die ohnehin dicke Luft mit blauen Rauchschwaden schwängerten.

Lukas erfasste das Ziel als Erster. In einer Ecke saß Fiona am Tisch mit einer streng dreinblickenden Dame. Albrecht warf Edgar einen fragenden Blick zu, doch der schaute genauso unwissend drein. Sie bahnten sich den Weg durch die Menschenmenge wie Forscher durch den Dschungel. Lukas vorneweg schob einen nach dem anderen von den studierten Hungerhaken mit breitem Kreuz zur Seite, und Albrecht und Edgar folgten in seinem Windschatten.

Als Fiona die drei bemerkte, sprang sie auf und begrüßte zuerst ihren Vater. »Hier, Papa, rutsch rein.« Fiona machte ihren Platz neben der Dame frei, die etwas pikiert dreinblickte. »Papa, das ist Fräulein Fromm, meine Büroleiterin. Fräulein Fromm, das ist mein Vater, Albrecht Schneider.«

Albrecht reichte ihr artig die Hand und hielt sogleich einen kalten Fisch in seiner schwieligen Pranke.

»Und das sind Doktor Edgar Brix und Lukas Söder, unser Nachbar.«

Edgar begrüßte die Frau, die so perfekt mit der nikotingelben Wand in ihrem Rücken verschmolz wie ein Chamäleon.

Die Männer nahmen Platz und sahen erwartungsvoll zu Fiona, die sich großspurig zurücklehnte. »Fräulein Fromm hat ein paar wichtige Informationen bezüglich der Unterlagen.«

Albrecht biss sich auf die Zunge. Konnte man dieser Frau trauen? Hatte Fiona sie nicht allzu leichtgläubig ins Vertrauen gezogen? Er sah zu Edgar. Dessen Blick verriet ähnliche Gedanken. Nur Lukas war bereits intensiv in das Studium der Getränkekarte vertieft.

Die Dame schaute durch die dicken Brillengläser wie durch ein Goldfischglas. Sie bekam die Zähne nicht schnell genug auseinander, und so setzte Fiona fort: »Stellt euch vor – der Koch wird erpresst! Und jetzt kommt's: Wir vermuten, dass es etwas damit zu tun hat, dass er ein Verhältnis mit Regina Platzek hatte. Und wisst ihr, wo die arbeitet?«

Während Lukas in der Liste der Fassbiere fündig geworden war, warteten Albrecht und Edgar gespannt auf eine Fortsetzung.

»In der Gemeindeverwaltung von Helsa!« Wieder konnte sich Fiona einen triumphierenden Gesichtsausdruck nicht verkneifen.

Ein schlaksiger junger Mann trat an den Tisch und statt höflich nach den Wünschen zu fragen, hob er nur auffordernd das Kinn.

»Ich hätte gerne ein großes Bier, *bitte*«, kommentierte Albrecht diese Unhöflichkeit. Unglaublich, dachte er, die einfachsten Regeln des Anstandes scheinen sich in den letzten Jahren in Luft aufgelöst zu haben. Nun gut, was konnte man auch von einem Kerl erwarten, der seit Monaten kein Friseurgeschäft mehr von innen gesehen hatte und mit Löchern in der Hose und einem Pullover, der ganz offensichtlich zu warm gewaschen worden war, Gäste bediente. Nachdem die Bestellung aufgegeben war, wanderten erneut alle Blicke zu Fiona, doch Edgar kam ihr mit einer Frage zuvor: »Kann das mit dem Nachnamen ein Zufall sein?«

Annegret Fromm schüttelte den Kopf, und Lukas starrte wie hypnotisiert auf das Ungeheuer aus verdribbelten Haaren, das irgendwo am Schädel festgeschraubt sein musste. »Nein, ich habe mich informiert: Es handelt sich um die zweite Tochter der Familie Platzek aus Helsa. Ihre Eltern sind Werner und Doris Platzek, ihre Schwester ist die Ihnen wohlbekannte Irina.«

»Donnerwetter, da haben Sie aber gründlich nachgeforscht.« Albrecht schnalzte anerkennend. Dennoch: Die Frau war ihm nicht geheuer.

Ein kleines Lächeln huschte über das Gesicht von Annegret Fromm und verschwand so plötzlich wieder, wie es aufgetaucht war.

»Aber was hat das alles mit den Untersuchungsergebnissen zu tun?«, fragte Edgar.

»Da seid ihr jetzt gefragt. Fräulein Fromm hat ein Gespräch zwischen Herrn Koch und dem Mann belauscht, der die Unterlagen zu uns in die Behörde gebracht hat. Leider wurde der Mann beim Pförtner nicht registriert. Wir wissen also nicht, wer er ist. Wir wissen aus dem Gespräch mit Koch nur, dass es eine Verbindung zu Regina Platzek gibt, und wir wissen, dass er mit dem Pathologen zusammen im Vorstand von irgendeinem Karnevalsverein sitzt.«

Edgar und Albrecht tauschten vielsagende Blicke, woraufhin Albrecht sein Bier nahm und es in einem Zug hinunterstürzte. Lukas schnalzte mit der Zunge. »Ich versteh nur Bahnhof«, sagte er.

Albrecht legte ihm eine Hand auf den Unterarm. »Das ist nicht schlimm, Lukas. Mir geht es genauso. Ich hab den Faden in diesem Kuddelmuddel längst verloren.«

Da sprang Edgar ein: »Albrecht, erinner dich! Der Abend, als der Bürgermeister zu mir kam. Angeblich, damit ich Irina Platzek nicht weiter in ihrer Arbeit behindere. Erinnerst du dich? Gero Wolff? Dann hat er doch erzählt der Bohmke hätte ihn bei der Sitzung vom Karnevalsverein auf die Unterlage angesprochen, dabei hat der Bohmke die Unterlagen mit keinem Wort erwähnt.«

So langsam kehrte die Erinnerung mit einem bitteren Beigeschmack zu Albrecht zurück. Am nächsten Morgen hatte er den Fasshauer tot auf dessen Sofa gefunden. Diese Bilder mussten dringend heruntergespült werden. Er winkte dem Schnösel ohne Manieren und zeigte in sein leeres Bierglas. Wenigstens war der Kerl nicht genauso begriffsstutzig wie unhöflich, denn kurz darauf stand schon ein neues Bier auf dem Pappdeckel vor Albrecht.

»Dann kann es der Bürgermeister von Helsa gewesen sein, der die Papiere bei uns abgeliefert und den Koch erpresst hat?« Fionas Wangen glühten.

»Das scheint in der Tat so zu sein, ja«, bestätigte Edgar.

»Aber warum erpresst der Bürgermeister von Helsa einen Oberregierungsrat aus Kassel? Und warum hat der die Papiere nicht einfach bei sich im Kamin in Flammen aufgehen lassen?«, fragte Albrecht.

»Ich könnte mir vorstellen«, mischte sich Annegret Fromm mit fisseliger Stimme ein, »dass auch der Herr Bürgermeister nicht ganz aus freien Stücken handelt. Es muss noch jemand von den Papieren wissen, und vielleicht hat derjenige ja wiederum den Herrn Bürgermeister bedrängt. Und möglicherweise wird er von demjenigen auch erpresst.«

»Oder von *derjenigen* …«, mischte Lukas sich ein. Vier fragende Augenpaare klebten an dem jungen Mann, dem sichtlich unwohl wurde. »Naja, nit unmöchlich, dass es wos mit den Schwestern Platzek zu tun hat, nit wahr?«

Edgar schüttelte den Kopf. »Aber das Wissen um das Verhältnis von Regina Platzek und Herrn Koch wird ja nun gerade dazu verwendet, dass die Sache eben *nicht* weiterverfolgt wird. Wenn ihr mich fragt, ergibt das alles keinen Sinn. Wir drehen uns doch im Kreis.« Edgar zog sein schwarzes Notizbüchlein aus der Manteltasche und schlug eine voll beschriebene Seite mit unsortierten Stichworten auf. Dann zeichnete er einen Kreis, an dessen Rand er die Namen Hirschhagen, Hessisch-Lichtenau, Helsa und Wickenrode schrieb, so wie die Orte auch in etwa auf einer Landkarte angeordnet wären. »Alles spielt sich in diesem Umkreis ab«, sagte er. Er malte einen Pfeil, der aus dem Kreis herauszeigte und schrieb an die Spitze »RP Koch«. »Der einzige Ausreißer ist die Verbindung zu Herrn Koch«, sagte er mehr zu sich selbst als zu den anderen. Er ließ das Büchlein sinken. Dann blickte er ratlos in die Runde. »Es ist wie verhext. Als ob ein Puzzleteil fehlt.«

Albrecht nickte abwesend. Er wandte sich an Annegret Fromm: »Weiß der Koch, wer die Unterlage gestohlen hat?«

»Er ahnt es. Als Herr Koch den Namen Schneider erwähnte, horchte der andere Herr auf. Kann es sein, dass er Sie kennt?«

Albrecht fühlte sich von den dicken Brillengläsern fixiert. »Als der Wolff Herrn Brix einen Besuch abgestattet hat, war ich auch anwesend. Und wenn ich mich richtig erinnere, wurden wir einander vorgestellt.«

Lukas schlug mit der flachen Hand auf den Tisch. »Da hostes widder. Die Brüder da oben, dos is doch alles Pack midde Dreck am Steggen.« Er spähte in die Öffnung seiner Zigarettenschachtel, schüttelte, spähte erneut und knüllte die Packung zusammen, nachdem er die Hoffnung aufgegeben hatte, fündig zu werden. »Hot einer 'ne Kippe?«

Albrecht warf ihm lediglich einen genervten Blick zu. »Also weiß er, dass Fiona in der Sache mit drin steckt. Das gefällt mir gar nicht.«

»Herr Schneider, seien Sie versichert: Jetzt, wo ich im Bilde bin, wird Ihrer Tochter nichts geschehen. Immerhin hat sie unter Umständen zur Aufdeckung eines Skandals beigetragen. Allerdings sollten die Unterlagen schleunigst wieder an die Behörden übergeben werden.«

Albrecht war die Sache nicht geheuer, und wie er in Edgars Gesicht lesen konnte, ging es dem genauso. Die nächtliche Exhumierung durfte auf keinen Fall auffliegen, und bis die Ergebnisse vorlagen, wechselte ganz sicher keine Information den Besitzer. »Danke, Fräulein Fromm. Ich weiß es sehr zu schätzen, dass Sie sich für meine Tochter einsetzen. Aber bitte haben Sie Verständnis, dass wir nichts weitergeben, bevor sichergestellt ist, dass es nicht erneut in der nächsten Schublade verschwindet.«

»Wie Sie meinen«, erwiderte sie kurz angebunden. »Falls Sie es sich anders überlegen, kann ich die Unterlagen an die entsprechende Behörde weiterleiten, wenn Sie es wünschen.«

Albrecht wiegte verhalten den Kopf. Er versuchte zu ergründen, warum er das Misstrauen gegenüber Annegret Fromm nicht loswurde. War es die Art, wie sie durch die dicken Brillengläser starrte, oder die affektierte Haltung, mit der sie an ihrem Rotweingläschen nippte? Wie ein Panther in Hauspatschen, dachte er. Eine wahrlich treffende Bezeichnung für die Frau, deren spitzes Mündchen gerade ein misslungenes Lächeln formte.

Lukas hatte von all dem nichts mitbekommen. Seine einzige Sorge galt scheinbar der Tatsache, dass er für den

Heimweg keine Zigaretten mehr hatte und man in dieser versnobten Kaschemme lediglich eine teure französische Marke verkaufte, wie er gerade vom Kellner erfahren hatte. »Hot einer mal zwei Markstücker für Kippen?«

»Sag mal, ist das alles, wofür du dich interessierst?«, fuhr Fiona ihn an.

Lukas schaute verdutzt in die Runde. »Was'n lose? Honn ich was verpasst?«

»Ist schon gut«, beschwichtigte Edgar. »Vielleicht ist es besser, wenn wir uns jetzt auf den Heimweg machen. Ich glaube, bei uns allen liegen ein wenig die Nerven blank, oder?«

Albrecht winkte dem Kellner, der sich wie ein Regenwurm durch die Menschenmenge wand. Dann beglich er die Rechnung und war froh, kurz darauf wieder frische Luft in der Nase zu haben. Vor der Tür verabschiedeten sich die drei Männer von Fiona und Annegret Fromm. Während Lukas bereits im Auto wartete, bemerkte Albrecht, dass Edgar noch einen endlosen Blick dem langen Schatten Fionas hinterherwarf, der von Straßenlaterne zu Straßenlaterne über den Asphalt wippte. Dann sah er auf und sofort wieder zu Boden, als er merkte, dass er beobachtet worden war.

Albrecht seufzte, als er sich auf die Rücksitzbank des Opel Kadett fallen ließ. Diese Kinder, dachte er.

Edgar setzte sich neben ihn, und Albrecht bemerkte, wie seine Hand den Haltegriff oberhalb der Tür umklammerte, als stünde ihnen ein Husarenritt bevor.

»Na, dann konns ja losegehen«, verkündete Lukas und legte einen astreinen Kavalierstart hin.

MITTWOCH, DER 4. NOVEMBER

Edgar saß beklommen auf dem Rücksitz von Lukas' Wagen. Wenn es nach ihm gegangen wäre, hätte dieser Termin gar nicht mehr stattgefunden, doch nun war er eingekeilt zwischen Albrecht und Friedberg Söder, während Fiona auf dem Beifahrersitz neben Lukas ihrer Nervosität durch endloses Geplapper beizukommen versuchte.

Edgar war betrübt. Den ganzen Dienstagabend hatte er auf seinem Sofa gesessen, die Wand angestarrt und darüber gegrübelt, ob er nun ein Verrückter mit Dickschädel war, oder ob ihn sein Dickschädel am Normalsein hinderte. Auch einige Flaschen Bier brachten ihn der Lösung dieser Frage keinen Schritt näher.

Das Telefonat mit Gutmund hatte einen unerwartet enttäuschenden Verlauf genommen. Sein Bruder teilte ihm zwei Dinge unmissverständlich mit:

Zum einen ergaben die Proben von Georg Fasshauer beinahe identische Ergebnisse wie die seiner Frau Emmie. Leberschäden, nicht unmittelbar lebensbedrohlich, aber im Zusammenhang mit der von Edgar vermuteten Herzinsuffizienz am Ende doch tödlich. Zum anderen war Gutmund nicht länger gewillt, sich in Edgars krumme Geschichten hineinziehen zu lassen, und dies würde der letzte Gefallen dieser Art sein.

Wie üblich teilte er ihm all das in der stoischen Gelassenheit mit, die er vom Vater geerbt hatte. Edgar wünschte sich so sehr, dass Gutmund wenigstens ein einziges Mal in seinem Leben so richtig aus der Haut fahren würde. Nur ein einziges Mal. Um ihm nicht ständig das Gefühl zu vermitteln, dass seine Art die Dinge zu nehmen – unbeherrscht und von Zweifeln zerfressen – der Ausdruck reiner Lebensunfähigkeit war. Aber er tat ihm nicht den Gefallen, und so blieb Edgar wie immer in einer quälenden Gedankenschleife hängen, die sechs Flaschen Bier lang dauerte.

Er war einer Lösung des Puzzles keinen Bruchteil näher gekommen, als er es war, bevor er den Leichnam von Georg Fasshauer geschändet und seinen Berufsstand entehrt hatte. Der Zweck heiligte wohl nicht jedes Mittel. Und jetzt schämte Edgar sich obendrein, dass er Albrecht auf die Frage nach den Ergebnissen ihrer unorthodoxen Leichenschau eine glatte Lüge aufgetischt hatte, um Zeit zu gewinnen. Er hatte so getan, als sei erst in einigen Tagen damit zu rechnen.

Was sollte all das noch bringen? Dieser kleine Ausflug zu den Resten der Sprengstofffabrik barg das unbedingte Potenzial, einer der unangenehmsten Augenblicke der letzten Wochen zu werden – gleich nach der Exhumierung von Georg Fasshauer. Und wozu das alles? Um eine haltlose Mordtheorie zu entkräften oder ein Komplott aufzudecken, das vielleicht nichts anderes war als eine Fehde zwischen einem Bürgermeister und einem Oberregierungsrat. Wer konnte schon wissen, was die beiden Herren da austrugen? Und überhaupt: Warum mischte er sich schon wieder ein? Ausgerechnet. Wo doch Matthias Frank, wie ein Panther zum

Sprung bereit, nur darauf wartete, dass er einen weiteren Fehltritt beging.

Es dachte sich schwierig, eingeklemmt zwischen zwei alten Männern, die demonstrativ schweigend aus den Seitenfenstern starrten. Also stellte Edgar das Denken ein und glotze ebenso schweigsam nach vorne auf die Fahrbahn.

Die Straße war in engen Schleifen dem dichten Wald abgetrotzt worden, sodass sie einem Traktor nur mit Mühe ausweichen konnten, ohne im Graben zu landen. Edgar war klatschnass, und Lukas brüllte wilde Flüche gegen die Windschutzscheibe. Auf halben Weg zur nächsten Ortschaft bogen sie urplötzlich in einen Waldweg ein, und Lukas stellte den Wagen ab. Er öffnete seinem Vater die Tür und wartete, bis sich der alte Mann umständlich aus den Polstern gequält hatte. Dann stand das Grüppchen wie bestellt und nicht abgeholt neben dem knallroten Auto und spähte in den dichten Wald.

»Hier lang«, übernahm Lukas die Führung. Die Truppe setzte sich im Gänsemarsch in Bewegung.

Edgar beobachtete Friedberg Söder von der Seite. Der alte Mann ging schweigend, aber festen Schrittes, hinter seinem Sohn her. Edgar versuchte, in dem zerknautschten Gesicht einen Hinweis darauf zu erkennen, was er von diesem nachmittäglichen Spaziergang erwarten durfte. Doch das Gesicht blieb ungerührt.

Keine Miene würde er verziehen und zu erkennen geben, dass es lediglich Lukas geballter Überredungskunst zu verdanken war, dass er schließlich eingewilligt hatte. Friedberg Söder mochte zunächst gar nicht einsehen, wozu es gut wäre, die alte Geschichte noch und noch einmal durchzukauen. Ein einziger Gedanke daran, und die Magensäure kroch ihm die Speiseröhre rauf, und das war nicht gut in seinem Alter. Aber Lukas hatte keine Ruhe geben. Der Junge war so. Ist ja immerhin mein Sohn, dachte Friedberg Söder mit Stolz. Also tat er ihm den Gefallen, obwohl er seine Großmütigkeit im selben Augenblick bereut hatte, als der jüdische Arzt neben ihm in das Auto stieg. Wie sollte er dem jemals glaubhaft versichern können, dass er nichts gegen ihn hatte? Jetzt *nicht mehr*.

Friedberg Söder fühlte sich stumpf wie ein altes Taschenmesser. Früher, da war das alles anders gewesen. Ein Feuer hatte in ihm gebrannt, das ihm die Brust schwellte. Nie wieder hatte er sich so männlich gefühlt. So mächtig. Vielleicht war es falsch gewesen, dem Sog so schnell nachzugeben, aber seitdem diese Zeit Geschichte war, fühlte er sich, als habe man ihm die Ehre amputiert. Seitdem war seine Brust eingefallen und das Kinn gesunken genauso wie der rechte Arm. Himmel noch eins, jede harmlose Geste wurde kritisch beäugt, als trüge er die Armbinde noch immer. Dabei war er öffentlich zu Kreuze gekrochen und hatte abgeschworen bei jeder sich bietenden Gelegenheit. Aber es war ja kein Geheimnis: Wenn die Alten über ihn sprachen, war er noch immer der Nazi-Söder. Vielleicht war es der Neid. Während sie wie die Tiere im Bergwerk geschuftet hatten, hatte er sein gutes Auskommen in der Fabrik gehabt. Und zu Hause die kleine Landwirtschaft warf auch etwas ab. Mit durchgefüttert hatte er das halbe Dorf, aber erwähnte man das? Nein. Er blieb der Nazi-Söder. Die Wohltäter durften andere sein. Solche, denen sogar noch mehr Dreck am Stecken klebte.

Diese Gedanken hatten ihn noch in der Nacht vor diesem Ausflug um den Schlaf gebracht, genauso wie in unzähligen Nächten seit über 20 Jahren. Umso erstaunlicher war die Verwandlung, die sich mit jedem Schritt, den sie der Fabrik im Wald näherkamen, an ihm vollzog. Es war selber überrascht, aber eine Last, die ihm die Seele beschwert und die Brust eingeschnürt hatte, fiel buchstäblich schrittweise von ihm ab. Hinter sich hörte er das Atmen des jüdischen Arztes, und mit einem Mal war es ihm, als würde – gerade hier und jetzt – etwas beendet. Ein Schlussstrich gezogen. Und wider Erwarten trat dieses Gefühl nicht beim Weglaufen ein, sondern zu seinem größten Erstaunen beim Hingehen. Mit einem Mal war es ihm ganz und gar nicht unangenehm, dass er eine zweifelhafte Vergangenheit besaß. Auch wenn die Erinnerungen nicht rühmlich waren – nicht rühmlich sein durften – so waren es doch *seine* Erinnerungen. Und im Augenblick waren seine Erinnerungen gefragt. Oft genug hatte er in den letzten 20 Jahren auf Fragen nach der Vergangenheit einen Nebel heraufbeschworen, der die Fakten einhüllte. Blumige Umschreibungen oder dreiste Untertreibungen.

Er ging durch den Wald, hin zu seiner eigenen Geschichte, und sah klarer als jemals zuvor.

Edgar, der von diesem stillen Monolog nicht das Geringste ahnte, beäugte den alten Mann immer noch misstrauisch von der Seite. Plötzlich tauchte zwischen den Bäumen etwas vor ihnen auf, was die Aufmerksamkeit so unweigerlich auf sich zog wie eine überfahrene Katze.

Ein Betongerippe von der Größe und der Erhabenheit einer Kathedrale stand wie aus dem Nichts auf einer

Lichtung. Auf symmetrisch angeordneten Streben und Stützen ruhten mehrere Geschosse. Das Gebäude zielte mit einem jähen Knick auf die andere Seite des Tals. Unter den haushohen Streben hingen Trichter aus Beton wie die Zitzen eines Urtieres. Ein Rammbock und Eisenbahnschienen verrieten, dass einst Eisenbahnwaggons aus den Trichtern befüllt worden waren.

Edgar war wie erstarrt. Dieser Fremdkörper stand so unerwartet im Wald wie eine fliegende Untertasse. Hie und da begann die Natur bereits, sich den Raum zurückzuerobern, und doch vermochten 20 Jahre dem Betongerippe nicht das Mindeste anzuhaben. Er schaute in die Gesichter der anderen, die seltsam gleichmütig wirkten. Offenbar waren sie alle schon oft hier gewesen, gewöhnt an dieses Monster im Wald. Edgar machte eine fragende Geste in die Runde.

Albrecht räusperte sich. »Das ist der Kohlebunker. Dort oben«, er deutete auf die dritte Etage des Ungeheuers, »war eine Seilwinde eingebaut. Von da ging eine Seilbahn bis zur Verladestelle auf dem Hirschberg. Dort wurden die Kohlen aus den Loren umgeladen und dann hierhin abgeseilt. Die Eisenbahnwaggons hielten direkt unter den Befülltrichtern, und dann fiel die Kohle einfach runter.«

»Bis zu 340 Tonnen – *jeden Tag*!«, gab Friedberg Söder sein Wissen zum Besten.

Edgar wäre gerne noch einen Augenblick an diesem skurrilen Ort geblieben, um sich an das Gefühl gewöhnen zu können, das seine Magengrube ausfüllte, doch Lukas drängte zum Aufbruch. »Wenn wir alles sehen wollen, ehe es duster wird, müssen wir 'nen Zacken zulegen.«

Mit der diffusen Gewissheit, dass er an diesen Ort zurückzukehren würde, trabte Edgar hinter den anderen her. Er beobachtete Fiona. Sie ging unbeeindruckt ihres Weges. Sie hat genug Zeit gehabt, sich an all das zu gewöhnen, dachte er, unsicher, ob er ihr diese Gelassenheit neidete. Das, was er fühlte, während bereits das nächste Gebäude zwischen den Bäumen auftauchte, war etwas Besonderes, davon war er überzeugt. Er versuchte, das Gefühl festzuhalten. Es war – und Edgar überkam Trauer im Angesicht der Erkenntnis – ein milder Abklatsch des Grauens, das all jene übermannt haben musste, die sich unfreiwillig an diesem Ort wiederfanden wie in einem Albtraum. Nein, er beneidetet seine Begleiter nicht dafür, dass ihnen das, was er fühlte, vorenthalten blieb, nur weil sie bereits als Kinder durch die Ruinen gesprungen waren auf der Suche nach Abenteuer und Gänsehaut. Denn dabei hatten sich die Gefühle abgenutzt, waren stumpf geworden und unbrauchbar, um die Dinge zu sehen, wie Edgar sie nun sah. Hinter dem Kohlebunker wuchs in Sichtweite ein dreistöckiger Bau aus dem Wald. Die dunkle Klinkerfassade und der typisch wuchtig nach oben strebende Baustil strahlten Mächtigkeit aus und Selbstbewusstsein. Dabei wirkte das Gebäude zwischen den Bäumen so deplatziert, als sei es aus Versehen an diesem Ort auf die Erde gefallen. Auf der Stirnseite prangte ein großes Loch innerhalb eines Portals im dritten Stock. Edgar schauderte bei dem Gedanken an das, was dort fehlte. Eine Uhr war es mit Sicherheit nicht gewesen, die den kreisrunden Ausschnitt seinerzeit gefüllt hatte. Vielleicht war das Hakenkreuz, das dort einst alles überstrahlte, einer der Restbestände geworden, die Friedberg Söder in seinem Keller gehortet und mit denen Lukas sich den schicken Wagen finanziert hatte. Bei dem Gedanken daran, dass noch immer gutes Geld mit derlei Devotionalien zu verdienen war, fröstelte es Edgar.

Mit jedem Schritt, den er auf das Bauwerk zuging, verstärkte sich das Gefühl eines eisigen Hauchs. Gleichzeitig erfasste ihn ein morbider Sog. Er wusste um die beabsichtigte Wirkung der Nazi-Architektur, und trotzdem fühlte er sich überrumpelt. Widerstrebend ging er weiter. Türen und Scheiben fehlten, doch die quadratisch unterteilten großflächigen Metallrahmen rosteten noch in den Fensterlaibungen vor sich hin. Eine Treppe aus rohem Beton führte zum Eingang hinauf. Das tragende Skelett des Baus war ebenfalls aus Beton, nur hin und wieder wurde der graue Zement von Ziegelwänden abgelöst, die an einigen Stellen bereits einzustürzen drohten. Edgar trat mit einem mulmigen Gefühl durch das Portal und warf einen skeptischen Blick nach oben. Er wusste nicht, was er erwartet hatte, aber auf den Fußböden der Räume lag Laub, das durch das eingefallene Dach und die Fensteröffnungen hereingeweht war. Ansonsten erinnerte kaum ein Überbleibsel daran, dass hier einst hektisch betriebsam Menschen ein und aus gegangen waren. Einige Rohre ragten aus den Wänden, und an den Decken baumelten verrostete Lampenfassungen. Edgar sah sich fragend um.

»Dos war das Generatorenhaus. Hier hot man uss der Kohle vom Hirschberg den Strom und de Wärme gemacht«, klärte Friedberg Söder ihn auf.

Edgar ging schweigend den Raum ab. In einer Ecke lagen zerbrochene Bierflaschen und leere Zigarettenschachteln. »Offenbar findet nicht jeder diesen Ort so ungemütlich wie ich.«

Fiona war von hinten an ihn herangetreten. »Das ist eine beliebte Mutprobe unter den Jugendlichen: eine Nacht in den Ruinen verbringen.«

Edgar sah sie an, und sie nickte. Fiona hatte demnach auch schon auf diese Art ihren Mut bewiesen. Er wollte hier raus. Hier drin schien es kälter zu sein als im offenen Wald.

Schweigend trat Edgar den Rückzug an. Draußen übernahm Lukas erneut die Führung gefolgt von seinem Vater, der auf einen Erdhügel deutete und erklärte: »Die midde Erde uffgehäuften Schächte, dos sinn unnerirdische Trafostationen. Die Bäume honn gemauerte Halterungen, damitte se in den Erdwällen festen Stand hotten. De Bäume waren wichtig – wegen der Tarnung. Un hier«, er zeigte auf Betonmasten die sie jeweils im Abstand von vielleicht zehn Metern den ganzen Weg durch den Wald verfolgten wie Galgen, »da woren Leitungen annegebracht. Mehrere nebeneinanner. In einer Leitung floss des flüssige TNT von der Vorbereitung zur Befüllung. Und danebben in den Leitungen war heißer Dampf, damidde des TNT flüssig blieb und nit abkühlte. Dafür brauchten wir unter annerem die Kohle, um des ganze Netz über die vielen Kilometer midde heißem Dampf zum versorgen.«

Etwas sträubte sich noch, aber in Edgar keimte eine seltsame Art von Bewunderung. Mitten in einem Wald ein derart ausgeklügeltes Produktionssystem zu installieren, brauchte schon etwas mehr als ein paar verrückte Nazis. Dafür brauchte man Ingenieure, Techniker, Physiker mit unglaublichem Sachverstand. Ob die sich heute noch in schlaflosen Nächten den Kopf darüber zerbrachen, was sie da in den Wald gesetzt hatten? Während ein Friedberg Söder seine Vergangenheit nur mit allergrößter Mühe leugnen konnte, waren die verschwunden, kaum, dass die Fabrik ihren Betrieb aufgenommen hatte. Und heute? Leiteten sie Institute oder dienten der Strafverfolgung. Wenn es Gerechtigkeit gab, wünschte Edgar ihnen zumindest schlechte Träume. Wissenschaftler waren einer Wahrheit verpflichtet, die über den eigenen Wissensdrang hinausging, das war seine felsenfeste Überzeugung. Und das war ausnahmsweise kein Ergebnis seiner jüdischen Erziehung oder der unumstößlichen Tugend eines Conrad Brix. Nur mit Mühe widerstand er dem Bedürfnis, auf den Boden zu spucken.

Sie gingen noch ungefähr einen Kilometer durch den Wald, bis erneut eine mehrstöckige Ruine vor ihnen auftauchte. Das gleiche Bild. Ein Betongerippe, das an den Ecken das Geheimnis seiner Langlebigkeit entblößte: Stahl durchzog den Beton wie Blutgefäße. Guter deutscher Stahl. Selbst nach so vielen Jahren hatte die Armierung kaum Rost angesetzt. Sämtliche Baumaterialien waren ausgesucht worden, um das Tausendjährige Reich zu überdauern. Nun stand das Ergebnis hier und tat den Menschen nicht den Gefallen, sich vom Erdboden verschlucken zu lassen.

Als ob Friedberg Söder Edgars Gedanken erraten hätte, sagte er: »Hinnen im Wald honn de Amis versucht, Gebäude zu sprengen.« Er lächelte. »De Bunker waren ja gebaut, um Explosionen zu überstehen – falls wos schiefging. Des mussten de Amis bahle einsehen.«

»Falls etwas *schiefging*?«, fragte Fiona skeptisch.

Albrecht kam Friedberg Söder zuvor. Es gab offensichtlich Details, die er seiner Tochter ersparen wollte.

»Den Knall konnte man über den Hirschberg hören, wenn eines von den Gebäuden in die Luft flog.«

»Wennste dos TNT nit langsam genug abbekühlst oder beim Verfüllen zu ville Luftblasen in der Flüssigkeit übrig blieben, dann explodierte dos Zeugs schon mal. De Wände flogen russ, der Beton blieb stehen. Dann wurde alles innegesammelt, de Wände neu vermauert und onne gings.«

Fiona schluckte. Sie blickte von einem zum anderen. »Und die Arbeiter?«

Albrecht zog sich die Kappe in die Stirn und senkte den Kopf.

Lukas führte die Gruppe in den Keller des Betongerippes. Schmale gefliese Becken reihten sich nebeneinander wie Schwimmbecken für Zwerge. »Hier hot man de Chemikalien in sonner ätzenden Lauge gewaschen und anschließend getrocknet. Und dann war es fertiges Tri – also TNT.«

»Und wozu sind die Löcher in den Decken?«

»In einem anneren Gebäude wurden de Chemikalien vermischt. Dann wurde in den Spaltgebäuden die Schwefelsäure verdampet. Dann hot man obben wos dazu gemischt und dann hot man dos in denne Becken laufen lossen zum Waschen.«

»Das heißt, die Produktion fand in mehreren solcher Gebäude statt?«

»Mir honn ja noch nitte ma 'nen Bruchteil der Produktionsgebäude gesehen. Dos Gelände zieht sich kilometerweit innen Wald rin. Dos sinn über 100 Gebäude, wenn ich mich nit täuschen tu. Und wenn wir noch wos sehen wollen, sollten wir uns onne machen.« Friedberg Söder verließ den Keller.

Nachdem die Gruppe vor dem Gebäude versammelt stand, setzte sie sich in Bewegung. Nach zehn Minuten strammen Marsches fragte Fiona: »Das sind doch furchtbar lange Wege, die man hier zurücklegen muss. Wie sind denn die Arbeiter zu ihren Arbeitsplätzen gelangt?«

»Nu ja, die Lager lagen sternförmig in den ummeliegenden Orten. Da wars dann zu Fuß von überall gleich weit. Mehrere Kilometer Fußmarsch waren nit selten. Dos war erschedmoh in den Sommern kinn Problem, aber dann im Winter. Alszus kamen de Arbeiterinnen an ihren Einsatzorten an und worn gar nit mehr arbeitsfähig«, crklärte Friedberg Söder.

»Und dann?«, bohrte Fiona.

In der Gruppe breitete sich ein unangenehmes Schweigen aus. Albrecht schaute seine Tochter traurig an.

Sie ignorierte den Blick. »*Und dann?*«

Der alte Söder räusperte sich. »Dos hing davon ab, was für 'ne Art von Arbeiter es wor. Die Dienstverpflichteten durften Pause machen, die Häftlinge mussten arbeiten, bis es nitte mehr ging, dann hot man se dohin zurückegeschicket, wo se herkamen.«

»Und wo kamen sie her?« Jetzt wollte auch Edgar es genauer wissen.

»Von überall her. Politisch Gefangene. Polen, Russen, Franzosen, Belgier, Italiener. Kriegsgefangene. Und als de Produktion mit dennen nit mehr uffrechterhalten werden konnte, au Häftlinge uss Ausschwitz, die über Buanwald kamen. Die Frauen waren leichter zum Bewachen. Mir wussten ja genau, dass de Kerle de Sprengkörper sabotierten, aber mir kamen dennen allzu oft nit uff de Schliche. Die Frauen waren da nit so hinnerlistig. Guckt moh hier.«

Friedberg Söder wies mit der Hand auf einen Tümpel, der wie Samt tiefblau schimmernd in einer Senke lag. Die umliegenden Bäume warfen ihr Spiegelbild auf die regungslose Oberfläche, auf der auch einige Wolken vorüber dümpelten. Edgar konnte nichts Ungewöhnliches erkennen. Obwohl er sehr genau hinsah, blieb ihm der Hinweis vom alten Söder schleierhaft.

Er ging näher an das Wasser und beugte sich über das grasbewachsene Ufer, das ungefähr einen halben Meter lotrecht abfiel. Ein unangenehmer Geruch entströmte dem Teich.

Friedberg Söder kniete sich neben ihn an den Rand. »Elsternblau«, sagte er.

Edgar sah ihn fragend an.

»Dos Blau ist nit dos, wos es zu sein scheint. Schöpfen Se mal 'ne Handvoll von demm Zeugs.«

Edgar fragte sich, was der alte Mann von ihm wollte. Zu seinen Füßen lag ein dunkelblauer Tümpel, an dem, außer dem Geruch nach faulen Eiern und Bittermandel, nichts diese ungewöhnliche Aufforderung rechtfertigte. Alle standen um ihn herum, als ob sie darauf warteten, dass er tat, worum Friedberg Söder ihn gebeten hatte. Zögernd beugte Edgar den Oberkörper über die Rasenkante soweit es eben ging, ohne das Gleichgewicht zu verlieren. Dann tunkte er eine Hand in den See. Kaum tauchte die mit einer winzigen Menge der Flüssigkeit an der Wasseroberfläche auf, schüttete er das Wasser im Reflex in den Tümpel zurück. »Das ist ja braun!«

»Dos kommt von demm Chemiezeugs wos da drinne

is. Da ist erscht vor Kurzem ein Hund rinngefallen. Hots nit überlebt, dos Viech. Elsternblau. Dos honn die Häftlinge dos Wasser geschimpet. Weils so falsch daherkimmt. Desterwegen. Do drinne lebt nüscht mehr. Und trinken würd ich dos Zeugs auch nit.«

Edgar wischte sich die Hände an der Hose ab. Er sah in die Runde. »Das ist doch hochgefährlich. Habe ich richtig verstanden, dass hier Kinder spielen?«

»Ja, das ist wahr. Aber die Kinder kennen die Gefahren gut, die sind alle damit aufgewachsen«, warf Albrecht ein.

Edgar sah ihn an, als habe er ihm soeben erklärt, dass man das Wasser genauso gut als Heilquelle vermarkten könne.

»Wir wussten ganz genau, dass wir uns von den Becken fernhalten mussten. Und auch von den Tümpeln«, mischte sich Fiona ein.

Edgar war fassungslos. Sie glaubte doch nicht, ihn damit beruhigen zu können? Hierbei handelte es sich um einen handfesten Skandal, und alle Menschen, die er gut genug kannte, um deren Geisteszustand nicht in Zweifel ziehen zu müssen, hatten im Angesicht dieser Unglaublichkeit schäfchenmilde Mienen aufgesetzt. War das zu glauben? Ihm fehlten die Worte, um auszudrücken, was ihn bewegte. Er sprang auf und eilte ein paar Schritte von dem Tümpel weg, bis er wieder auf dem Waldweg stand. Er spähte den Weg rauf und runter. Dann setzte er sich wortlos in Marsch und lief in die Richtung, aus der sie gekommen waren.

Nach ungefähr 100 Metern hatte ihn Albrecht eingeholt. Die Übrigen standen wie angewurzelt dort, wo Edgar sie verlassen hatte. »Wir haben doch kaum die

Hälfte abgelaufen. Willst du denn den Rest nicht auch noch sehen?«

»Nicht heute. Ich habe genug gesehen. Ich will jetzt hier weg. Keine Ahnung, warum euch das alle so kalt lässt, aber mir kommt gerade die Galle hoch.« Ohne Albrecht eines Blickes zu würdigen, setzte Edgar seinen Weg fort.

Albrecht winkte den anderen. Mit hängenden Schultern folgte sie ihm in einigem Abstand. Keiner sprach ein Wort. Sie beäugten Edgar, der ein Tempo vorlegte, als sei ihm der Teufel auf den Fersen. Erst als der dichte Wald lichter wurde und das Auto wieder in Sichtweite kam, drehte er sich um. Er fixierte die Gruppe, die hinter ihm zum Stehen gekommen war. »Ich weiß nicht, wie es euch geht, und ehrlich gesagt ist es mir auch egal, aber wenn es irgendeinen Sinn hatte, mein Leben über den Haufen zu schmeißen, den Ozean zu überqueren, um hier im Nirgendwo durch verseuchte Wälder zu laufen, dann ganz sicher nicht den, dass ich so tue, als sei das alles das Normalste der Welt. Dass ihr euch nicht schämt! *Allesamt!*«

Friedberg Söder senkte den Kopf, und die anderen taten es ihm gleich. Albrecht war es schließlich, der sich dem wütenden Blick von Edgar stellte und einen Schritt auf ihn zuging. »Vielleicht hast du recht. Ganz sicher sogar. Aber versteh doch: So seltsam das auch für dich klingen mag, wir sind ja nicht eines Morgens aufgewacht und die Welt war … *so*. Wir waren dabei. Und möglicherweise sind wir es leid oder wir sind blind. Vielleicht braucht es jemanden wie dich, der uns wieder die Augen öffnet.«

Edgar nickte resigniert.

Lukas ging auf ihn zu und haute ihm so heftig auf die Schulter, dass Edgar einen Satz nach vorne machte. »Komm, Doc. Wenn du uff Biejen und Brechen die Welt retten willst, kannste uff unsere Hilfe zählen. Aber erschdemoh bringen wir dich widder heim.«

DONNERSTAG, DER 5. NOVEMBER

Wann immer sie in den letzten Tagen Fiona begegnet war, hatte sie ihr verschwörerisch zugezwinkert. Annegret Fromm fühlte sich wie eine Doppelagentin. Denn kaum hatte Fiona ihr den Rücken zugedreht, schenkte sie das gleiche Augenzwinkern Oberregierungsrat Koch. Und sie war sich sicher, dass keiner von beiden etwas davon ahnte, was hinter seinem Rücken vor sich ging, und so wiegte sie die beiden mit tiefer Genugtuung in der trügerischen Sicherheit, eine Vertraute an ihrer Seite zu sein. In Wahrheit lachte sie sich über die armen Seelen im Tal der Ahnungslosen ins Fäustchen.

Selbstverständlich hatte sie gleich nach dem Treffen im »Lohmanns« mit Regina Platzek Verbindung aufgenommen. Von *Ex-Geliebter* zu *Noch-Geliebter* plauderte es sich ganz angenehm. Dabei war es Annegret Fromm herzlich egal, welchen persönlichen Rachefeldzug Regina Platzek gegen Wendelin Koch führte: Sie war auf Informationen aus. Regina Platzek diente ihr als Blaupause. Als schlechtes Beispiel für all die Fehler, die man besser nicht beging, wenn man nicht mit einem läppischen Abschiedsgeschenk auf das Abstellgleis geschoben werden wollte. Und das würde Annegret Fromm zu verhindern wissen. Zumindest bevor sie erreicht hatte, was nun mal ihr erklärtes Ziel war: Büroleitung des Regierungspräsidenten!

Die rührseligen Details aus der traurigen Familiengeschichte der Platzeks interessierten sie nicht die Bohne. Sie interessierte eigentlich nur eines: Nämlich, wann damit zu rechnen war, dass Wendelin Koch über seine eigenen Füße stolperte. Denn wenn es soweit war, würde sie im Auftrag des Präsidenten eine Schreibmaschine in der vierten Etage bedienen und eine Aktennotiz über das bedauerliche Ausscheiden des hochverdienten Oberregierungsrates tippen. Soweit ihr Plan.

Annegret Fromm heuchelte am Telefon ein wenig Betroffenheit, und Regina Platzek öffnete freimütig ihr Herz.

Ausgenutzt habe dieser Dreckskerl sie. Habe ihr die ewige Liebe versprochen und sie dann aussortiert wie eine löchrige Socke. Dumm nur, dass er bei dem Versuch sie loszuwerden, ausgerechnet die erstbeste freigewordene Verwaltungsstelle für sie vorgeschlagen hatte. Denn die hatte sie direkt dorthin gebracht, wo Kochs Grab bereits geschaufelt wurde – politisch gesprochen. Aber der Koch war nicht die einzige Figur auf dem Spielfeld. Annegret Fromm erfuhr, dass auch Gero Wolff nicht ganz freiwillig mit den Unterlagen unter dem Arm Richtung Regierungspräsidium gefahren war. Doch das, was ihre Schwester Irina von den alten Leuten in der Gegend über den Herrn Bürgermeister in Erfahrung gebracht hatte, hatte ausgereicht, um den nötigen Druck aufzubauen. Und deswegen landeten die Unterlagen nicht – wie schon drei Mal zuvor – mit dem Aktenvermerk »Zum Verbleib« retour bei der Gemeindeverwaltung Helsa, sondern in der Schreibtischschublade von Wendelin Koch. Das war zwar nur ein Teilsieg, aber immerhin waren die Akten ihrem Bestimmungsort näher als jemals zuvor. Und wenn der Koch glauben sollte, dass er Regina Platzek weit genug von sich entfernt hatte, damit sie dort blieb, ohne ihm massiven Ärger zu bereiten, dann hatte sich der Herr geschnitten.

»Das Schwein!«, pflichtete Annegret Fromm bei und dachte: Wenn er so ein kleines Licht schon unterschätzt hat, dann wäre er mir besser niemals über den Weg gelaufen.

Als sie den Hörer aufgelegt hatte, wusste sie, dass die Zeit reif war, um die notwendigen Schritte einzuleiten. Überreif sogar. Wer den Fall von Wendelin Koch aus der ersten Reihe verfolgen wollte, sollte besser schon mal eine Karte lösen. Annegret Fromm hatte sich bereits einen Logenplatz reserviert.

FREITAG, DER 6. NOVEMBER

Zwei weitere Tage lang schlich Edgar Brix wie ein magenkranker Bär durch seine Praxis. Er verarztete seine Patienten mit dem notwendigen Mindestmaß an Fürsorge, aß wenig und schlief schlecht.

Am Freitagnachmittag stellte er fest, dass er das miese Gefühl, das ihm auf den Fersen war wie ein hungriger Köter, auf diese Weise nicht los wurde. Und da er sich hochprozentigen Alkohol ohne menschliche Gesellschaft verboten hatte, schloss er die Praxis ab, hängte das Schild mit dem zuständigen Wochenendnotdienst in die Tür und machte sich auf den Weg zu Albrecht, in der Hoffnung dort auf einen Freund zu treffen, der mit ihm ein Gläschen über den Durst trinken würde.

Auf dem Treppenabsatz zu Albrechts Haus lief er ihm regelrecht in die Arme.

»Gut, dass du kommst, ich wollte auch grad zu dir.« Gemeinsam gingen sie in die Küche. »Setz dich«, sagte Albrecht.

Edgar blieb stehen. Er ging auf die Fotografie zu. »Ich weiß mir einfach keinen Rat mehr«, raunte er der seltsamen Versammlung auf dem Foto zu.

Albrecht setzte sich an den Tisch und sagte: »Vielleicht weiß ich ja Rat. Komm, setz dich mal zu dem alten Mann und erzähl.«

Edgar rührte sich nicht. »Die Ergebnisse der Untersuchung vom Fasshauer liegen vor.« Er fixierte die Versammlung auf dem Foto, nur um nicht sehen zu müssen, wie Albrecht im nächsten Augenblick reagieren würde. Dann fuhr er fort: »Die ganze Sache war umsonst. Alles war umsonst. Das gleiche Ergebnis wie bei seiner Frau. Ich fürchte, dass ich mich verrannt habe.« Er drehte sich zu Albrecht um und stutzte, weil der ihn väterlich anlächelte und mit der flachen Hand auf den freien Platz auf der Eckbank klopfte.

Edgar setzte sich und vergrub das Gesicht in die Hände. »Was haben wir dem armen Kerl nur angetan?«

»Du meinst den alten Fasshauer? Mach dir nicht so viele Gedanken. Was wir ihm angetan haben, ist ein Klacks im Vergleich zu dem, was ihm das Leben lang an der Seele genagt hat.«

»Aber es war so unnötig. Und zudem hat es uns keinen Schritt weiter gebracht.«

»Nun, das sehe ich anders. Immerhin wissen wir nun, dass es ein Gift im Wasser gibt, das zumindest für Menschen mit angeschlagener Gesundheit gefährlich ist. Und vielleicht auch für den Rest.«

Edgar sah Albrecht an. Dann zog er das Notizbuch heraus. Mit einer beherzten Geste strich er die Zeilen durch, auf denen er die vermeintlichen Zusammenhänge der Gesellschaft auf der Fotografie dokumentiert hatte. Möller, Kuhfuß, Luschek, Fasshauer – der Stift fuhr über diese Namen wie ein Messer durch weiche Butter. »Aber wie machen wir jetzt weiter?«

»Das liegt doch auf der Hand. Wir übergeben die Ergebnisse der Wasserproben und das Obduktionsergebnis den Behörden.«

»Und dann?«

»Dann wird das seinen Weg gehen.«

Wenn er mir einen Gefallen tun will, dann sollte er solche Dinge nicht sagen, dachte Edgar. *Seinen Weg gehen.* Nichts ging hier *einfach nur seinen Weg*. Noch nie hatte er so wenig an einen guten Ausgang geglaubt wie in diesem Moment.

»Soll ich uns einen Kaffee machen?«, fragte Albrecht.

Ein dunkles schwarzes Loch, das war es, was Edgar sich mehr wünschte als einen Kaffee, dennoch brachte er ein Nicken zustande. Mit den Mittelfingern bearbeitete er die Schläfen. Ein Gedanke flitzte in seinem Hirn auf und ab und ließ sich verflixt noch einmal nicht einfangen. Wie der Ball in einem Flipper prallte er mal hier, mal dort an der Schädeldecke ab, nahm neuen Schwung und setzte seinen Weg durch Edgars Hirn fort. Es war wie verhext. Er schloss die Augen, doch seine Pupillen folgten fahrig der Flugbahn der Flipperkugel. Ihm wurde schwindlig, und er machte die Augen wieder auf. »Vielleicht lieber einen Schnaps«, hörte er sich sagen.

Albrecht hatte den zerbeulten Kessel bereits gefüllt. »Ich mach trotzdem mal Wasser heiß. Womöglich überlegst du es dir noch anders.« Er zog die Klappe des Küchenofens auf und warf ein Holzscheit nach.

Edgar konnte nur mit Mühe an sich halten, das schwarze Notizbuch nicht hinterher zu werfen. Und ach, wo er sich schon einmal so klein mit Hut fühlte, konnte er ja auch mit in den Ofen springen.

»Hier, das vertreibt trübe Gedanken«, holte Albrecht ihn zurück in die Realität.

Vor Edgar stand eine Flasche Obstbrand und ein großes Wasserglas. Er musste grinsen. Wenigstens einer, der ihn verstand.

Albrecht hatte sich ein Glas mit Wasser aus dem Hahn gefüllt und wollte gerade ansetzen, als er innehielt, die Augen zusammenkniff und den Inhalt mit einem Schwapp in den Ausguss kippte. »Ist vielleicht nicht so eine gute Idee, nach all dem, was wir über unser Brunnenwasser wissen.«

Edgar deutete auf das Fläschchen mit der Salbeitinktur, das unbeachtet auf der Anrichte stehen geblieben war. »Und das Zeug kannst du gleich hinterherkippen. Hast es nicht in den Kühlschrank gestellt, wie ich dir gesagt habe, oder?«

»Hab ich ganz drauf vergessen. Keine Probleme in den letzten Tagen«, er bleckte die Zähne. »Hab es nicht gebraucht.«

»Auch wenn es nur Salbeiaufguss ist, solltest du es sicherheitshalber wegtun. Kannst dir ja jederzeit frischen machen, falls du welchen brauchst.«

»Das stimmt«, antwortete Albrecht. Er entkorkte das Fläschchen und ließ den Inhalt langsam in den Abfluss rinnen.

Ein bitterer Geruch stieg Edgar in die Nase. In diesem Augenblick entschied die Flipperkugel in seinem Hirn, dass es an der Zeit sei, zur Ruhe zu kommen. Als ob sie aus dem Kopf in den Hals gefallen wäre, stockte ihm für einen Moment der Atem, dann schluckte er sie herunter, holte tief Luft und setzte zum Sprung an. Mit einem Satz, der Albrecht vor Schreck zur Seite hüpfen ließ, stand Edgar auf den Beinen und riss ihm das Fläschchen aus der Hand, bevor der letzte Tropfen auf Nimmerwiedersehen verschwunden war.

»Sag mal, hast du einen Dachschaden?« Albrecht hielt sich die Hand vor das pochende Herz und sah Edgar erschrocken an.

Der hielt die Flasche in Händen, als würde es sich um eine scharfe Handgranate handeln, dann drückte er sorgfältig den Korken wieder auf den Hals und stellte sie vorsichtig auf dem Küchentisch ab.

Albrecht verfolgte das Schauspiel mit offenem Mund.

»Was hast du gesagt, wo du die Flasche herhast?«

»Vom Fasshauer.«

»Und wo hatte der sie her?«

»Keine Ahnung. Wo wird der sie herhaben? Selber angesetzt wohl kaum. Vermutlich von der Gemeindeschwester.« Albrecht trat einen Schritt zur Seite. Der irre Blick, mit dem Edgar ihn fixierte, war ihm alles andere als geheuer.

»Von Irina Platzek?«

Albrecht nickte.

»Ich elender Idiot, ich.« Edgar haute sich mit der flachen Hand an die Stirn, dass es laut klatschte. »Wie konnte ich das übersehen?«

Albrecht verstand nur Bahnhof. Er zog einen Stuhl ran und setzte sich neugierig auf den nächsten Akt dieses Schauspiels.

»Mensch, Albrecht. Die Platzek. Erinnerst du dich, beim Luschek unterm Dach? Da stand doch auch so ein Fläschchen!«

Albrecht runzelte die Stirn.

»Und wenn mich nicht alles täuscht, hätten wir das gleiche Fläschchen auch beim Möller und beim Kuhfuß gefunden, wenn wir nur danach gesucht hätten. Wir müssen den Inhalt sofort untersuchen lassen!« Edgar schnappte sich das Fläschchen und war schon halb zur Tür hinaus, als er kehrt machte, auf Albrecht zulief, ihn am Kragen packte und ihm einen knallenden Kuss auf die Stirn gab.

Jetzt ist er wirklich durchgedreht, dachte Albrecht, doch es kam noch schlimmer: Edgar drückte ihn so fest, dass ihm fast der Atem stockte. »Mann, bin ich froh, dass du das Zeug nicht benutzt hast!« Edgars Stimme klang dumpf durch die feste Umarmung. Dann raste der Arzt wie von einer Tarantel gestochen aus dem Haus.

Hätte man ihn später gefragt, was in der folgenden halben Stunde geschah, Edgar hätte es kaum erklären können. Er handelte wie in Trance, er erinnerte sich noch nicht einmal mehr, was er zu Albrecht sagte. Er ließ den verdutzten Kerl einfach stehen und rannte zum Nachbarhaus, in dem Lukas und sein Vater ihre Männerwirtschaft betrieben. Der alte Söder öffnete die Haustür mit einer Flasche Bier in der Hand. Edgar fielen das gesprenkelte Doppelrippunterhemd und der Bierbauch auf, rechts und links eingerahmt von labbrigen Hosenträgern. »Ist der Lukas da? Ich hätte eine Bitte.«

»Lukas! Für dich!«, brüllte der alte Söder in den Flur, dann wandte er sich vertraulich an Edgar. »Hä donnert sich grad uff. Für de Weiber. Ich glaub, hä will noch uff Rolle. Wolln Se solange rinn kommen?«

Edgar lehnte dankend ab. Ob Lukas wirklich eine weitere Eroberung würde sausen lassen? Kaum war dieser Zweifel aufgetaucht, stand Lukas auch schon in der Tür. Das blonde Haar ordentlich mit Pomade eingeschmiert und die Locke scheinbar zufällig auf der Stirn drapiert. Dazu eine Wolke Aftershave, die jede noch so feine Damennase betäubte und todsicher Reste von Kuhstallgeruch übertünchte.

Edgar erkannte die Jeans aus Gutmunds Paket. »Kannst du für mich einen Weg nach Kassel erledigen? Ich habe hier etwas, was dringend in die Pathologie muss.«

Lukas sah sich um. Sein Vater war grummelnd im Wohnzimmer verschwunden und hatte das Fernsehgerät lauter gedreht. »Ihr hobt doch nit schon widder ...?«

»Nein, nein, um Gottes willen«, beeilte Edgar sich, den Verdacht zu entkräften. »In der Flasche ist eine Substanz, die untersucht werden muss. Und es gibt nur einen, dem wir trauen können, und der sitzt in Kassel in der Pathologie.«

»Um die Uhrzitt? Annem Freitag?«

Ein berechtigter Einwand. Vermutlich läutete auch Erwin Bohmke das wohlverdiente Wochenende schon vor dem Fernsehgerät oder in einer Kneipe beim Jägerschnitzel ein. Dennoch, es war der einzig richtige Weg. »Falls er nicht da ist, gib es zu Händen von Doktor Bohmke dort ab. Aber auch nur zu seinen Händen! Wenn ich ihn erreicht und ihm erklärt habe, um was es sich handelt, wird er selber entscheiden, was er tun wird.«

»Um was handelt sich's dann?«

Edgar zögerte.

»Nu, passe ma uff: Wenn ich mir dos Rothaarige uss Epterode durch de Lappen gehen lossen soll, dann musste mir schon sprechen, warum.«

»Ich bin mir nicht sicher. Ich habe den Verdacht, dass sich in dieser Flasche die Lösung aller Fragen befindet«, sagte Edgar. Dann ging ihm die Doppeldeutigkeit seiner Worte auf, und er biss sich auf die Lippe.

»Aha«, sagte Lukas. »*De Lösung aller Fragen.*« Er schnalzte mit der Zunge. »Do kann dos Rothaarige natürlich nit mithalten. Wie wär denn das eigentlich, wennste dir endlich mal 'n eigenes Fahrzeug zulegen tätst. Dass wär doch mal 'ne Maßnahme, oder?«

»Jaja, aber heute brauche ich eben noch *einmal* deine Hilfe.« Edgars Blick fiel erneut auf die Jeans. Hoffentlich hatte Gutmund noch ein paar Kostbarkeiten aus den Staaten mitgebracht und war bereit, diese für einen guten Zweck zu stiften.

Lukas schnappte sich den Autoschlüssel, nahm das Glasfläschchen, das Edgar ihm wie ein rohes Ei übergab. Dann gingen die beiden gemeinsam nach draußen bis zur Scheune. Lukas schob die schwere Scheunentür auf, bis ihn sein strahlend roter Liebling blitzend anlächelte.

Albrecht trat gerade mit Blume für den letzten Abendgang vor die Tür, als zuerst der Wagen von Lukas mit angezogener Handbremse um die Ecke schlidderte und dann Edgar Brix fahrig winkend an ihm vorbeihetzte.

»Was den wohl gebissen hat?«, sagte er zu der Hündin, die neben ihm auf dem Treppenabsatz saß, »Wenn da mal kein Unheil lauert.« Dann zog er von außen die Tür zu und ging mit einem dumpfen Gefühl im Magen hinter Blume die Treppe runter.

SAMSTAG, DER 7. NOVEMBER

»Hören Sie, es ist mir egal, ob der Herr Frank sein verdientes Wochenende am Edersee oder in Timbuktu verbringt. Sie müssen dringend dafür sorgen, dass er sich bei mir meldet. Ich bin am Nachmittag wieder zu erreichen.« Edgar vernahm ein unverständliches Grummeln am anderen Ende der Leitung. »Nein, es handelt sich nicht direkt um einen Notfall, aber Herr Frank ist mit dem Fall vertraut. Und er hat darauf bestanden, benachrichtigt zu werden, wenn es Neuigkeiten gibt. Herrgott, Sie können ihm doch wenigstens ausrichten, dass er sich bei mir melden soll, oder ist das wirklich zu viel verlangt?« Edgar hörte unverständliches Nuscheln. Am liebsten hätte er in den Hörer gebissen. »Ich notiere mir jetzt Ihren Namen, und wenn Sie nicht unverzüglich Ihren Hintern bewegen, dann wird das ernste Konsequenzen für Sie haben.« Etwas, das klang wie »Arschlecken«, drang an Edgars Ohr, dann kappte der Mann in der Leitstelle die Verbindung.

Edgar sah Albrecht verzweifelt an. »Also von denen haben wir wohl keine Unterstützung zu erwarten.«

Albrecht zuckte die Achseln. »Hätte ich dir auch gleich sagen können.«

Selbst wenn er es ihm vorher gesagt hätte, Edgars Vorsatz stand fest. Wenigstens informieren wollte er den

Kommissar, damit es nicht wieder hieß, er würde ihn über die Vorgänge in Unkenntnis lassen und auf eigene Faust handeln. Dass das eine lahme Ausrede war, war Edgar klar, denn in Wahrheit hatte er genau das natürlich längst getan. Aber das musste man dem Kommissar ja nicht auf die Nase binden.

Am Abend noch war Edgar guter Hoffnung gewesen, dass die Proben noch am selben Wochenende untersucht werden könnten, als Bohmke nach wenigen Freizeichen ans Telefon ging. Doch was er dann zu hören bekam, bremste seinen Tatendrang in einer Sekunde von 100 auf null:

Wie er sich das denn vorstellte? Am Wochenende eine Analyse der Flüssigkeit zu erhalten! Das sei so gut wie unmöglich. Nein, vielmehr sei es eigentlich gar nicht zu bewerkstelligen. Lukas' Vermutung, dass auch der Pathologe am Freitagabend längst die Knochensäge zur Seite gelegt hatte, war ein Volltreffer. Natürlich war Erwin Bohmke bereits im Wochenende, das er, wie Edgar kurz darauf am Telefon erfuhr, auf dem Sofa mit einer Flasche Bier und einer Folge »Hafenpolizei« einzuläuten gedachte.

Edgar gab nicht auf. In den schillerndsten Farben schilderte er, wie er Albrecht quasi im letzten Moment davor hatte bewahren können, die Flüssigkeit zu sich zu nehmen, von der er annahm, dass sie geeignet sei, einen erwachsenen Mann aus den Schuhen zu hauen.

Das wirkte. Nach einer längeren Pause knirschte Erwin Bohmke: »Ich kümmere mich morgen früh höchstpersönlich darum.«

Kaum waren diese Worte ausgesprochen, fiel ein Tonnengewicht von Edgars Schultern. »Danke«, hauchte er in den Hörer, dann legte er auf, setzte sich in die Küche und lauschte: Die irre Flipperkugel im Kopf war still, und sein Magen verriet ihm, dass er den richtigen Riecher gehabt hatte. Das erste Mal seit Tagen grollte der nämlich nicht, als wohne dort ein Grizzly.

In Anbetracht der Ereignisse vom Abend diente Edgars Anruf bei der Leitstelle lediglich der Beruhigung seines schlechten Gewissens. Die Fakten waren längst geschaffen, und Edgar wähnte sich im Recht: Lieber ginge er ins Gefängnis, als die Flasche mit der ominösen Salbeitinktur in die Hände irgendeines gelangweilten Kriminaltechnikers zu geben, der in Gedanken bereits mit seiner Liebsten durch den Harz radelte. Obendrein glaubte er zu wissen, welche Priorität man den Neuigkeiten von jenseits des Kaufunger Waldes bei der Kasseler Kripo beimaß. Wie hatte es Herr Frank ausgedrückt? *»Denken Sie nicht, dass unsereins vielleicht etwas Wichtigeres zu tun haben könnte, als hier draußen Räuber und Gendarm zu spielen?«* Wenn das so aussah, dann durfte er sich nicht beschweren, dass Edgar einmal mehr auf eigene Faust die notwendigen Schritte eingeleitet hatte.

Soweit die Ereignisse vom Vortag. Nun saß Albrecht seit den frühen Morgenstunden in Edgars Küche und trank bereits die dritte Tasse Bohnenkaffee. Er sah aus, als habe auch er in der Nacht kein Auge zugetan. Vermutlich war ihm aufgegangen, was Edgars übertrieben theatralischer Abgang in Wirklichkeit bedeutet hatte. Nämlich, dass ihn der Inhalt des Fläschchens in ein angenehm kühles Erdloch auf dem Wickenröder Friedhof hätte bringen können. Mit dicken Tränensäcken und trübem Blick in den vom Koffein flatternden Pupillen saß er am Tisch. Er zog sich mehrmals fahrig die Kappe vom Kopf, kratzte den lichten Haaransatz und setzte die Kappe wieder auf. »Mann, Mann, Mann. Stell dir nur mal vor, ich hätt das Zeug benutzt.«

»Beruhig dich. Noch haben wir keine Ergebnisse.«

Kurz nach zehn Uhr kam der Anruf, mit dem aus einem Verdacht schreckliche Gewissheit wurde: Die Salbeitinktur war mit Nitrotoluol versetzt. Nicht so viel, um einen Bären umzuhauen, aber genug, um bei regelmäßiger Anwendung erheblichen Schaden zu verursachen.

»Das erklärt die Leberschädigungen«, sagte Erwin Bohmke in das Telefon. »Wennste mich fragen tust, wollte da jemand auf ganz elegante Weise nachhelfen. Und ich honn immer geglaubt, uff'm Dorfe gibbets so wos nit.« Empörung ließ seine Stimme zittern.

Diese Fakten lagen also auf dem Tisch. Albrecht hatte mittlerweile den fünften Kaffee getrunken und sah aus, als sei er dem Herzinfarkt nahe. Blume lag friedlich schnarchend zu seinen Füßen und bekam von alledem wie immer nichts mit.

Der Anruf bei der Leitstelle hatte ihnen die Gewissheit verschafft, dass von dieser Seite keine Unterstützung zu erwarten war. Nun saßen die beiden stumm am Tisch und sortierten ihre Gedanken.

Albrecht fand endlich seine Sprache wieder. »Also hätte mich das Zeug nicht umbringen können?«

»Zumindest hättest du die Flasche auf Ex leeren müssen – und selbst dann kaum. Als Mundspülung muss es schon eine ganze Weile benutzen werden, bevor das Gift über die Schleimhäute im Körper eine Wirkung verursacht. Und noch einmal: Die Toten sind ja alle nicht an Leberversagen gestorben. Die hatten ja noch nicht mal Anzeichen von Gelbsucht. Entweder hat da jemand schlicht gestümpert und das Gift unterdosiert, oder es ist aus Versehen in den Fläschchen gelandet.«

»Aus *Versehen*?«

»Stimmt, das ist schon sehr unwahrscheinlich. Nicht in dieser Konzentration.« Edgar kaute auf der Unterlippe herum. »Weißt du«, er zögerte, »das kommt mir vor wie ein *roter Hering*.«

Albrecht stutzte, dann hob er Edgars Kaffeetasse an die Nase und roch daran. »Ein *was*?«

»Red Herring. So sagt man das in Englisch. Ein Ablenkungsmanöver ist – so glaube ich – die Übersetzung.«

»Ein roter Hering«, sinnierte Albrecht. »Was es nicht alles gibt. Ich finde, es wirkt eher wie ein Wink mit dem Zaunpfahl.«

»Du meinst einen *ordentlichen Hieb* mit dem Zaunpfahl!«

»Ach, ich weiß es doch auch nicht.«

Erneut kehrte nachdenkliches Schweigen in die kleine Küche zurück.

»Glaubst du, wir sollten die Polizei in Großalmerode einschalten?«, fragte Edgar schließlich.

»Erinnerst du dich an die freundlichen Beamten, die den Pfarrer beschatten sollten? Und auch daran, wie das ausging?«

Edgar erinnerte sich. Vor den Augen der Polizeibeamten war der alte Pfarrer aus dem Pfarrhaus verschwunden. Nein, Albrecht lag richtig. Auf diese Hilfe konnte man getrost verzichten. Er nahm das schwarze Notizbüchlein zur Hand und betrachtete seine Aufzeichnungen. Dann notierte er die Worte Salbeitinktur und roter Hering darunter. »Wen verdächtigen wir eigentlich?«

»Ich weiß nicht, wen du verdächtigst, aber ich für meinen Teil würde Irina Platzek zu gerne mal ein paar Fragen stellen.«

»Bist du sicher, dass der alte Fasshauer die Tinktur von ihr hatte?«

»Von wem sonst? Er hat gesagt, er hätte gerade ein frisches Fläschchen bekommen. Von wem, wenn nicht von der Platzek?«

»Stimmt. Traust du ihr so etwas wirklich zu?«

»Ach weißt du, seit diesem Sommer traue ich fast jedem alles zu. Und du hast doch schon selbst gesagt, dass es komisch ist, dass ihr ein Schützling nach dem anderen unter den Händen wegstirbt und sie bei keinem zumindest vorsorglich deinen ärztlichen Rat eingeholt hat.«

Das hatte Edgar gesagt. Er erinnerte sich. Und er erinnerte sich an den Besuch des Bürgermeisters. Irina Platzek hatte einen mächtigen Verbündeten an ihrer Seite. Wieder und wieder zog Edgar mit dem Bleistift eine Linie von den Namen Wendelin Koch, Irina Platzek zu Gero Wolff. Der Zusammenhang zwischen diesen dreien war unbestreitbar, wenngleich so undurchsichtig wie eine Nebelbank. Das Grübeln brachte Edgar nicht weiter. Er schaute Albrecht an. »Was denkst du? Statten wir Irina Platzek einen Besuch ab?«

Albrecht zögerte keinen Augenblick. Unerwartet elastisch sprang er vom Küchentisch auf. Was doch fünf Tassen Kaffee bewirken konnten. »Wir sind hoffentlich bis Mittag wieder zu Hause, oder? Fiona kommt vorbei.« Er wartete Edgars Antwort gar nicht erst ab. »Ich hol den Lukas, der kann uns fahren. Und bei der Gelegenheit bring ich die Blume nach Hause und geh noch mal auf den Pott.«

Amüsiert verfolgte Edgar Albrechts fahrigen Aufbruch. Für Situationen wie diese musste er sich dringend einen Vorrat an Muckefuck zulegen. Oder starke Beruhigungsmittel.

*

Fiona war viel zu früh dran. Doch das komplizierte Rezept, das sie von Annegret Fromm erhalten hatte, benötigte Vorbereitungszeit. Der Auflauf sollte mindestens eine Stunde im Ofen schmurgeln, und Fräulein Fromm hatte ihr dringend davon abgeraten, das bereits zu Hause zu erledigen – wegen der Saftigkeit. Da Fiona zwar keine Ahnung vom Kochen hatte, aber lernbereit war, nahm sie in Kauf, damit eine weitere Stunde bei ihrem Vater in der Küche sitzen zu müssen und sich eine väterlich wohlgemeinte Ausgabe der üblichen Predigt über Falsch und Richtig anzuhören, bei der sich der alte Herr besser selber einmal zuhören sollte. Aber was tut man nicht alles, um einen jungen Arzt zu beeindrucken, dachte Fiona, und der Gedanke überraschte sie.

Als sie den Weidenkorb, der kaum durch die Tür ihres Fiats passte, in Richtung Haus wuchtete, vernahm sie das jämmerliche Heulen von Blume. War ihr Vater womöglich gar nicht daheim? Das kleine Schild an der Tür gab auch keinen Hinweis. Das Holzstäbchen, das zur Markierung seines Aufenthaltsortes gedacht war, baumelte unbenutzt an dem Faden neben dem Salzteigschild herunter. Wie zu erwarten, war nicht abgeschlossen, und Fiona betrat den Flur. Blume scharwenzelte ihr freudig entgegen, die Hundenase wie magisch von dem duftenden Korb angezogen. »Na, hat der blöde Papa dich allein gelassen?« Sie stellte den Korb auf dem Küchentisch ab und widmete sich der Hündin. »Ich bin ja jetzt da«, gurrte sie. Blume zog grunzend in ihre Ecke ab, und Fiona breitete die mitgebrachten Köstlichkeiten auf dem Tisch aus. Daneben legte sie den Zettel, auf dem Fräulein Fromm akribisch notiert hatte, wie mit den Lebensmitteln – von einigen kannte Fiona noch nicht einmal den Namen – zu verfahren sei. Sie stand ganz vertieft über das Rezept gebeugt, als jemand die Eingangstreppe mit schweren Schritten hochkam.

»Aha, jetzt kommt er«, sagte Fiona zu Blume, die sich sogleich auf den Weg zur Haustür machte. Fiona dachte nicht daran, ihrem Vater mehr Aufmerksamkeit als unbedingt notwendig zu schenken. Überdies nahm sie die scheinbar unlösbare Aufgabe auf dem Rezeptzettel voll und ganz in Anspruch und sie blieb, den Rücken zur Tür, konzentriert am Tisch stehen.

Die Haustür wurde geöffnet. Anders als erwartet, blieb das übertrieben fröhliche Quietschen von Blume aus. Dumpfes Knurren erfüllte das Treppenhaus. Fiona sah kurz auf, doch kaum hatte sie den Kopf gehoben, war es auch schon wieder still im Flur. Von hinten kamen Schritte näher.

»Nicht wundern, Papa, ich bin heute früher dran«, flötete sie, ohne sich umzudrehen.

*

Helsa wuselte am Samstagvormittag. Wenn das Wochenende vor der Tür stand, tätigten die Bewohner der Dörfchen die notwendigen Besorgungen in den größeren Nachbargemeinden. Dann vergaß man die üblichen Rivalitäten unter den Dörfern und bummelte gerne mal vor den Auslagen. Blieb vor den Schaufenstern stehen und träumte von einem Paar Schuhe oder einer Kettensäge – je nachdem.

Lukas' roter Opel blinkte wie ein Kirmeskarussell, während er die Hauptstraße entlangfuhr. Doch Edgar hätte geschworen, dass selbst hier an diesem belebten Ort weniger Menschen davon Notiz nahmen, als wenn er in Wickenrode einmal nieste.

Lukas parkte den Wagen an der Hauptstraße in der Nähe ihres Zieles. Mal wieder hatte es keinerlei Überredung bedurft, obwohl er sich natürlich einen Kommentar nicht hatte verkneifen können, was die Notwendigkeit ärztlicher Mobilität anging. Albrecht und Edgar waren schneller eingeladen als eine Kiste Bier, und in Windeseile waren die drei Kilometer bis Helsa zurückgelegt. Nun standen sie zu dritt vor der Eingangstür eines unscheinbaren Mehrfamilienhauses. Edgar drückte den Klingelknopf neben dem Namensschild »Platzek«. Nichts tat sich. Er klingelte erneut, doch auch dieses Mal folgte keine Reaktion. Die Männer sahen sich der Reihe nach an, als die Haustür geöffnet wurde. Ein Halbstarker drückte sich gerade mal ein vernuscheltes »Tag« durch die Zähne, dann war er schon verschwunden. Lukas hielt die Tür kurz vor dem Zufallen auf und machte eine Kopfbewegung in Richtung Treppenhaus. Durch eine Mischung aus Essensdunst und Bohnerwachs gingen sie zwei Etagen nach oben. Ein trauriger Gummibaum stand in einer Ecke und ließ die Blätter hängen. Dann standen sie vor der Tür mit dem Namensschild »Platzek«. Albrecht trat nervös von einem Fuß auf den anderen, während Lukas ein kleines Ledermäppchen zückte, in dem einige glänzende Werkzeuge zum Vorschein kamen. Mit flinken Fingern und einem hakenartigen dicken Draht bearbeitete er das Türschloss. Edgar schwante, woher Fiona wusste, wie man Schubladenschlösser knackte. Nun, über dieses Thema würde noch ausgiebig zu reden sein. Klick! Die Wohnungstür sprang auf, und vor allem Albrecht wirkte erheblich entspannter, als sie das offene Treppenhaus verlassen konnten, nachdem sie sich versichert hatten, dass Irina Platzek nicht daheim war.

»Du stehst unten Schmiere. Wenn sie kommt, lass sie auf *keinen* Fall nach oben«, wies Edgar Lukas an, der sich mit finsterer Gangstermine trollte.

Albrecht warf einen kurzen Blick in die drei Türen, die von dem kleinen Flur abgingen. »Wie in einem Hasenstall. Die Fiona wohnt auch so. Furchtbar.«

Edgar ließ ihn mit seinen Gedanken alleine und betrachtete ausgiebig die Einrichtung. Er hatte keine Ahnung, wonach er Ausschau hielt, aber er war sich sicher, dass er erkannte, wenn etwas von Bedeutung war.

Im Schlafzimmer lag eine Tagesdecke glatt wie ein zugefrorener See über dem Bett. Vor dem Kleiderschrank hing ein ordentlich gebürstetes schwarzes Kleid.

Edgar zog sich zurück und warf einen Blick in die winzige Küche. Für eine Frau wie Irina Platzek gerade genug Platz, um sich im Seitwärtsgang zu bewegen, aber alles tadellos gereinigt und aufgeräumt. Auch das Wohnzimmer sah so aus, als sei es erst vor Kurzem vom allerletzten Stäubchen befreit worden. »Schmucklos« war das Wort, das Edgar einfiel, während er die kahlen Wände und die wenigen Gegenstände betrachtete, die, ganz untypisch für die Wohnung einer Frau, äußerst sparsam drapiert waren. In einem Regal standen ein paar Bücher in Reih und Glied. *Parzival*, las Edgar auf den Buchrücken und: *Die göttliche Komödie*. Seltsame Lektüre für eine Gemeindeschwester, dachte er. Eine abgegriffene Bibel auf der Anrichte rückte das schiefe Bild wieder gerade. Edgar zog den Parzival heraus und öffnete ihn an der Stelle, wo das Lesebändchen eingeklemmt war.

Wenn das Herz mit Zweifeln lebt,
so wird es höllisch für die Seele.
Hässlich ist es und ist schön,
wo der Sinn des Manns von Kraft
gemischt ist, farblich kontrastiert,
gescheckt wie eine Elster.
Und doch kann er gerettet werden,
denn er hat an beidem teil:
Am Himmel wie der Hölle.
Der Freund der Unbeständigkeit:
er ist völlig schwarz gefärbt
und gleicht auch ganz der Finsternis;
dagegen hält sich an das Lichte,
der innerlich beständig ist.

Edgar klappte das Buch schnell zu. So schnell holte ihn die Frage wieder ein, ob er nun zu den Beständigen oder den Wankelmütigen gehören wollte. Die Frage beantwortete sich von selber, immerhin machte er sich gerade eines Einbruchs schuldig. Wankelmütigkeit konnte man ihm im Moment wohl kaum unterstellen. *Gescheckt wie eine Elster.* Er überlegte, woran ihn das erinnerte, doch die Zeit war zu knapp, um tiefschürfende Überlegungen anzustellen. Er stellte das Buch zurück und guckte sich weiter um.

Neben der Bibel auf der Anrichte standen einige Fotografien. Irina und Regina Platzek als Kinder. Zwei fröhliche Mädchen. Eines mit blonden und eines mit dunklen Kringellocken, beide mit weißen Söckchen in labbrigen Sandalen. Daneben ein Familienfoto der Platzeks. Die Familie starrte steif in die Kamera, als wäre das Mittagessen verdorben gewesen und die Schuldfrage noch zu klären.

»Komm mal schnell«, rief Albrecht in einem Ton aus dem Bad, der nichts Gutes verhieß.

Edgar eilte zu ihm und hielt schlagartig die Luft an. Beißende Dämpfe schlugen ihm aus dem Bad entgegen. In der strahlend weißen Badewanne stand ein aufgeschraubter Kanister. Eine braune Flüssigkeit war überall darum herum verschüttet, als habe jemand in Hektik etwas daraus abgefüllt.

»Komm erst mal hier raus, bei dem Gestank wird einem ja ganz anders.« Edgar zog Albrecht am Hemdsärmel aus der gekachelten Nasszelle.

»Was bedeutet denn das?« Albrecht schaute drein, als habe ihm der Kaffee auf die Denkleistung geschlagen.

»Ich weiß es auch nicht, aber wir sollten davon eine Probe in Sicherheit bringen. Sozusagen als Beweis. Ich mach das. Guck du dich noch weiter um.«

Während Edgar in der Küche nach einem Behältnis suchte, um eine Probe aufzunehmen, hörte er Albrecht im Wohnzimmer rumoren.

Edgar wurde schnell fündig. In einer Schublade lagen ordentlich sortiert dieselben Fläschchen, in denen Albrecht die Salbeitinktur erhalten hatte und Spritzen von der Größe, wie man sie zum Absaugen von freier Flüssigkeit benutzte. Edgar weigerte sich beharrlich, die Vorstellung zuzulassen, wie diese Einzelteile ein Gesamtbild ergaben. Er nahm je eine Spritze und ein Fläschchen und begab sich mit angehaltenem Atem in das Badezimmer.

Kaum hatte er etwas von der ätzenden Flüssigkeit abgefüllt, hörte er Albrecht rufen: »Das ist ja wirklich spannend. Das musst du dir angucken.«

Albrecht kniete vor einem Schrank. Einige Dokumente lagen um ihn herum auf dem Fußboden verteilt. Edgar hockte sich neben ihn und bekam ein Papier in einer Hülle in die Hand gedrückt. »ADOPTIONSURKUNDE« konnte er darauf lesen. Er schlug die Urkunde auf. Offenbar war die kleine Irina Zilbermann 1945 von dem Ehepaar Platzek adoptiert worden. Die beiden Männer sahen sich eindringlich an, aber keiner vermochte zu formulieren, was ihm durch den Kopf ging.

Edgar beendet das Schweigen: »Los, pack alles wieder rein, wir sollten hier schleunigst verschwinden.«

Albrecht legte die Unterlagen, so ordentlich es die zitternden Finger zuließen, zurück und verschloss sorgsam die Kommode. »Hast du, was du wolltest?«, fragte er.

Edgar präsentierte eine Glasflasche mit rotbraunem Inhalt.

»Dann komm!« Mit knackenden Knien erhob sich Albrecht aus der Hocke und stolperte dann so schnell es ging Richtung Ausgang.

Edgar überprüfte noch einmal, ob die Tür auch ordnungsgemäß verschlossen war, dann verließen sie das Treppenhaus. An der Ecke gabelten sie den unauffällig herumlungernden Lukas auf.

»Un?«, raunte der verschwörerisch, als sie wieder in seinem Wagen saßen.

»Ich fürchte, wir haben den Beweis, dass sie versucht hat, die alten Männer zu vergiften.«

»*Versucht* hat?« echote Albrecht fassungslos.

»Immerhin sieht es so aus, als ob die Dosis, die sie verabreicht hat, nicht tödlich war. Und du hast die Flüssigkeit in dem Kanister gesehen: Da reichen wirklich wenige Tropfen, und es ist aus. Sie hat das so stark verdünnt, dass es zwar schädigend war, jedoch schlussendlich zumindest nicht unmittelbar zum Tod geführt hat.«

»Aber beschleunigt hat.« Albrecht gab so schnell nicht auf.

»Das ist möglich. Lässt sich nur schwerlich beweisen.«

»Ach du. Steck doch mal kurz den Mediziner weg. Wer einen Kanister mit einer tödlichen Flüssigkeit in seinem Bad aufbewahrt – was anderes als morden will denn so jemand, frage ich dich.«

Edgar sah ihn ratlos an. »Das ist in der Tat eine gute Frage, und ich bin gespannt auf die Antwort.«

*

Der durchdringende Lavendelduft in Fionas Nase hätte sie aufmerken lassen müssen, doch da war es bereits zu spät. Sie spürte kaltes Metall an ihrem Hals. Eine Spitze durchstach die oberste Hautschicht, ohne tiefer einzudringen. »Wenn Sie schreien, steche ich zu.«

Fiona zweifelte keine Sekunde an der Ernsthaftigkeit dieser Worte. Aus dem Augenwinkel konnte sie sehen, wie sich die Schäferhündin im Flur mit weit aufgerissenen Augen auf dem Boden wälzte. Schaum troff ihr aus dem Maul und bildete eine Lache auf den Dielen. Noch flatterte der Brustkorb der Hündin, dann brachen die flachen Atemzüge ab, schließlich lag die Hündin still. Keine Frage, die Situation war todernst.

Fiona machte sich stocksteif unter der Umklammerung der Frau, die ihr an Kraft und Körpergröße weit überlegen war. Von hinten lag ein Arm wie ein Schraubstock um Fionas Oberkörper, während die andere Hand die Spritze an ihren Hals drückte. »Sie werden sich jetzt schön langsam dort auf den Stuhl setzen.«

Fiona agierte wie eine Marionette und ließ sich auf den Küchenstuhl sinken. Im Flur lag der steife Körper von Blume, durch den Todeskampf wie zu einer Spirale verdreht. Fiona wurde schlecht. Alles drehte sich. Zu ihrer Überraschung war sie – entgegen dem, was man ihr über solche Situationen berichtet hatte – nicht im Mindesten in der Lage, irgendeinen klaren Gedanken zu fassen. Zusammenhanglose Fetzen von Bildern flatterten durch ihr Hirn und hinterließen ein Grundrauschen, durch das die Stimme der Frau seltsam fern klang, als sie sagte: »Ich werde Sie jetzt an den Stuhl fesseln, und dann warten wir.«

Fiona spürte ein Ruckeln und ein Ziehen und fand sich wenige Minuten später ordentlich verpackt und völlig bewegungsunfähig wieder. Die Bänder der Küchenvorhänge schnürten Fiona die Handgelenke ab – die Frau hatte das Erstbeste in Reichweite benutzt. Eine Geiselnahme war gar nicht eingeplant! Umso bedrohlicher wirkte die riesige Spritze, in der eine Flüssigkeit wie Bernstein schimmerte. Was auch immer das war, ein wenig davon hatte Blume innerhalb kürzester Zeit getötet.

»Worauf warten wir?«, flüsterte Fiona.

»Halten Sie den Mund«, herrschte Irina Platzek sie an. Sie spähte immer wieder durch die Fenster in den Hof.

»Warten Sie auf meinen Vater?« Fiona sah ein, dass still zu sein auch keine Alternative war.

Die Frau winkte ab.

Mit der Pranke hätte sie mich auch gleich totschlagen können, dachte Fiona. Sie schöpfte Hoffnung. Sie tötet nicht wahllos. Und: Sie hat nicht mit dir gerechnet. »Mein Vater kommt heute bestimmt sehr spät nach Hause«, hörte sie sich sagen.

Irina Platzek quittierte diesen hilflosen Versuch mit einem schiefen Grinsen. Mit einem Blick auf die umfangreichen Vorbereitungen auf dem Küchentisch stellte sie unmissverständlich fest: »Wir warten!«

»Frau Platzek – so heißen sie doch oder? Frau Platzek, ich weiß nicht, wofür Sie meinen Vater glauben bestrafen zu müssen, aber ich fürchte, Sie liegen furchtbar falsch.«

Wie ein dunkler Racheengel baute sich der massige Körper über Fiona auf. »Ich könnte wahllos jeden Einzelnen hier töten und ich würde vollkommen richtig liegen.«

Fiona spürte kalten Hass. Sie sah all ihre Hoffnung schwinden. Ihr Körper sackte, soweit es die Umklammerung der Schnüre zuließ, auf dem Stuhl zusammen. Ihr Mund war staubtrocken, aber jetzt um einen Schluck Wasser zu bitten, brachte sie nicht über sich. Die Frau nahm gegenüber Platz und starrte sie geistesabwesend an. Fiona zitterte. Eine Kälte kroch von den Füßen die Unterschenkel hinauf und von dort in den ganzen Körper. Ihr Magen spielte Karussell und sie fürchtete, sich übergeben zu müssen. Sie schauderte, als ihr bewusst wurde, dass es ihr gleichgültig geworden war, ob sie sich hier an Ort und Stelle übergab oder in die Hose pinkelte. Das alles zählte nicht mehr. Sie versuchte, die Sinne so gut es ging zur Ordnung zu rufen, doch von überall aus ihrem Körper bekam sie nur Befehlsverweigerung zur Antwort. Jetzt war ohnehin alles egal. »Kann ich einen Schluck Wasser haben?«, stammelte sie.

Ein kurzer Blick zum Wasserhahn, dann zu Fiona. »Wir warten!«

Eine schier endlose halbe Stunde verging auf diese Weise. Das Gemüsemesser, das in greifbarer Nähe auf dem Küchentisch lag, zog Fionas Augen magisch an. Sie dachte nicht darüber nach, was sie mit dem Messer anstellen würde, wenn sie es zu fassen bekäme, sie wusste nur, dass sie mittlerweile zu fast allem fähig war. Doch das Messer blieb unerreichbar, und mindestens genauso unerreichbar war die Frau am anderen Ende der Tischplatte. Das sah Fiona ein. Die schwarze Frau in der Lavendelwolke würde nicht weggehen wie ein böser Traum, sich nicht verabschieden mit einem freundlichen Lächeln und den Worten: »Tut mir leid, das war ein Irrtum, ich wollte ein Haus weiter eine Geisel nehmen.« Fiona schüttelte den Kopf, um die Ordnung darin wieder herzustellen. Drehte sie durch? Nein, in Anbetracht dieser Situation war das Chaos in ihrem Hirn noch überschaubar. Nicht abschweifen, Fiona, bleib konzentriert. Nur so hast du eine Chance, beschwor sie sich.

Der Blick der Frau verschwand im Nichts. Sie lauschte, dann ergriff Anspannung von ihr Besitz. Vom Fuß der Gasse näherte sich ein Motorengeräusch.

Irina Platzek schob die Gardinen zur Seite und sah, wie ein roter Wagen an der Einfahrt vorbeifuhr, dann knarzte die Handbremse. Der Arzt und der alte Schneider stiegen aus. So weit, so gut. Doch irgendetwas irritierte den alten

Mann. Er blieb wie angewurzelt stehen und lauschte, dann wechselte er ein paar Worte mit dem Arzt.

»Blume schlägt gar nicht an«, sagte Albrecht.

»Vielleicht ist Fiona mit ihr auf einem Spaziergang?« Edgar sah in Albrechts ungläubige Augen und verstand: Fiona und einen Spaziergang – eher ging ein Kamel durch ein Nadelöhr. Er schüttelte den Kopf und warf einen Blick in Fionas Fiat. Die Schlüssel steckten. Sie war nirgendwohin gegangen. Umso verwirrender war die seltsame Stille, die ihm in den Ohren dröhnte. Kein Gebell oder Fiepen, kein fröhliches Lachen. Hier stimmte etwas ganz und gar nicht.

Albrecht guckte wie einer seiner Stallhasen.

Edgar bedeutete ihm, am Treppenabsatz zu warten, dann ging er langsam die Stufen hinauf bis zur Haustür. Er presste ein Ohr daran und lauschte, doch er hörte nur das Rauschen des eigenen Blutes.

Ganz vorsichtig drückte er die Türklinke hinunter und öffnete die Tür einen Spalt, bis er einen Blick in den Flur erhaschen konnte. Die Tür wurde mit einem dumpfen Geräusch gestoppt. Sie war gegen den Körper von Blume gestoßen. Edgar gaffte in ihr offenes Maul, aus dem weißer Schaum troff. Ihre Augen starrten glanzlos zurück.

Im Reflex zog er die Tür wieder zu und eilte die Treppe herunter.

Albrecht sah ihn verwirrt an. »Was ist denn?«

Edgar zog ihn um die Hausecke, weit genug weg, damit er keine Dummheiten anstellen konnte. »Die Blume liegt tot im Flur. Wahrscheinlich vergiftet.«

Albrecht hielt sich die Hand vor den Mund. Dann wollte er nach vorne stürzen, aber Edgar hielt ihn mit aller Kraft zurück. »Das hat doch keinen Sinn, was willst du denn da drin ausrichten!«, schrie er ihn an.

»Lass mich sofort los. Fiona ist doch da drin. *Fiona! Fi! Bist du da drin?*«

Edgar klammerte sich verzweifelt an ihm fest, der alte Kerl entwickelte Bärenkräfte.

Von der anderen Straßenseite kam ihm Lukas zur Hilfe. »Was is dann lose?«

»Offensichtlich hat Irina Platzek Blume getötet und Fiona als Geisel genommen.«

»Wenn sie überhaupt noch lebt«, winselte Albrecht. »Lasst mich sofort los, ich will wissen, was da drin los ist!«

Mit Lukas' Hilfe gelang es Edgar endlich, Albrecht zu bändigen. Als der die Gegenwehr nicht unvermindert aufrechterhalten konnte, lockerte er den Griff. Dunkelrote Abdrücke blieben auf Albrechts Unterarmen sichtbar, doch das war jetzt egal. Er vergewisserte sich, dass Lukas ihn ordentlich im Griff hatte, dann ging er in gemessenem Abstand langsam um das Haus herum. Hinter den Fenstern rührte sich nichts. Ratlos kehrte er zu den beiden anderen zurück.

Lukas drückte es etwas weniger diplomatisch aus: »Ich geh da rinn und hau se um.«

Edgars Begeisterung hielt sich in Grenzen. »Da jetzt rein zu gehen, wäre die pure Unvernunft. Wir bringen Fiona nur unnötig in Gefahr.«

»Wenn sie überhaupt noch lebt! Vielleicht ist sie schon längst tot!« Albrecht schien dem Nervenzusammenbruch nahe. Edgar nahm alle Zuversicht zusammen. »Erst mal müssen wir davon ausgehen, dass sie es auf dich abgesehen hat. Warum also sollte sie Fiona töten, wenn sie ihr lebendig nützlicher ist?« Edgar war sich bewusst, dass er klang wie in einem schlechten Spielfilm, aber ihm fiel nichts Klügeres ein.

Albrecht sackte jammernd in den Armen von Lukas zusammen.

Edgar sah das traurig mit an und dachte, besser so, als dass er durchdreht und eine Dummheit begeht. Lukas wollte gerade den Griff lockern, doch Edgar warf ihm einen schnellen Blick zu. Nur nicht so voreilig, womöglich mobilisierte der alte Kerl noch ungeahnte Kräfte.

Edgar ging auf Abstand zum Haus und rief: »Frau Platzek – wenn Sie da drin sind – bitte – wir wollen nur ein Lebenszeichen von Fiona.«

Die Fenster blieben dunkel und stumm.

Albrecht hing zusammengesunken in Lukas' Armen und starrte wie betäubt vor sich hin. Edgar war auf sich allein gestellt. Was auch immer er jetzt tat, er würde es später vor Albrecht rechtfertigen müssen. Nur mit Mühe unterdrückte er den Impuls, in das Haus zu stürmen und dem Ganzen ein Ende zu setzen. Oder waren die beiden Frauen vielleicht gar nicht mehr da? Aber wohin hätte Irina Platzek Fiona verschleppen sollen? Nein, sie hatte es auf Albrecht abgesehen. Welchen Sinn ergab es da, das Haus zu verlassen? »Frau Platzek – Sie wollen doch gar nichts von Fiona Schneider. Ich stelle mich freiwillig im Austausch.«

Lukas sah ihn nervös an und flüsterte: »Dos konnste doch nit machen. Was soll ich denn dann tun, alleine hier draußen?«

Edgar beschwichtigte mit einer Geste. So weit waren sie ja noch lange nicht, denn jenseits der Gardinen blieb nach wie vor alles still.

Friedberg Söder trat an den Gartenzaun heran. »Wosn lose?«

»Gut, dass Sie kommen, Herr Söder. Wir brauchen hier dringend die Polizei. Aber keine Streife. Rufen Sie bitte bei der Leitstelle an und verlangen, dass Kommissar Frank unverzüglich hierher kommt. Ohne Blaulicht und großes Tamtam.«

Friedberg Söder nickte. Gemeinsam mit Matthias Frank hatte er einen ganzen Abend lang verzweifelt nach Albrecht Schneider gesucht – das war erst im Sommer gewesen – und er konnte sich noch gut an den schneidigen Kommissar erinnern. Wenn der Arzt den unbedingt dabei haben wollte, war die Lage fürwahr brenzlig. Er bezwang die Neugier nur mit Mühe, doch die Art und Weise, wie sein Sohn den verzweifelten Schneider Albrecht hielt, sprach Bände. Ein kurzer Blickkontakt mit Lukas verschaffte ihm Gewissheit, und er verschwand in seinem Haus, um zu tun, worum ihn der Arzt gebeten hatte.

»Für wie blöd hält der mich?«, kommentierte Irina Platzek abschätzig den Vorschlag von Edgar Brix.

Fiona wusste, dass diese Frage keine Antwort duldete, und schwieg. Sie dachte daran, wie es ihrem Vater erging. Gott sei Dank war er nicht allein dort draußen.

Irina Platzek saß wieder stocksteif am Tisch. Sie war kurz aufgesprungen, als die Haustür aufging, doch das stellte sich als falscher Alarm heraus. Wer auch immer versucht hatte, ins Haus zu kommen, wusste nun, was hier drin los war. Oder zumindest ahnten sie es. Woher, war ihr egal. Es ging nicht mehr darum, am heutigen Tag etwas *richtig* zu machen. Es ging nur noch darum, etwas *zu Ende* zu bringen. Und letztlich war es sogar gleichgültig, ob Albrecht Schneider starb oder seine Tochter. Sie sann ja nicht auf billige Rache. Es ging um etwas von größerer Bedeutung, und das musste mit Sorgfalt geschehen. So wie im Leben von Irina Platzek alles mit größter Sorgfalt geschah. Um ein Haar hätte ihr der Heißsporn von einem Arzt den ausgeklügelten Plan vermasselt. Alles zu seiner Zeit, das war Irina Platzeks Devise. Nicht umsonst hatte sie ganz in Ruhe beinahe 20 Jahre verstreichen lassen, hatte die Zeit reifen lassen, bis es soweit war. Heute würde es sich entscheiden. Heute ging ihr Plan auf oder erwies sich als Fehlschlag. Und Letzteres, davon war sie überzeugt, würde der Herrgott nicht dulden. Im Zwiegespräch hatte er sie wissen lassen, dass es *sein* Wille war, den sie in die Tat umsetzte.

»Ja«, hatte er gesagt, »du bist meine Auserwählte. Du wirst sie alle retten. Blind sind sie und taub, solange sie den Schlaf der Gerechten schlafen. Du wirst meine Stimme sein, die Wahrheit zu künden, denn wahrlich ich sage dir:

Du bist der Grabesluft entronnen, die dir Herz und Aug mit Gram umzogen. Hast die Hoffnung schwinden sehen, dass je Verzeihung ihrem Lose steuert. Führ sie zum Saphir, dem sanften Blau, dem wolkenlosen Bogen, der den Himmel bindet mit dem irdischen Revier. Sei meine Zunge, auf dass du mein Lied mit jenem Klang befeuerst. Sei ihnen auf Erden Vollstrecker und sei im Himmel Engel mir.«

Die Stimme des Herrn dröhnte in ihrem Körper wie der Schlegel in einer Glocke. Glaube war eine Angelegenheit der Sterblichen – in ihr wohnte die *Wahrheit*.

Fiona beobachtete jede Regung der Frau am anderen Ende des Tisches. Ihre Arme waren eingeschlafen, und die Schultern schmerzten, dennoch richtete sie alle Sinne auf ihr Gegenüber. Was ging wohl hinter dieser Maske vor, die kein Zucken, kein Zwinkern bewegte? Ganz gleichmäßig hob und senkte sich der ausladende Brustkorb der Frau, die Fiona abwesend anstarrte. Weder kühl noch berechnend ruhte ihr Blick auf Fiona. Beinahe mit mütterlicher Gelassenheit, wie eine Madonna in der Kirche von ihrem Sockel sah sie herab auf die Sterblichen, und das machte Fiona mehr Angst, als würde die Frau sie mit stechendem Blick durchbohren. Egal mit welchem Plan sie in das Haus ihres Vaters eingedrungen war, Fiona zu töten gehörte ursprünglich nicht dazu. Aber der Plan war längst hinfällig, und kein Tausch, den die da draußen anbieten konnten, würde diese Frau umstimmen. Sie schien zu jedem Opfer bereit.

Die Vermutung wurde zur Gewissheit, als Irina Platzek sagte: »Wir zwei können uns auf eine lange Nacht einstellen.«

»Die werden da nicht verschwinden«, gab Fiona zu bedenken.

»Damit rechne ich auch gar nicht.«

Die Äußerung blieb Fiona ein Rätsel. Was hatte sie nur vor? Von jenseits der Gardinen hörte sie Edgars Stimme: »Frau Platzek, bitte. Nur ein Lebenszeichen von Fräulein Schneider. Wir wollen nur wissen, dass sie lebt.«

Edgars Worte drangen Fiona bis in die letzte Faser. So aufrichtig besorgt, das konnte er unmöglich spielen. Das klang echt. Alle Männer, die sie liebten, standen dort draußen vor dem Fenster und wurden vermutlich wahnsinnig vor Sorge. Am liebsten wäre Fiona aufgesprungen und hätte laut gebrüllt, aber ein Blick auf Irina Platzek genügte, um ihr angewärmtes Herz auskühlen zu lassen.

»Gar keine so schlechte Idee«, murmelte Irina Platzek. »Das könnte uns Zeit verschaffen.«

Zeit – wofür, schoss es Fiona durch den Kopf. Was sollte das? Hier Zeit absitzen, bis *was* passierte? Sie konnte den Gedanken nicht länger verfolgen. Irina Platzek war aufgestanden und nestelte an Fionas Fesseln. Endlich. Sie schüttelte die Arme, als säßen dort 1000 Ameisen. Die Spitze der Nadel bohrte sich erneut in ihren Hals, dann wurde sie vom Stuhl gezerrt und in Richtung Fenster geschoben wie eine Marionette. Sie sah, wie Edgar tief ausatmete, als ihr Gesicht zwischen den Gardinen auftauchte. Sie versuchte, ihren Vater zu erspähen, doch der ließ sich nicht blicken. Fiona war enttäuscht. Sie sah, wie Edgar etwas zur Seite rief. Durch die Scheibe hörte sie dumpf die Worte: »Fiona lebt!« Ihr Vater war zumindest in der Nähe. Dann wurde sie mit einem Ruck wieder vom Fenster weggerissen.

Dass Lukas den alten Mann nur mit Mühe daran hindern konnte, das Haus zu stürmen, sah Fiona vom Fenster aus glücklicherweise nicht. Sie sah das erleichterte Gesicht von Edgar. Die Pein, die die Züge ihres Vaters verzerrte, blieb ihr erspart. Als Albrecht schließlich einsah, dass es keinen Ausweg aus Lukas' Schraubstockgriff gab, fing er an zu schluchzen wie ein Waschweib. Der Rotz lief ihm aus der Nase, und ein Jammern drang aus der Tiefe seiner Brust, das Edgar einen kalten Schauer nach dem nächsten den Rücken hinuntertrieb. Lukas sah ihn flehend an. Allzu lange konnte er den alten Mann nicht mehr in Schach halten. Doch schon wenige Minuten später schien der Widerstand zu schwinden. Wie ein Mehlsack glitt Albrecht aus Lukas' Armen und blieb kauernd und heulend auf dem Boden liegen.

Edgar kniete sich neben ihn und flüsterte ihm zu: »Sie hat Fiona nichts getan. Es geht ihr gut.«

Albrecht schlug die Augen nieder. Die Kappe war ihm heruntergerutscht, und die Jacke hing schief über der Schulter, doch das war ihm egal. Sein kleines Mädchen war alleine mit einer Wahnsinnigen. Und er saß keine zehn Meter entfernt zur Untätigkeit verdammt und plärrte wie ein Schuljunge. Er wischte mit dem Ärmel den Rotz aus dem Gesicht und setzte sich auf den Hosenboden.

Die Männer saßen oder knieten im Kreis und fixierten sich wie Kater, die überlegten, ob es zu kämpfen oder zu fliehen galt.

»Ich glaube, sie hat noch was Bestimmtes vor. Und dafür braucht sie Fiona lebendig«, raunte Edgar.

Lukas schüttelte den Kopf. »Die is doch von allen guten Geistern verlassen. Glaubste denn, die is noch so klar im Koppe, kinnen Mist zu machen?«

»Wenn wir jetzt etwas Unüberlegtes tun, gefährden wir Fiona mehr, als wenn wir Frau Platzek Zeit verschaffen. Sie ist ja keine eiskalte Mörderin. Sie hat einen Plan, und der ist schiefgelaufen. Jetzt muss sie nachdenken, und die Zeit geben wir ihr.«

Albrecht atmete ein, als sei seine Brust in Ketten gelegt. Leider hatte Edgar recht. Jetzt vorschnell zu handeln, würde Irina Platzek unter Zugzwang bringen. Und die Vorstellung, was sie dann mit Fiona anstellen konnte, stach ihm wie ein glühendes Messer ins Herz.

Mittlerweile war auch Friedberg Söder wieder an den Gartenzaun getreten. »Ich honn nur die Leitstelle erreicht. Aber hä hot mir versprochen, dasse den Herrn Kommissar unverzüglichst benachrichtigen.«

Edgar gönnte ihm einen dankbaren Blick. Die Vergangenheit war die Vergangenheit. Und jeder musste auf seine Weise Frieden schließen. Was Edgar anging, herrschte in Bezug auf Friedberg Söder zumindest Waffenstillstand.

Quälend langsam schleppte sich die Zeit dahin. Hin und wieder setzte einer von ihnen zum Reden an, blieb aber dann doch stumm. Sie schluckten die Worte herunter, um die Wahrheit nicht verdauen zu müssen. Vielsagende Blicke wechselten den Besitzer, und immer mal sprang einer auf, wenn die Spannung kaum noch zu ertragen war, um kurz darauf unter den kritischen Augen der anderen wieder zu Boden zu sinken. Am Ende war eine gute Stunde so vergangen. Dunkle Wolken zogen im Eiltempo über sie hinweg und sammelten sich am Berg. Die Dämmerung setzte früh ein um diese Jahreszeit und senkte sich quälend langsam wie Kaffeesatz über das Dorf. Kälte hüllte die drei Männer ein, während ihre Schatten mit der Dunkelheit verschmolzen.

Lukas merkte als Erster auf und tippte Edgar an. Das Geräusch war noch mindestens einen Kilometer weit entfernt, doch einen Sechszylinder hörte Lukas vermutlich selbst zwischen lärmenden Traktoren heraus. Das Brummen röhrte von der Anhöhe der Hauptstraße heran, dann verschwand es dumpf im Tal, bevor es sich durch die engen Gassen mäanderte und unüberhörbar auf sie zu hielt.

Edgar war fassungslos. Dieser Auftritt war unter den gegebenen Umständen alles andere als glücklich. Da hätten auch gleich mehrere Streifenwagen mit Martinshorn kommen können, es wäre nicht weniger ungeschickt gewesen.

Die Scheinwerfer blendeten die Männer im wilden Tanz über das Kopfsteinpflaster, und das Knattern echote durch die Gässchen. Es schwang sich ohrenbetäubend auf, kurz bevor das Auto endlich zum Stehen kam.

Der Einzige, dessen Gesichtsausdruck etwas anderes verriet als schiere Ungläubigkeit, war Lukas. Seine Augen glitten verliebt über den Mercedes, als die Handbremse angezogen wurde und die Tür auflog, als sei sie von innen gesprengt worden. Der Kommissar stieg aus und sah das Häuflein Elend, das die drei Männer abgaben, entnervt an.

Edgar kam der Verdacht, dass ihm schleunigst etwas Kluges einfallen musste, damit Frank nicht mindestens genauso zackig wieder verschwand, wie er aufgetaucht war. »Wir haben ein Problem«, hörte er sich sagen und biss sich auf die Zunge. Nicht besonders klug. »Eine Geiselnahme«, setzte er nach, und Albrecht quittierte die Worte mit einem Stöhnen, als sei ihm erst in diesem Augenblick klar geworden, wie viel Wahrheit darin steckte.

Matthias Frank musterte die Gruppe, als erwarte er, dass einer von ihnen aufspringen würde und »April, April!« rief. Aber die Männer gafften nur zurück. Albrecht saß zitternd auf dem Boden, und Lukas kniete neben ihm, als ob es seine Aufgabe sei, den alten Kerl am Umfallen zu hindern.

Edgar hatte seinen trotzigsten Blick aufgelegt, um jeden Anflug von Widerstand seitens des Kommissars im Keim zu ersticken.

Friedberg Söder von jenseits des Zaunes brach das erstarrte Schweigen: »Wolln Se jetzte Mullaffen feilhalten oder wolln Se was unternehmen?«

Der Kopf von Matthias Frank schnellte herum. Wie einen Geist sah er den alten Mann an, als er sagte: »Sie kenne ich doch auch.«

Friedberg Söder hob eine Augenbraue.

Frank ließ erneut den Blick über die Runde schweifen. »Was bitte heißt: *Geiselnahme*?«

Edgar stellte sich dicht neben ihn. Um Albrecht vor Details zu verschonen, setzte er den Kommissar flüsternd ins Bild. Irgendwo zwischen »Giftmischerin«, »Serienmord« und »toter Hund« entglitten Matthias Frank die Gesichtszüge zu einer verkniffenen Grimasse. Als Edgar mit den Worten: »Und seit ungefähr drei Stunden hat diese Frau Fiona Schneider jetzt in ihrer Gewalt« endete, starrte er ihn vollends entgeistert an.

»Wer ist das?«, fragte Irina Platzek, als das Geknatter immer lauter wurde und schließlich unüberhörbar vor dem Haus zum Stehen kam.

»Ich müsste bitte an das Fenster gehen, um etwas sehen zu können.«

Erstaunlicherweise wurden Fionas Fesseln kurzerhand gelöst und mit der Spritze am Hals wurde sie erneut wie ein Paket vor das Fenster geschoben. Fiona konnte so gut wie nichts erkennen. Die Männer hielten sich um die Ecke, im toten Winkel der Küchenfenster auf. Doch vor der Einfahrt lugte die Schnauze eines grauen Sportwagens hervor. Sie hatte eine vage Ahnung, wem der gehörte und log: »Ich kenne das Auto nicht. Vielleicht ein Tourist.«

Rüde wurde sie wieder auf den Stuhl gezerrt. »Ein Tourist? Wem wollen Sie denn das weismachen?«

Fiona seufzte. Es war ohnehin egal. Jede Minute, die verstrich, vergrößerte die Wahrscheinlichkeit, dass sie hier nicht mehr lebend herauskam. Diese Frau musste von unmenschlicher Willensstärke beseelt sein. In all den Stunden kein Zeichen von Müdigkeit oder Nervosität, kein Zeichen von Schwäche. Wie ein dunkler Racheengel hatte ihr Geist von der kleinen Küche Besitz ergriffen, und Fiona wurde das Atmen immer schwerer. »Bitte. Können wir den Hund zudecken?« Die aufgerissenen Augen von Blume glotzten sie durch die Küchentür an. Aus den Lefzen tropfte schon lange kein Schaum mehr.

Irina Platzek erhob sich, ging in den Flur und schob den Hund mit dem Fuß in die Ecke außerhalb Fionas Sichtweite. »Das muss reichen«, sagte sie angewidert, dann ging sie zum Fenster und spähte in den Innenhof. Die Konturen verschwammen in der Dämmerung. Noch eine halbe Stunde, vielleicht einige Minuten länger, und die Laternen tauchten die Gasse in gelbes Licht. Im Moment rührte sich da draußen kaum etwas. Wer auch immer mit dem Wagen vorgefahren war, fuhr nicht wieder weg. Trotzdem blieb alles ruhig.

Die Dunkelheit verbreitete eine gespenstische Stimmung in der Küche. Auf dem Tisch lagen die Kartoffelschalen und die Möhren. So unschuldig, als könnte ein Wimpernschlag dieses grausige Spiel beenden, und der Tag ginge ab dem Moment weiter, bevor er für Fiona zur Hölle geworden war. Sie würde Möhrchen schrubben und Kartoffeln aufsetzen, und ihr Vater käme zur Tür herein und sie umarmten sich. Und sie hätte seinen vertrauten Altmännergeruch in der Nase und spürte sein kratziges Gesicht an ihrer Wange. Blume würde fröhlich durch die Küche springen und nach dem betteln, was so verführerisch auf dem Küchentisch duftete und Edgar … Ein Kloß im Hals drückte Fiona die Luftröhre zu und Tränen schossen ihr in die Augen. Jetzt bloß nicht heulen.

Die dicken Finger der Frau tippten gelangweilt auf die Tischplatte, sie starrte an ihrer Geisel vorbei, als sei sie Luft.

»Können wir bitte etwas Licht machen?«, fragte Fiona vorsichtig.

Nach einem prüfenden Blick auf die schweren Übergardinen erwiderte Irina Platzek: »Wieso eigentlich nicht.« Sie stand auf, zog die Vorhänge zu und knipste die kleine Leuchte auf der Anrichte an. Das Lämpchen hielt sich tapfer gegen die hereinbrechende Dunkelheit und warf einen gespenstischen Schatten in das Gesicht von Irina Platzek. Gleichzeitig zeichnete sich ihr Körper wie der Scherenschnitt eines Riesen an der Wand dahinter ab.

Fiona schluckte. Das Licht trug leider mäßig zu einer angenehmeren Atmosphäre bei, aber zumindest bedeutete es ein Lebenszeichen für die Männer vor dem Haus, von denen noch immer keiner einen Finger gerührt hatte. Allmählich vermischte sich Verzweiflung mit Wut. Warum taten die nichts? Und wer war der Fahrer des Sportwagens? Wenn ihre Vermutung stimmte, und Edgar den Kommissar aus Kassel verständigt hatte, musste sich doch langsam irgendetwas in Bewegung setzen. Stattdessen blieb das einzige Geräusch in der Küche das leise Ticken der Wanduhr. Die Zeit verrann unaufhaltsam. Ihre Zeit. Da war er wieder, der Kloß im Hals, und zu allem Überfluss starben ihr die unnatürlich nach hinten gezerrten Arme allmählich ab.

»Das wird ein Nachspiel haben«, zischte Matthias Frank in Edgars Gesicht, der sich im Gegenzug dazu hinreißen ließ »Wenn Sie nicht so verbohrt gewesen wären, wäre es doch gar nicht so weit gekommen«, zurückzuzischen.

Die beiden starrten sich an wie zwei Bullen, die im nächsten Moment die Belastbarkeit ihrer Schädelplatte an der des Gegenübers testen würden. Beinahe wäre den Streithammeln das Licht in der Küche entgangen.

»Das ist wohl kaum der Zeitpunkt für diesen Quatsch!«, beendete Albrecht das Duell. Er deutete zu den Küchenfenstern. Durch die Gardinenschlitze blinzelte ein Licht.

Edgar schluckte hinunter, was ihm auf der Zunge lag. »Was sollen wir denn jetzt tun?«

Matthias Frank überlegte. »Eine Einsatzstaffel hierher zu ordern, hat unter diesen Umständen wenig Sinn.« Ihm klang überdies der Tonfall des Staatsanwalts in den Ohren, wenn er die Begründung für eine solche Maßnahme vorbrachte. Vor dem geistigen Auge sah er, wie der Hausmeister das »H« auf seinem Türschild wieder abkratzte und die Stelle zwischen den beiden Ks ein für alle Mal leer bliebe. Den grauen Sportwagen zum Autohändler zurück bringen zu müssen, könnte er gerade noch so verschmerzen, aber die Häme, die nach einer Degradierung über ihn hereinbräche, die käme einer Folter gleich. Das schlechte Gewissen ob der Erkenntnis, das Edgar Brix verständlicherweise auf eigene Faust gehandelt hatte, hob er sich für später auf. Im Augenblick musste er handlungsfähig bleiben. Und dafür brauchte er seine gesamte Konzentration, auch wenn ihm schwerfiel, nicht an den glänzenden Körper der jungen Dame zu denken, der in dem kleinen Gästezimmer am Edersee abkühlte, während er sich hier die Nacht um die Ohren schlug. Doch auch dieser Gedanke war müßig: Ohne Sportwagen keine jungen Damen, und Ausflüge zum Edersee waren in der Besoldungsgruppe der Kriminalkommissare ohnehin reine Fantasie. Er seufzte. »Gibt es außer der Vordertür noch einen anderen Weg ins Haus?«

»Es gibt nur einen niedrigen Kriechkeller, und hinten zum Feld hin ist eine Luke, durch die ein Mann durchpasst«, klärte Albrecht ihn auf.

»Erfahrungsgemäß sollten wir die Geiselnehmerin müde werden lassen. Die Konzentration sinkt stündlich. Wenn wir vorschnell handeln, gefährden wir das Leben der Geisel. Die Nervosität ist noch sehr hoch, und wir könnten unkontrollierbare Handlungen provozieren.«

»Das Leben der Geisel«, wiederholte Albrecht Schneider. Edgar Brix berührte ihn an der Schulter. Eine hilflose Geste fand Frank im Angesicht des Unwetters, das im Gesicht des alten Mannes aufzog. Jedes weitere Wort wäre eines zu viel.

»Und was schlagen Sie vor?«, fragte Edgar Brix.

»So verrückt sich das im Augenblick auch anhören mag: nichts. Zumindest nicht jetzt. Wir sollten warten bis zum Morgengrauen. Dann haben wir eine Chance, die Geiselnehmerin überraschen zu können, ohne eine unkontrollierbare Übersprungshandlung auszulösen.«

»Lernt man solch einen Mist auf der Polizeischule?« Albrecht Schneiders Wangen glühten. »Da drin ist meine Tochter mit einer Verrückten, die es eigentlich auf mich abgesehen hat. Ich geh da jetzt rein und mach der Sache ein Ende!«

Lukas Söder umklammerte Albrecht Schneider wie einen kämpfenden Ochsen, um ihn an einer Dummheit zu hindern. Der wiederum wand sich wie ein Aal, doch der junge Kerl ließ nicht locker. Diesem Griff schien man nicht so leicht zu entkommen.

»Zumindest passiert da drin noch etwas, das lässt hoffen. Sie haben Licht angemacht, das bedeutet, dass sie sich auf eine längere Zeit einstellen. Und wir sollten das auch tun.« Matthias Frank wandte sich an Friedberg Söder: »Können Sie uns heißen Tee bringen und vielleicht ein paar Decken? Es wird bald sehr kalt werden.«

»Natürlich. Wenn wer rinn kommen will, minne Bude steht euch offen.«

Edgar warf dem alten Mann einen dankbaren Blick zu.

»Eventuell später«, bedankte sich der Kommissar. »Die Nacht wird lang werden. Es wäre wirklich hilfreich, wenn wir uns abwechselnd aufwärmen könnten.«

Friedberg Söder grummelte etwas, was nach Zustimmung klang, und schlurfte durch den Garten zu seinem Haus.

»Ich fordere zwei weitere Streifen und einen Krankenwagen an, die sich vorerst am Ortseingang postieren. Wir sollten den Druck nicht unnötig erhöhen.«

Noch immer blieb jenseits der Gardinen alles still. Seit die Lampe die Küche in schummriges Licht tauchte, war es Fiona etwas wohler, obgleich ihre Finger taub wurden und die Gelenke brannten. Was machten die da draußen? Oder besser: Was machten sie nicht? Die glaubten doch nicht ernsthaft, sie könnte sich selber aus dieser Situation befreien? Oder? »Darf ich bitte ein Glas Wasser haben?«, wagte sie einen neuen Vorstoß.

Irina Platzek musterte sie ausgiebig. Dann erhob sie sich. Im Schein der Lampe eroberte ein körperloser Schatten die Küche. Sie füllte ein Glas mit Wasser aus dem Hahn, stellte es auf den Tisch und – Fiona konnte es kaum fassen – löste ihr die Fesseln.

Fiona rieb sich die brennenden Handgelenke, bis das Gefühl von Nadelstichen in den Finger nachließ, dann nahm sie das Glas und trank gierig.

Irina Platzek hatte wieder Platz genommen. Sie schien keine Anstalten unternehmen zu wollen, Fiona erneut zu fesseln. Wache, aufmerksame Augen erwiderten Fionas Blicke. Die Hoffnung darauf, dass Irina Platzek sich einen Moment der Schwäche erlauben würde, konnte sie getrost begraben. Der Mut der Verzweiflung packte sie. »Was haben Sie eigentlich vor?«

»Ich wüsste nicht, was Sie das angeht,« zischte Irina Platzek. Dann zuckte sie zusammen, als habe sie eine unhörbare Stimme zur Raison gerufen, und setzte unerwartet milde nach: »Aber wo wir zwei nun mal den Abend miteinander verbringen werden, kann ich es Ihnen ja auch erzählen.«

Fiona nickte kaum merklich.

»Ich hatte gehofft, Ihren Vater hier zu treffen, nun sind Sie es eben. Auch gut. Das Ergebnis bleibt das gleiche. Zumindest was mich angeht.«

Fiona bekam eine unbehagliche Ahnung, worauf diese Andeutung abzielte. »Aber was hat mein Vater Ihnen denn getan?«

»Mir? Nichts!«

»Und die anderen Männer?«

»Sie verstehen es einfach nicht, oder?«

Fiona überlegte noch, ob ein Nicken oder Kopfschütteln angebracht wäre, als Irina Platzek nachsetzte: »Es geht doch gar nicht um die Männer. Ich habe lediglich eine Fährte ausgelegt, und Ihr junger Freund, der Arzt, ist freundlicherweise auf die richtige Spur geraten.«

Fionas Stirn zog sich kraus, ohne dass sie etwas dagegen tun konnte.

»Und alle anderen haben ebenfalls mitgespielt. Der Herr Bürgermeister Wolff, der Herr Koch aus dem Regierungspräsidium, sogar meine Stiefschwester hat genau so gehandelt, wie ich es mir in den kühnsten Träumen nicht vorgestellt hatte. Aber gut, ich habe ja auch wirklich lange genug gewartet. Und ich habe viel gelernt. Die Rückschläge der Vergangenheit – da wird man präziser in der Planung.«

Fiona verstand noch immer kein Wort. Doch jede Nachfrage erübrigte sich, Irina Platzek redete sich gerade erst in Fahrt.

»Sie denken, es geht um Rache, nicht wahr? Sehr schön. Genauso hatte ich es mir vorgestellt. Aber nein. Es geht um viel mehr. Dass ich bei den alten Männern ein wenig nachgeholfen habe, war lediglich – nun, ich will es mal eine Blutspur nennen, die ich für Ihren Arzt ausgelegt habe. Und: Um die Männer war es nicht schade.«

»Aber Frau Fasshauer?«

»Ein bedauerlicher Zwischenfall. Ich hatte keine Ahnung, dass die Mundspülung bei ihr solche Folgen haben würde. Sie hatte tatsächlich keinerlei Sünde begangen. Aber ihr Tod wird gerächt. Jede Schuld wird früher oder später gerächt. *Der Herr ist gerecht*!«

Fiona zitterte. »Schuld?«, flüsterte sie.

»*Schuld*! Alle sind schuldig. Einige mehr, manche weniger. Die Männer haben große Schuld auf sich geladen.«

»Mein Vater auch?«

»Das ist jetzt nicht mehr wichtig.«

In Fiona regte sich der Widerstandsgeist, der sie in letzter Zeit so oft in Schwierigkeiten gebracht hatte. »Das *ist* wichtig! Für *mich* ist es wichtig!«

Irina Platzek sah sie mit einer Mischung aus Mitleid und Skepsis an. »Seien Sie mir bitte nicht böse, aber das ist mir egal. Und es spielt ohnehin keine Rolle mehr. Jetzt nicht mehr. Es ist vollbracht. Spätestens morgen wird die Geschichte endlich in allen Zeitungen stehen, und jeder wird Bescheid wissen. Nach so vielen Jahren. Haben Sie eine Vorstellung davon, wie viele Anläufe ich genommen habe, die notwendige Aufmerksamkeit zu erhalten? Ich kann Ihnen sagen, eine Engelsgeduld hat mir der Herr abverlangt. Die Einwohner der umliegenden Ortschaften: taub! Die Behörden in Kassel: blind! Alle sind gleichgültig gewesen gegen das Unrecht, das geschehen ist. Keinen hat es interessiert. Da geschah dieser Glücksfall! Ach was, ein Wunder ist es gewesen!« Die Stimme von Irina Platzek füllte eine heilige Freude, die den Raum durchströmte wie Weihrauch und Fiona den Atem raubte.

»Jaja, denken Sie nur: Als der alte Wasserbeauftragte von Helsa verstarb und ich seine Unterlagen durchsah auf der Suche nach Hinweisen auf Verwandtschaft, da fielen mir diese Ergebnisse der Brunnenprüfung in die Hände. Das war ein regelrechtes Geschenk Gottes. Das erste Mal Fakten, die eigentlich jeden interessieren mussten. Etwas, was die Leute aufrütteln, zum Nachdenken bringen würde. Das erste Mal etwas, was sie nicht ignorieren konnten.«

»Sie meinen die Untersuchungsergebnisse, die ich aus der Schublade von Herrn Koch gestohlen habe?«

»Ach, *Sie* waren das?« Irina Platzek wirkte amüsiert und schaute an die Decke. »Danke, Herr, dass Du mich auf den rechten Platz gestellt hast und so liebevoll unterstützt!«, rief sie in den Raum, und nachdem ihre Augen sich mit Glanz gefüllt hatten, sah sie Fiona milde an. »Der Herr hat Ihnen einen wichtigen Part zugedacht. Danke, dass Sie sich so hervorragend in Seinen Plan gefügt haben.«

Fiona brach der kalte Schweiß aus. Die Lage war weit brenzliger, als sie bisher gefürchtet hatte. Aber nun stand fest: Sie war mit einer Irren eingesperrt, die mit einer Giftspritze bewaffnet war und auch damit umgehen konnte. Der Drang, aufzuspringen und laut um Hilfe zu rufen, wurde übermächtig in ihr, doch gleichzeitig waren ihre Glieder gelähmt, als habe man sie betäubt. Schweißtropfen traten aus allen Poren und sammelten sich kalt auf der Haut.

»Der Plan war auf eine simple Weise perfekt. Gott ist eben perfekt in Seinen Plänen. Die alten Männer sind exakt in der richtigen Reihenfolge gestorben – das hätte durchaus schief gehen können. Mal hält einer länger durch, mal kürzer.« Sie bewegte gelangweilt die Hand, als ginge es um die Haltbarkeit von Lebensmitteln. »Sie haben die Unterlagen gestohlen und in die richtigen Hände gegeben. Der Oberregierungsrat hat dafür gesorgt, dass die Artikel, die morgen in der Zeitung erscheinen, jenseits der trockenen Fakten die Gemüter mit einem ordentlichen Skandal samt Ehebruch, Bestechung und Amtsmissbrauch erhitzen werden. Diese Geschichte wird übermorgen noch nicht wieder in der Versenkung verschwunden sein.«

»Aber was genau wollten Sie denn an die Öffentlichkeit bringen? Wenn es Ihr Ziel war, dass das verseuchte Wasser untersucht wird, hätten Sie doch nur die Obere Wasserbehörde ansprechen müssen. Dann wäre man der Sache sicherlich nachgegangen.«

Fiona erntete einen Blick, der sie als naives Mäuschen brandmarkte. »Da irren Sie gleich in doppelter Hinsicht. Drei Mal hintereinander sind die Akten in den Archiven der Gemeinde verschwunden. Da schenkte mir der Herrgott die Eingebung, die trockenen Fakten mit dem geheimnisvollen Tod der alten Männer zu verbrämen. Und: Sie glauben doch nicht ernsthaft, dass es mir um das Gift im Wasser gegangen ist, oder?«

»Worum denn dann, wenn es, wie Sie behaupten, auch keine Rache war?«

Irina Platzek stand von ihrem Platz auf und baute sich in voller Größe vor Fiona auf. »Es geht darum, das Schweigen über ein Unrecht von biblischem Ausmaß ein für alle Mal zu brechen. Der Herrgott hat die Zeit reifen lassen. Jetzt wird geerntet.«

Längst warfen die Straßenlaternen ihren flackernden Schein gegen die Fassaden der dicht gedrängten Fachwerkhäuser. Ob es wohl an diesem besonders ungemütlichen Novemberabend lag, dass sich kein Nachbar vor die Haustür wagte? Tatsächlich scheint noch niemand etwas mitbekommen zu haben, dachte Edgar dankbar. In Anbetracht des grandiosen Auftritts von Matthias Frank beinahe ein Wunder. Gaffer und blöde Fragen waren das Letzte, was er jetzt gebrauchen konnte.

Die vier Männer hockten um eine Thermoskanne mit Tee und wärmten sich die klammen Finger an den Tassen, die kleine Nebel in die hereinbrechende Nacht dampften. Albrecht zitterte wie Espenlaub. Nachdem Friedberg Söder ihn zum dritten Mal erfolglos aufgefordert hatte, mit ins Haus zu kommen, um sich aufzuwärmen, gab er auf. Sollte sich der alte Dickschädel doch da draußen den Tod holen, musste er wohl gedacht haben.

Edgar hätte es allerdings lieber gesehen. Dann hätte er für eine Weile damit aufhören können, Albrecht zu belauern wie einen Tiger. Er sorgte sich, dass der alte Kerl vielleicht doch urplötzlich alle Kräfte mobilisieren und in einem schwachen Moment in das Haus stürmen würde. Edgar tat sich selber schwer, von diesem Gedanken Abstand zu nehmen. Er dachte an Fiona und die Ängste, die sie ausstehen musste. Und er sah Albrecht und sein verzerrtes Gesicht, und das Herz schmerzte ihm. Wieder und wieder sprang er auf, nur um sofort von Lukas oder dem Kommissar am Ärmel in die Runde gezerrt zu werden. Die Gedanken in seinem Schädel balgten sich um das Vorrecht, die richtige Entscheidung zu kennen, doch noch stand es unentschieden. Er musterte die übrigen Gesichter. Lukas fiel der Kopf zur Seite. Er schreckte hoch, während Matthias Frank mürrisch aber hellwach in die Gegend starrte. Edgar und er vermieden jeden Blickkontakt. Es gab zu viel zu bereden, als dass ein Blickwechsel genügt hätte.

Unzählige Male drang tiefes Seufzen aus Albrechts Brust, und Edgar nahm den zusammengesunkenen Mann in den Arm. Das Beben aus seiner Brust ließ auch ihn erzittern. »Sie wird Fiona nichts tun. Fiona ist clever. Sie wird da drin alles goldrichtig machen, sodass ihr nichts passieren wird.« Edgar verfluchte den Gedanken, dass er damit am meisten sich selber Mut zusprach. Was Fiona anging hoffte er, dass er recht hatte. Aber wie stand es um Irina Platzek? Eiskalt zu morden schien nicht ihr Plan gewesen zu sein, dafür war ihr Vorgehen viel zu berechnend. Doch was war ihr Plan? Dieser Teil der Geschichte, der noch immer in einer dunklen Ecke verborgen lag, machte Edgar Angst. Was wussten sie schon über die Gemeindeschwester? Allein die Tatsache, dass sie als Adoptivtochter der Platzeks herangewachsen war, konnte kaum als Erklärung für das dienen, was sie gerade tat. Dennoch wütete jenseits der Küchenfenster eine Energie, die nicht grundlos erwacht sein konnte. Alles hing auf ganz bestimmte Art und Weise zusammen. Und Irina Platzek war als Einzige im Besitz der fehlenden Puzzleteilchen, von denen nun auch Fiona eines war. Edgar mochte sich gar nicht ausmalen, was sie mit Fiona angestellt hatte. Ob sie verletzt war? Vielleicht hatte Irina Platzek sie auch betäubt. Möglich wäre das. Oder bewusstlos geschlagen? So ruhig, wie das Haus dalag, war es beinahe undenkbar, dass die quirlige Fiona sich nun schon seit Stunden so still verhielt, wie es den Anschein hatte. Was ging da drin nur vor sich?

Matthias Frank legte ihm eine Hand auf den zitternden Unterarm – Edgar war über seinen Überlegungen in Unruhe geraten. »Bleiben Sie ruhig. Wir müssen einen kühlen Kopf bewahren. Es kann jeden Augenblick etwas geschehen – oder erst in einigen Stunden. Egal, wir sollten bei klarem Verstand sein, wenn es soweit ist.«

Die Männer schraken hoch, als durch die Schlitze der Gardinen aus den Küchenfenstern urplötzlich helles Licht drang.

»Danke, so ist es besser.«

Irina Platzek wandelte auf dem Rückweg vom Lichtschalter bedächtig durch die Küche, bis vor die Wand mit den Fotografien. Mit dem Gemüsemesser, das sie wohlweislich vom Küchentisch entfernt hatte, tippte sie gegen das Glas des Fotos, auf dem die Bergmänner mit skeptischen Mienen in die Linse glotzten. »Beim zweiten Patienten, bei dem ich dieses Foto sah, hielt ich es noch für einen Zufall. Doch dann zeigte es mir auch der alte Luschek. Er erklärte mir, dass es der Tag war, an dem das Kriegsende verkündet wurde. *Eyn Glickstaag*, sagte er, *eyn Glickstaag*. Und dann hing das Foto auch beim Kuhfuß in der Küche, da war mir klar: Der Herrgott will mir etwas mitteilen. Das konnte kein Zufall sein, *das* war *Sein* Plan. *Er* wies mir den Pfad, dem ich nur folgen brauchte wie ausgestreuten Brotkrumen. Und siehe da: Ihr Arzt hat die Krumen auch gefunden und ist ihnen gefolgt wie Hänsel zum Haus der Hexe. Und alles hat sich gefügt so märchenhaft, wie es sich kein Mensch je hätte ausdenken können. Und glauben Sie mir: Dass es uns zusammengeführt hat, ist ebenfalls alles andere als Zufall. Das Foto hat mich hierher geleitet, doch statt Ihres Vaters treffe ich Sie. Was kann das bedeuten?«

»Ich weiß es nicht«, antwortete Fiona.

»Nun, wir haben ja noch etwas Zeit, um es herauszufinden, nicht wahr? Wenn ich die Lage richtig einschätze, werden die Männer dort draußen frühestens gegen Morgengrauen in das Haus stürmen. Sie hoffen vermutlich darauf, dass ich irgendwann müde und unaufmerksam werde. Und vermutlich haben sie recht. Wir sollten uns also langsam ans Werk machen.«

»Ans Werk machen?« Fiona grauste bei dem Gedanken, was der schwarze Racheengel mit dem Messer in der einen und der Spritze in der anderen Hand damit meinte.

Irina Platzek grinste schief. »Keine Sorge. Zunächst einmal brauche ich Sie noch lebendig. Der Herrgott hat uns beiden Zeit geschenkt. Und Er hat Sie geschickt. Jung. Mit frischem Geist. Ich denke, Sie sind genau die Richtige.«

»Die Richtige?«

»Jaja. Irgendjemand muss doch die ganze Geschichte kennen, damit in den Nachrichten auch die Wahrheit erzählt wird. Ich habe dafür gesorgt, dass den Meldungen, die hoffentlich in den nächsten Tagen kursieren werden, genügend Aufmerksamkeit zuteil wird. Ihre Aufgabe wird es sein, sich gut einzuprägen, was ich Ihnen nun erzähle, damit Sie es wahrheitsgetreu an die Presse weitergeben können.«

»Ich soll mir etwas merken?« Fiona schöpfte Hoffnung.

»So war ja offensichtlich *Sein* Plan. Oder warum denken Sie, hat Er Sie anstatt Ihres alten Vaters hierhin gesetzt?«

Er? Gerade noch hatte Fiona die Hoffnung, dass es einen guten Grund gab, sie am Leben zu lassen, doch der Verrückten, mit der sie es hier zu tun hatte, war nicht eine Sekunde über den Weg zu trauen. Sich auf ihre Worte zu verlassen, wäre sicherlich keine gute Idee, dachte Fiona und mahnte sich in Gedanken selber: Bleib wachsam!

Irina Platzek füllte zwei Gläser aus dem Wasserhahn, dann öffnete sie den kleinen Ofen, aus dem ein Rest von Glut ihr Gesicht in einen teuflischen Schein hüllte. Sie warf zwei Holzscheite nach und schloss die Klappe.

Dann setzte sie sich wieder an den Tisch. Ein Glas stellte sie vor Fiona, das andere erhob sie gegen den Schein der Lampe, die über dem Tisch baumelte. Sie linste durch das Wasser gegen das Licht, als suche sie etwas Bestimmtes in der Flüssigkeit. Dann stürzte sie den Inhalt wie bittere Medizin mit einem Mal herunter. »Elsternblau«, sagte sie. »Sagt Ihnen das etwas?«

Fiona lief es eiskalt den Rücken herunter. Vielleicht hatte doch jemand seine Hände im Spiel, der ihre Geschicke lenkte, denn bis vor wenigen Tagen hätte sie bei dem Wort »Elsternblau« allenfalls gelangweilt die Schultern gezuckt. War es ein Zufall, dass Friedberg Söder es benutzt hatte, dort bei dem stinkenden Becken in Hirschhagen? Sie nickte.

»Sie wissen, was es bedeutet?« Irina Platzek schnalzte anerkennend mit der Zunge. »Dann wissen Sie 100 Prozent mehr als jeder, den Sie im Umkreis von vielen Kilometern um Hirschhagen danach fragen können. Der Herrgott hat wirklich eine gute Wahl getroffen.«

Fiona weigerte sich noch, es zu akzeptieren, aber so langsam dämmerte ihr, dass sich die Dinge tatsächlich auf eine seltsame Art wie ein Puzzle gefügt hatten. Als ob ein höheres Wesen die Strippen zog. Doch wenn es kein Zufall war, musste *Wer-auch-immer* dann nicht auch wollen, dass sie überlebte? »Ich war dort – vor wenigen Tagen«, Fiona mutmaßte, worauf Irina Platzeks Frage abzielte.

»Sie waren *dort*? Das wird ja immer schöner. Dann brauche ich ja gar nicht so weit ausholen. Dann werden Sie wissen, wovon ich rede, wenn Ihnen erzähle, wie weit die Wege zwischen den Stationen dort im Wald sind, wenn man zu Fuß unterwegs ist?«

Fiona nickte.

»Sie kennt das Gelände!« Irina Platzek hob den Blick in Richtung Decke, dort versank er im Unendlichen. »Eine gute Wahl, eine wahrlich gute Wahl!«

Fiona unterdrückte den Impuls, um einen Schnaps zu bitten, dabei hätte sie jetzt wirklich einen gebrauchen können. Ihre Finger waren eiskalt, obwohl der Ofen längst wieder wohlige Wärme verbreitete und die Fesseln gelöst waren.

»Wo fange ich nur an? Es gäbe so viel zu erzählen. Aber ich fürchte, Sie werden sich nicht alles merken können.« Sie maß Fiona mit zusammengekniffenen Augen.

»Ich könnte ja stenografieren«, fiel Fiona ein.

Ein breites Lächeln legte sich über das Gesicht von Irina Platzek, und ihre Augen wurden feucht. »Sie können stenografieren?«

»Ja, das mache ich jeden Tag.«

»GELOBT SEI DER HERR!« Irina Platzek sprang auf und zog hastig alle Schubladen der Küchenkommode auf.

Bald lagen vor Fiona ein Stapel zerfledderter Zettel, auf denen ihr Vater Notizen hinterlassen hatte, sowie ein angenagter Bleistift.

»Wird das gehen?«, fragte Irina Platzek.

Fiona hoffte inständig, dass der Bleistift der Aufgabe gewachsen sein würde, und nickte.

»Wo fange ich nur an?« Irina Platzek fixierte Fiona einen Augenblick nachdenklich. Dann begann sie zu erzählen.

Der Bleistift malte unablässig weiche Kurven auf das Papier, als Fiona gewissenhaft jedes Wort stenografisch auffing.

»Sie haben das große Küchenlicht angemacht«, stammelte Albrecht.

»Das ist sicher ein gutes Zeichen!«, versuchte Edgar sich in Zuversicht, doch ein knapper Blick von Matthias Frank holte ihn sofort wieder auf den Boden der Tatsachen. Mehr Licht bedeutete: nichts! Lediglich eine angeschaltete Lampe. Sonst nichts. Edgar versank in diesem Gedanken. Bedeutete überhaupt irgendetwas mehr als: nichts? Immer wenn er glaubte, sein Leben laufe in der Spur – jeder Tag folgte gleichförmig auf den nächsten und ein Gefühl von unabänderlicher Sicherheit, ein Wohlgefühl begann sich einzustellen – dann geschah etwas und riss ihn heraus aus seiner vermeintlichen Bodenhaftung wie ein Stück Unkraut. Nichts war mehr sicher, nichts garantiert. Eine harmlose Gemeindeschwester, deren einziger Lebenszweck darin zu bestehen schien, alten Menschen die letzten Tage ihres harten Lebens zu erleichtern und ihnen Hoffnung auf ein besseres Jenseits zu geben, verwandelte sich von einem Augenblick auf den nächsten in eine Mörderin. Nicht mal 24 Stunden lagen zwischen der Annahme des einen und den Tatsachen. Oder nicht mal fünf Minuten. In denen sich ein harmloser Lkw in das Ende des Lebens verwandelt hatte, wie Edgar es kannte. Er war müde. Und er hatte es satt. Und wenn er dieser Person da drin eigenhändig die Gurgel würde umdrehen müssen, in dieser Nacht würde es keinen weiteren Abschied geben.

Was auch immer Albrecht bemerkt hatte – unerheblich, ob es ein Zittern war oder die tiefe Falte, die sich in Edgars Stirn grub – er berührte ihn so sanft am Arm wie ein scheues Kind, sah ihm tief in die Augen und schüttelte den Kopf. Edgar ließ schweren Herzens von dem Gedanken ab. An diesem Abend war er nicht der Vater, dessen Kind in Gefahr war. Heute Abend lag es nicht in seinen Händen, welches Ende diese Geschichte fand. Widerwillig ließ Edgar die Anspannung aus seinem Körper gleiten und suchte den Blick des Kommissars. Der saß stoisch neben Lukas. Lediglich die Teetasse, die er Runde um Runde in seinen Händen drehte, verriet, dass es in ihm anders aussah.

Die Nacht hatte das Dorf jetzt fest in ihrem Griff. Ein kalter Wind pfiff um die Häuserecken, und die Männer hatten ihre Krägen hochgeschlagen und die Köpfe eingezogen. Selbst der wiederholte gut gemeinte Versuch von Friedberg Söder, sie dazu zu bewegen, sich im Haus aufzuwärmen, war gescheitert. Das Schweigen verband die vier Männer wie Baumharz. Keiner von ihnen würde sich von hier wegbewegen. Und wenn sie die ganze Nacht so ausharren mussten.

Jede freie Stelle war vollgeschrieben. Sogar der Rand. Fiona schaute auf. Sie hatte geschrieben, ohne nachzudenken. Das, was sie gehört hatte, drang kaum in ihr Bewusstsein. Noch war ihr Überlebenswille übermächtig und ließ nicht zu, dass die Geschichte, die nun auf den Zetteln stand, sie rührte. Doch der letzte Absatz stellte eine Frage in den Raum, deren Antwort Fiona die Tränen in die Augen trieb. Sie legte den Bleistift zur Seite. »War mein Vater auch dabei?«

Irina Platzek sah sie genauso an wie zwei Stunden zuvor, als sie begonnen hatte, ohne Punkt und Komma zu erzählen. »Nun, er ist auf dem Foto, nicht wahr?«

»Aber deswegen muss er doch an *diesem* Nachmittag

nicht dabei gewesen sein. Vielleicht war er an jenem Tag in einer anderen Schicht.«

»Spielt das eine Rolle?« Irina Platzek klang gelangweilt.

»Ja«, sagte Fiona, »für mich spielt es eine Rolle. Es spielt eine Rolle, ob mein Vater mit angesehen hat, wie zwei Frauen in den Tod gingen, ohne zu helfen. Das spielt eine Rolle. Für mich spielt es eine Rolle!«

Irina Platzek runzelte die Stirn. Es mochte denen etwas bedeuten, die weiterleben würden. Aber warum sollte sie ihr diesen Gefallen tun? Antworten waren das Einzige, was sie ihr Leben lang nicht erhalten hatte. Die Frage nach dem *Warum* blieb für ewig unbeantwortet. Kein einziger Mensch war bereit gewesen, ihr auch nur den winzigsten Hinweis darauf zu geben, warum dies alles hatte geschehen müssen. Nicht einer hatte sich dazu herabgelassen, in die Tiefen der eigenen Seele abzusteigen und dort nach einer Antwort zu suchen. Dabei hatte sie gefragt. Wieder und wieder hatte sie ihre Adoptiveltern mit Fragen malträtiert, auf die sie immer nur mitleidige Blicke und eisiges Schweigen erhalten hatte. Doch eines Tages antwortete jemand. Aus der Tiefe ihrer eigenen Seele drang eine Stimme, so klar und wahrhaftig, dass sie niemals menschlichen Ursprungs sein konnte. Und diese Stimme hatte all ihre Fragen beantwortet. Hatte dem Leiden einen Sinn gegeben und die Geschichte neu geschrieben. Diese Stimme hatte sie erfüllt mit einer Liebe, die die Fragen verstummen ließ. Gab ihrem Leben einen Sinn und gab dem Sterben einen Sinn. Sie sah den Körper der Mutter, wie er von Maschinengewehrsalven herumgeschleudert wurde wie eine Puppe. Sie sah das Weiße in den Augen der schwarzgesichtigen Bergmänner und das Funkeln in den Augen der Männer, die den Abzug drückten. Es unterschied sich, doch das Ergebnis blieb dasselbe. Sie ließ die sterbende Mutter im Wald zurück und rannte um ihr Leben. Rannte, so schnell es die nackten Füße hergaben und spürte nichts. Nicht den Schmerz unter den Fußsohlen, nicht das Gestrüpp, das ihr das Gesicht zerkratzte, nicht den Schmerz über den Tod der Mutter. Sie rannte, bis sie schließlich von einem großen unbekannten Mann vom Boden gepflückt wurde wie ein Gänseblümchen. Der hüllte sie in seinen Mantel und trug sie zu sich heim zu Frau und Kind. Nach Hause. *Nach Hause*. Nein, es spielte keine Rolle. Nicht mehr.

Nach Hause, hörte sie die Stimme in ihrem Inneren dröhnen.

Dann setzte sie sich die Spritze an den Hals, stach die Kanüle bis zum Anschlag dort hinein, wo sie die Schlagader vermutete, und drückte den Kolben, bis das Gift in ihrem Körper verschwunden war.

Nach Hause.

Albrecht erkannte als Erster die Stimme seiner Tochter. Ihr spitzer Schrei hing noch in der Nachtluft, als die Männer zeitgleich aufsprangen und planlos in das Haus stürmten. Fiona saß kreidebleich auf dem Küchenstuhl und wimmerte. Sofort schloss Albrecht seine Tochter in den Arm. Er weinte wie ein Kind, während er Fionas schlappen Körper vom Stuhl zog und sie auf dem Fußboden in den Armen wiegte.

Edgar rannte zu der Frau, die mit verdrehten Augen auf der Küchenbank lag. Ihr lief Galle aus dem Mund, und der Körper zuckte wie von Stromschlägen. Edgar beugte sich über sie und fühlte den Puls. Nur noch ein

Flackern. Das Leben hatte die Frau bereits verlassen, Irina Platzeks Körper rannte unaufhaltsam seinem Tod entgegen.

»Mach doch was«, wimmerte Fiona. »Ihr könnt sie doch nicht so sterben lassen!«

Albrecht drückte ihr Gesicht sanft gegen seine Brust und streichelte ihr den Hinterkopf. »Sch, sch … jetzt ist alles gut, meine Fi.«

Edgar stolperte rückwärts, bis er auf den stocksteifen Lukas prallte. Dann hielt er es nicht mehr aus. Er rannte aus dem Haus, den Feldweg hinter den Häusern entlang, bis er auf dem offenen Feld stand. Dann schrie er aus Leibeskräften, bis seine Lungen leer waren. Die kalte Nachtluft trug den Schrei bis in den hintersten Winkel des verschlafenen Tals. Von den Berghängen prallte das Echo ab und weckte das Dorf aus dem Schlaf der Gerechten.

MONTAG, DER 9. NOVEMBER

Das filigrane Klappern der Reiseschreibmaschine bahnte sich nun schon seit Stunden den Weg aus dem Wohnzimmer bis in die Küche, wo Albrecht und Edgar im Schweigen vereint darauf warteten, dass es endlich zur Ruhe kam.

Albrecht hatte einen Versuch gestartet, doch Fiona hatte ihn angebrüllt: »Lass mich einfach in Ruhe! Ich *muss* das hier tun.«

Wie ein geprügelter Hund zog er sich zurück und setzte sich neben Edgar. Hin und wieder hörte das Klappern für einen Augenblick auf. Dann wurde es abgelöst von einem Schluchzen, wenig später putzte Fiona sich geräuschvoll die Nase.

Endlich war es vollbracht. Die Schreibmaschine blieb stumm. Fiona stand mit verheultem Gesicht in der Küche, knallte mehrere schreibmaschinenbeschriebene Seiten auf den Tisch und verließ fluchtartig Edgars Haus, ohne die beiden Männer eines weiteren Blickes zu würdigen. Das erste Mal, seitdem Edgar hierher zurückgekehrt war, wünschte er sich, ein Auto im Schuppen stehen zu haben, um ihr hinterher fahren zu können. Doch dort stand nach wie vor nur das klapprige Fahrrad. Und vielleicht war es besser so. Er verstand sie so gut. Fiona war ihnen nicht böse. Sie war – Edgar fiel keine bessere Beschreibung ein – wund auf der Seele, und er litt mit ihr, als habe er diesen Zustand für sich gepachtet.

Sie hatte 24 Stunden in Edgars Bett durchgeschlafen. Verständlicherweise wollte sie keine Minute länger in Albrechts Haus bleiben, und der hatte sich geweigert, sie alleine in Kassel zu lassen. Sogar ohne den Einsatz der Beruhigungsmittel, die Edgar ihr empfohlen hatte, war sie in einen ohnmachtsähnlichen Zustand gefallen. Dann, am Morgen, stand sie auf, schlüpfte in ihr Kleid und begann, wie besessen die Schreibmaschine zu bearbeiten.

Am Ende waren fünf Schreibmaschinenseiten voll mit einer Schilderung, die Fiona seit dem Abend in Albrechts Küche gelähmt hatte.

»Lass sie das tun«, hatte Edgar zu Albrecht gesagt, der zerknautscht neben ihm saß und mit den Händen seine Kappe knetete. »Sie braucht das. Sie muss sich das von der Seele schreiben.«

Nun lag es dort auf dem Tisch, und die beiden Männer fixierten es wie eine Klapperschlange. Keiner traute sich, danach zu greifen. Endlose Minuten vergingen, bevor Edgar sich endlich dazu durchringen konnte.

Auschwitz war ein Ort, für den es keine Worte gibt – in keiner Sprache der Welt. Der Vorhof zur Hölle oder sogar die Hölle selbst? Unvorstellbar, dass es einen Ort auf dieser Welt geben kann, an dem alles Menschliche ausradiert wurde so allumfassend und präzise, wie es nur Deutsche zu tun vermögen. Dort wurden wir endgültig getrennt. Mein Vater und mein Bruder waren schon auf einem anderen Waggon dorthin gebracht worden. Meine Mutter und ich sahen sie von Ferne – ein letztes Mal. Dann nie wieder. Ich will mich nicht lange damit aufhalten, zu schildern, welcher Tortur wir uns dort unterziehen mussten, das ist bereits an anderer Stelle ausgiebig geschildert worden. Ich will über das reden, was uns dann passierte und worüber kaum etwas geschrieben steht – vielleicht sogar gar nichts?

Wir waren glücklich, als es hieß: Ihr geht nach Buchenwald und von dort ins Außenlager Hirschhagen. Wir hatten gehört, dort gäbe es keine Gaskammern und keine Massenerschießungen. Wir schöpften Hoffnung. Auf dem Transport waren nur Frauen – Ungarinnen. Beinahe jeden Alters, aber vor allem eines: arbeitsfähig. Wir wurden in eine zugige Baracke gepfercht und warteten dort mehrere Stunden, dann trieb man uns in den Hof. Dort wurden wir entlaust, durften anschließend duschen. Hier gab es Duschen, aus denen nur Wasser kam – man kann sich nicht vorstellen, welche Erleichterung die Runde machte. Doch die hielt nicht lange an. Mit Stockschlägen und unter wüsten Beschimpfungen wurden wir jeden Tag beinahe zehn Kilometer durch den Ort bis in den Wald und schließlich zu unseren Arbeitsplätzen getrieben. Viele hatten keine Schuhe mehr, nur noch Stofffetzen waren um die blutigen Füße gewickelt. Ein paar Gramm Brot und Wassersuppe mussten ausreichen, um zehn Stunden härteste Arbeit zu überstehen. Da ich noch zu klein war, stellte man mich auf einen Schemel. So stand ich mit der Nase direkt über dem kochenden Gemisch und rührte darin, bis es erkaltete. Ich war benebelt von den Dämpfen. Blasen stiegen hoch, und die Flüssigkeit spritzte mir in das Gesicht. Es brannte wie Feuer. Die Wunden entzündeten sich, denn wir konnten uns nicht sauber machen. »Dreckschweine«, sagten die Aufseherinnen. Wir würden die Duschen nicht gut genug reinigen, so wurden sie abgestellt. In drei Schichten schliefen wir in der Baracke mehr gestapelt als liegend, und die Wanzen krochen uns über den Körper – an Schlaf war nicht zu denken. Krankheiten breiteten sich aus. Bereits sechs Wochen später, im Oktober, gingen die ersten 100 zurück nach Auschwitz. Die Hölle war uns bis hierhin gefolgt, und es gab nur einen Ausweg: verschwinden. Nicht in dem Sinne, dass es möglich gewesen wäre zu entkommen. Nein, daran war kein Gedanke zu verschwenden. Viel zu gut bewacht wurden unsere entkräfteten Körper, und mehr waren wir ja auch kaum in den Augen unserer Bewacher. Arbeitskörper. Solange tauglich, wie wir uns noch bis an den Arbeitsplatz schleppen konnten. Nein, an Flucht war nicht zu denken. Wir verschwanden auf andere Weise. Erst entschwand einem der Körper. Bald war der Hunger so stechend, dass wir ein einziger Schrei waren. Dann verging der Schmerz. In dem Maße, wie sich unsere Seelen zurückzogen in den hintersten Winkel, dorthin, wo das Gebrüll nicht ankam, die Stockschläge nicht, die eitrigen Wunden und auch die Körperteile, die wie Lametta abgetrennt in den Bäumen hingen, nachdem eine Abfüllstation in die Luft gegangen war. Wir aßen die Wanzen, die über das verschimmelte Brot krochen, und verrichteten unsere Notdurft unter den Augen der Bewacher. Sie sahen uns an wie Tiere. Selbst ihre Hunde schauten sie mit mehr Respekt an, die sie auch mit Füßen traten, aber ansonsten menschlicher behandelten als jede von uns. Wir waren weniger wert als die Laus im Pelz der keifenden Schäferhunde.

Irgendwann hatte ich verlernt, »Danke« zu sagen. Meine Mutter nahm das Brot von den wenigen anständigen Menschen in Empfang, die uns auf dem Weg in die

Fabrik heimlich etwas zusteckten. Oder von den männlichen Kriegsgefangenen, die uns hin und wieder etwas von ihren knappen Rationen abzwackten und uns im Gegenzug das Versprechen abgerungen hatten, anzuwenden, was sie uns gezeigt hatten: kleine Sabotageakte. Die Bomben, die von uns wie von einer Ameisenarmee in die Züge verladen wurden, sollten den deutschen Plänen vom Tausendjährigen Reich nicht dienen können. Sie zeigten uns, wie man die Zünder manipulierte und die Füllung verunreinigte, damit diese Waffen keine Menschen töten würden. Wir taten es. Für ein Stück Brot und weil es für uns ohnehin zu spät schien. Hatten wir geglaubt, es könne schlimmer nicht kommen, hielt der Winter eine Lektion für uns parat. Der eiskalte Wind pfiff durch unsere ausgemergelten Körper hindurch wie durch Bettlaken auf der Bleiche. Wenn wir in Lumpen und stinkende Decken gehüllt in den Arbeitsstationen ankamen, waren Füße und Hände gefühllos, doch es gab keine Minute zum Aufwärmen. Mit tauben Händen begannen wir die Arbeit, und die schweren Hülsen glitten uns aus und fielen uns auf die ungeschützten Füße. Unsere Zehen wurden blau, doch der Schmerz kam erst, wenn das Gefühl in die erfrorenen Glieder zurückkehrte. Eine Frau schnitt sich einen Zeh ab, damit man sie zurückschickte. Ins Gas. Doch den Meisten blieb noch nicht mal der Wille, dem Leiden ein Ende zu setzen. Wir waren einfach nicht mehr vorhanden. In dem Maße, wie die Frauen sich aus ihren Körpern zurückzogen, verstummten die Gespräche. Hatten wir uns anfangs noch Mut zugesprochen, gemeinsam gebetet und uns Geschichten von der Zeit erzählt, bevor unsere Leben mit einem Fußtritt in Scherben gingen, hörte man nun kaum noch ein Schluchzen.

Meine Mutter wurde krank. Und schwächer. Jeden Tag. Der Husten schüttelte ihren mageren Körper wie der Herbstwind einen Baum. Wir nahmen sie in die Mitte, damit den Wachen nicht auffiel, dass sie sich kaum noch auf den Beinen halten konnte. Wir gingen vorbei an den Tümpeln, in denen sich die Abwässer sammelten, die die Produktionsgebäude in solchen Mengen auspukten, dass die befestigten Sammelbecken sie nicht fassen konnten. »Elsternblau«, sagte meine Mutter. So falsch, wie das Blau im Gefieder der Elstern, das bei genauem Hinsehen die Farbe verändert. Die ruhige blaue Oberfläche der Tümpel lud uns ein, einen Schluck zu nehmen, wenn wir völlig entkräftet unseres Weges kamen. Doch wir wussten: Unter dem Blau lauerte das Gift. Ein Schluck davon würde den sicheren Tod bedeuten. Und so verführerisch der Gedanke auch war, wer seinem Leben ein Ende setzen wollte, zog den Schuss in den Rücken dem qualvollen Tod durch Gift vor.

Dann eines Tages entstand eine fürchterliche Unruhe in der Fabrik. Die Wachmannschaft lief hektisch durcheinander. Berge von Papieren wurden in die Waggons geladen, in denen sonst die Sprengkörper transportiert wurden. Dann wurden die Akten mitsamt den Uniformen der Wachmannschaft auf den Brandplatz gekippt. Der Gestank von Benzin hing über der Fabrik.

»Komm«, sagte meine Mutter, »komm. Wir müssen hier weg, die schmeißen uns sonst zu dem brennenden Papier ins Feuer.« Sie zog mich vorbei an den Wachleuten in den Wald. Die bemerkten uns nicht. Zu sehr waren sie mit sich selbst beschäftigt. Wir rannten, so schnell unsere Beine uns eben tragen konnten, durch den Wald.

Wie durch ein Wunder fanden wir eine Lücke in dem Zaun, der das Gelände umgab. Wir rannten weiter. Bis wir erneut an einem Zaun ankamen. Die Wachmannschaft war uns auf den Fersen, wir konnten das Keifen der Hunde hören und die schweren Stiefel. Die Männer hinter dem Zaun hatten schwarze Gesichter und schwarze Kleidung. Sie spielten Karten und glotzten uns an. Keiner rührte auch nur einen Finger. Die SS-Männer kamen immer näher und meine Mutter zog mich weg von dem Zaun, hinter dem die Freiheit ein Loch im Maschendraht weit entfernt war. Wir hatten keine Chance, sie holten uns ein. Meine Mutter schubste mich in eine tiefe Furche und warf sich vor die Gewehrkugeln. Ich habe sie nicht sterben sehen, aber ich habe den dumpfen Aufprall der Kugeln gehört und die Männer, die näher kamen und sie mit dem Stiefel traten, um sicherzustellen, dass sie auch wirklich tot war. Sie schleiften sie an den Haaren hinter sich her aus dem Wald wie ein erlegtes Reh, ihren ausgemergelten Körper wie ein Stück Stoff so leicht. Ich kann mich nicht mehr erinnern, wie ich dorthin kam. Aber ein Mann fand mich am Waldrand, wickelte mich in seinen Mantel und nahm mich mit. Seine Frau steckte mich in eine Wanne mit Wasser und kratzte mir die Kleidung von der Haut. Sie weinte ohne Unterlass, während sie sich vorsah, meinen ausgemergelten Körper nicht zu fest anzufassen.

Die Platzeks waren gute Menschen, und bald war die Vergangenheit Geschichte. Ich wurde Irina Platzek, Deutsche, Christin, Volksschülerin in Helsa. Mein Leben hätte normaler kaum sein können, wäre da nicht dieses beständige Hintergrundrauschen in meinem Kopf gewesen. Irgendwann löste sich aus diesem Lärm an Stimmen eine heraus, die deutlich zu mir sprach und mich erfüllte mit einer Gewissheit, die über jeden Zweifel erhaben war. Und jetzt spreche ich zu Ihnen.

Albrecht war noch vertieft in den Bericht, als Edgar das letzte Blatt sinken ließ. Sein Gesicht war eine Mischung aus Abscheu und Neugier. Dann endlich hatte auch Albrecht den Bericht beendet. Die beiden Männer sahen sich nicht an. Jeder war mit seinen eigenen Gedanken beschäftigt. Die Zettel lagen auf dem Tisch und starrten sie an. Schließlich raufte Edgar sie zusammen und hielt sie in die Luft. »Was machen wir jetzt damit?«

Albrecht schwieg. Am liebsten hätte er sie in den Ofen geworfen. Der Sache ein Ende bereitet, die seine Tochter für den Rest ihres Lebens verfolgen würde, wie … Nein, jeder Vergleich konnte nur unzutreffend und ungerecht sein. Nach diesen wenigen Seiten bereits konnte er das Urteil, das er über Irina Platzek gefällt hatte, kaum aufrechterhalten. Es wäre um so vieles leichter, wenn er nicht einsehen müsste, dass es unvorstellbar war, was diese Frau erlitten hatte. Nichts rechtfertigte, was sie getan hatte. Aber es war an der Zeit, die eine oder andere Rechtfertigung von denen einzufordern, die sich vor der Verantwortung drückten. »Ich denke, wir übergeben das und die anderen Ergebnisse an die Presse.«

Edgar guckte überrascht. »Hast du keine Sorge, wie Fiona damit zurechtkommt, wenn die Sache überall breitgetreten wird?«

»Doch. Habe ich. Aber du kennst sie. Wenn wir es nicht tun, trägt sie die Sachen eigenhändig zur nächsten Zeitung. Es ist genau das, was sie sich wünschen würde.«

Albrecht bemerkte, dass Edgar sich wand.

Schließlich fragte er: »Warst du dabei, als die Frauen am Zaun standen?«

Albrecht schwieg. Nein, er war nicht dabei gewesen. Aber hätte er an diesem Tag auf dem Hirschberg die Frühschicht gehabt – wer weiß, was dann passiert wäre. Hätte er geholfen? Zwei kleine Kinder zu Hause und einen SS-Mann als Nachbarn? Hätte er? Er sah Edgar an und sagte nichts. Was änderten jetzt noch Worte?

Edgar packte die Zettel zu den Untersuchungsergebnissen der Wasserproben in den grauen Aktendeckel und legte beide Hände darauf.

Darin befand sich die Wahrheit, dachte Albrecht, das allein zählte.

ENDE NOVEMBER

Die Regionalpresse überschlug sich in ihrer Berichterstattung. »Der Racheengel vom Hirschberg« war noch eine der harmlosesten Überschriften, die in den folgenden Wochen die Titelseiten füllten. Annegret Fromm schlug die »HNA« zu und schaute aus ihrem Einzelbüro vom vierten Stock hinunter auf den Parkplatz vor dem Regierungspräsidium. Mit einem Karton unter dem Arm stieg Wendelin Koch in seine schwarze Limousine. Der würde sich vorerst keine lahmen Ausreden zu Hause einfallen lassen müssen, dachte sie und schmunzelte.

Sie würde die Zeit, bis Fiona Schneider wieder im Dienst war, nutzen und sich unentbehrlich machen. Es würde keine dummen Fragen geben. Auch nicht, wenn Fiona Schneider wieder aus ihrer Zwangspause auftauchte. Diese hatte man ihr offiziell verordnet, um wieder auf die Beine zu kommen, wie es hieß. In Wahrheit wollte man sie der Behörde so lange fernhalten, bis Gras über die Sache gewachsen war. Von einem Disziplinarverfahren sah man ab, schließlich war dies kein rühmliches Kapitel für die Behörde, und ein weiteres Verfahren würde es kaum besser machen.

Bürgermeister Wolff war indessen auf beinahe wundersame Weise ungeschoren davon gekommen. Mit einem Mal war er ein glühender Verfechter der geschichtlichen Aufarbeitung und grinste in jede Kamera der Journalisten, die ihn zum Thema Hirschhagen befragten. Er wurde nicht müde zu betonen, dass die Gemeinde Helsa mit der ganzen Geschichte um die Sprengstofffabrik ja eigentlich nur am Rande zu tun gehabt hatte. Außerdem ließ er keinen Seitenhieb auf die Gemeinden aus, die die Baracken für die Kriegsgefangenen und KZ-Häftlinge betrieben hatten – und Helsa gehörte nun einmal nicht dazu. Soweit sein Geschichtsverständnis.

Annegret Fromm erfuhr durch ein Telefonat mit Regina Platzek, dass der Stuhl des Herrn Bürgermeister nicht annähernd so fest stand, wie der gerne weismachen wollte. Obendrein sei das Gerangel um einen Beerdigungsplatz für ihre Schwester schlicht unwürdig verlaufen. Sie habe ja ihren Dienst vor allem in der Gemeinde Wickenrode geleistet und sollte folgerichtig auch dort beerdigt werden, tönte Gero Wolff, begleitet vom Nicken des gesamten Gemeindeausschusses. Doch ein unmissverständlicher Brief des Bürgermeisters von Wickenrode ließ keinen Zweifel aufkommen: Eher würde man den Friedhof schließen, als Frau Platzek in dieselbe Erde versenken, in der ihre Opfer bereits lagen.

Am Ende bekam Irina Platzek ein schmuckloses Urnengrab auf dem Friedhof von Helsa und einen unscheinbaren Stein ohne Namenszug, auf dem wenige Wochen später bereits das erste Hakenkreuz geschmiert war.

Annegret Fromm täuschte die notwendige Fassungslosigkeit vor, beendete das Gespräch mit Regina Platzek und widmete sich den Aufgaben, die sie als Sekretärin des Regierungspräsidenten voll und ganz in Anspruch nahmen.

Eine bedauerliche Geschichte, aber Annegret Fromm hatte ihr Ziel erreicht.

*

Der Winter hatte Wickenrode fest in seinem eisigen Griff. Noch lag kein Schnee über den Feldern, doch Frost überzog den Ort mit einem kristallen glitzernden Anstrich.

Die Bauern in Edgars Sprechstunde waren sich einig: Wenn der Dezember mit anhaltenden Frösten daherkam, versprach das neue Jahr, mit ausgiebigen Schneefällen anzufangen. Aber Lukas hatte Wort gehalten: Eine frische Ladung Kohlen würde das Arzthaus noch lange Wochen kuschelig warmhalten.

In Edgars Küche breitete sich ein ungewöhnlich wohlriechender Duft aus. Albrecht stand am Herd und köchelte einen Eintopf. Das sanfte Blubbern trug den Duft in den letzten Winkel des Hauses und erreichte bestimmt auch die Nase von Matthias Frank, der unerwartet vor der Tür stand.

Edgar spähte durch das Küchenfenster, dann ging er zur Haustür. Am Bürgersteig parkte ein bonbonfarbener NSU Prinz. »Die haben Sie doch nicht ernsthaft degradiert?«

»Nein, nein. Der Mercedes ist im Winterquartier.« Der Kommissar hielt einen großen Korb mit beiden Armen umschlungen. »Ich wollte eigentlich zu Herrn Schneider, aber zu Hause war er nicht.«

Edgar gab die Tür frei, und Frank schob sich an ihm vorbei. Er ging in die Küche und stellte den Korb auf den Tisch. »Guten Tag, Herr Schneider. Ich wollte noch mal sehen, ob Sie in Ordnung sind. Wie geht es Ihrer Tochter?«

Albrecht drückte Edgar den Holzlöffel in die Hand. »Fiona tut so, als sei alles in Ordnung. Aber seit dem Abend hat sie mein Haus nicht mehr betreten. Ich lasse gerade die Küche umbauen. War ohnehin an der Zeit. Vielleicht können wir im Frühjahr die ersten Versuche starten, uns wieder dort zu treffen – aber im Augenblick …« Er ließ den Blick in Edgars winziger Küche schweifen.

»Ich verstehe. Sie wissen, dass ich meine Hilfe mehrfach angeboten habe. Wir haben Fachleute für solche Fälle. Aber Ihre Tochter hat bisher jedes Angebot abgelehnt.«

Albrecht seufzte, und Edgar ahnte, was er dachte. Wäre ja auch zu schön gewesen, wenn Fiona irgendeine Hilfe angenommen hätte, aber damit war nicht zu rechnen. Diese Unart, alles mit sich selber auszumachen, blieb unverkennbar ein Erbe aus der Linie der Schneiders. »Kann ich Ihnen etwas anbieten? Einen Kaffee?«, fragte Edgar.

»Da sage ich nicht nein.« Frank setzte sich an den Tisch, auf dem das schwarze Notizbüchlein neben einer aufgeschlagenen Mappe lag. Darin stapelten sich ausgeschnittene Zeitungsartikel. Frank warf ihnen einen skeptischen Blick zu, dann tippte er mit dem Zeigefinger auf den obersten Artikel. »Es wird langsam wieder still um die Sache, nicht wahr?«

»Ja, seit Wochen keine Nachrichten mehr über den Fortschritt bei der Ursachenforschung in Sachen Grundwasser. Immer wieder wird Frau Platzek noch mal erwähnt. Haben Sie gelesen, dass man ihr Grab beschmiert hat?« Edgar hatte Albrecht den Holzlöffel zurückgegeben und goss zwei Tassen mit Kaffee voll.

»Ja. Eine Schweinerei. Egal, was diese Frau getan hat, aber ein Grab ist ein Ort, an dem jeder seine Ruhe verdient hat.«

Edgar dachte an den kleinen Erdhügel hinter Albrechts Haus, unter dem die gute Blume ihre letzte Ruhe gefunden hatte. Diese Beerdigung hatte den alten Kerl viel Kraft gekostet, und Edgar musste feststellen, wie sehr seinem Freund die Hündin ans Herz gewachsen war. Immerhin hatte Albrecht ihr einmal das Leben retten können, doch beim zweiten Mal konnte sie dem Tod nicht von der Schippe springen. Seit Blume nicht mehr war, blieb Albrecht nicht gerne allein zu Haus. Edgar bot ihm bereitwillig Unterschlupf in dieser aufgewühlten Zeit. Es gab ihm das Gefühl, etwas gutzumachen. Außerdem stellten die Handwerker Albrechts Haus auf den Kopf, und warum sollte sich der alte Kerl auf einer staubigen Baustelle aufhalten, wenn es bei Edgar warm und gemütlich war.

»Herr Brix, ich bin mir sicher, dass die Sache sich nicht so tragisch zugespitzt hätte, wenn wir zusammengearbeitet hätten.«

Edgar legte den Kopf schief und schwieg.

»Ja, ich weiß, Sie haben versucht, mich ins Boot zu holen, und ich Esel hab die Hinweise verworfen. Aber vielleicht ein zweiter Versuch ... das nächste Mal?«

»Es wird, so Gott will, kein nächstes Mal geben. Alle Schritte, die ich eingeleitet habe, sind ihren hochoffiziellen Weg durch die Behörden gegangen.«

»Welche Schritte meinen Sie?«

»Sie haben es doch selber gesagt: Die Zeitungen berichten nicht mehr. Und schon hoffen alle, die etwas mit der Sache zu tun haben, dass sie ungeschoren davonkommen. Ich habe Dienstaufsichtsbeschwerden eingelegt. Bei allen Ämtern, die die Unterlagen schon mal im Posteingang hatten. Und ich werde weiterhin die Presse belagern, damit das Schicksal von Irina Platzek und den anderen, die in Hirschhagen zur Arbeit gezwungen wurden, nie mehr in Vergessenheit gerät.«

Frank kniff ein Auge zu. »Damit machen Sie sich bestimmt nicht nur Freunde.«

Edgar zog unter dem Stapel Zeitungsausschnitte einen Zettel hervor. Grob ausgeschnittene Buchstaben waren unordentlich darauf geklebt.

»Jüdischer Giftmischer – dich kriegen wir auch noch!«, las Matthias Frank vor. »Wann und wie ist der hier angekommen?«

»Der lag an einen Stein gebunden in meiner Praxis. Ist durch das Fenster geworfen worden, vor ungefähr drei Tagen.« Kaum hörte Edgar sich diese Worte sagen, drang ihm das erste Mal ins Bewusstsein, dass es vielleicht etwas voreilig gewesen war, die Geschichte als Dummerjungenstreich abzutun. Vermutlich war das Fiona zuliebe geschehen. Zwar verhielt sie sich immer noch so, als sei nichts passiert, aber weder Albrecht noch Edgar durften ihr zu nahe kommen. Sie wurde zu Stein unter jeder Umarmung, und ihre Augen erstarrten auf eine Weise, die Edgar schmerzhaft an die Zeit erinnerte, als seine Frau weidwund durch das Haus schlich und jedem Blickkontakt mit den Fotos der Kinder auszuweichen versuchte. Auch wenn Fiona weiterhin fröhlich plapperte und mit keinem Wort erwähnte, was in der Küche zwischen ihr und Irina Platzek geschehen war, konnte selbst sie nicht leugnen, dass dieser Abend Narben hinterlassen hatte. Vielleicht war das der Grund dafür, dass Edgar den Stein einfach vom Boden aufgehoben hatte, Lukas noch am selben Nachmittag die Scheibe austauschte und das Schriftstück unter die Zeitungsausschnitte gewandert war.

»Kann ich es mitnehmen? Ich möchte es gerne untersuchen lassen.«

Edgar nickte. Dann deutete er auf den Korb. »Was haben Sie uns denn da mitgebracht?«

»Ihnen weniger. Eher Herrn Schneider.« Er stand auf und öffnete den Deckel. Er hob ein verschlafenes dickes Fellbündel aus dem Korb, das diese ungeheuerliche Störung mit einem tiefen Gähnen quittierte. »Den hat mir die Hundestaffel gegeben. Der ist einfach zu wenig ... ich glaube *alert* nennen die das in ihrer Fachsprache, der taugt nicht für den Polizeidienst. Aber als Begleithund schon. Hat einen guten Stammbaum. Altdeutsch. Er heißt Kuno.« Damit hielt er den Welpen mit ausgestreckten Armen Albrecht entgegen.

Der Kochlöffel rührte noch einen Augenblick in dem Eintopf, ohne dass Albrecht es registrierte. Plötzlich färbten sich seine Wangen rosa, und ein verräterisches Glitzern trat ihm in die Augen. Er trat einen Schritt nach hinten und betrachtete den Hundewelpen skeptisch. Dann fasste er sich ein Herz, ließ den Kochlöffel los und nahm den moppeligen grunzenden Kerl an seine Brust.

»Kuno«, sagte er leise und wischte sich mit dem Hemdsärmel eine Träne aus dem Augenwinkel.

DANK

Zuallererst danke ich meinem Mann Horst für seine unendliche Geduld, seine Unterstützung und seine Liebe. Er hat gespürt, dass mir dieser Band manchmal schwer auf der Seele lag, meine Launen ertragen und mich mit aufmunternden Worten und Kaffee versorgt.

Ich danke meiner Lektorin Claudia Senghaas und dem Lektoratsteam vom Gmeiner-Verlag für das verlässliche Aufstöbern meiner blinden Flecken.

Sehr viele Menschen haben ihr Möglichstes getan, um mich mit belastbaren geschichtlichen Fakten zu versorgen:

Ich danke dem Helsaer Geschichtsverein für die Hinweise und Informationen.

Dr. Dieter Vaupel gilt mein Dank für einen aufschlussreichen Rundgang durch das Gelände der Sprengstofffabrik Hirschhagen. Ich ziehe den Hut vor seiner Courage, über das Schicksal der jüdischen KZ-Häftlinge in Hirschhagen zu berichten, als niemand davon etwas hören wollte. Ohne die unermüdliche Recherchearbeit aller Verfasser der u.g. Literatur über Hirschhagen, wäre dieser Teil der Geschichte unter einer dicken Schicht Schleifschlamm verborgen geblieben – dort, wo ihn die Verantwortlichen und Behörden am liebsten gelassen hätten.

Alle Abweichungen von den Fakten, sämtliche Freiheiten und Auslegungen gehen allein auf meine Kappe. Das Gelände um den Brückenkopf der Seilbahn auf dem Gelände der Sprengstofffabrik wird sich 1964 noch nicht so verfallen präsentiert haben, wie ich es schildere. Aber es war mir ein Anliegen, den Eindruck und die Sprachlosigkeit wiederzugeben, die mich erfassten, als ich das Gelände zum ersten Mal betrat. Ebenfalls nicht der Wahrheit entspricht der Zeitpunkt der medialen Aufmerksamkeit, die den Themen »kontaminiertes Grundwasser« und »Einsatz von KZ-Häftlingen« zu Teil wurde. Erst geschlagene 20 Jahre später wurde in der örtlichen Presse darüber berichtet.

Informationen über das Fabrikgelände, die Produktion, die Wasserverunreinigung und den Einsatz von Zwangsarbeitern und KZ-Häftlingen stammen aus:

Dieter Vaupel: Das Außenkommando Hessisch Lichtenau des Konzentrationslagers Buchenwald 1944/1945. Eine Dokumentation (= Nationalsozialismus in Nordhessen. Bd. 8). Gesamthochschulbibliothek, Kassel 1984

Projektgruppe Hirschhagen (Hrsg.): Hirschhagen, Sprengstoffproduktion im »Dritten Reich«. Ein Leitfaden zur Erkundung des Geländes einer ehemaligen Sprengstofffabrik. 2. Auflage. Gesamthochschule Kassel, Fachbereich 1 – Projektgruppe Hirschhagen u. a., Kassel u. a. 1991

Wolfram König, Ulrich Schneider: Sprengstoff aus Hirschhagen. Vergangenheit und Gegenwart einer Munitionsfabrik (= Nationalsozialismus in Nordhessen. Bd. 8). Gesamthochschulbibliothek, Kassel 1985, 2. Auflage 1987.

Zitiert wird das »Elsterngleichnis« aus dem »Parzival« von Wolfram von Eschenbach, eine andere Passage wurde von der Göttlichen Komödie von Dante Alighieri inspiriert.

*Weitere Krimis finden Sie auf den
folgenden Seiten und im Internet:*

WWW.GMEINER-SPANNUNG.DE

NICOLE BRAUN
Heimläuten
....
978-3-8392-1860-0 (Paperback)
978-3-8392-4977-2 (pdf)
978-3-8392-4976-5 (epub)

UNVERGESSEN 1964: Kaum aus den USA in sein nordhessisches Heimatdorf Wickenrode zurückgekehrt, stolpert der jüdische Arzt Edgar Brix über eine Leiche. Erinnerungen an einen ungeklärten Mord aus dem Jahr 1938 werden wach. Gemeinsam mit dem pensionierten Bergmann Albrecht Schneider gerät er in eine Geschichte hinein, die sie nicht nur in Konflikt mit den ermittelnden Behörden bringen wird. Der Ernst der Lage wird ihnen erst klar, als ein weiterer Mord geschieht.

Und dann verschwindet auch noch Albrecht Schneider spurlos.

WWW.GMEINER-VERLAG.DE
Wir machen's spannend

BERND KÖSTERING
Wer mordet schon in
Oberhessen?

....

978-3-8392-2063-4 (Paperback)
978-3-8392-5365-6 (pdf)
978-3-8392-5364-9 (epub)

MÖRDERISCHES OBERHESSEN Oberhessen ist nicht Frankfurt. Auch nicht Klein-Chicago. Trotzdem lauert das Verbrechen überall: im Maisfeld, in der Lahn oder auf Wanderwegen im Vogelsberg. Begleiten Sie die Protagonisten von 11 fesselnden Krimis durch das Herz von Hessen. Die Täter werden meist durch private Ermittlungen überführt – oder auch gar nicht. *Eine kriminelle Entdeckungstour quer durch Oberhessen. Ein ungewöhnlicher Freizeitführer mit Humor, Spannung und vielen interessanten Orten.*

ELINOR BICKS
Nimmergrün
....
978-3-8392-2010-8 (Paperback)
978-3-8392-5267-3 (pdf)
978-3-8392-5266-6 (epub)

TRÜGERISCHE SAAT Ein rätselhaftes Waldsterben beunruhigt die Menschen im Landkreis Darmstadt-Dieburg. Kommissar Roland Otto ermittelt zunächst widerwillig. Doch dann kommen zwei Kinder zu Tode und es wird klar, dass ein mörderischer Erpresser am Werk ist. Ein Wettlauf gegen die Zeit beginnt. Die Ermittlungen führen Roland Otto und Lore Kukuk entlang des Hugenotten- und Waldenserpfades tief in die Vergangenheit. Und Lore erfährt etwas über ihre Vorfahren, das besser im Dunkeln geblieben wäre.

WWW.GMEINER-VERLAG.DE
Wir machen's spannend

WOLFGANG WEGNER
Al Capone von der Pfalz –
Bernhard Kimmel
....
978-3-8392-2071-9 (Paperback)
978-3-8392-5379-3 (pdf)
978-3-8392-5378-6 (epub)

EINBRECHERKÖNIG Die Medien nannten ihn »Al Capone von der Pfalz«: Bernhard Kimmel machte mit seiner Bande Ende der 1950er Jahre das südliche Rheinland-Pfalz unsicher. Für die Meisten waren sie Verbrecher, manche aber sahen in ihnen Helden, die den Reichen das Geld abknöpften und die Polizei an der Nase herumführten. Dann die Wende: Ein Mord geschieht, es kommt zu einer nie dagewesenen Großfahndung und die Bande landet im Gefängnis. Anfang der 1980er Jahre macht Kimmel wieder Schlagzeilen: Bei einem Einbruch erschießt er einen Polizisten. Die Geschichte eine legendären Kriminellen.

HELGE WEICHMANN
Schwarze Sonne Roter Hahn
....
978-3-8392-2057-3 (Paperback)
978-3-8392-5355-7 (pdf)
978-3-8392-5354-0 (epub)

BRIEFGEHEIMNIS Der Tod fährt eine reiche Ernte ein in dem beschaulichen Winzerdorf Gertelsheim. Hinter der gutbürgerlichen Fassade lauert eine Mischung aus alten Geheimnissen und neuen Verfehlungen, die in der Sommerhitze allmählich überkocht. Ein diabolischer Charakter hat die Dorfbewohner aufgestellt wie Schachfiguren und eröffnet eine Partie mit mörderischem Ausgang. Doch es gibt eine Gegenspielerin, mit der er am allerwenigsten gerechnet hat: Maja, die neue Briefträgerin.

WWW.GMEINER-VERLAG.DE
Wir machen's spannend

Das Neueste aus der Gmeiner-Bibliothek

Unser Lesermagazin

Bestellen Sie das kostenlose Krimi-Journal in Ihrer Buchhandlung oder unter www.gmeiner-verlag.de

Informieren Sie sich ...

- **www** ... auf unserer Homepage:
  www.gmeiner-verlag.de
- **@** ... über unseren Newsletter:
  Melden Sie sich für unseren Newsletter an unter www.gmeiner-verlag.de/newsletter
- **f** ... werden Sie Fan auf Facebook:
  www.facebook.com/gmeiner.verlag

Mitmachen und gewinnen!

Schicken Sie uns Ihre Meinung zu unseren Büchern per Mail an gewinnspiel@gmeiner-verlag.de und nehmen Sie automatisch an unserem Jahresgewinnspiel mit »mörderisch guten« Preisen teil!

WWW.GMEINER-VERLAG.DE
Wir machen's spannend